Für Gertje & Dora

SARAH ELENA
MÜLLER

BILD OHNE MÄDCHEN

ROMAN

Limmat Verlag
Zürich

das Naheliegendste. Jenseits dessen, was sich auf einen zuschiebt.»

Das Mädchen nickt nachdenklich und stellt den Bilderrahmen zurück auf die Kommode. Als es sich zur Mutter umwendet, starrt diese immer noch abwechselnd in ihre Handflächen und durch sie hindurch, ein beinahe unmerkliches Gleiten von der Nah- in die Fernsicht. Sie habe das nicht geübt. Es sei wie vererbt. Es geschehe einfach so. Die Mutter lässt die Handflächen sinken, hält sie der Tochter hin. Entschuldigend. Hier. Siehst du, es geschieht selbst mit den eigenen Händen.

Die Tochter nimmt sie entgegen, dreht sie um, löst behutsam die Finger aus ihrer Starre, drückt ihr Verständnis in den kühlen Klumpen der Mutterhand, bis er wieder weicher, wieder lebendiger wird. Drüben im Zimmer sitzt die Großmutter, blickt in die Ecke und ist jenseits der Welt. Im Bilderrahmen sträuben sich die Geschwister. Das Mädchen versteht, dass Hände und Wände eine Form geben. Dass eine Figur die Gussform der nächsten ist. Großmutter, Mutter, Tochter.

DAS KIND

SICHTUNG

Das Kind schüttelt die Starre des Fernsehens ab. Schüttelt die Bilder und Töne aus sich heraus, damit die Eltern nicht merken, dass es sich heimlich bei den Nachbarn damit angefüllt hat. Dann stößt es mit frischem Gesicht die Wohnzimmertür auf.

Im Wohnzimmer sitzen die Eltern mit anderen Erwachsenen auf Stühlen. Besuch machen, nennen sie es. Nach dem Besuchmachen sacken die Eltern in eine liegende Position und seufzen. Die Stuhllehne hindert sie daran, bereits früher hintenüber wegzuklappen.

Beim Besuchmachen wird viel geredet. Dabei wollen die Erwachsenen einander ins Gesicht sehen.

Auf der Eckbank sitzt die Kindergärtnerin. Lange beobachtet das Kind von der Türschwelle aus die Handbewegungen des Gesprächs. Die der Kindergärtnerin sagen: Nicht gut. Die der Eltern sagen: Ach was. Die Hände der Kindergärtnerin sagen: Doch, doch! Kurz bevor das frische Gesicht des Kindes wieder erstarrt, wird es bemerkt und zum Tisch gerufen. Es setzt sich ganz vorne auf die Stuhlkante und wartet darauf, dass ein Wort für es fallen gelassen wird. Ein Wort, das es kennt und auf das es etwas erwidern kann. Es sitzt auch ohne Stuhllehne ganz aufrecht.

Im Gesicht der Kindergärtnerin steht eine steile Stirnfalte. Im Kindergarten hatte sie das Kind aufgefordert, mit der Laubsäge ein Osterei aus einem dünnen Holz zu sägen. Das Kind sei aber seelisch nicht in der Lage dazu gewesen, informiert die Kindergärtnerin die Eltern. Die Eltern sehen aus, als wollten sie direkt ins Bett fallen. Das Kind ist froh um die stützende Kraft der Stuhllehnen.

Es erinnert sich genau an die Laubsäge. Die Kindergärtnerin hatte ihm gezeigt, wie man damit sägt, und dabei riss das feine Sägeblatt mit einem Knall. Das Kind erschrak sehr, und die Kindergärtnerin meinte, das könne schnell passieren. Für jedes zerrissene Sägeblatt müsse das Kind zwanzig Rappen zahlen. Alles habe seinen Preis. Dabei zwinkerte sie dem Kind zu. Das Kind hatte sich daraufhin geweigert, die Säge anzufassen. Es hatte ja gar kein Geld, und die Angst vor einem reißenden Laubsägeblatt war so mächtig, dass es den Rest des Tages unter einem Hocker verbrachte. Von dort aus hatte es beobachtet, wie die Kinder unzählige Sägeblätter kaputt machten, ständig klirrte es, und die Kinder wedelten einander glücklich mit den zerborstenen Sägeblättern vor der Nase herum. Als das Sägemehl und die kaputten Sägeblätter zusammengekehrt waren, entließen die Kindergärtnerinnen die Kinder mit ihren Eiern, ohne von ihnen Geld zu verlangen. Das war dem Kind unheimlich.

Das Detail vom Geld berichtet die Kindergärtnerin den Eltern beim Besuchmachen nicht. Unruhig rutscht das Kind auf der Stuhlkante vor. Es will jetzt sein Wort sagen. Es will sagen, dass die Kindergärtnerin ein Wort zu sagen vergessen hat. Das Geldwort. Dass alles seinen Preis hat. Und sie hat gezwinkert. Aber die Kindergärtnerin macht keine Pause. Sie sagt Entwicklung und Psychomotorik und vernünftig. Die Eltern rollen mit den Augen. Das ist ein gutes Zeichen. Das Kind wird wieder hinausgeschickt. Es soll doch etwas schaukeln gehen.

Das Kind betrachtet die Schaukel. Sie ist an der Unterseite des Balkons angebracht. Durch die offen stehende Balkontür ist die vernünftige Stimme des Vaters zu hören, der die Kindergärtnerin zur Vernunft bringt. Auch die Stimme der Mutter kommt hinzu.

Die verschiedenen Vernünfte der Erwachsenen treten auf eine Lichtung im Wald. Es sind Hirsche. Sie umkreisen einander und betrachten die Enden am Geweih des anderen. Die Hirsche machen das, damit sie nicht jedes Mal in einen kräftezehrenden Kampf geraten, wenn sie sich begegnen. Hat der Vater dem Kind gesagt. Die Hirsche sind edel. Die Hirsche wägen ab. Sie zählen ab. Das Kind kann nicht zählen. Und es kann nicht zahlen. Es kann den Preis nicht zahlen. Die Vernunft der Mutter aber fühlt vielleicht, dass die Kindergärtnerin nicht die ganze Geschichte erzählt. Die Mutter hat gesagt, die Hirsche haben doch keinen Verstand für Zahlen und Enden, sie spüren die Kraft voneinander.

Das Kind hofft, dass die Vernunft der Eltern die Vernunft der Kindergärtnerin von der Lichtung vertreibt und dankt den Stuhllehnen. Die Eltern werden nach dem Besuchmachen wieder sehr müde sein.

Es klettert auf die Schaukel, wippt etwas vor und zurück und befühlt die rauen Hanfseile, an denen sie aufgehängt ist. Die Schaukel ist ein Stuhl ohne Lehne, stattdessen hält man sich an den Seilen. Was würde geschehen, wenn es die Seile einfach losließe? Eine Aufregung durchkribbelt das Kind. Würde es dann wie die Erwachsenen zurückschnellen? Wäre es dann mit einem Schlag erwachsen?

Mit dem nächsten Schwung lässt das Kind die Seile los und fällt hart auf den Rücken. Der Aufprall verschlägt ihm den Atem. Es starrt in die gleißende Sonne und die davor herumpendelnde Schaukel. Es befindet sich noch in seinem Körper, es will schreien, aber der Brustkasten ist steif, wie zubetoniert. Die Sonne scheint durch die aufgesperrten Augen herein. Die Mutter ruft nach dem Kind und kommt auf den Balkon. Sie beugt sich über das Geländer. Das Kind liegt auf dem Rücken im Gras und schnappt nach Luft.

Durch den Schnorchel keuchend, studiert das Kind die Schaumdecke über sich. Die Bläschen knistern und schwanken sanft hin und her. Der Schlauch der Brause rumpelt gegen die Badewannenwand, der Hintern quietscht am Wannenboden, das Herz pocht laut und stark. Das Kind lauscht seinen Organen, sie klingen gut. Es weiß, dass die Organe es bis ins Erwachsenenleben begleiten werden. Es schließt die Augen unter der Taucherbrille. So muss es gewesen sein. Draußen dumpfes Gemurmel und Gehämmer, drinnen ein Pochen und Rauschen. Es sieht sich selbst, wie es ein winziges Menschenkorn gewesen ist, so wie es nun im Badewasser schwebt, wie es heute Abend Kartoffelpuffer essen und einmal viel später aus dem Haus gehen wird, mit einer Idee, einem Plan oder einer Aufgabe. Auf alles gefasst, mit einer mittelgroßen Tasche voller Taschentücher und sonstigem Zubehör für den Tag. Und die Organe im Kind werden dabei sein und in ihm drin sprechen. Das Kind spürt: Es gehört zu sich.

In diesem Gefühl lebt ein zweites Gefühl. Leicht ist es, traurig und schön. Wie die Bilder im Fernseher bei den Nachbarn. Da und doch nicht da. Das Kind kann das Gefühl nicht festhalten, es weht hinter einem Atemzug her aus der Brust heraus. Durch den Schnorchel entweicht es und findet nicht zurück.

Unter dem Schaum schluchzt das Kind. Das Fenster ist gekippt, das Gefühl wird entwischen. Die Eltern sollen es einfangen. Es aufheben. Für später. Das Kind weiß, dass etwas geschieht, was es nicht begreifen kann. Vermutlich sogar etwas, was auch die Eltern nicht begreifen können. Aber sie müssten doch. Sie müssten doch wissen, was zu tun ist. Wegen der Kindergärtnerin. Und dem Preis, den alles hat. Sie sagten doch Vernunft. Vernünftig sein.

Das Gesicht der Mutter schaut durch ein Loch in der Schaumdecke, zwei Arme greifen von weit her nach den Schultern und heben das Kind aus dem Wasser. In der Taucherbrille die Tränen. Sie zieht am Mundstück des Schnorchels, und wie entstöpselt heult es aus dem Kind heraus. In der Küche horcht der Vater auf. Mit einer Holzkelle schiebt er die Kartoffelpuffer in der Bratpfanne hin und her. Was fehlt dem Kind? Die Kartoffelpuffer werden es abfedern, versichert sich der Vater. Die Mutter setzt das trockengerubbelte Kind auf die Eckbank. Sie habe bloß den Schnorchel aus dem Schaum ragen sehen, und durch den Schnorchel habe es geschluchzt. Sie wirft dem Vater einen ratlosen Blick zu. Dieser schiebt dem Kind den Teller heran. Doch der Kartoffelpuffer zeigt keine Wirkung, immer wieder wird das Kind von kleinen Verkrampfungen des Zwerchfells geschüttelt, verschluckt sich und will wieder losbrüllen.

Der Vater spricht ins Telefon zu seiner Kundschaft. Manchmal verwechselt die Kundschaft die Telefonnummern, und plötzlich ist der Vater mitten in der Arbeit. Er schlägt die Beine übereinander und wippt mit dem Fuß. Dazu versinkt er tief im Sofa. Die Kundschaft möchte, dass der Vater eine Tier- oder Pflanzenart rettet, bewahrt oder zählt und den Streit mit denen schlichtet, die das Gegenteil wollen. Der Vater klemmt den Hörer kurz zwischen Schulter und Kinn ein und zeichnet schwungvoll mit dem Kugelschreiber zwei Kreise auf ein Papier. Das Kind weiß schon, dass in der Mitte, wo sie einander überschneiden, eine Lösung verborgen liegt. Die Tiere und Pflanzen sind auf diese Lösung angewiesen. Und der Vater muss sie finden.

Sein Fuß wippt im Auftrag der Kundschaft. Für die Kundschaft benutzt er eine Beraterstimme. Begehung ...

mhm, ja. Mauersegler ... Genau, am kommenden Dienstag. Unter Umständen, die Besprechung ... und in dieser Situation empfiehlt es sich außergerichtlich ... Er spricht lange, lacht zwischendurch auf, in der Leitung wird auch lange gesprochen, der Fuß wippt, der Vater horcht, seine langen Beine ragen immer weiter aus dem Sofa empor. Das Kind beobachtet aufmerksam das Wippen des Fußes, es versucht daraus eine Regel oder eine tiefere Weisheit abzuleiten. Aber das Wippen bleibt unergründlich und ohne Regel. Es scheint auch keine direkte Betonung dessen zu sein, was gerade gesagt wird. Der Vater fragt, die Kundschaft antwortet, der Fuß wippt. Die Kundschaft fragt, der Vater gibt Auskunft, der Fuß wippt.

Das Kind möchte auch gerne eine Auskunft beim Vater einholen. Zum Engel, den es bei den Nachbarn gesehen hat. Ob er eine Spezies ist. Und ob er selten und speziell und schützenswert ist. Es will, dass der Vater mit ihm zu den Nachbarn kommt und dem Engel einen Namen gibt. Dem Kind erklärt, woher dieser Engel kommt und welchen Lebensraum er braucht. Nicht dieses Reden mit anderen am Telefon und das Fußwippen.

Das Kind will sich ans Fußgelenk des Vaters hängen, schwer wie ein Stein, um dieser unbegreifbaren Bewegung ein Ende zu setzen. Zugleich fürchtet es sich davor. Es könnte sein, dass dieses Wippen den ganzen Vater betreibt. Dass alle Zahnräder und die davon angetriebenen Vorgänge im Vater von diesem Fuß mit Energie versorgt werden. Und wenn das Kind sich in diesen Kreislauf einmischte, der gesamte Vater zum Erliegen käme, seiner Arbeit nicht mehr nachkommen könnte und die Kundschaft in der Telefonleitung ihre Konflikte nicht lösen könnte. Alles hängt von dem wippenden Fuß ab, diese Tatsache macht das Kind rasend. Es will den Vater warnen, das Sofa wird ihn gleich ganz verschlingen, während bei den Nachbarn ein seltener Engel lebt, der vermutlich noch nie zuvor gesichtet wurde, bestimmt sogar der einzige seiner Art ist, und der Vater bemerkt ihn nicht, denn er ist ein Büro, das von einem wippenden Fuß angetrieben wird.

Verzweifelt sitzt das Kind auf dem Teppich und fixiert den Vaterfuß. Wie kann es sicher sein, dass es ein Engel war? Der Engel war unscharf und nur kurz erschienen. Dann hatte Ege auch schon EJECT gedrückt, und die Videokassette kam aus dem Gerät gefahren, auf dem Bildschirm nur noch Ameisengewimmel. Ege, der den Kopf schüttelt. Kein Engel. Es ist kein Engel. Nur ein Bild. Aber wenn das Kind die Augen schließt, leuchten die weißen Flügelchen wie Flammen im Dunkel. Der Engel brennt hinter den Lidern.

Das Kind reißt die Augen wieder auf. Der Vaterfuß wippt immer noch. Wann kommt die Pause, in die es sprechen kann? Dann stemmt sich der Vater aus den Tiefen des Sofas hoch. Das Telefonat ist beendet. Der Fuß wippt nicht mehr, denn er wird jetzt zum Gehen und Stehen benötigt. Das beruhigt das Kind für den Moment, dass die Körperteile für die vorgesehenen Zwecke verwendet werden.

ABKLÄRUNG

Der Heiler beugt sich über das Kind auf der Liege und starrt ihm in die Augen. Das Kind starrt dem Heiler ebenfalls in die Augen. Im Bauch rumoren Zweifel.

Es hat dem Heiler vom fehlenden Gefühl berichtet, als sie sich noch auf Stühlen gegenübersaßen. Der Heiler hat genickt hinter dem Schreibtisch und alles mitgeschrieben, das hat dem Kind gutgetan. Doch auf der Liege fühlt es sich anders an. Das Gefühl fehlt zu sehr, es ist ein Loch, in das der Blick des Heilers ungebremst hineinfällt.

Er werde die Information des Fehlens jetzt deprogrammieren, erklärt der Heiler dem Kind. Und zwar allein durch intensiven Blickkontakt. Das Kind verschließt sich instinktiv. Will der Heiler den Engel auslöschen? Das Kind wird ihn nicht hergeben.

Stattdessen testet es den Heiler. Es erwidert sein Starren und wiederholt dazu in Gedanken: *Ich bin ein Wal. Mir fehlt kein Gefühl. Ich schwimme im Meer.* Wenn er wirklich Gedanken lesen kann, wird ihn diese Information erstaunen.

Der Heiler beginnt etwas zu schwitzen, geht aber nicht auf die Gedanken des Kindes ein. Nach einer Weile tupft er sich den Schweiß von der Stirn und nimmt Abstand. Ob das Kind seine Algentabletten brav genommen habe, will er wissen. Das Kind nickt. Es hatte sie mit einem Stein zu Staub zerstoßen und in den Froschteich gekippt. Immer mit genug Wasser, fügt der Heiler hinzu. Das Kind bleibt liegen und späht aus den Augenwinkeln zum Heiler hinüber. Er sucht etwas in seiner Schreibtischschublade. Ob der Heiler die Wal-Information mit den Eltern teilen wird?

«Nein», sagt der Heiler beiläufig und träufelt Duftöl in ein Lämpchen. Das Kind erschrickt. Hat er wirklich gehört, was es sich selbst im Stillen gefragt hatte? *Hörst du mich, Herr Heiler?*, fragt es nochmals laut und deutlich in Gedanken. Aber der Heiler reagiert nicht mehr.

Es klopft.

«Das wird die Mama sein», meint der Heiler.

Während das Kind seine Turnschuhe anzieht, vereinbart der Heiler mit der Mutter einen neuen Termin. Sie tauschen sich über den Duft im Lämpchen und seine Wirkung aus, Eukalyptus, klärend, reinigend, die Bettnässerei, das werde sich auswachsen. Aber das fehlende Gefühl ...

Das Kind steht mit dem Rücken zu den Erwachsenen am Fenster und befingert den Vorhangstoff. Liebevoll lässt der Heiler seinen Blick kurz auf dem zerzausten Hinterkopf des Kindes ruhen. Ein besonders verstocktes.

«Nun denn», sagt die Mutter und schiebt das Kind aus der Praxis. Über die Schulter wirft es dem Heiler noch einmal einen durchdringenden Blick zu.

«Die Seele und die Organe hängen eng zusammen», erklärt die Mutter dem Kind auf dem Weg zur Bushaltestelle, aber die Seele sei tief wie ein dunkles Meer. Vielleicht könne der Heiler etwas Licht in diese Tiefen bringen. Das Kind denkt an die Algentabletten im Froschteich. An den schaurigen Kampf einer Krake mit einem Pottwal in der schwärzesten Dunkelheit der Tiefsee. In diese Tiefen taucht kein Heiler so leicht ab.

«Ich bin ein Pottwal», verkündet es der Mutter.

«Eine Unke wohl eher», kichert die Mutter.

Im Bus treffen sie den Vater, der gerade von der Begehung eines Golfplatzes heimkommt. Der Bus ist überfüllt, und das Kind wird auf seinen Schoß gesetzt. Der Vater ist in eine Unterhaltung mit seinem Sitznachbarn vertieft, das Kind fühlt den wippenden Vaterfuß am Bein, auf dem es sitzt. Ernste Wörter schießen hin und her.

Ombudsstelle, Verhandlungsgrundlage, Konfliktparteien, Korruptionsgefahr, Gewässerreinhaltung, Eigenverantwortlichkeit, Langzeituntersuchung, Populationsrückgang, Lösungsansatz, Verschwiegenheitspflicht, Ambiguitätstoleranz, Entscheidungsdelegation.

Das Kind muss pinkeln. Aber die beiden Männer reden

so energisch, dass es nicht weiß, wann es dreinreden könnte, um zu sagen, dass es aufs Klo muss. Es traut sich nicht, zwischen die langen, wichtigen Wörter der Erwachsenen seine kleinen, kurzen Pipi-Worte zu sagen.

Der Vater ist hineingegangen, um die nasse Hose zu wechseln. Die Mutter ist hineingegangen, um die Packungsbeilage der Algentabletten nochmals zu studieren. Das Kind ist nicht hineingegangen. Es sitzt auf der Fußmatte vor der Tür und isst Rosinen. Die Borsten aus Bast stacheln gegen die Waden.

Der dunkle Fleck auf dem Hosenbein des Vaters. Das Kind möchte vergessen, dass seine Seele ein Leck hat, durch das es heraustropft. Wäre es umgeben von Wasser, würde das niemandem auffallen. Aber weit und breit kein Wasser. Hitze und Wiesen und die borstige Bastmatte, über die der Besuch ins Haus schreitet, um mit den Eltern den Zusammenhang der Seele mit den Ostereiern und den Organen zu besprechen. Wer hängt denn den Zusammenhang zusammen? Wer hat diese große Kraft?

Um die Fußmatte flitzen Ameisen. Wenn auf dem Fernseher der Nachbarn nichts läuft, laufen die Ameisen auch dort. Gibt es bei den Ameisen einen Zusammenhang? Das Kind versucht, einer einzelnen Ameise mit den Augen zu folgen. Wenn man wüsste, was eine einzelne Ameise tut und wohin sie geht, könnte man sich einen Überblick über den Zusammenhang der Ameisen verschaffen. Und darüber hinaus etwas über den Zusammenhang überhaupt. Wenn diese Ameise hier die Tochter von jener ist, müsste die, die eben unter der Fußmatte hervorgekrochen ist, die Mutter von dieser sein, also die Königin? Aber die Ameisen rennen wild durcheinander. Die Rosinen in der Hand werden schwitzig.

Mit den Zähnen halbiert das Kind eine klebrige Beere und legt sie an die Kante der Fußmatte. Sofort entsteht ein Gedränge, und nach einer kurzen Inspektionsrunde zerrt eine Ameise den Fund zielstrebig mit sich fort. Den Blick auf die hinwegzitternde Rosine gerichtet, isst das Kind hastig den Rest. Es muss die Hände frei haben für die Verfolgung. Es ist ein Doktor der Wissenschaft. Endlich wird es wissen, was eine einzelne Ameise tut. Erst als die Trägerin die Rosine mit einem letzten Ruck in ein sandiges Loch zerrt, hebt das Kind den Blick. Wo? Wie? Es hat sich nicht geachtet. Reibt sich die Augen.

BENENNUNG

Die Blechschatulle mit beiden Händen umklammernd, drückt das Kind das schwere Holztor des Ateliers auf. Alles Wichtige ist in der Schatulle. Beinahe fällt es über einen Gipsarm. Die Mutter hatte damit das im Durchzug knarrende Tor arretiert. Sie steht im weißen Staub und hantiert am drehbaren Teil des Modellierbocks. Die Ohren mit Kopfhörern bedeckt, wippt sie im Takt der Musik. Ab und zu singt sie einen Wortfetzen, ...velation ...misticristal ... oh yeah! Ihr langes Hemd umwogt die drei Beine des Bocks, im Gipsstaub die Linien ihres Tanzes.

Das Kind zieht ein schmales Etui mit Diaaufsätzen aus seiner Schatulle und fingert die bunten Scheiben heraus, um sie sich einzeln vors Gesicht zu halten. Nachbar Ege hat ihm die Aufsätze mitgegeben zum Durchgucken und sich ein Bild machen. Wenn es zu Hause schon nicht fernsehen dürfe, könne es damit wenigstens das fade Abbild der Welt ein wenig in Schwung bringen. Das sei wohl hoffentlich noch erlaubt. Die Aufsätze könne man auch bei einer Diaschau vor den Projektor klemmen, als Jux, die gezeichneten Formen würden sich über die Fotos legen, und schon habe man ein anderes Bild. Mit geistlosen Urlaubsbildern sei das besonders spaßig. Die Lebenspartnerin Gisela, deren Urlaubsbilder gemeint waren, stand mit zwei vollen Einkaufstüten im Türrahmen. Eine ihrer roten Locken hatte sich im Mundwinkel verfangen, ein feiner Schnitt. Ege drehte sich nicht um, nur das Kind las das Gefühl in ihrem Gesicht. Giselas Kränkung, ein Bild, das Ege schon lange nicht mehr interessiert.

Durch das Viereck des Dias nimmt das Kind die Tonfigur auf dem Modellierbock der Mutter ins Visier und kneift ein Auge zu. Bewegt das Viereck hin und her, auf und ab, bis die Figur darin schön ist. Die Figur ist die Vorgängerin von sich selbst in der Zukunft. Wenn sie bereit ist, wird sie mit Gips umhüllt, verschwindet und wird ein klumpiges, weißes Gebilde. Aus dem aufgeknackten Gebilde dann werden die zerrissenen Gliedmaßen der Vorgängerin sorgsam herausgekratzt. Dann ist von ihrem Körper nur noch das anwesend, was ihn umgibt, sagt die Mutter dazu, ein heikler Moment, und anfällig für Verluste. Wenn die Mutter bei dieser Arbeit ungeduldig ist, kann es passieren, dass dem abwesenden Körper ein Arm oder der Kopf abfällt. Diese Teile sind für die Nachfolgerin verloren.

Das Kind würde der Vorgängerin im braunen Ton gerne ein Leben ermöglichen, bevor sie als Vorlage für eine Nachfolgerin sterben muss. Vielleicht kann es mit den Diaaufsätzen etwas ausrichten. Es wechselt vom neutralen Dia zum ersten Aufsatz. Jetzt ist die Figur am Palmenstrand. Erfreut wechselt das Kind den Aufsatz. Die Figur ist im Weihnachtsland. Die Figur hat ein Leben. In rhythmischer Abfolge hält sich das Kind reihum alle Aufsätze vors Gesicht und summt.

Jetzt ist die Figur am Palmenstrand,
jetzt ist die Figur im Weihnachtsland,
jetzt ist sie hinter dem Schlüsselloch,
und jetzt ist sie in meinem Herz.
Jetzt fährt sie Ski
und mit dem Schiff,
fliegt mit dem Flieger,
feiert ein Fest,
ist im Büro, mit Papier
und im Fernglas
ist ein Tier …

Das Kind stockt. Der Vater notiert seine Beobachtungen in der Tierwelt auf Papier. Das macht sie ernst, und man kann mit langen Wörtern darüber sprechen. Doch es selbst kann seine Beobachtungen noch nicht notieren. Es muss der Mutter das fehlende Gefühl und den Engel mündlich erklären.

«Ich habe bei den Nachbarn vielleicht einen Engel gesehen», versucht das Kind.

«Hä?», ruft die Mutter und hebt eine Kopfhörermuschel vom Ohr.

«Ich habe etwas gesehen. Bei Ege.»

«Was denn?» Die Mutter setzt die Kopfhörer ganz ab und kommt etwas näher.

«Die Ränder waren verschwommen. Ich weiß nicht genau.»

«Mmmh», macht die Mutter und knetet sich das Gesicht. «Fängt es jetzt schon an.»

Das Kind blickt zu Boden. Was fängt an? Das Fernsehen und die Videokassetten machen dumm und traurig, hatte die Mutter oft gesagt. Die Augen werden schwach davon. Vom Glotzen auf den Bildschirm. Wenn das Kind das unbedingt wolle, könne es das bei den Nachbarn machen. Ege habe da drüben schließlich genügend Technik rumstehen, um ein ganzes Kino zu betreiben. Von der Produktion bis zur Aufführung. Medien hier, Medien da. Aber Ege verwechsle und vertausche mit seinen Medien die Fließrichtung der Vorstellungskraft. Nehme die Bilder von außen und verwechsle diesen Vorgang mit einer inneren Idee. Ege verwechsle sogar sich selbst mit seinen Ideen. Ege lebe in einer Vorstellung. Medien, Medien, ts, ts.

Das Kind erinnert sich an die abschätzigen Mundwinkel der Mutter. Sie mag keine Medien. Sie mag es, wenn die Vorstellungskraft von innen herausfließt. Das Kind will die Mutter nicht enttäuschen. Wenn der Engel nochmal erscheinen könnte, vielleicht hier zu Hause und nicht drüben bei den Nachbarn mit den gefährlich vertauschten Medien, könnte es ihn der Mutter zeigen.

Sie werde nachher die Augenärztin anrufen, wegen dem verschwommenen Sehen bei Ege, tröstet die Mutter das Kind, das still und konzentriert die Diaaufsätze in seiner Schatulle umsortiert. Da könne man was machen.

Doch das Kind ist verstummt. Um wieder zu beleben, hievt die Mutter einen riesigen Bildband aus dem Regal, setzt sich damit neben das Kind in den Gipsstaub und schlägt ihn auf. Da lässt das Kind von der Schatulle ab und schiebt seine Beine auch unter den schweren Buchdeckel. Behutsam blättert es die sperrigen Seiten um.

«Wir müssen sorgfältig sein, zwischen den Seiten leben muskulöse Gestalten», raunt die Mutter.

«Wer sind sie?», fragt das Kind andächtig.

«Griechische Gottwesen», erwidert die Mutter «hier schau, das ist Persephone, und der mit der Heugabel neben ihr im Streitwagen ist Hades, der Gott der Unterwelt.»

«Sind sie Bauern?», will das Kind wissen.

Die Mutter lacht auf. «Wegen der Gabel? Nein, das ist ein Zweizack. Ein Symbol der Macht. Aber aufgabeln kann man damit bestimmt gut. Alles Mögliche ...», fährt die Mutter fort und blättert nochmal um, «... und hier sind Persephones Töchter, die Racheengel. Sie sind nicht einverstanden damit, dass Hades ihre Mutter genommen hat. Ohne sie zu fragen. Sie kommen, um sie zu rächen. Siehst du? Tisiphone schwingt die Fackel des Wahnsinns»

Die Mutter macht große Augen. Das Kind auch. Es gibt also doch Engel. Aber nun müsse sie weitermachen, löst sich die Mutter. Sie überlässt dem Kind das Buch, klopft sich den Gipsstaub von den Schenkeln und setzt die Kopfhörer wieder auf.

Das Kind fühlt sich angenehm beschwert von dem großen Buch und studiert die Bilder genauer. Bei den Gottwesen sind die Ränder und Kanten klar umrissen. Die Gefühle stehen starr und still in ihren Gesichtern. Entsetzen. Sorge. Verwirrung. Wut. Das Kind liest die Gefühle. Es kann sie erkennen. Aber die Namen, die die Mutter genannt hat, liegen fremd auf der Zunge. Die Frau im Buch drischt mit einem Feuer auf den liegenden Mann ein.

«Wie heißt sie?», fragt das Kind leise ins Atelier.

Bestimmt kennt der Engel, den es bei Ege gesehen hat, die Racheengel persönlich. Vielleicht kann er ihm mit den komplizierten Namen der Gottwesen helfen? Aber es kommt keine Antwort. Gedämpfter Gesang dringt durch die Kopfhörer der Mutter. Wenn es die Stimme etwas verstellt, kann das Kind sich selbst antworten.

«Das ist meine Mutter», sagt es mit tiefer Stimme, «sie heißt Tisifee.»

Es klingt richtig. So würde der Engel sprechen. Schnell blickt das Kind auf, doch die Mutter ist ihrer Figur zugewandt und summt zur Musik. Es blättert zurück und legt den Finger auf die Heugabel.

«Und was ist das?», fragt es, um den Engel weiter anzulocken.

«Das ist mein Zweizack. Für die Rache. Ich komme nun und mache Rache.»

Das Kind muss niesen. Gipsstaub wirbelt auf, das Kind reibt ihn sich vor Aufregung in die Augen. Jetzt ist es so weit. Der Engel kommt. Mühsam reißt das Kind die brennenden Augen auf. Da kniet der Engel schon auf der anderen Seite des Buchs. Ein kleiner Laut entfährt dem Kind, aufgeregt winkt es der Mutter unter den Kopfhörern. Sie winkt lächelnd zurück, legt eine neue Kassette in ihren Walkman ein und wendet sich wieder ab. Sie sei noch hier, alles gut, ruft sie etwas zu laut über die Schulter.

«Hier spielt die Musik», grinst der Engel, «mach dir nichts draus. Du siehst mich ja, das ist schon mal ein Anfang.» Er bläst etwas Gipsstaub vom Zweizack und tippt mit seinem Finger auf die Zehen des Kindes, die unter dem Buchrücken hervorragen. «Schöne Füße.»

Er hat recht. Das Kind ist froh, ihn zu sehen. Endlich kann es ihn in Ruhe anschauen. Von Eges Film waren ihm einzig die grellen Flecken seiner Flügel geblieben. Jetzt kann es die Flügel nur erahnen, die schmalen Schultern des Engels ragen aus den Armlöchern einer zu großen, schwarzen Lederweste. Darunter schimmert bleiche Haut. Das Kind weiß vor Ehrfurcht nicht, wie anfangen. Blickt wieder ins Buch.

«Warum schlägt deine Mama mit dem Feuer auf den Mann? Ist sie wütend?»

«Ja, meine Mutter ist oft zornig ... Sie heißt Tisifee. Sie schwingt die Fackel des Wahnsinns.»

Beeindruckt nickt das Kind. Logisch? Logisch. Der Engel nickt auch. Sie verstehen sich.

«Sie ist ein Racheengel. Sie gießt auch Gift aus dem Krug», ergänzt der Engel.

Das Kind mustert ihn genau. Vergleicht mit dem Bild im Buch. Schlangenhaar und wehendes Gewand. Der Engel sieht seiner Mutter nicht besonders ähnlich. Außer dem Zweizack hat er nichts Auffälliges und auf dem Kopf normales Haar.

«Na, schau nicht so dumm, ich bin Tisifees Tochter. Denkst du im Ernst, ich trage noch Schlangen auf dem Kopf? Das ist mir zu altmodisch. Ich bin doch nicht von gestern! Und die Lederweste habe ich mir bei Ege genommen. Steht mir gut, oder?» Kichernd blättert der Engel eine Seite um. «Hier schau. Der hier mit dem Zweizack, das ist mein Opa. Er ist der Gott der Unterwelt. Er heißt Alles. Und hier neben ihm im Streitwagen meine Oma. Sie heißt Petersilie.» Der Engel gluckst. «Und welche Namen kennst du?»

Das Kind überlegt. Es kennt die Namen der Nachbarn, Ege und Gisela. Im Radio kommt manchmal Madonna. Und wenn im Dorf Schnee fällt, spielen die Holzhütten neben der Talstation beim Sessellift den Schlagerhit vom Anton aus Tirol. Und alle rufen mit. An-ton, An-ton, Anton! «Er ist so schön und auch so toll. So wild und auch so stark», sagt das Kind.

«Auch?», fragt der Engel und flattert mit den Wimpern.

Das Kind errötet. Der Engel ist wirklich schön und toll und bestimmt auch stark.

«Dieser Anton ist wohl auch eine Art Gott. Wir können ja sagen, mein Opa heißt Anton, statt Alles. Anton, der Herrscher über die Unterwelt», verkündet der Engel.

Das Kind ist dankbar, dass der Engel etwas Ordnung schafft mit den Namen.

«Hast du auch Großeltern?», will der Engel wissen.

Das Kind nickt. Die Großmutter, die in winzigen Schrittchen mit dem Rollator die Türschwelle überwindet. Die die Sohlen der Hausschuhe mühsam über den Bast der Fußmatte bewegt, ohne Widerstand, ohne Dreck. Die Großmutterfüße haben diese Bewegung gelernt. Die Bewegung wird ausgeführt, obwohl kein Schmutz mehr ist. Der Großvater, der in der Windjacke im Sessel sitzt und auf sie wartet. Seine unruhigen Handflächen gleiten über den Hosenstoff auf den Oberschenkeln vor und zurück. Machen ein Geräusch wie Windrauschen.

Das Kind betrachtet im Buch die großen Handflächen des Gottes Anton, die auf der Schulter und dem Knie der zusammengesunkenen Engeloma liegen.

Der Engel bemerkt den skeptischen Blick des Kindes. «Mein Opa hat meine Oma ... genommen», sagt er. «Also, sie hat nie wirklich Ja gesagt. Er hat gedacht, wenn sie nichts dagegen sagt, kann er sie haben. Deshalb ist die Oma so schwermütig. So schwermütig, dass der Regen gefriert und als Schnee vom Himmel fällt. Aber das ist auch altmodisch. Das waren andere Zeiten. Jetzt habe ich den Zweizack. Tempi passati», schließt der Engel und klappt mit einem Knall das Buch vor der Nase des Kindes zu. «Sag mir lieber, wie du heißt.» Fragend blickt der Engel über den Rand des Buches, das er zwischen sich und dem Kind auf der Kante balanciert. «Na?» Er formt mit Daumen und Zeigefinger beider Hände ein Viereck, stützt die Handballen auf der Buchkante auf, kneift ein Auge zu und nimmt das Kind durch das Viereck ins Visier. «Wer bist du?»

Im Kind hält plötzlich alles still. Es weiß auf einmal nicht, wer in welche Richtung guckt. Es selbst blickt durch den Rahmen der Engelfinger in dessen Auge, in seiner dunklen Pupille aber blinkt ein roter Punkt, der unmöglich zum Atelier der Mutter gehört. Der blinkende Punkt gehört zu Eges Filmgeräten, deren Augen nach einem Bild suchen, aus dem sie sich ein Stück herausschneiden können. Das Kind spürt wieder, wie das fehlende Gefühl, das durch den Schnorchel entwischt war, im Wolkenmeer schwebt, im Fluss mittreibt, aber nicht bei ihm ist. Die Warnungen der Mutter. Dass es jetzt schon anfängt. Dass alles verschwimmt, wegen der Medien.

Der Engel hat inzwischen den Bildband wieder ins Regal geräumt. «Mach dir nichts draus, kleiner Frosch», tröstet er und setzt sich, seinen Rücken an den Rücken des Kindes gelehnt, zurück auf den Boden. Das warme, atmende Gewicht gibt dem Kind wieder Halt.

«Ich bin die Tochter vom Racheengel Tisifee. Ich bin so schön und auch so toll wie der Anton. Ich bin dein Engel. Und dich nenne ich einfach ... Unke.»

Mit den gemeinsamen Atembewegungen kommt etwas Ruhe ins Kind. Der Engel ist da. So stark und auch so wild. Es selbst ist auch da.

«Atme Luft in die Schulterblätter und halte dich am Zweizack fest», rät die Engelstimme, «du kannst auch die Augen schließen.»

Ein Rascheln reißt das Kind aus der Versenkung. Ist der Engel weggeflogen? Die Mutter breitet ein dünnes Plastik über die angebrochenen Tonblöcke. Das Kind tastet hinter sich ins Leere. Der Engel ist weg.

SEHSCHWÄCHE

Die Eichhörnchen seien doch sowieso da, in den Baumwipfeln. Auch wenn sie nicht gesehen würden. Sie verstecken sich. Ob die Augenärztin denn das nicht wisse?

«Solche Kinder sind prädestiniert», bemerkt die Augenärztin. Sie könnten zwar nichts erkennen, wüssten aber bereits, was sie erkennen müssten. Das fehlende Sehvermögen werde einfach durch Behauptungen kompensiert. So könne eine Kurzsichtigkeit jahrelang unbemerkt bleiben.

Der Vater macht irgendwo im Dunkel der Praxis ein betretenes Ach-ja-so-mhm-Geräusch. Er selbst hatte dem Kind die Eichhörnchen erklärt. Ob es sie tatsächlich sehen kann, das zu überprüfen war ihm entfallen.

Die Augenärztin rollt auf ihrem Drehhocker wieder auf das Kind zu. Wie viele Beine denn Eichhörnchen hätten? Das Kind überlegt angestrengt. Vielleicht vier? Oder sechs, wie ein Maikäfer. Oder doch zwei? Wie Raben! Raben wohnen auch in den Baumwipfeln. Zwei Beine. Und Federn, legt es zur Sicherheit nach.

Eine große Apparatur mit Stangen und Linsen kommt von der Decke geschwebt. Es solle jetzt Kinn und Stirn an die Stütze des Geräts legen. Dann werde das Kind bald nachzählen können bei den Eichhörnchen. Kleine Lichter blitzen aus den Gucklöchern.

Die Augenärztin will wissen, was das Kind im Inneren sieht. Das Kind fragt sich, wozu es alles aufsagen muss, die Ärztin guckt doch von der anderen Seite selbst ins Gerät. Und so viel ist da drin auch gar nicht.

«Eine lange gerade Straße, bis zum Ende der Welt», murmelt das Kind durch die Zähne. Es kann den Mund nicht weit aufmachen, da sonst die ganze Welt im Gerät verwackelt.

«Was noch?», kommt es von der anderen Seite.

Grüne Felder und ein Fluss. Strommasten. Keine Eichhörnchen. Kein Engel. Das Kind ist etwas enttäuscht von dem Gerät. Die langweilige Landschaft löst sich surrend auf. Was wohl jetzt kommt? Das Kind schluckt gespannt. Doch im Gerät nimmt exakt dieselbe Welt wieder Gestalt an, immer noch dieselbe Straße, dieselben Felder, derselbe Fluss.

«Etwas besser?», fragt die Ärztin nach.

Das Kind findet, es sei doch immer noch ziemlich dasselbe.

«Ganz dasselbe?»

Der Vater räuspert sich dumpf. Das Kind würde der Ärztin und dem Vater gerne etwas Außergewöhnliches von der Welt im Inneren des Geräts berichten. Es denkt nach. Die Ränder der Guckvorrichtung drücken hart gegen die Augenhöhlen. In dem Gerät befindet sich nicht viel. Das Wenige, was dort ist, ist sehr gerade. Der Fluss, die Straße, die Ränder der Felder, die Strommasten, alle leben sie in graden, langen Linien. Die Linien neigen sich dem Ende der Welt zu, ohne dabei krumm oder schief zu sein. Auch das Ende der Welt ist eine Linie. Nichts ist krumm, nichts ist anders. Das Andere ist zwar nicht da, aber es könnte da sein. Ein Hirsch zum Beispiel, oder ein Auto. Und wenn sein schöner, starker Engel da wäre, würde das Kind ihn auf jeden Fall sofort bemerken.

Das Kind ist abgedriftet. Die Augenärztin trägt die Dioptrien und den Grad der Hornhautverkrümmung in ein schmales Formular ein. Sie würden bestimmt eine tolle Brille finden im Optikergeschäft. Heute gäbe es ja dank Kunststoffgläsern auch für höhere Korrekturen sportliche Modelle. Sport? Brille? Das Kind wacht auf. Es hat in einem Magazin bei der Großmutter einen interessanten Skispringer mit Brille gesehen. Es ahnt tief in sich, dass Liebe bedeutet, selbst ein ähnliches Brillenmodell wie dieser Skispringer zu tragen.

Beim Abendbrot formt das Kind aus Zeigefingern und Daumen zwei Löcher, schaut hindurch. Bald wird es den Engel wiedersehen. Mit der Brille. Die Eltern rätseln, von wem das Kind die Sehschwäche haben könnte. Der Vater sagt, vermutlich von der Mutter, die Mutter meint, sie könne eigentlich nur vom Vater stammen. Sie schieben es eine Weile zwischen sich hin und her.

«Also wenn das nur die Augen sind ...» Die Mutter streicht mit der flachen Hand über die Tischplatte, wischt etwas Unsichtbares weg. Besser auch nochmals zum Heiler. Nicht? Das Kind starrt ins Rosa seines Sirups. Oder nicht? Die Mutter blickt zwischen dem Kind und dem Vater hin und her.

«Da ist doch was Seelisches!», protestiert die Mutter gegen das Schweigen ihrer Familie an. Die Mutter, allein auf der stillen Lichtung. Vater und Kind, die scheuen Vernünfte, haben sich in ihr Unterholz zurückgezogen.

ENTTÄUSCHUNG

Im Schummerlicht seines Zimmers inspiziert das Kind seine Beine auf vernarbte Mückenstiche. Sie werden alle aufgekratzt. Das Blut muss wieder und wieder abgetupft werden, immer ein neuer Fleck entsteht auf dem Taschentuch, es wird gefaltet und gewendet, bis es ganz mit Blutflecken übersät ist. Manche Tropfen sind so groß, dass sie durch mehrere Taschentuchlagen durchdrücken und beim Auffalten in gespiegelter Form anderswo wiederzufinden sind. Das ist doch etwas. Einfach und schön. Nicht wie das enttäuschende Nichts im Gerät der Augenärztin, das sich mit großer Ankündigung auf seinen Kopf abgesenkt hatte. Stolz hält das Kind das aufgefaltete Taschentuch gegen das spärliche Licht des Fensters. All diese Blutstropfen hat das Kind selbst hervorgebracht, um dieses Taschentuch damit zu veredeln. Manche verfärben sich schon bräunlich, trocknen ein, die Frischeren sind noch leuchtend rot. Das Kind kramt ältere Taschentücher aus seiner Schatulle hervor, faltet sie auf und vergleicht das Werk. Einige hat es zu früh zusammengefaltet, die Lagen kleben aneinander, die großen Blutflecke reißen ein. Die älteren Werke sind kein Vergleich. Sie sind aus den Blutflecken früherer Mückenstiche hervorgegangen. Sie sind Schnee von gestern. Das Kind behält sie trotzdem. Viel Blut, viel Mühe. Es verfolgt mit den Augen ein Stäubchen, das im muffigen Licht des Zimmers schwebt. Es muss sich nicht schämen. Das Zimmer wird sein Geheimnis bewahren. Behutsam werden die Taschentücher in der Blechschatulle verstaut. Das Kind fühlt sich gestärkt durch das Blutopfer.

Es kramt den Kassettenrekorder hervor. Das Mikrofon baumelt bereits vom Fenstergriff. Das Kind erzählt vom vernünftigen Hirsch Andreas. Es muss niesen. Andreas hat Schnupfen, Andreas muss sich schnäuzen. Da muss das Kind an seine blutigen Taschentücher denken und verstummt ertappt.

Die Kassette surrt, eine Stille breitet sich vorwurfsvoll aus. Der Rekorder wartet auf die Geschichte. Das Kind versucht, sich nicht hetzen zu lassen und die Geschichte mit dem verschnupften Hirsch zu begreifen. Es spielt sie mit zwei Plüschtieren auf dem Zimmerboden nach. Soll dem vernünftigen Hirsch nun eins der blutigen Taschentücher angeboten werden? Oder wäre das unvernünftig? Das Kind denkt angestrengt nach. Das Geheimnis der Taschentücher darf niemals ans Licht kommen. Zu behaupten, kein Taschentuch zu haben, wäre aber gelogen. Dem Kind wird heiß vor Aufregung. Das wird die spannendste Geschichte seit Langem, ist es überzeugt.

Es schnauft konzentriert. Wird der Hirsch das Geheimnis des Blutopfers ausplappern? Es ist sehr unhöflich, einem edlen Hirsch mit tropfender Nase nicht zu helfen. Prüfend fixiert es den Hirsch. Unmöglich, ihn einzuschätzen. Jetzt fängt er auch noch an zu husten. Das Kind wirft einen unauffälligen Seitenblick auf die Blechschatulle. Der Hirsch aber hat den Blick bemerkt. Fragend schaut er zwischen dem Kind und der Schatulle hin und her. Er räuspert sich. Vor Spannung zerreißt das Kind fast. Es zieht die Schatulle zu sich heran, legt die Hand auf den Deckel und nickt dem Hirsch eindringlich zu.

Mit einem plötzlichen Klacken schnellt die REC-Taste des Rekorders hoch. Das Kind fliegt vor Schreck fast in die Luft. Die Kassette ist zu Ende. Gespannt spult das Kind zurück. Das muss eine faszinierende Geschichte geworden sein, schaudert es erwartungsvoll. In Lauschhaltung auf einem Stühlchen vor dem Rekorder drückt es PLAY.

Es raschelt im Gerät. Gleich wird der Hirsch kommen.

Aber nichts ist zu hören. Gelegentlich ein Schniefen. Dann niest jemand. Ist er das etwa, der Hirsch? Das Kind hört sich selbst schnaufen. Hat der Rekorder etwa die ganze Zeit nur dieses Schnaufen aufgezeichnet statt der spannenden Geschichte mit dem Hirsch? Es legt das Ohr dicht an den Lautsprecher, aber es kann die Geschichte nicht hören. Dabei hatte es sie doch erlebt. Das Rauschen der leeren Kassette dröhnt in seinen Ohren.

Schnell drückt es auf den doppelten Pfeil, malmend wickelt der Rekorder das Ungesagte wieder zurück, mit zitterndem Finger drückt das Kind wieder REC.

Bebend überlegt es sich, wie es den Rekorder beleidigen

könnte. Es spuckt und hustet laut. Gelangweilt hängt das Mikrofon an seinem Kabel herunter. Das Kind bespuckt es mit voller Kraft. Dazwischen muss es Luft holen und husten und Spucke sammeln. Dieses ungeduldige Schnappgeräusch, wenn die Kassette zu Ende ist, und dann der Hohn. Deine Geschichte wurde nur erlebt, nicht gehört. Das wird sich das Kind nicht mehr bieten lassen.

Das Spucken befreit das Kind. Es kann dem Kassettenrekorder seine Gefühle nicht in Worten erklären. Dieses Spucken ist der bessere Weg. Das Gerät will schöne Märchen hören oder liebliche Lieder, aber es wird nur Spuck- und Rotzgeräusche kriegen.

Erschöpft fällt das Kind zurück auf dem Spannteppich. Das Band ist zu Ende. Es legt die bespuckte Kassette zu den Taschentüchern in die Blechschatulle.

Auf den Zehenspitzen steht das Kind am Zimmerfenster und atmet ans Glas. Dort, unterhalb der Böschung, das Haus der Nachbarn. Giselas Jalousien stehen stets offen, damit Sonne und Ferne hereingelangen. Eges Jalousien bleiben geschlossen, wegen der Projektoren und Bildschirme. Die Projektoren können kein großes Licht machen wie die Sonne. Deshalb sperrt Ege ihr Licht aus. Er sitzt im ewigen Dämmerlicht seiner Wohnung und lässt sich seine Geschichten vorspielen. Eges Geschichten auf Eges Videokassetten sind Medien. Medien, Medien, Medien, flüstert das Kind, die Lippen am kühlen Fensterglas. Vielleicht hätten Eges Kassetten die verlorene Geschichte festhalten können. Mit Ton und Bild, Bewegung und Stillhalten. Der Hirsch Andreas auf den Medien. Beim Engel.

«Und ich?», fragt das Kind, drückt die Nase ins Kondenswasser seines Atems und horcht, ob der Engel etwas sagt. Aber er sagt nichts.

«Ich», fährt das Kind fort, «ich habe keine Medien. Nur die gemeinen Tonbandkassetten, die den Atem stehlen.»

Das Kind schaut durch das Guckloch seiner Atemwolke. Ege hat sich vor dem Haus auf der Terrasse mit der Sonnenliege installiert. Das Kind nimmt den langen, offiziellen Weg zum Nachbarshaus. Es hat offizielle Fragen.

«Etwas ist im Licht, etwas ist im Dunkel», erklärt Ege dem Kind. «Das Licht allein macht das Bild zum Bild, und allein das Dunkel ist empfindlich genug, sich dieses Bild einzuprägen. Wie beim Kopf. Vorne kommt das Licht durch die Augen herein, und im dunklen Inneren werden die Bilder aufbewahrt.»

Das Kind befühlt mit den Fingern seinen Kopf, legt die Daumen auf die Hügel hinter den Ohren, drückt probehalber auf diese Körperknöpfe. Die Kamera ist ein zweiter Kopf, den man vor sich herträgt? Und die Kassetten das Gedächtnis der Kamera?

«So ist es», sagt Ege. Er persönlich wolle die Bilder nicht ständig in seinem ersten Kopf haben. Zwar jederzeit abrufen, aber schnell wieder vergessen. Und einen Wein wolle er.

Das Kind versteht. Es wünscht sich auch einen zweiten Kopf. Den könnte es den Eltern in die Hand geben, um sie umzustimmen. Wegen der Medien. Und wegen des Engels. Die Eltern sollen durch seine Augen blicken, den Engel sehen und es verstehen.

«Warum wollen die Eltern keine Bilder verstehen?»

Eges Wein ist bereits in Ege verschwunden. Er schlägt die nackten, braungebrannten Beine übereinander und starrt auf seinen Fuß.

«Weil ihre Stirnen zu eng sind. Nur wenig gelangt hinein. Und spärlich Platz dahinter.»

Der Kopf des Vaters: zugestellt mit Pflanzen, Tieren und

Tabellen. Und die Mutter wolle lieber Bilder aus ihrem Kopf herausschaffen. Andere Richtung. Ein äußeres Material beleben und ihm die Form einer Vorstellung geben. Ein antikes Künstlerbild verfolge die Mutter da noch immer, pafft Ege. Neuerdings sei man selbst untrennbar Teil seiner Medien, denn die Bilderkörper formen die Körperbilder und umgekehrt. Die Mutter mit ihrer Bildhauerei – das Wort allein! – hätte ein sehr eindeutiges Machtverhältnis zu ihrem Material. «So was gefällt Gisela.» Ege deutet hoch zum Balkon.

Das Kind legt den Kopf in den Nacken und lässt den Blick an der Hausfassade hochgleiten. Durch seine Augen fällt das Bild zweier Gipsfiguren auf Giselas Balkongeländer und trifft im Inneren des Kopfs auf dasselbe Bild, dieselben Körper und Mutters Hände, die sie formen.

«Wirklich!», ruft das Kind laut.

Ege bläst grinsend Rauch aus der Nase. Die Gipsfiguren sind aus dem dunklen Inneren des Mutterkopfs ans Licht und auf das Geländer von Giselas Balkon gestiegen. Oben bei den Figuren geht Gisela auf und ab und telefoniert. Sie arrangiert einen Urlaub im Tessin. Gisela schwebt fast vor Freude.

«Sie liebt potenziell alles in der Ferne», erklärt Ege dem Kind. Er ergründe lieber das Potenzial des Fernsehens als das Potenzial der Ferne. «Wollen wir in die Weiten des Röhrenbildschirms schauen und uns von der Aussicht berauschen lassen?»

Das Kind nickt glücklich.

«Nehmen wir also den Hintereingang», beschließt Ege und erhebt sich von der Sonnenliege.

Medien, Medien, Medien, flüstert das Kind leise bei sich im Rhythmus der Treppenstufen. Über die inoffizielle Tür betreten sie Eges abgedunkelte Wohnung.

«So viel Ferne, wie das Fernsehen liefert, wird Gisela in der ganzen Welt nicht finden», lacht Ege. Giselas Schritte sickern von oben herab, gelegentlich ein erfreuter Ausruf. Besorgt schaut das Kind zur Decke.

«Mobilitätsneurose», sagt Ege. «Unerträglich, ein Zustand.»

Das Kind versteht nur Rose. Die Rosen im Garten vom Königsschloss Frankreich. Rosen passen zu Giselas Zustand. Gisela raunt oben hinter vorgehaltener Hand alle möglichen Bezeichnungen für Eges Zustand ins Telefon.

Ege spult die Videokassette zurück und schenkt sich Wein nach. Menschen, Wiesen und Kirchtürme hoppeln vorbei, grellweiße Blitze zerreißen sie und treiben sie vor sich her, rückwärts durch die Zeit.

«Das überschüssige, weiße Licht zwischen den Bildern ... Ordnung und Trennung», murmelt Ege wie zu sich selbst und öffnet eine neue Flasche Wein. Eine Ahnung beschleicht das Kind.

Ob Ege den Engel auch wiedergesehen habe, fragt es vorsichtig. Ob er vielleicht in diesem weißen Licht sei?

Eges Gesicht, eine Maske im Licht des Fernsehers, scheint nach innen zu blicken. Schweigend schwenkt er den Wein im Glas hin und her.

«Der Engel hat auch den Zweizack vom Gott Anton», versucht das Kind Ege zu beeindrucken. Wie eine Heugabel, aber mächtiger. Und die wütende Mama vom Engel heiße Tisifee. Und alle seien schön und toll wie im Schlager, nur es selbst heiße klein. Unke nämlich. Dieser Name habe der Engel ihm gegeben.

Erwartungsvoll hält das Kind inne. Doch Ege reagiert nicht, lässt bloß weiter den Wein kreisen.

Der Engel trage Eges schwarze Lederweste, sie müssten sich doch kennen, bohrt das Kind nach.

Eges Mundwinkel zuckt unwillkürlich.

Das Kind überlegt. Vielleicht hatten sie Streit. Der Engel habe die Weste wohl bei Ege genommen, ohne zu fragen, nickt es verständnisvoll. Der Gott Anton habe die Großmutter des Engels auch einfach genommen, ohne zu fragen. Aber es selbst habe noch viele Fragen, sprudelt das Kind, zum Beispiel, was die Rache sei und wie man sie mache? Mit dem Zweizack vielleicht? Aber wie genau? Schubsen oder Stechen?

Ege atmet lange ein, der Wein im Glas kommt zur Ruhe, aber die Hand zittert leise.

Ege müsse sich nicht sorgen, der Engel sei wild und stark. Und toll, doppelt das Kind nach.

Hält Ege die Luft an?

Da endlich öffnet er den Mund, deutet zum Fußende des Bettes. Ob der Kater dem Kind heute auch besonders dunkel vorkomme? Dessen schwarzer Schwanz streicht um den Fernseher. «Kaum auszumachen, was?», schiebt Ege verschwörerisch nach, als das Kind sich umsieht.

«Trägt der Engel deine schwarze Weste auch, damit wir ihn hier nicht sehen, in deinem Dunkel?», fragt das Kind und schaut unters Bett.

«Schwachsinn!», entfährt es Ege.

Erschrocken wendet das Kind sich nach ihm um. Schnell bringt Ege seine Stimme zur Vernunft, nimmt einen Schluck Wein.

Zu Hause beim Kind seien doch gar keine schwarzen Kleidungsstücke erlaubt. Wie solle seine Lederweste – dort drüben. Es fehle doch jeglicher Zusammenhang bei dem Engel, den das Kind sich da zusammenfantasiert habe. Es solle mal nachdenken, logisch.

Die Scham fährt dem Kind in die Wangen. Der falsche Zusammenhang hängt sich schwer an seinen Nacken. Es senkt den Blick. Ege hat recht. Zu Hause ist die Farbe Schwarz ein Feind. Die Mutter bevorzugt Blau- und Violetttöne. «Am Vater gefällt ihr Gelb», murmelt es betreten und versucht, die vorbeizuckende Schwanzspitze des Katers zu erwischen.

Erleichtert über die gelungene Ablenkung lässt sich Ege in die Kissen zurücksinken. Hier erfindet er die Geschichten, nicht andersrum.

Im Kater stecke noch sein toter Vorgänger mit drin, ebenfalls schwarz, fabuliert Ege. Er sei ein Wiedergeborener, wenn nicht gar ein Wiedergänger. Und sei somit doppelt so schwarz wie ein einfacher schwarzer Kater.

«Logisch», sagt das Kind. Immer wenn es logisch sagt, lacht Ege. Er soll wieder lachen, wie ein heiserer Vogel. Logisch, logisch, logisch, will das Kind sagen, und vielleicht würde Ege dann auffliegen.

ABBILD

Gisela lässt ihren Blick zwischen den zwei Gipsfiguren auf ihrem Balkongeländer hin- und hergleiten. Innen und Außen stehen sich gegenüber. Dahinter, weit unten im Tal, die Ebene, der Fluss, grün, grau, öde, füllt den Raum zwischen Innen und Außen auf.

Ege hatte die beiden so benannt. Innen schaut ungläubig von unten herauf, Außen steht in Siegerpose, lang und erhaben. Beiden sind nach dem Erstellen der Abgussform die Arme abgefallen. Diese erste Geburtshülle war nicht stabil genug gewesen. Die Nachbarin hatte die Armlöcher in der Abgussform gestopft und die Figuren noch versuchsweise in Gips gegossen aber ihr armloser, ungefährer Ausdruck befremdete sie bald. So hatte sie die beiden zu den übrigen fehlerhaften Gebilden gestellt, die vor ihrem Atelier in die Witterung ragten.

Damals war Ege noch zu kurzen Spaziergängen zu bewegen gewesen. Sofort hatte er die armlosen Figuren entdeckt und Adoption angemeldet. «Fehlende Arme! Unsichtbare Gestik! – Ein wunderbarer Interpretationsspielraum!», hatte Ege ausgerufen, und auch Gisela empfand, dass man die unfertigen Gestalten aufnehmen solle. Innen und Außen. Die beiden Gipsfiguren waren ab da der metaphorische Körper, ein verdinglichtes Sinnbild von Ege und Giselas Liebe gewesen. Ege sah sich in der gebückten Figur, Innen, getroffen. Ein tiefschürfender Denker, der nur selten den Blick von seinem Lebenswerk hebt. Gisela erkannte sich selbst im stolzen und aufrechten Außen, das dem Wetter trotzt.

«Wir müssen uns die Außenwelt vom Leib halten, Grillen und Schwätzer», sagte Ege. Nichts verstünde die Außen- von der Innenwelt. Vom Lebenswerk. Das volle sinnliche Potenzial der Revolution werde er mit seinem Lebenswerk aktivieren. Mit Bildtheorie und historisch informiert die Prüderie der Außenwelt vernichten. Sie würden sich die Münder zerreißen, dabei lechzten sie doch nach dem Aufruhr im Sex. Also wandte Gisela dieser schwatzhaften Außenwelt ihr lächelndes Gesicht zu – dem Wetter, den Fragen, den Rückschlüssen. Seit sie das Haus gekauft hatten, wurde auf der Post und im Dorfladen gern gefragt, was denn Ege da eigentlich vorhabe. Mit der Medientheorie und der philosophischen Praxis. Hier habe man wenig Bedarf. Ob man so einen Lebensunterhalt verdiene? Mit Videokassetten und Denkstuben? Ob Ege und das Lebenswerk nicht besser in Berlin geblieben wären. In seiner frivolen Kommune. Man sähe keinen Zusammenhang. Gisela strahlte und lächelte alles weg, obwohl auch sie immer weniger Zusammenhang sah. Die Utopie war längst verflogen, die entfesselte Triebhaftigkeit im Kommerz statt im Sozialismus geendet. Aber hatte Ege nicht ein Recht, weiterzudenken? Zu hoffen? Gisela verstand selbst kaum, warum sie als Einzige zu ihm hielt. Ideologisch und seelisch, trotz all dem Gegenwind. Glauben wollte, Eges intellektueller Durchbruch sei nahe. Und Ege? Versank, über die von Außen angezweifelten Zusammenhänge gebückt, in seinem Innenraum. Murmelte von Körpern, die als Bilder mit den inneren Bildern der Körper außerhalb der Bilder verschränkt seien, sich bald schon im Lebenswerk übereinanderlegen würden. Bald schon. Sie, Gisela, solle sich nur um die materiellen Körper, die Gipsfiguren, das Geschwätz im Dorf und so weiter kümmern. Ege hob immer seltener den Blick, um ihre An- oder Abwesenheit zu überprüfen. Richtete sich im Windschatten ihrer Verantwortung ein. Aber was ging hinter ihrem Rücken vor?

Gisela hofft längst auf keine vernünftige Antwort mehr. Hofft nur noch inständig, dass Eges Lebenswerk bald irgendeine Form annehmen würde, die für sich spricht.

Gisela versucht, sich an die Vorteile dieser Einrichtung zu erinnern. Fixiert die Mimik der gebückten Figur. Die Verwunderung ihres Ausdrucks scheint ins Unermessliche zu wachsen. Hatten Ege und sie ihre Sinnbilder seit jeher verkehrt herum ausgelegt? Ähnelt nicht eigentlich Gisela der von stetiger Organisation und Vermittlung buckligen Figur?

Immer öfter steht sie trotz Bewegungsradius und Freiraum ratlos auf der Türschwelle ihrer Beziehung, drinnen füllt Ege den frei gewordenen Raum mit Bildern, Wein und wilden ästhetischen Überlegungen auf. Früher verreiste Gisela noch, um Ege zu fehlen. Heute verreist sie, weil alles

Ferne und Fremde ihr behaglicher ist als Eges verwegene Denkräume mit den immer neuen Möglichkeitssphären.

Nach seiner unverhofften Rückkehr aus Berlin war sie stolz gewesen. Ege, der um alle bürgerlichen Denkschranken erleichterte Theoretiker, dessen unzähmbares Lustprinzip die revolutionäre Botschaft von der Großstadt in die kleine Schweiz brachte. Er schreckte ihren Freundeskreis mit den radikalsten Ansichten auf, forderte stets konsequente Promiskuität. Gisela schauderte klammheimlich erfreut über das Entsetzen in den Gesichtern ihrer verklemmten Kameradinnen. Als sie selbst unter der Lust, die Ege ihnen beiden als Maßnahme gegen die bürgerliche Ordnung verschrieb, zu leiden begann, war es schon zu spät. Die Freiheitsbewegung war in eine weitere Falle gemündet. Der Rückzug in die Berge, die immer selteneren Besuche der Kameradinnen, das gemeinsame Haus, geschmückt mit Symbolen, am Abhang.

Giselas Blick irrt zwischen den angrenzenden Grundstücken hin und her. Alles Elternhäuser, denkt Gisela verächtlich.

Sie denkt an ihre Väter, seinen und ihren. Pedantische Monster, die Reißzwecken aufs Tischtuch neben die Teller legten. Die die kleinste abweichende Lebendigkeit der Familie zusammenherrschten, mit hochrotem Kopf und dicker Schlagader am Hemdkragen. Die ohne Umschweife zuschlugen im Namen der Sittlichkeit. Das sittliche Schweigen der Mütter. Die Verzweiflung der Töchter. Ihre Verzweiflung, die sie im Gewühl der politisch motivierten Körper oft hinunterkämpfen musste, um sexuell befreit zu sein. Trauer steigt in Gisela auf. Sie hat mit allen und allem gebrochen. Doch auch die Wahlfamilie weist Risse auf.

Und doch kehrt Gisela immer zurück. Schon in den letzten Kurven der Dorfstraße spürt sie die wohltuende Gewissheit einer erneuten Enttäuschung. Die Enttäuschung ist verlässlich. Und auch auf Gisela ist Verlass. Sie kehrt heim, um Gewissheit zu haben. Um es gewusst zu haben. Alles bleibt sich gleich.

Und tatsächlich – Ege liegt im Bett, auf der Sonnenliege oder auf dem Sofa, im Sessel oder auf der Bank, liegt und spricht vom unendlichen Band des Möbius, der unersättlichen Schwärze der Magnetbänder in den Videokassetten, von den Körpern, deren Abbilder sich in ihn einbrennen, klagt über innere Hitze, den geistlosen Stumpfsinn des Dorfs, schimpft über den Schnee und die weißen Weiten des Nichts. Und wenn sie mit ihren Urlaubsfotos ein wenig Farbe und Freude ins Leben bringen will, verdreht er die Augen.

Gisela ahnt es. Sie selbst stellt in Wirklichkeit die verwunderte, kleine Figur Innen dar. Wenn Ege seinen Rausch ausschläft, wagt sie sich manchmal ein paar Schritte in die untere Wohnung, schleicht auf Eges offen stehenden Mund zu. Kann es nicht fassen. Dieses schwarze Loch also führt in die äußerste Außenwelt, die entlegenste aller Destinationen. Wie kann Ege über sie triumphieren? Wie, wenn er nicht Rom, Stromboli, die Alhambra und die Tuktuks von Mumbai bei sich hat, immer bei sich, im Herzen und unter der Haut?

Eine Träne fällt aus Giselas Auge in ihren Schoß und verdunstet auf dem schwarzen Stoff ihres Rocks. Wie ist das möglich? Ege blickt trotz seiner liegenden Position auf sie herab und durch sie hindurch.

In der Stille des Mittags singen Grillen. Sie hatten es immer gewusst. Dass Ege Gisela eines Tages abhängen würde, obwohl er keinen Meter zurücklegt. Die Grillen sollen zerplatzen unter Giselas Absatz, wenn sie über die Wiese davongeht.

Aber sie geht nicht. Erbittert fixiert sie die Lücke zwischen den Gipstorsos. Dort wären die Arme. Niemand hatte diese Arme je gesehen, aber sie, Gisela, hatte daran geglaubt. Sehnsüchtig aufeinander zugestreckt, durch alle Zeiten, immer, immer aufeinander zu. Aber die Arme sind nicht da. Nur der Abstand. Und in diesen Abstand hinein haben sich alle gedrängt, die besserwisserischen Grillen, das aufdringliche Nachbarskind, das halbe Dorf. Gisela möchte sie alle ohrfeigen. Ege hat recht. Nichts versteht die Außenwelt. Wenn jede Reise zurück an die eigene Türschwelle führt, ist alle Flucht umsonst. Es bleibt nur die Heimkehr zur Gewissheit. Jenseits der Schwelle warten Arztrechnungen, leere Weinflaschen und Verwaltung.

Gisela wischt sich die Tränen von den Wangen. Sieht es nun klar in den Figuren. Innen steht gebückt, weil es die Hand nach einem Koffer ausstreckt. Das ist es. Alles ist bereits enthalten und prophezeit, ins Material gegossen und wahr.

Gisela fasst sich an die Stirn, erkennt es. Sie ist es, sie selbst. Sie greift nach dem Koffer. Gaukelt Ege Sorge und Verwunderung vor, besänftigt ihn, mit einem Fuß bereits jenseits der Grenze, im Zug, im Flugzeug und Fernbus. Fast muss Gisela über ihre geniale Umdeutung lachen. Ist es nicht so? Verfügt sie als Verwalterin und Schnittstelle zur Außenwelt nicht eigentlich über alles hier? Ist sie nicht die verdeckte Herrscherin dieser Vorhölle? Gisela fühlt eine trotzige Kraft in sich auflodern. Doch! Ege und sein Treiben, egal wie hirnrissig oder trostlos, gehören ihr, Gisela. Alles hat seinen Preis. Und Gisela hatte ihn gezahlt. Die blauäugige Außenwelt wird auch noch merken, wie hoch er ist.

Und Ege? Sagt nichts, nicht Danke, nicht Bitte, nicht Auf Wiedersehen oder Bis bald. Er ist sich selbst genug, liest über den Schwachsinn der Weiber, träumt von altgriechischer Freizügigkeit und glaubt schon lange nicht mehr, dass Gisela zu etwas fähig wäre, was er, Ege, nicht schon längst erkannt und benannt hätte.

EINBILDUNG

Ege lehnt im Türrahmen des Hintereingangs und schaut dem Nachbarskind nach. Hypnotisiert vom vielen Fernsehen, wankt es über den kleinen Pfad die Böschung hoch nach Hause.

Jetzt kommt die Unruhe. Ein heißer Stich, diese Gedanken. Wohin damit? Der Denkraum, den er sich errichtet hat, droht ihn zu verschlingen. Seit seiner kurzen Unterrichtszeit an der Uni und dem Rückzug aus Berlin hat er versucht, wenigstens hier im Dorf ein Angebot zu machen. Ein Gesprächsangebot in der philosophischen Praxis. Rhetorische Behandlung, kritische Aufklärung, Medienmündigkeit, ein didaktischer Halt. Aber die Erwachsenen gingen ihren eigenen Dingen nach, hatten zu tun mit Vieh, Skiliften und Gemeindeverwaltung. Einzig das Kind der ebenfalls zugezogenen Nachbarn muss weder im Stall noch in einer touristischen Hölleneinrichtung aushelfen. Das Kind hat Zeit. Ege auch. Die Nachbarn halten erziehungstechnisch nicht viel vom bewegten Bild, das Kind ist fasziniert davon. Medien, Medien. Sein Geist ist wirr, aber wach. Das Kind ist für Ege ein Zauber.

Aber kaum zieht das Kind davon, beginnen die Zimmer zu wispern. Einzig seine theoretische Hinterlassenschaft, eine bereits viele Ordner schwere Recherche über die ge-

genseitige Beeinflussung der Körperbilder und Bilderkörper, droht von ihm übrig zu bleiben. Die weitergedachte Utopie, sein Lebenswerk. Er muss es zu Ende bringen, um sich daran festzuhalten.

Ege stolpert herum, schlägt da und dort im Halbdunkel ein Buch auf, starrt auf kritzlige Notizen, auf Zigarettenasche und die kleinen, bräunlichen Heiligenscheine der Rotweinflecken. Er kann nicht aufhören und kommt doch nicht weiter, hält schon seit Langem inne und lauscht auf ein Echo. Aus dem Dorf oder von Gisela, aus dem Mund des Nachwuchses, einer Uni, wenigstens einer Regionalzeitung.

Ein Juckreiz unter den Fingernägeln. Ege will die Gedanken aus dem Körper haben, sie ausschwitzen. Eben stand ihm eine elegante Argumentationskette vor Augen beim Anblick des Nachbarkindes. Wie es fernsah, aus sich selbst entfernt und in dieser Abwesenheit doch maximal leibhaft. Doch die Gedanken entziehen sich seinem Zugriff, sobald er sie festhalten will. Beharrlich verfolgt er sie durch die Wohnung, aber sie sind stets außer Reichweite. In der Küche stößt er mit dem Fuß gegen den Futternapf des Katers, Brekkies piksen in die Fußsohlen, er gibt auf. Trotz der Hitze überkommt Ege ein Frösteln. Alles hier arbeitet gegen ihn. Böse glimmt das Stand-by-Lämpchen des unbeschäftigten Fernsehers aus dem Schlafzimmer.

Er kehrt zum Schreibtisch zurück, sucht sein Weinglas. Er muss sich wärmen. Als er mit dem Glas zurück ins Schlafzimmer tritt, ist das Auge des Fernsehers nicht mehr zu sehen. Zigarettendunst hängt schwer im Raum. Ein Schatten atmet im Zimmer. Jemand steht zwischen ihm und dem Gerät. Ist das Kind wieder zurückgekehrt?

Der Schatten huscht zur Seite, das Auge blinkt wieder auf. Ege tastet nach dem Lichtschalter, fingert an einem Bilderrahmen entlang, etwas fällt zu Boden. Als die Fingerkuppen den Schalter finden, spürt Ege plötzlich eine stechende Kälte im Nacken.

«Grüße von Anton», flüstert eine Stimme hinter ihm. «Er erwartet dich ein Stockwerk tiefer.»

Ege hat noch nie von einem Anton gehört. Nur von Anton aus Tirol. Dieser Gott der vergnügungssüchtigen Halbtoten, die das Dorf und seine Pisten im Winter heimsuchen. Anton aus dem Schlagerhit. Ege will sich umdrehen, doch der Nacken ist versperrt, eine eiserne Klaue hat ihn fest im Griff.

«Zwecklos», kichert es hinter ihm. «Anton ist so schön. Und auch so toll. So stark und auch so schön. Und ich? Ich auch. Ich bin mit ihm verwandt. Und habe den Zweizack. Es ist eine Spezialanfertigung, aus dem Holz eines vom Blitz getroffenen Baums, mit geteiltem Ende, extra für Hälse. Damit schiebe ich Unselige über die Kante des Wahnsinns, von allein springen sie ja nicht. Deshalb habe ich den Zweizack. So muss ich sie nicht anfassen. Man stößt ihnen das gegabelte Ende in den Nacken, führt sie herum, und dann, zack!»

Wer ist dieses schwatzhafte Geschöpf? Das pochende Gesicht an die Wand gepresst, denkt Ege wild in alle Richtungen.

«Dein Verstand ist ganz verkocht», plappert es weiter hinter ihm. «Welche Bosheiten könnte sich einer mit einem derart verkochten Verstand denn noch ausdenken? Mit den Körpern und den Bildern, ein Bilderbuch vielleicht? Für Kinder? Mit Kindern? Weißt du, was Gisela über dich sagt? Sie sagt, du seist selbst ein großes Kind.»

Der Druck um Eges Hals lässt etwas nach, die Stimme verfällt in ein kleines Gelächter. Unmerklich dreht Ege den Kopf und schielt über seine Schulter in die Richtung des Schmerzes. Doch nur der Stab des Zweizacks ist auszumachen. Er ragt aus dem Dunkel der gegenüberliegenden Zimmerecke und bebt, am anderen Ende kichert es noch immer. Wenn dieses Wesen wirklich etwas mit der Unterwelt zu tun hat, könnte es einer der drei Racheengel sein. Für eine zornige Rächerin klingt die Stimme reichlich unreif. Ege gräbt nach den Namen der Furien ... Alekto, die rastlose Jägerin. Megaira als neidischer Zorn.

«Ich nehme mir Zeit für dich, keine Sorge. Und zu beneiden bist du wirklich nicht, Doktor phil. der Unvernunft», kommentiert die Stimme Eges Überlegungen.

«Tisiphone?», keucht er. Sofort wird er wieder fester an die Wand gedrückt. Ege hört sein Glas zu Boden fallen.

«Glaub bloß nicht, dass ich halbe Sachen mach. Ich bin Tisiphones Tochter. Aber wir sagen Tisifee.»

«Wir?», presst Ege hervor und ahnt bereits, dass etwas außer Kontrolle geraten ist.

«Die Unke und ich, wir sagen Tisifee», sagt die Stimme mit Nachdruck, «aber die Bezeichnung ändert nichts an der Sache. Ich bin zwar milder als meine Mutter, Barmherzigkeit kannst du trotzdem nicht erwarten. Aber Schluss jetzt mit der Ahnenhistorie. Man erzählt sich seine Geschichte, wie sie grad ins Bild passt. Damit kennst du dich doch aus. Also, mal sehen, was ich hier noch mit dir machen kann. Wollen wir vielleicht etwas notieren? Für dein Lebenswerk? Das wäre doch ein Spaß!»

Die Umklammerung des Nackens wird noch enger, und Ege, geschoben von der unerbittlichen Kraft am Ende des Stabs, schrammt an der Wand entlang ins Arbeitszimmer. Gebückt taumelt er auf die Computertastatur zu, streckt die Hand danach aus, doch der Schmerz an der Schädelbasis zwingt ihn urplötzlich in die Knie, seine Stirn knallt auf die Buchstaben. Eine lange Reihe von Zeichen wächst auf dem Bildschirm.

Als Ege aus seinem Rausch erwacht, klickt Gisela sich durch den unartikulierten Hieroglyphenwust. Ihr Gesicht im grellen Licht des Bildschirms, eine Büste des Entsetzens. Ege behauptet, der Kater sei auf der Tastatur eingeschlafen. Gisela nickt bloß.

Etwas Wichtiges müsse der Herr Papa noch schnell notieren. Wütend knallt die Mutter den Hörer auf den Apparat und lässt sich auf die Eckbank fallen. Das Essen steht auf dem Tisch, der Vater kommt nicht. Das Kind schaut in seinen dampfenden Brei. Karotten-Kartoffelstock. Die Wichtigkeit vom Vater breitet sich in seinem Kopf aus, zäh wie Brei. Dagegen kommt die Mutter nicht an.

Ob die Erwachsenen denn keine eigenen Regeln der Wichtigkeit aufstellen könnten, untereinander? Wie die vernünftigen Hirsche auf der Lichtung?, fragt das Kind vorsichtig. Pah, blafft die Mutter. Sie wolle doch gar nicht die hehren Regeln der Wichtigkeit in Frage stellen, sie wolle nur etwas Wertschätzung für ihr Essen. Der Vater mache immer nur Kartoffelpuffer. Und Aufträge, Auftraggeber, Verpflichtung, Produktion, Produkt. Das Kind schielt auf die Butter. Es streckt die Hand danach aus, die Mutter zieht die Butter weg.

«Was ist das Produkt meiner Arbeit an euch, na? Was?»

Das Kind nimmt die Hände wieder zurück hinter sein Lätzchen.

«Die Produkte werden immer gleich gegessen und wieder zerstört», faucht die Mutter. Mit merkwürdigen Augen betrachtet sie das Kind.

Das Kind traut sich nicht, irgendetwas auf dem Tisch anzurühren. Ist es selbst das Produkt? Oder der Auftraggeber? Das Kind hofft, dass man es der Mutter einmal zu einem fairen Preis abkauft. Dann wäre es gerecht. Alles hätte seinen Preis. Der Vater existiert ja auch dank der Arbeit der Mutter immer weiter und geht dem Erwerb nach … Auf der dünnen Folie um die Butter glänzen Kondenstropfen.

Missmutig stochert die Mutter mit der Gabel im Greyerzer herum. Jedes Mal, wenn der Vater nicht zum Essen erscheint, hasst sie das Essen und die Körper, die dieses Essen essen. Sie will nicht dafür zuständig sein, diese Körper zu erhalten. Reproduktion in Dauerschleife. Sie will bei ihren Figuren sein. Etwas Beständiges, ein Lebenswerk. Der Haushalt interessiert sie nicht. Würde sie wenigstens dafür bezahlt, könnte sie ein paar Tage ins Wellness-Hotel fahren. Dort würde sie dann verächtlich am Frühstücksbüffet auf und ab schlendern und nie zum Abendbrot erscheinen. Sie würde das ganze Hotel für sich schuften und es dann wissen lassen, dass sie Wichtigeres zu tun hat, als diese Arbeit zu honorieren. Aber so bleibt ihr nur, sich an diese unantastbare Wichtigkeitsregel anzupassen. Jede Kartoffel, die ihr durch die Finger geht, wird verflucht, jedes Butterbrot, jedes Glas Sirup soll in die ewige Verdammnis … Aber da ist es auch schon gegessen, getrunken, weggeputzt. Sie kann gar nicht so schnell fluchen, wie diese Produkte verschwinden.

Eigentlich sollte der Vater verkauft werden!, denkt das Kind, das nun auch zu einem Schluss gekommen ist. Erschrocken hält es sich den Mund zu. Hat es das jetzt laut gesagt?

Die Mutter, aus ihren Gedanken gerissen, macht ein entsetztes Gesicht. Doch gleich darauf wird sie von einem heftigen Kichern erfasst. Erleichtert stimmt das Kind ein.

«Völlig richtig», lacht die Mutter. Der Vater sei ein pflegeleichtes Produkt und leicht verkäuflich. Der kenne auch die Regeln und Zusammenhänge. Nicht wie das Kind, das manchmal beide Füße vom Boden nehme und umfalle. So lasse sich das noch nicht verkaufen. Das wäre eher etwas zum Anschauen oder Erleben. Ein Kunstwerk vielleicht. Sie streicht dem Kind übers Haar und schiebt die Butter wieder heran.

Nach dem Essen spielt die Mutter ihre Lieblingskassette und tanzt mit dem Kind auf dem Spannteppich. Der Vater kommt keuchend dazu, er ist zu schnell vom Büro hergerannt. Sein Teller steht einsam, die Butter zerflossen, er lässt die Laptoptasche sinken. Niemand beachtet ihn. Das überdrehte Kind hüpft wie ein Derwisch um die Mutter herum.

«Was ist das, Aquarius?», schreit es gegen die Musik an.

Die Mutter erklärt singend, das habe mit der Seele zu tun. Die Seele der neuen Kinder sei blau. Und aus der Seele der Kinder kämen Musik und Gedichte, denn ein neues Zeitalter breche an, das des Wassermanns. Dann werde alles anders, schließt die Mutter, dreht die Musik leiser und betont das Wort mit Blick auf den Vater: hoffentlich. Der macht einen schuldbewussten Buckel. Die Mutter setzt sich zu ihm an den Tisch, und sie reden stoßweise und böse miteinander. Das Kind flieht auf den Balkon und drückt die heißen Wangen durch das Geländer.

Nebenan bewohnen andere Nachbarn im neuen Zeitalter des Wassermanns ein neues, blaues Haus mit Flachdach. Das erste Haus mit Flachdach, das im Dorf gebaut wurde. Das Flachdach bildet einen interessanten Winkel zur Schräge des Abhangs, an dem das Haus steht. Die Nachbarn haben in der Schräge mit viel Aufwand einen Steingarten hergerichtet und ihn mit großen, blauen Porzellankugeln geschmückt. Das Kind hatte den Vorgang genau beobachtet. Die Porzellankugeln wurden mit Steinen arretiert, um sie daran zu hindern, den Abhang hinunterzurollen und den Steingarten talwärts zu verlassen.

Wenn die Nachbarin im Erdgeschoss Wäsche bügelt, hat sie Aussicht auf die Kugeln. Drinnen zischen die Eltern. Das Kind spürt, dass die blockierten Kugeln niemals glücklich sein werden.

BEHANDLUNG

«Die Unterhose ist mit einem Sensor ausgestattet, der beim kleinsten Kontakt mit Flüssigkeit Alarm auslöst», erklärt der Heiler dem Kind. Irgendwann klingle dieser Alarm dann quasi im Kind drin, rechtzeitig, schon bevor es ins Bett mache.

Das Kind dreht und wendet die Unterhose. Es will keine Klingelgeräusche in sich drin. Ist das die Art, wie man erwachsen wird? Die Alarmunterhose ist steifer als eine gewöhnliche. Das Kind ist beschämt.

«Wir haben ja schon fast alles probiert», tröstet der Heiler das Kind. Die Algentabletten hätten ganz gut gewirkt, es sei bloß ein kleiner Rückfall.

Der Blick des Kindes wandert über die farbigen Folien, die am Fensterglas kleben. Nachts war es wie ferngesteuert aus dem Bett geschnellt und, das nasse Bettzeug hinter sich herschleifend, ins Zimmer der Eltern gestapft, hatte sich und das Bettzeug komplett ausgezogen und alles auf die schlafenden Eltern geworfen. Dann hatte es sich nackt ins Mondlicht gestellt, das durchs Dachfenster fiel, und im Nachthimmel nach dem Engel Ausschau gehalten.

«Wenn der Engel wiederkäme ...», murmelt das Kind versonnen.

«Die Engel leben in einer anderen Welt, und du bist kein Pottwal», unterbricht der Heiler das Kind schnell. Es müsse lernen, mit inneren Spannungszuständen anders fertigzuwerden. Sonst würde all diese Spannung in die Seele absinken, und dann sei diese nicht zu bändigen.

Das Kind schaut den Heiler aus großen, traurigen Augen an. Es hätte dem Engel gerne von den zischenden Eltern und den blauen Kugeln erzählt, ihn überhaupt gern gesprochen. Aber dem Nachthimmel war es gleichgültig. Kein Engel weit und breit. Da wollte es sich vor Enttäuschung auflösen, zerfließen und im Ozean versinken.

«Jetzt versuchen wir's mal noch mit dieser Spezialunterhose», schließt der Heiler ab und tippt dem Kind auf die Stirn. Er wolle nur kurz im Lager eine frische holen, diese hier sei das Ansichtsexemplar.

Das Kind hört den Heiler im Nebenzimmer im Schrank wühlen. So viele nützliche Sachen hier, und es kriegt eine steife Unterhose. Es will etwas Gutes. Sein Blick streift über den Schreibtisch. Da, die Schublade. In der Schreibtischschublade ist das Nützliche der Erwachsenen. Alles andere ist Kinderkram. Behutsam zieht es am Knauf, das leise Schaben der Schublade übertönt es mit einem Hüsteln. In der Schublade liegen Papiere. Sie sehen wichtig aus, einige sind sogar gestempelt. Das Kind greift sich ein paar der gestempelten Papiere und legt sie flach unter sein T-Shirt. Sie knistern wichtig und kühl auf der Bauchhaut. Da kommt der Heiler mit der Unterhose zurück. Schnell wirft sich das Kind mit dem Bauch gegen die noch offen stehende Schreibtischschublade und streckt die Arme flehend nach einer bunten Keramikschale aus, die außer Reichweite auf dem Schreibtisch steht. Es macht ein ungeduldiges Geräusch. Der Heiler kommt zu ihm geeilt, um die Schale näher zu rücken.

«Willst du gucken? Dieser Engel schläft friedlich und trocken in seinem Bettchen.» Er hält dem Kind die Schale hin.

Es studiert das dicke, nackte Porzellan-Engelchen, das auf blauem Dekosand liegt. Es versucht, sich zu erinnern, ob der Engel auf Eges Kassette Kleider trug. Aber es kommen nur verschwommene Konturen.

In seinem Zimmer sucht das Kind die Blechschatulle hervor, um die nützlichen Papiere, die es beim Heiler an sich genommen hat, zu verstecken. Zwischen den fleckigen Taschentüchern findet es seine bespuckte Tonbandkassette wieder. Es horcht in die Wohnung. Die Mutter ist womöglich unter den Kopfhörern im Atelier beschäftigt. Wenn ein gutes Lied im Radio angekündigt wird, stürzt die Mutter zur Stereoanlage, um REC zu drücken, noch bevor die Moderatorin die letzte Silbe ausgehaucht hat. Wenn die Kassette dann voller guter Lieder ist, schnallt sie sich den Walkman an den Gürtel und geht um ihre Figuren tanzen.

Das Kind würde gerne hören, ob sich die bespuckte Kassette noch an ihre Bestrafung erinnert. Ob sie sich noch schämt. Behutsam dreht es die Spule vorwärts. Die Zähnchen beißen sanft in die Fingerkuppe. Das Kind will sich nicht allein schämen. Der verschwommene Engel. Die nassen Hosen und Laken. Das Osterei. Das leere Guckgerät bei der Ärztin. Das fehlende Gefühl. All das lässt sich den Erwachsenen schwer erklären, ohne Zusammenhang.

Das Kind legt die Kassette vor sich auf den Teppich. Es stellt sich die Spuck- und Rotzgeräusche auf dem Kassettenband vor, je ein Zeigefinger in den beiden Spulen. Vor und zurück. Hin und Her. Gibt es keinen Ort, wo die Geschichte doch noch sein könnte, ist noch immer bloß die Beschimpfung drauf? Unnötig, das zu überprüfen. Es weiß, dass es so ist.

Traurigkeit steigt im Kind auf. Warum hat es der Kassette nicht einfach verziehen, dass die Geschichte fehlt? Wozu die Strafe, wozu die Scham? Das Kind spürt, dass es selbst sich für jede fehlende Geschichte irgendwann schämen wird. Es muss versuchen, die Zusammenhänge herzustellen zwischen Engel und Ege, zwischen dem fehlenden Gefühl und den stummen Kassetten. Es muss Ege fragen. Ege hantiert den ganzen Tag mit Kassetten. Vielleicht ist die Geschichte vom Hirsch, die Geschichte der eigenen Vernunft, die auf die Lichtung tritt und den Engel verkündet, doch nicht verloren.

Entschlossen, durch diese Aufgabe sich selbst und die Würde der armen Kassette zu retten, stopft das Kind die gestempelten Papiere des Heilers zu den blutigen Taschentüchern in die Blechschatulle und rennt mit der Kassette in der Hand zum Telefon.

Lange tutet es in der Leitung. Das Kind hört seinen eigenen, aufgeregten Atem. Dann knackt es, Giselas Stimme, eine klingelnde Glocke. Ja, klar sei Ege da. Unten in der Wohnung. Wo sonst? Da Kind solle gern mal nach ihm schauen. Er kriege ja sonst keinen Besuch.

EINDRUCK

Das Kind stößt die Tür zum Hintereingang auf und will schon in Eges Wohnung stürmen, da bemerkt es im Flur ein paar Turnschuhe. Die Schuhe sind fast doppelt so groß wie seine eigenen, mit knalligen, neonfarbenen Schnürsenkeln. Hat Gisela nicht gesagt, Ege kriege ja sonst keinen Besuch?

Neidisch umkreist das Kind die unbekannten Turnschuhe, streift sich dann hastig die eigenen von den Fersen und rennt ins Arbeitszimmer. Vor dem Widerschein des

Computerbildschirms sieht es im Halbdunkel die Umrisse einer Gestalt. Das Herz klopft laut im Kind. Es kann nicht erkennen, wer da sitzt. Die Augen müssen sich erst an Eges Dämmerwelt gewöhnen. In der Hosentasche umklammert es die Kassette mit der fehlenden Geschichte. Die Augen passen sich an, das Bild wird scharf. An Eges Arbeitstisch sitzt ein Junge und dreht sich auf den Bürostuhl wie verzaubert mit dem Gesicht zur Decke um die eigene Achse.

Das Kind räuspert sich. Eigentlich wäre es selbst der zauberhafte Besuch. Nun ist hier aber ein Anderer. Der Andere wendet endlich den Blick von der Decke ab und sieht sich gelangweilt nach dem Geräusch um. Das Kind kriegt schwitzige Hände. Der Junge sieht aus wie ein unfreundlicher, älterer Bruder seines Engels. Er ist noch genauso schön, aber in seinem Gesicht wachsen schon die Sorgen und Gefühle der Erwachsenen.

«Ich mache ... hier ... Besuch ...», stammelt das Kind.

«Freiwillig?», erwidert der Junge und hebt überrascht die Augenbrauen. «Du armer Frosch.»

Das Kind zuckt zusammen. Die Worte des Jungen sind elektrisches Eis, kalte Blitze.

Aus dem Schlafzimmer dringt ein Rascheln und Husten. Der Junge verdreht die Augen. Ege suche seit einer halben Stunde die Autoschlüssel. Aber in diesem verfluchten Halbschatten sei ja nichts auszumachen. Drüben fällt etwas zu Boden, leises Fluchen. Der Junge stöhnt auf und wedelt sich mit der Hand vor dem Gesicht. «Völlig plemplem!»

«Maul nicht so viel!», kräht Ege von nebenan.

Das Kind würde den Jungen gerne aus Eges Wohnung locken. Das ist nicht sein Platz. Und er will schließlich auch gar nicht hier sein. Offenkundig.

«Draußen blüht der Klee. Den kann man essen. Wusstest du das?» Das Kind zeigt in Richtung Hinterausgang.

Bereitwillig erhebt sich der Junge vom Bürostuhl und schlurft zu seinen Turnschuhen. «Ich warte draußen mit dem Frosch. Hier drin werden wir bleich und hässlich», ruft er über die Schulter.

Sobald sie aus dem Haus getreten sind, ändert die Stimmung des Jungen. Sein Blick streicht samtig über die Böschung, er blinzelt ein wenig in die Sonne. Gebannt verfolgt das Kind den Wandel. Der Junge taut auf. Jetzt sieht er wirklich aus wie sein Engel. Oder sieht sein Engel aus wie der Junge? Aber der Engel sagte, er sei eine Tochter. Die Tochter vom Racheengel Tisifee. Das Kind traut sich nicht zu fragen.

In der Verlegenheit steigt es beherzt die Böschung hoch und hockt sich in den Klee. Der Junge kommt hinterher und streckt sich neben dem Kind aus. Die neonfarbenen Schnürsenkel im weiß-rosa Meer der Kleeblüten. Aufgeregt rupft das Kind die runden Blütenköpfe vom Stiel und saugt den süßen Nektar heraus.

Der Junge setzt sich wieder auf und greift ebenfalls in den Klee. Das Kind rückt näher heran, zeigt ihm, wie man die schmalen Röhrenblüten auszupft, um an den Nektar zu kommen. Die rosafarbenen Blüten schmecken besser als die weißen? Das Kind nickt. Allmählich hellt sich das Gesicht des Jungen auf.

Das Kind sieht nun klar. Der Junge muss sein Engel sein. Er ist es. Es nimmt allen Mut zusammen und stellt die Frage. Ob er es sei. Ob er der Engel sei?

Der Junge bekommt einen solchen Lachanfall, dass das Kind gleich wieder ganz klein in sich zusammenschrumpft. Er sei doch kein Engel, um Himmels Willen. Er sei Eges Sohn. Aus Berlin. Ob Ege und Gisela ihn denn nie erwähnt hätten? Ein Engel. Pff. Sein Gesicht verfinstert sich erneut. Er wirft die noch nicht abgeerntete Kleeblüte weit von sich. Womöglich hätten es Ege und Gisela sowieso lieber, wenn er ein Engel wäre. Ein inexistentes Flatterwesen, gar nicht wirklich da, gar nicht echt, nicht am Leben. Seine Stimme wird wieder eisig. Und ihm selbst wäre es auch lieber. Dann verstummt er vollends.

Das Kind zieht die Knie eng an sich, um sich zu wärmen. Das ist nicht sein Engel. Nicht die Tochter der Tisifee. Wie hatte es nur so dumm sein können.

Als Ege endlich aus dem Hintereingang tritt, die leeren Hände ratlos vor sich hertragend, fühlt das Kind sich genauso leer und ratlos. Ege hat die Autoschlüssel nicht gefunden, und auch die Tür zum Herz des vereisten Sohns ist wieder zugeknallt und verschlossen.

Gisela streckt den Kopf aus dem Fenster der oberen Wohnung. Ob sie es schön hätten?

«Nichts haben wir», faucht der Sohn. «Nicht mal die Autoschlüssel.»

Gisela winkt fröhlich ab. Sie könne sie fahren. Das sei doch schön, ein gemeinsamer Ausflug. Sei sowieso besser, wenn Ege die Finger vom Steuer lasse. Sie wolle nur kurz noch das Kind und den Sohn filmen. Wie sie da im Klee säßen. Einmal einen schönen Moment festhalten.

Ege lässt sich seufzend auf den Stufen vor dem Hintereingang nieder. Gisela im Fensterrahmen nestelt die Videokamera hervor. Das Kind sieht das rote Lämpchen aufflammen, der Sohn verbirgt das Gesicht in der Armbeuge. Gisela lehnt sich ein wenig aus dem Fenster. Ruft «Hallo» und «Huhu, macht doch mal was Lustiges». Der Sohn reißt, ohne hinzuschauen, ein ganzes Büschel Klee mit Stumpf und Stiel aus und schleudert es hoch zu Giselas Fenster.

Kopfschüttelnd packt Gisela die Kamera weg. Sie komme ja gleich, meine Güte. Sie sollen schon mal runter zum Parkplatz gehen.

Gisela hält die Autotür auf. Das Kind könne gern mitkommen ins Shoppyland, wenn es wolle. Ege werde sich neue DV-Kassetten besorgen im Mediamarkt, sie selbst wolle sich im Reisebüro umsehen. Und danach ein schönes Eis essen zusammen?

Das Kind klettert mitsamt seiner Ratlosigkeit auf die Rückbank von Giselas Auto. Es will Ege nicht allein mit dem Sohn lassen. Es will den Sohn nicht allein mit Ege lassen. Es will Gisela nicht allein mit ihrem Ausflug lassen. Und es will selbst nicht allein zurückbleiben, ohne Engel, ohne Rat. Die Kassette in der Hosentasche flüstert: Vergiss nicht die verlorene Geschichte. Ege sagte, deinem Engel fehlt ein Zusammenhang. Vielleicht findest du ihn hier. Bei Ege, Gisela und den DV-Kassetten. Und dem verlorenen Sohn.

Schwungvoll fährt Gisela in die Kurven, endlich ein schöner Ausflug. Mit Ege, mit dem Sohn. Dem Kind auf dem Rücksitz schwappen die Innereien durch den Bauch. Um den Sohn von Berlin nicht anblicken zu müssen, fixiert es seine eigenen Augen im kleinen Rechteck des Rückspiegels. Hin und her. Die Augen gleiten ins Bild, aus dem Bild heraus, entwischen, kommen zurück. Ihm schwindelt. Die Augen des Engels im Atelier der Mutter, im Viereck seiner Finger. Der Kamerakopf, durch dessen Auge das Licht fällt. Das Kind versucht die aufsteigende Übelkeit runterzuschlucken, doch die Augen finden keinen Halt im Rückspiegel.

Ein Schwall Essensreste und Magensaft ergießt sich über die Lehne des Vordersitzes. Angewidert verzieht der

Sohn das Gesicht und kurbelt das Fenster runter. Gisela springt unsanft auf die Bremse und rollt auf einen Ausweichplatz. Ege faucht, Gisela solle halt nicht fahren wie eine Verrückte. Sonst kotze er gleich hinterher. Bescheuerter Ausflug. Zum Kotzen.

Geheul und Gelächter hallen im Eiscafé des Shoppingcenters. Mütter und Väter wischen verschmierte Wangen sauber, zerren Ärmel zurück. Nur an einem Tisch ist es still.

Der Junge hat die Stirn neben seinem zerflossenen Eisbecher auf die Tischplatte gelegt, das Kind knibbelt an eingetrockneten Spritzern von Erbrochenem auf seinem T-Shirt. Eges Blick huscht über die grell ausgeleuchteten Auslagen der Geschäfte. Paare in identischen, weißen Shorts lassen sich von winzigen, filigranen Hunden an der Leine von einem Schaufenster zum nächsten ziehen. Unmotiviert deuten sie auf die Auslagen, zucken die Schultern, lassen sich weiterziehen.

Ob das Kind noch irgendwas von hier wolle?, fragt Ege. Gisela sei wohl noch länger im Reisebüro, und er habe keine Lust, hier in diesem Höllengezeter von Eiscafé herumzusitzen. Vorher nehme er den Zug zurück.

Beim Wort «Zug» hebt der Sohn den Kopf und macht ein empörtes Gesicht. Das sei so unterirdisch, ob Ege denn kein Ehrgefühl habe? Wenigstens mit Gisela, mit dem Auto heimfahren. Wenn er schon nicht mehr fähig sei, seine eigene Karre zu lenken. Er werde auf keinen Fall in einen schäbigen Regionalzug steigen mit ihnen beiden. So ein Scheiß.

«Oho, der ehemalige Windelmensch hat aber dezidierte Meinungen», blafft Ege und zündet sich ungerührt eine Zigarette an. Der stechende Blick des Sohns geht ihm gehörig auf die Nerven. Es ist sein eigener Blick, das lässt sich schlecht bestreiten. Jetzt, wo dem Sohn die Hormone ins Kraut schießen, lässt sich überhaupt gar nichts mehr bestreiten. Derselbe flammende Blick wie Ege. Aber keine Hitze, keine Gnade, nur knirschendes Eis zwischen ihnen. Dazu die vorlauten Reden seiner Mutter, der Studentin, die ihm diesen Sohn während seiner Professur in Berlin abgenötigt hatte. Vor lauter Verehrung. Sich vor ihm ausgebreitet hatte. Dann die Drohung, der runde Bauch. Und nun sitzt da dieses nervtötende Abbild seiner selbst, dieser bereits vorpubertäre Windelmensch, und isst nicht mal das Eis, das er ihm ausgelegt hat.

Entsetzt schaut das Kind auf die bebende Unterlippe des Sohns. Der Familienvater am Nebentisch schaut entsetzt auf Eges schmauchende Zigarette.

UNFALL

Über der Wasseroberfläche die Himmelskuppel. Macht sich klein und neigt sich von allen Seiten über den Teich. Die Unke kann Sinn und Zusammenhang an der Wasseroberfläche ablesen. Die Welt kommt ganz nahe, denn die Teichbewohnerin ist kurzsichtig. Wippende Schatten beugen sich neugierig über den Rand des Teichs. Eine Unke, siehe da. Die Unke sieht wenig und ordnet die Schatten als zu groß für eine Beute ein. Sie hält still. Die Schatten wispern, machen aber keine Anstalten, irgendwas aus dem Teich zu erbeuten. Knapp unter der Wasseroberfläche treibt eine Larve. Vorsichtig löst sich die Unke vom Grund. Vielleicht kann sie es wagen. Doch als sie die Larve erreicht hat, schieben die Schatten etwas unter den Unkenkörper, sie wird emporgehoben und durchbricht die Wasserlinie.

Oberhalb herrscht ein ohrenbetäubender Lärm, die Überwasserwelt schrillt und kreischt, Anton, Anton, Anton! Aufwachen! Alarm! Alarm! Das Kind schnellt von seinem Kissen hoch. Die klingelnde Unterhose, Alarm! Es muss aufwachen. Es muss aufhören. Es muss aus dem Wasser. Der Frieden der Unke ist vorbei.

Hastig schlägt es die Decke zurück. Es sitzt in einem feuchten Fleck. Die Unterhose hört nicht auf zu bimmeln, obwohl schon alles vorbei ist. Und nichts verhindert. Der Himmel, jetzt wieder weit und fern, errötet vor dem Fenster. Enttäuscht pult das Kind den schellenden Sensor aus der nassen Unterhose und findet schließlich den Knopf. Die Sirene verstummt, nur das Herz hämmert gegen die Rippen. Es hofft, dass der Unterhosenlärm die richtigen Vorgänge auslöst. Routiniert wechselt das Kind den Schlafanzug, legt ein dickes Handtuch auf den Fleck im Bett und wendet die Decke, trockene Seite nach unten.

AUFKLÄRUNG

Die Eltern schenken dem Kind ein Bilderbuch. So kurz vor der Einschulung sei es an der Zeit. Das Buch heißt «Die geschwollene Anna». Darin gibt es Zeichnungen, wie Max und Anna sich liebhaben. Unter der Bettdecke. Dann beginnt Anna anzuschwellen, mit jedem Umblättern wird sie runder. Ein Rätsel. Was ist in Anna los?

«Ein Baby wächst in ihr», sagt die Mutter.

«Hat sich das Baby unter der Bettdecke versteckt und ist dann in Annas Bauch geschlüpft?»

Naserümpfend sieht das Kind zum Vater auf. Der macht ein zerknirschtes Gesicht.

Das Baby sei keine andere Gattung, es habe sein Leben

von Max und Anna geschenkt bekommen. Es selbst sei aber auch ein Geschenk für Max und Anna. Wiederum.

«Ist das immer so?», will das Kind wissen.

«Ja, immer», nicken die Eltern.

«Das ist aber ein langweiliges Geschenk», findet das Kind. «Gar keine Überraschung, wenn es immer ein Baby ist. Vielleicht will die geschwollene Anna gar kein solches, sondern lieber ein Chinchilla oder ein Brettspiel. Das ist doch kein richtiges Geschenk?»

«Nun ja, na ja ...», der Vater versucht einen versöhnlichen Ton. Wie bei den Tieren und den Pflanzen gäbe es auch bei den Menschen Weibchen und Männchen mit verschiedenen biologischen Funktionen. Er deutet auf die Region, wo nachts die klingelnde Unterhose ist, und dann auf die Zeichnung eines rötlichen Innenraums im Bilderbuch.

Die geschwollene Anna, die Mutter und auch es, das Kind selbst, seien Menschenweibchen, versucht die Mutter dem Vater beizustehen. Und das Menschenmännchen Max ist der Mann ...

Das Kind starrt bestürzt auf die Zeichnungen und schnauft. Die geschwollene Anna ist unbeweglich wie eine schwere Kugel und schwitzt. Max hält ihre Hand und tröstet sie. Dann wird das Baby im Krankenhaus wieder unter einer Decke hervorgeholt. Das Kind kann es nicht fassen. Wie? Wo? Ein Trick?

Das sei kein Zauber, eher ein Wunder ... Die Mutter blättert um. Ein Tor aus Fleisch, durch das das Baby taucht. Auf der nächsten Seite liegt das Baby in den Armen von Anna, und alle lächeln, und auch das Baby lächelt engelhaft. Das Kind wirft den Eltern das Bilderbuch vor die Füße und schreit wie am Spieß.

«Nein! Ich will nicht. Ich will dieses Geschenk nicht!» Polternd rennt es die Kellertreppe runter aus dem Haus.

Die Mutter, die den Atem angehalten hatte, hebt prustend das Buch auf.

Um in Ruhe über die geschwollene Anna nachzudenken, zieht sich das Kind ins Bachbett zurück. Es steigt von Stein zu Stein bis weit in den Wald hoch, das Rauschen des Wassers übertönt die Worte der Eltern.

Es setzt sich auf einen großen, moosbewachsenen Stein oberhalb eines kleinen Beckens. Von hier aus kann es den Bach überblicken. Alles im Kind sträubt sich gegen die Vorgänge, die das Bilderbuch ankündigt. Die Eltern, die beim Anblick von Max und Anna ins Stocken geraten. Die unsichtbaren Körperteile unter der Decke und in der Unterhosengegend. Nachdenklich bohrt das Kind seine Finger ins Moos. Anna, ein Menschenweibchen. Ein Tor aus Fleisch in der Unterhosengegend, durch das Anna und Max ein Baby bekommen. Ein Geschenk. Was ist der Auslöser? Die läutende Unterhose des Heilers? Hatte dieser Alarm die Eltern erinnert, an das Geschenk? Das es nun an der Zeit sei, hatten sie gesagt. Zeit wofür? Ein Geschenk zu machen, oder eins zu sein? Das Kind will gar nichts sein. Auch nicht erwachsen.

Behutsam hebt es einen kleinen Moosteppich vom Stein und wirft ihn ins Wasser. Er fährt ein paarmal im Kreis, wird vom Strom mitgerissen. Vergnügt hüpft er von Schwelle zu Schwelle bachabwärts. Das Kind würde gerne mithüpfen, aber es ist zu schwer. Das unsichtbare Geheimnis der Unterhosengegend senkt sich auf seine Schultern, Fliegen und Mücken umschwirren schon die Beine. Ist denn alles verhext?

Das Kind horcht. Ins Rauschen des Bachs hat sich heimlich ein zweites Geräusch gemischt. Ein weiterer Alarm? Eine Sirene? Das Heulen versinkt wieder im Wasserbrausen. Erschrocken zieht das Kind am Bund seiner Hose. Geht der

Alarm nun schon von allein los? Verzweifelt drückt es beide Handflächen fest zwischen die Beine. Es muss die Sirene zum Schweigen bringen. Doch das Heulen schwillt erneut an. Es kommt von weiter weg.

Das Kind lässt den Hosenbund zurückschnappen, steht hastig auf, springt ans Ufer und beginnt, aus dem Bachbett zu klettern. Das heulende Geräusch wird lauter. Es muss die Sirene stoppen, bevor die ganze Nachbarschaft zusammenläuft. Immer steiler wird die Böschung, alles rutscht, losgetretene Steine poltern in den Bach, gerade noch bekommt das Kind einen krummen Föhrenstamm zu greifen. Das Heulen weicht einem Knattern, stirbt ab, setzt wieder an. Das Kind zieht sich an der Föhre hoch und späht über die obersten Grasbüschel der Böschung.

Späne stieben durch die Luft, Harz- und Dieselgeruch schlagen dem Kind entgegen. Ein orangefarbener Gemeindearbeiter senkt das Blatt seiner Motorsäge in den Stamm einer Tanne. Das untere Ende der Tanne liegt aufgebahrt auf einem zweiten Baumstamm. Langsam und laut frisst sich die Säge durchs Holz. Doch kurz bevor eine ganze Scheibe des Stamms abgetrennt ist, stottert der Motor, das Heulen schrumpft zusammen, das Sägeblatt gleitet rückwärts durch den ausgefrästen Spalt, und der orange Mann kippt das Gitterchen vor seinem Gesicht hoch.

Schnell zieht das Kind den Kopf ein. Jetzt spricht er zu irgendwem. Sind da noch andere? Vorsichtig richtet das Kind sich wieder auf. Tatsächlich steht jetzt neben dem Gemeindearbeiter ein Junge. Der Gemeindearbeiter redet in wohlwollend ruppigem Tonfall und befestigt den Ring mit dem Gitterchen am Kopf des Jungen, so was könne man in der Großstadt ja nicht erleben, richtige Arbeit. Der Junge klappt das Gitterchen nun ebenfalls hoch. Dem Kind entweicht ein erstaunter Laut. Eges Sohn! Aus Berlin!

Schnell kombiniert das Kind. Der Sohn ist von Ege und Gisela ebenfalls mit den unheimlichen Informationen über die geschwollene Anna, die geschenkten Kinder und das wundersame Tor aus Fleisch bedrängt worden, ist dann in den Wald geflohen, um, um, ja was denn, was haben der Gemeindearbeiter und die Tanne damit zu tun?

Die Grashalme kitzeln das Kind an der Nase. Der Gemeindearbeiter drückt Eges Sohn den Bügel der Motorsäge in die Hände, dieser kippt fast vornüber, hebt die Säge mühsam hoch. Er zieht an der Schnur. Der Motor kreischt, murkst, verstummt. Der Gemeindearbeiter muss nachhelfen, schließlich springt die Säge an. Die Beine des Sohns zittern. Ins Motorengeheul brüllt der Gemeindearbeiter Anweisungen. Das Kind hält den Atem an. Der arme Sohn. Hat er denn gar nicht aufgepasst im Wald? Einem Gemeindearbeiter in die Arme zu laufen, das ist nicht geschickt.

Wieder wird das Sägeblatt in den Spalt gesenkt. Gleich wird etwas passieren, das kann nicht gut ausgehen, das Kind verkrallt sich vor Sorge im Grasbüschel. Die Arme des Sohns sind zierliche Ästchen neben dem dicken Baumstamm. Es kann nicht hinsehen. Der Ton der Säge wird kurz schriller, dann ein dumpfer Aufprall auf der Erde, die Säge schweigt wieder. Das Kind öffnet ein Auge.

Der Gemeindearbeiter klopft Eges Sohn auf die Schulter und ist begeistert. Siehst du, das geht zack, zack. Jetzt bist du ein echter Mann!

Wenn man sich eine Scheibe abschneidet, ist man ein echter Mann. Aus dem Engel ist ein Sohn und aus dem Sohn ein echter Mann geworden. Zack. Das Kind staunt. So einfach ist das.

ABDRUCK

Ein kühler Schauer zieht über Eges Brust. Ärgerlich zieht er die Stirn kraus. Wer wagt es, einen Schatten auf ihn zu werfen? Die Sonne und er sind noch nicht fertig miteinander. Ege öffnet ein Auge, das graue Brusthaar steht in einem kleinen Tümpel aus Schweiß.

Der Schatten gehört zum Kater. Er ist auf den Beistelltisch am Fußende der Sonnenliege gesprungen, um die Antipastireste zu beschnuppern. Das weniger dichte Oberfell im Gegenlicht, ein Kamm aus Flammen.

«Kusch, Höllenvieh!», versucht Ege den Kater zu verscheuchen. Doch der Kater zuckt bloß mit einem Ohr und angelt mit der Pfote ein übrig gebliebenes Stück Parmesan aus dem Öl. Ege mag sich nicht aufrichten. Soll der Kater den Teller halt leer fressen. Das Weinglas ist auch leer. Weitere Flaschen wären auf der Kellertreppe. Doch im Keller ist es empfindlich kühl. Ege kann die gesammelte Hitze jetzt nicht aufgeben. Er schließt die Augen wieder. Eingebrannt auf der Netzhaut das Nachbild des über den Teller gebückten Katers.

Ege hatte es immer gewusst. Der Kater ist ein Wiedergänger. Gisela hatte ihren ersten schwarzen Kater bei einem fahrigen Rückwärtsmanöver mit dem Auto überrollt. Wollte zu schnell vom Parkplatz, dachte vielleicht, wenn sie nur eilig genug wegkommt, würde die Flucht endlich mal gelingen. Gisela hatte dann schnell ein Ersatzkätzchen bei der Bäuerin besorgt. Wieder ein schwarzes. Damit Ege nicht allein blieb. Gisela in ihrem duseligen Gefühlsschwachsinn. Dachte wohl, Ege sei blöd und blind. Aber Ege sieht es ganz klar vor sich. Der flammende, weiße Engel des toten schwarzen Katers ist als Nachfolger seiner selbst auf der Linie wiedergekommen, um Vergeltung zu üben. Logisch, logisch.

Das Unglücksvieh lauert, setzt zum Sprung an. Springt vom Tisch auf die Sonnenliege und streicht an Eges nacktem Bein entlang. Aufdringlich und unbarmherzig. Das Fell, scharf wie Nesselzellen, reißt winzige Wunden in die schweißnasse Haut, Gift fließt hinein. Mit dem Gift verteilt sich eine taube Erkenntnis in Eges Körper. Er trägt Schuld an Giselas unlogischen Fluchten. Er trägt die Schuld, und die Schuld drückt ihn nieder auf die Sonnenliege. Der plattgefahrene Kater war ein verhältnismäßig kleines Opfer. Viel schwerer wiegt der Sohn. Der Sohn sitzt auf Eges Brust und blickt ihn mit verständnislosen Augen an. Seine Augen fragen, warum bin ich hier? Was wird das für ein Film? Welche Rolle spiele ich?

«Nachtmahr», keucht Ege unter seinem Gewicht.

Bin ich nicht in Wahrheit ein Engel?, fragen die Sohnesaugen und werfen einen beweisführenden Blick über die Schulter, auf die weißen Federflügelchen, die Ege ihm umgeschnallt hatte. Ächzend windet sich Ege. Er will diesen besserwisserischen Bengel nicht mehr in seinem Film. Ege drückt den Knopf mit dem roten Punkt. Schluss. Stopp. Den Doppelpfeil nach rechts. Vorspulen. Doch auch das hilft nichts. Der Sohn ist jetzt bald ein echter Mann und für Ege unbrauchbar. Zu viel Gewicht.

Als der Sohn und Gisela, zurück vom Ausflug in den Wald, ans Fußende der Sonnenliege treten, springt der Kater von Eges Brust. Zurückgeblieben ist auf der sonnenversengten Haut ein heller Fleck.

UNVERMÖGEN

Man könne doch auch mal zu Fuß gehen, findet Gisela, übernimmt gut gelaunt den Rollkoffer des Sohns und beschleunigt ihren Schritt. Der Sohn steckt die frei gewordenen Hände in die Hosentaschen. Wenigstens die Hände sollen geschützt sein vor dem Blick des Himmels, der Berge, des Dorfs. Jetzt wird er auch noch zu Fuß an die Bushaltestelle gebracht. Schaut her, das ist der Sohn. Schaut her, alles ist gut, wir haben einen Umgang, wir gehen zu Fuß.

«Nicht traurig sein», singsangt Gisela und hält inne, um den hinterhertrottenden Sohn aufholen zu lassen. Es sei doch sicher für alle besser, wenn er jetzt früher nach Berlin zurückfahre. Noch vor Weihnachten werde sie Ege überreden, in die Entzugsklinik zu gehen. Als Geschenk an sie, das sei ihr Weihnachtswunsch. Der Schnee kühle Eges Trinklust bestimmt herunter, und vielleicht könnten sie dann etwas besinnlicher beisammen sein.

Der Sohn versteht kein Wort. Gisela auf der Brücke im Tobel, überrauscht vom Getöse des Bergbachs. Der Sohn sieht nur den Ausdruck in ihrem Gesicht – eine enttäuschte Hoffnung. Neue Hoffnung darunter bleicht die grau gewordene Vorgängerin aus. Der Sohn hat keine Antwort auf diese Hoffnung, schaut also weg. Und auch Gisela wendet sich ab, sie betrachten einen Moment lang den Bach, die Bäuche am Brückengeländer.

«Der Bus ...», fällt Gisela plötzlich ein. Hastig schubst sie den Koffer weiter. Da prallt sie fast mit dem Nachbarskind zusammen, das aus einem Gebüsch am Straßenrand neben der Brücke gekrochen kommt. «Herrgott!», entfährt es Gisela. Sie seien in Eile, der Sohn müsse zurück nach Berlin. Das Kind verfolgt die beiden mit prüfendem Blick. Folgt ihnen dann mit etwas Abstand, ungebeten.

An der Bushaltestelle holt das Kind auf und fragt die Frage, die es den ganzen Weg lang leise geübt hatte. Ob Gisela die Geschichte mit dem Engel auf Eges Kassette kenne?

Da stößt der Sohn dem Kind den Rollkoffer in die Seite. Unter der Schirmmütze funkeln die warnenden Augen. Doch Gisela scheint mit dem Busfahrplan beschäftigt. Sie fährt mit dem Finger über das Plexiglas und rezitiert geistesabwesend die Abfahrtszeiten.

«Die Kassetten halten doch die Geschichten fest ...», hakt das Kind nach, der Sohn versucht, das Kind mit dem Rollkoffer abzudrängen. Doch es hält sich an der Bank im Wartehäuschen fest. Also quetscht er die hartnäckigen Fingerchen mit der Kofferkante.

«Aua!», piepst das Kind schrill.

Gisela löst endlich ihren Finger von den Abfahrtszeiten und fährt dazwischen:

«Was ist bloß mit euch! Ihr kennt euch doch gar nicht, was habt ihr denn zu streiten? Können wir es wenigstens die letzten Minuten mit dem Sohn schön haben? Ihr Kinder macht mich wahnsinnig.»

Eine Weile sagt niemand einen Ton. Ein lauter Traktor kriecht heran, die Bäuerin im Führerstand schaukelt mit ihrem Fuder Heu vorbei. Heruntergefallene Grashalme auf dem Koffer, der Sohn schnippt sie weg. Gisela legt ihm eine Hand auf die Schulter. Er sei doch immer so ein Engel gewesen. Ein Sonnenschein. Ein Geschenk. Ob er sich denn gar nicht mehr erinnere? Und jetzt so ein Griesgram? Streit mit einem fünfjährigen Kind. Das sei doch kindisch, so was.

Das Kind lauscht den leisen Worten. Nickt bei sich. Ja. Eben doch ein Engel. Jetzt nicht mehr. Aber damals.

Der Sohn schüttelt Giselas Hand ab und wirft einen abfälligen Blick über die Schulter. Das Kind könne ja selbst mal in einem Film mitspielen, wenn es so eifersüchtig sei. Wirre Rollen, schlechte Verkleidung, und auch sonst seien Eges Filme ungefähr so aufregend wie hier auf den Bus zu warten. «Man weiß, was kommt. Man weiß, was nicht kommt ...»

«Komm du bald wieder, mal zum Skifahren, wenn der erste Schnee fällt», unterbricht Gisela den Sohn und drückt ihn lange an sich.

Komm du besser nicht mehr wieder, erwidert das Kind den vereisten Blick des Sohnes über Giselas Schulter.

Der Bus kommt. Ungeduldig wuchtet der Sohn seinen Koffer über die enge Treppe. Das Kind reibt sich tapfer die schmerzenden Finger. Gisela sieht aus dem Augenwinkel, wie es sich selbst etwas zuflüstert.

Kurz bevor die Bustüren ganz zugehen, grätscht Gisela dazwischen und springt in den Bus. Sie begleite ihn doch noch mit bis zum Bahnhof. Sie wolle noch winken und sehen, dass er im rechten Zug lande. Der Sohn zieht sich die Kapuze tief ins Gesicht und versinkt in seinem Sitz.

INSZENIERUNG

«Canon, as easy as cats can», hustet Ege und deutet mit der Zigarette auf Gisela, die hinter dem Stativ steht und ein Auge ans Objektiv presst. Eigentlich könnte auch der Kater die Kamera bedienen. Aber dem Kater sei nicht zu trauen. Der könne zwar auch schreiben, schöne, sehr gescheite Texte. Aber er gehe ungern zum Fluss. Ein Wesen des Fegefeuers, nicht des Wassers. Deshalb mache diesmal Gisela die Kameraführung.

Gisela macht «tzt», er solle dem Kind nicht immer so viel Blödsinn erzählen. Aber das Kind ist in Gedanken versunken. Es trägt Eges schwarze Lederweste und betrachtet seine ausgelatschten Füße, die neben seinen schönen, kleinen Kinderfüßen auf dem warmen Asphalt stehen. Gisela hatte ihm ein Geschenk versprochen, wenn es beim Film mitmacht. Erst hatte es Bedenken. Wegen des gemeinen Sohns, der ihm die Finger eingeklemmt hatte.

«Vielleicht eine Pflanze, ein kleiner grüner Freund?», schlug Gisela vor.

«Oder vielleicht ein Baum?», hatte das Kind nachgelegt. Es möchte lieber keinen kleinen grünen Freund. Wenn schon einen großen.

«Ja. Vielleicht. Sogar», hatte Gisela geantwortet, «ein kleines Bäumchen. Zur Belohnung. Als Geschenk.»

Das Band laufe, meldet Gisela. Das Kind schreckt aus seinen Überlegungen.

«Worauf warten wir?», will Ege vom Kind wissen.

«Auf Anton!», erwidert es, ohne nachzudenken.

«Nein, wir warten auf Godot!», nervt sich Ege.

Sie hatten den Namen auf der Hinfahrt extra noch geübt. Das Kind weiß nicht, wer Godo ist. Aber es weiß, wer Anton ist. Anton ist der Großvater des Engels. Und heute trägt es selbst die Lederweste. Es ist genauso schön und stark – und auch so wild. Wenn Anton denkt, das Kind sei der Engel, wird er bestimmt kommen.

Aber Ege regt sich auf. Ob es denn alles durcheinanderbringe? «Godot! Auf Godot warten wir.»

«Wo ist denn Godo?», will das Kind wissen.

«Godot kommt nicht», sagt Ege mechanisch «Wir müssen uns die Zeit vertreiben.» Er nimmt das Kind bei der Hand, und zusammen gehen sie am Ufer in Richtung Horizont.

Giselas Blick streicht durch das Objektiv der schnurgeraden Fluchtlinie am kanalisierten Fluss entlang. Ege und das Kind werden immer kleiner. «Neuinszenierung mit dem Nachbarskind, unten auf der Ebene. Perfekte Ödnis», hört sie Ege sagen. «Interpretationsspielraum.» Sie solle sich doch etwas Nettes für das Kind überlegen, was man ihm schenken könne. Irgendeinen Kinderkram. Die Idee mit der Pflanze fand er sinnlos. Aber ihm sei es ja egal. Hauptsache, das Kind spiele den Botenjungen. Er selbst werde alle anderen Figuren darstellen.

Gisela gähnt verhalten. Warum hatte sie das bloß eingefädelt? Sie hätte zum Rhumba-Schnupperkurs gehen können. Stattdessen warten am Fluss, Godot kommt natürlich nicht, endloses, sinnbefreites Auf- und Abschlendern. Die Wartezeit wird mit dem Botenjungen überbrückt, dort beim Baum, ein Zeitvertreib, aber nur als Ahnung, nicht wirklich auf dem Bild. Existenzialistisches Nichts. Wenigstens ein gemeinsamer Ausflug. Aber weit waren sie nicht gekommen. Sie seufzt. Nur der Fluss verlässt den Bildraum, diesen Warteraum, fährt in Urlaub. Giselas Gedanken folgen dem Flusslauf, fließen zum oberen Bildrand und darüber hinaus in die Ferne.

Das Stativ beginnt zu beben, metallischer Lärm dringt an Giselas Ohr. Die von der Kaserne, stöhnt Ege, auf die hat nun wirklich niemand gewartet. Er hastet heran und zieht Gisela und die Kamera von der Straße ins Kartoffelfeld. Ein Panzerkonvoi kommt flussaufwärts gerasselt. Gisela blickt sich nach dem Kind um. «Trotzdem filmen», befiehlt Ege.

Auf der Rückfahrt im Auto studiert das Kind im Rückspiegel die Stirnen der Erwachsenen. Hinter ihrer Stirn sehen Ege und Gisela bereits ihren Film. Das Kind wartet hinter seiner Stirn auf den Baum, den es von Gisela bekommen wird. Das versprochene Geschenk fährt mit.

REINSZENIERUNG

Trockene Blütenblätter werden vom Wasser mitgerissen, der Großvater spritzt sie mit dem Gartenschlauch über die Terrasse dem Rasen zu. Als er mit dem Reinigungsergebnis zufrieden ist, lässt er den Schlauch fallen und tappt in den Garten, ohne das Wasser abzudrehen. Als kleiner Fluss rieselt es über die Steinplatten, das Kind kauert daneben. Hält erst einen, dann zwei Finger in den Strom.

«Bringt der Fluss etwas Neues?», fragt es leise ins Plätschern des Wassers.

«Abwarten», antwortet der Engel und hält seinen Zweizack ins Wasser, misst und prüft, was der Fluss bringt. Eine Plastiktüte verfängt sich im Zweizack. Mit enttäuscht aufgeworfener Lippe hält der Engel dem Kind den Müll hin. «Warum willst du hier spielen? Hier ist Nichts. Nur dieser öde, gerade Fluss. Nicht einmal das Militär drüben bewegt sich. Können sie nicht wenigstens eine Schießübung machen? Für uns?»

Das Kind pickt die tropfende Plastiktüte vom Zweizack. Wohin damit? Es blickt sich um, findet nichts. Auch am anderen Ufer gibt es keinen Abfallbehälter. Der Engel balanciert auf den glitschigen Steinen am Wasser und fuchtelt mit dem Zweizack zur Kaserne rüber.

«Na los ihr Langweiler, macht mal was!», schreit er und stochert in die Luft.

«Sie werden dich nicht hören, da ist zu viel Kartoffelfeld dazwischen ...», seufzt das Kind und lässt die Plastiktüte unbemerkt wieder in den Fluss segeln.

«Abwarten», wiederholt der Engel und späht.

Das Kind steckt die Hände in die Hosentaschen. Schon mit Ege und Gisela hatten sie ewig warten müssen. Für den Film. Das Kind schaut wieder auf seine Füße, bewegt die

Zehen. Es hat wirklich schönere Füße als Ege. Weder Godo noch Anton waren gekommen, nur das Militär. Soll es dem Engel vom Film erzählen? Der Engel war schließlich auch aus einem von Eges Filmen gekommen. Nach einer Weile erfolglosen Spähens kommt er heran, stellt sich neben das Kind und lässt ebenfalls den Kopf hängen.

«Fruchtloser Boden. Fruchtlose Bemühungen», murmelt er kopfschüttelnd.

«Ich habe hier neulich schon einmal gewartet», sagt das Kind zu den vier Füßen, «in Eges Film.»

«Worauf?», fragt der Engel. In seiner Stimme ist Argwohn. «Auf Anton?»

«Nein, auf Godo. Ich hätte das wissen müssen. Ich habe den Botenjungen gespielt. Logisch, logisch. Aber ich habe mir den Namen nicht merken können. Godo kam nicht.»

«Warum habt ihr denn gewartet, wenn gar keiner kommt? Klingt nach einem langweiligen Film.»

Das Kind, irritiert über die ebenfalls logische Logik des Engels, runzelt die Stirn. War es vielleicht seine Schuld, dass sie so lange hatten warten müssen? Ege hatte gar nicht gewirkt, als würde er Godo vermissen.

Der Engel hebt skeptisch eine Augenbraue. Die Augenbraue sagt: Unke, bist du sicher?

Die Unke kauert sich flach an den Grund und versucht den Zusammenhang an der Wasseroberfläche abzulesen. Das Kind zählt eins und eins zusammen. Es ist logischerweise die Schuld des Botenjungen. Er hätte es wissen müssen. Auf wen sie warten und dass er nicht kommt. Dann hätten sie auch nicht warten brauchen. Alles hat seinen Preis. Logisch, logisch.

«Logisch, logisch ...», murmelt das Kind leise. «Ege hat sich mit mir die Zeit vertrieben. Wir können das nachspielen, wenn du willst.»

«Pff … na gut …», der Engel legt widerwillig den Zweizack ins Gras. «Aber ich will auf keinen Fall Ege spielen.»

Das Kind nickt eifrig und macht ein ernstes Gesicht. Es kann Ege spielen, es hat ja aufgepasst. Und der Engel trägt auch schon die richtige Kleidung.

«Hier wäre Gisela mit der Kamera, und wir …», das Kind nimmt den Engel an der Hand, führt ihn der Straße entlang, «… wir wären zu diesem Baum gegangen, um dort auf Godo zu warten und uns die Zeit zu vertreiben.»

Wieder spürt das Kind, dass es unlogisch ist. Im Bauch fehlt das Gefühl dazu. Aber jetzt spielt das Kind Ege, und Ege wird schon wissen, was er tut. Das Kind überwindet das fehlende Gefühl und schiebt den Engel rücklings gegen den Baumstamm. Behutsam, um ihm nicht wehzutun, drückt das Kind seinen Bauch gegen den Bauch des Engels.

«Hör auf, ich muss pinkeln.» Die Stimme des Engels, gepresst und belustigt.

«Nein, das ist mein Satz.» Das Kind bohrt zwischen ihren Bäuchen nach seinem Hosenbund. «Das würde ich als Ege sagen. Ich muss pinkeln.»

Der Engel soll jetzt mitspielen. Es ist ja gleich vorbei. Doch da reißt dem Engel die Geduld.

«Das ist ein blöder Film! Eine dumme Geschichte», protestiert er und schubst das Kind weg. «Und warum hätte Gisela die Kamera da drüben aufgestellt, wo man gar nichts sieht? Wir sind ja gar nicht im Bild! Niemand wird im Bild sein. Niemand würde so einen Film anschauen wollen.»

Das Kind, vom Stoß des Engels aus der Balance geraten, liegt im Gras und versucht, die heruntergerutschte Hose hochzuziehen. Entgeistert schaut der Engel zu. Die Unke wechselt ihre Haut. Zuerst spielt sie einen Botenjungen, weiß von nichts und behauptet, das sei logisch, dann spielt sie Ege, weiß alles und verhält sich unlogisch, dann wieder ist sie der Lurch am Land und bekommt die Hose nicht hochgezogen.

«Na komm, steh auf, ich glaube, am Horizont regt sich was. Hörst du? Der Boden vibriert. Vielleicht kriegen wir hier doch noch was zu sehen.»

Das Kind rappelt sich mühsam auf. Tatsächlich. Ein Panzerkonvoi kommt angerollt. Sogar auf ihrer Seite des Flusses. Begeistert rennt der Engel zurück zu seinem Zweizack. «Her mit der Waffe. Auf zum Kampf. Mächtiger Lärm!»

«Weg von der Straße», ruft das Kind, erleichtert, wieder sich selbst spielen zu können, und läuft hinterher. Es zieht den Engel hinüber ins Kartoffelfeld.

Mit großem Gerassel zieht der Konvoi an ihnen vorbei. Schrauben und Kanten, Ketten und Rollen. Der Engel verkrallt sich freudig in den Oberarm des Kindes.

«Genauso überrollt Anton in der Unterwelt die Gebeine der Unseligen», schreit der Engel gegen das Getöse ins Ohr des Kindes.

«Mit Pistenfahrzeugen?», schreit das Kind zurück.

Der Engel hört nicht, nickt heftig. «Mit dem Streitwagen, ja.»

Der letzte Panzer des Konvois bremst ab, kommt zum Stillstand und rollt langsam rückwärts, das Kanonenrohr dreht sich quietschend Richtung Kartoffelfeld. Die runde Luke springt auf, und zwei bewaffnete Soldaten pressen sich gleichzeitig aus dem Loch. Was hier veranstaltet werde, schreit der ältere Soldat und deutet mit seinem Maschinengewehr auf das Kind im Feld.

«Wir warten», erwidert das Kind.

«Worauf?», kommt es vom Panzer.

«Auf Godo», fällt der Engel ein, stößt dem Kind den Ellbogen in die Seite und unterdrückt ein Gelächter. «Und Sie, die Herren Militär? Üben Sie den Ernstfall? Wollen Sie sich nicht etwas zu uns ins Kartoffelfeld gesellen? Im Ernstfall spielen Kartoffeln eine wichtige Rolle.»

Das Kind muss prusten, krümmt sich, bemüht um Beherrschung.

«Wir sind auf Patrouille», sagt der ältere Soldat mit versteinertem Gesicht. «Wir patrouillieren hier in diesem Gebiet. Wir haben noch zehn Panzer. Wir brauchen keine Kartoffeln.»

«Lassen Sie sich nicht verwickeln, Herr Oberfeldwebel ...», mischt sich nun der jüngere Soldat ein. «Wir sollten die Patrouille nicht warten lassen.»

Der Engel macht eine unschuldige Miene und einen Schritt auf den Panzer zu.

«Wir warten im Feld auf Godo, Herr Oberfeldwebel. Haben Sie ihn vielleicht auf ihrer Patrouille gesehen?»

«Gesichtet», korrigiert der Oberfeldwebel.

Das Kind zieht den Engel am Kragen der Lederweste zurück ins Feld und macht nun auch ein ernstes Gesicht.

«Wenn etwas gesichtet wurde, ist es zweifelsfrei gesehen worden, sagt Ege. Sagt auch der Vater. Wenn Godo vom Militär gesichtet worden ist, dann sollten wir unbedingt weiter warten. Dann wäre es vernünftig.»

Es freut sich schon auf Godo, wie er am Horizont auftaucht. Wie er heranschlendert und sagt, alles hat sich gelohnt. Hier bin ich. Und der Botenjunge hatte recht mit seiner Botschaft. Alles ist wahr.

«Godo wurde aber hier in diesem Gebiet nicht gesichtet», vermeldet der jüngere Soldat pflichtbewusst.

«Das wagen wir zu bezweifeln», erwidert der Engel.

«Wir bezweifeln es», echot das Kind. Es denkt an die Mutter, die sagt, es gibt auch Dinge, die man nicht sieht. Es denkt an Gisela, die sich oft so verhält, als wären Dinge, die man sieht, nicht da.

Nun aber bröckelt der steinerne Ernst aus dem Gesicht des Oberfeldwebels.

«Wer predigt dir denn diese Zweifel? Hier gibt es weit und breit nichts, bloß diese langweilige, gerade Straße. Dein Godo wird nicht kommen. Nicht in einer Viertelstunde, nicht am Nachmittag, niemals! Wenn Godo in absehbarer Zeit kommen würde, wäre er in dieser flachen Landschaft doch längst auszumachen!»

Unsicher wendet das Kind sich dem Engel zu, doch auch der Engel ist nicht mehr zu sehen. Vermutlich ist er nach Hause zu seinem Großvater. Zu Anton.

«Du musst aufhören zu warten. Hol besser den Großvater im Garten. Es ist schon fast Zeit für das Abendessen.»

«Allerdings!», doppelt der jüngere Soldat nach.

Der Panzer setzt sich wieder in Bewegung und fährt flussaufwärts davon. Das Wasser rauscht, der Magen knurrt. Das Kind muss aufhören. Das Kind muss den Großvater holen.

«Abendessen ist fertig!», schreit die Pflegekraft aus dem Küchenfenster. Unter dem Fenster sitzt das Kind und starrt dem über die Terrasse laufenden Wasser nach. «Und endlich den verfluchten Schlauch ausmachen!»

ERINNERUNG

Das faserige Fleisch wird immer starrer im Mund. Mit einem großen Schluck Sirup versucht das Kind, das ungewohnte Essen die Kehle hinunterzuspülen.

«Mal was Währschaftes», meint die Pflegekraft, «für's gute Blut.»

Der Großvater hat schon aufgegessen und wühlt in den Taschen seiner Windjacke. Seine Augen glitzern.

«Warum weint er?», fragt das Kind am Fleisch vorbei.

«Zuerst schlucken», sagt die Pflegekraft. Der Großvater weine doch nicht. Und selbst wenn. Man würde nicht erfahren, worüber. Chronisch tränende Augen. Darin verstecke er sich, in diesem Augenwasser. Dann lauter zum Großvater: «Hörst du? Die Kleine will wissen, was du leidest.»

Der Großvater hebt nur die dachartigen, zausen Augenbrauen, um sich das Taschentuch, das er endlich zwischen dem losen Bargeld gefunden hat, auf die Augendeckel zu drücken. In der Dunkelheit dahinter Nervenblitze und ein leuchtender Mond, das fragende Kindergesicht. Sind da Tränen im Augenwasser? Der Großvater sucht das Gefühl zu den Tränen. Macht ein paar Schwimmbewegungen im trüben Teich der Erinnerungen. Doch das Fleisch im Magen zieht ihn auf den Grund. Er lässt es geschehen. Er findet kein Gefühl und keine Antwort für das Enkelkind.

Matt von der ins Leere gelaufenen Vermittlung räumt die Pflegekraft die Teller und Glasschälchen fort, murmelt kopfschüttelnd: «Sitzt hier in der Windjacke ...»

Als der Großvater fertig ist mit den Augen, ist alles verschwunden, der Tisch leer geräumt, karg und flach. Nur das Kind sitzt noch da und schiebt mit der Zunge das Fleisch von einer Backe in die andere.

Der Großvater überlegt, was dem Kind Freude machen könnte. Seit die Großmutter das Bett nicht mehr verlassen kann, sitzen die Enkelkinder unbeschäftigt am Tisch, bis ihre Eltern sie wieder abholen. Schweigen und reißen sich Hautfetzen vom Nagelbett. Der Großvater fürchtet sich vor diesen Kindern. Ihm fehlt ein Gefühl zu ihnen. Lieber würde er wieder die Terrasse sauberspritzen. Dann ist es klar. Ein gutes Gefühl.

Er dreht sich nach der Pflegekraft um, doch die hat sich bereits mit ihrer eigenen, fernen Verwandtschaft am Telefon in den unteren Stock gerettet. Ihre amüsierten Ausrufe dringen zur stummen Tischgemeinschaft hinauf. Zwischen den Lippen des Kindes erscheint das blasse, zerkaute Stück Fleisch und gleitet heraus auf die Handfläche. Hilfesuchend sieht es zum Großvater.

Er blinzelt und räuspert sich. Entknüllt sein Taschentuch, streckt es dem Kind hin. Es lässt das Fleisch hineinfallen. Der Großvater versenkt alles in der Jackentasche, gräbt die Finger ins Bargeld. Er kann nicht mehr genau erkennen, was auf den Münzen steht, also zahlt er immer mit Noten. Das Rückgeld dann schnell in die Taschen. Schwere Taschen, Reste von Würde. Unzählbare Schätze. Das Kind könnte das Bargeld zählen und ihm dann sagen, wie viel er noch hat. Könnte sich eine Weile beschäftigen. Ob es die Zahlen schon könne? Das Kind schüttelt den Kopf. Die Schule, erst wenn der Sommer zu Ende ist. Der Großvater nickt und weiß nicht weiter. Schickt das Kind ins Krankenzimmer, zur Großmutter. Sie kann dem Kind etwas erzählen. Eine Erinnerung vielleicht.

«So kommen die Leute zusammen.» Rastlos fahren die Fingerkuppen der Großmutter über die goldene Prägung einer Einladungskarte. «Auch deine Eltern. Kurzschluss, Irrtum.»

Das Kind hat auf der Transportfläche des Rollators Platz genommen und knibbelt das krümelige Gummi von den Griffen. Argwöhnisch schielt es auf die Karte. Etwas von früher, von den Eltern. Es kann nicht überprüfen, was auf der Karte zu sehen ist. Ob die Großmutter die Wahrheit sagt oder ob ihr die Geschichten wieder durcheinanderfließen.

Die Großmutter dreht mühsam den Kopf auf dem Kissen, lächelt. Zeigt ohne hinzuschauen auf die Einladungskarte, die auf ihrem Bauch liegt.

«Deine Mutter. Hat sich das damals mit anderen jungen Leuten überlegt. Aktion haben sie es genannt.»

Die Großmutter erinnert sich. Die plötzliche Ungeduld in den Bewegungen der Tochter damals, wie sie energisch mit dem Handrücken auf die Einladungskarte klopfte. Es sei Zeit. Beerdigung der Väter. Mutter Natur. Doktor Meier. Symbolik.

«Hier schau», die Großmutter reicht dem Kind die Karte, «hier steht es in goldenen Lettern, Doktor Meier. Die jungen Leute haben sich das ausgedacht. Eine Symbolik, eine doppelte.»

«Doktor Meier», wiederholt das Kind leise und betastet nun ebenfalls die Goldprägung.

«Die jungen Leute, mit denen deine Mutter damals die Aktion gemacht hat, haben diese fingierte Abdankungseinladung einfach an irgendwelche Adressen aus dem Telefonbuch geschickt. Viele haben die Todesanzeige ernst genommen, waren schockiert. Jeder kannte irgendeinen Doktor Meier, jeder wähnte irgendeinen Doktor tot. Und alle kamen sie, ihm die letzte Ehre zu erweisen. Patienten, Studentinnen, Psychologinnen, Hausärzte, Akademiker, ganze Forschungsgremien.»

Das Kind hört einen Stolz in der Stimme der Großmutter, doch der Stolz huscht schnell wieder von der Lichtung. Er ist fehl am Platz. Natürlich hatten auch der Großvater und sie den einen oder anderen Doktor Meier gekannt. Der Kinderarzt der Familie zum Beispiel. Durch den Blick der Großmutter zieht ein Schatten. Auch sie sucht das passende Gefühl zur Erinnerung. Schaut in den Teich, der Teich wirft ein Spiegelbild zurück, wer ist diese Frau? Und kennt nicht jede Frau einen Doktor Meier? Doch, ja. Und dafür kann sie schließlich nichts. Man geht eben hin. Die Großmutter, ertappt von der Frau im Teich, blickt schnell weg. Das Kind, über die abrupte Kopfbewegung der Großmutter erschrocken, steigt vom Rollator und kommt näher an die Bettkante.

«Ist es wegen der Symboli-kk?», flüstert es besorgt. Das Wort, am Ende spitz und scharf wie der Zweizack des Engels. Sticht es die Großmutter? Der Blick des Kindes sucht Rat, fällt auf die Pillenbox auf dem Nachttisch. Wenn der Großmutter etwas wehtut, bekommt sie eine Pille von der Pflegekraft. Aber die Pillen lösen auch die Geschichten der Großmutter auf. Zerflossene Märchen ohne Moral. Und das Märchen vom Doktor Meier? Das Kind möchte es gerne fertig hören. «Bitte», sagt es und legt der Großmutter die Einladungskarte auf den Bauch.

Die Großmutter räuspert sich mühsam, findet ihre Stimme wieder.

«Die jungen Leute haben sich das zunutze gemacht. Dass dieser Name so verbreitet ist. Für ihre Symbolik. Und als sich am besagten Tag die Trauergemeinschaft versammelte, hielten die jungen Leute der Aktion ein Begräbnis ab, ein symbolisches. Gedachten aller ausgestorbenen Tierarten, die nach ihren Entdeckern und Forschervätern benannt und kurz darauf ausgerottet wurden. Deren Ableben niemanden kümmerte. Dasjenige des erfundenen Doktors Meier aber scheinbar viele kümmerte. Und sie verkündeten die Rache des Doktor Meier. Ein seltenes Tier, das gleich auch noch den Titel seines Entdeckers tragen musste. Das letzte seiner Art, verendet. Zusammengebrochen unter der Last eines auf seinem Rücken angebrachten, viel zu großen sensorischen Messgeräts. Die lebendige Grundlage, auf deren Rücken die Forscherväter ihre

Erkenntnisse einfahren, werde unbeachtet geopfert. Alles habe seinen Preis. Aber dieser Preis sei zu hoch.»

Das Kind versucht zu verstehen. Die Mutter und die jungen Leute wollten sich an den Forschervätern rächen, weil sie den Tieren ihren Namen gaben? Mit heißen Wangen fixiert es wieder die Einladungskarte, die goldene Symbolik.

Die Großmutter drückt das Erinnerungsstück ans Herz. Ihr Blick driftet über den Handrücken zum hellen Viereck des Fensters und hinaus ins Grün. Draußen trägt der Großvater das klimpernde Bargeld durch den Garten. Auch sie hatte seinen Namen bei der Heirat annehmen müssen. Trägt die Markierung, die Etikette, den Ballast. Der anklagende Blick ihrer Tochter, der trübe Nachhall davon in den Augen der Enkelin, dieser Unke von Kind, die sie an den Teich gelockt hatte und nun fragend guckt. Auf welcher Seite des Gewässers stehst du, Großmutter? Lebst du über oder unter Wasser?

Doktor Meier, goldene Symbolik. Und dann?, fragen die goldenen Augen des Unkenkindes. Es versteht wohl kaum, was seine Mutter mit dem toten Doktor Meier gewollt hatte. Wie auch? Sein Kopf summt vor hausgemachten Zusammenhängen, die Großmutter hört es. Ein ganzer Schwarm Stechmücken. Aber sie hat keine Kraft mehr, die Geschichten anzupassen an das Alter, an den Entwicklungsstand dieser Kinder und Kindeskinder. Das Märchen vom Hirsch Andreas. Das Märchen vom Doktor Meier. Welche Geschichte überdauert und welche geht verloren? Und was sagen die Doktoren zu der verlorenen Geschichte, wenn sie doch wieder auf die Lichtung an den Teich tritt? Sie sagen «tempi passati» und verschreiben Tabletten. Und dann? Und dann? Und was ist die Moral von der Geschicht? Die Großmutter nimmt den Faden wieder auf.

«Dann haben sich deine Eltern kennengelernt, an diesem symbolischen Begräbnis. Deine Mutter hat die Laudatio gehalten auf den toten Doktor Meier. Über das Kategorisieren und Wegsterben der Arten, die eingeschränkten Lebensräume unterdrückter Wesen. Über den Tod der Väter. Und dass die herrschenden Zwänge nun hier und heute mit der symbolischen Bestattung des symbolischen Doktor Meier ein Ende nehmen. Unter den geladenen Trauergästen war auch dein Vater. Dein Vater mit der Liebe zur Fauna, deine Mutter mit der Symbolik. So kamen sie zusammen.»

Der Blick der Großmutter schwenkt wieder vom Viereck des Fensters zum Kind. Da sitzt es auf dem Rollator. Auch dieses Kind wird in die Welt der Erwachsenen hineingeschoben, unaufhörlich weiter hinein. Seufzend schließt sie die Augen. Sie könnte mit dem Kind beten. Doch sie erinnert kein Gebet. Und das Kind kennt keins.

Die Pflegekraft steckt den Kopf durch die Tür. Ob es gehe mit der Großmutter, ob sie sehr konfus sei? Sie habe geometrische Empfindungen in letzter Zeit. Die neuen Medikamente seien noch nicht richtig eingestellt. Sie klopft eine rosafarbene Tablette aus der Pillenbox, legt sie der Großmutter auf die Zunge und macht sich mit der Box auf den Weg in den Garten, den Großvater suchen. Zeit für die Abendrunde.

Mit großen Augen nähert sich das Kind dem Gesicht der Großmutter, das zwischen den Kissen versunken ist. Horcht auf den Lufthauch an ihren Lippen.

«Erst jenseits der Welt, vielleicht, können die parallelen Linien zusammenkommen. Der Raum ist streng, Herr Doktor. Wenn die Zeit ihn krümmt, dann, irgendwann, dann ... vielleicht ... entsteht ein Zusammenhang.»

Dann kommt nichts mehr. Nur leises Schnarchen.

Verwirrt zieht sich das Kind vom schwer atmenden Großmutterkörper zurück. Im Flur lehnt es sich bäuchlings gegen die Kommode. Das massive Möbel, kühl und schwer, gibt ihm Halt. Lange bohrt es seinen Blick in die Augen der kleinen Tanten und Onkel auf den Familienfotos auf der Kommode. Die Linien ihrer Blicke pfeilen weit aus den Bilderrahmen heraus.

EINSCHULUNG

Bei der Einschulung tragen alle Klassenkameraden Werbeschirmmützen der im Dorf beliebten Landmaschinenhersteller. Schnell entsteht eine Fehde zwischen den Aebi- und den Metrac-Kindern. Das Kind trudelt mit seiner WWF-Schirmmütze zwischen ihnen herum. Die Fronten sind verhärtet, die Kinder drohen einander mit ihren Vätern, die stärker seien als der Anton aus Tirol. Und wilder sowieso. Dass die Aebi-Väter die Metrac-Väter windelweich schlagen würden und umgekehrt. Besonders jene Väter, die im Winter noch ein Pistenfahrzeug fahren. Die machen alles platt. Mit rot angelaufenen Köpfen schreien die Kinder ihre Kampfansagen über den Pausenhof. Auf der WWF-Mütze des Kindes ist ein grüner Comic-Laubfrosch abgebildet, der versucht, eine stark befahrene Autobahn zu überqueren. Es möchte sich selbst und den von ihren starken Vätern aufgestachelten Kindern irgendwie helfen.

Nach der Schule setzt sich das Kind zum Vater ins Büro. Der Vater telefoniert geschäftlich, der Fuß wippt und pumpt Kraft.

«Pistenverlauf! Pistenplanung! Man kann doch kein ganzes Hochmoor für eine Startrampe opfern! Für eine einmalige Ski-WM. Und die Gemeindeverwaltung schaut zu?», ruft er aus und trommelt dazu mit dem Ende des Kugelschreibers auf seine Unterlagen. Das Kind hofft, dass der geliebte Skispringer am Apparat ist, doch es folgen noch andere, interessante Begriffe. «Ombudsstelle», sagt der Vater mahnend, und «Schiedsgericht.» Die Zischlaute dieser Wörter klingen scharf und durchschlagekräftig. «Ombuzz, Schizz», wiederholt das Kind bei sich. Im Apparat wird nun länger ausgeholt. Der Telefonhörer wechselt zum anderen Ohr. Dabei blickt der Vater einen Moment in die Augen des Kindes, lächelt ihm ruhig zu. Das Kind begreift, dass die Stärke seines Vaters eine andere ist als die Stärke der wilden Pisten- und Landmaschinenväter. Und auch die Aktion der Mutter mit den toten Vätern fällt dem Kind nun wieder ein. Mit der Symboli-kk. Vielleicht kann es diese Stärken mischen und etwas gegen den Zank in der Schule unternehmen.

Es nimmt sich vom Altpapierstapel unter dem Bürotisch ein bedrucktes Blatt und malt darauf zwei Kreise. Dort, wo die Kreise sich überschneiden, liegt seine Lösung, die Stärke. «Friedensvertrag zur Durchsicht und Unterschrift», hört es die Stimme des Vaters. Friedenzz, Friedenzz, St. Morizz, wiederholt das Kind still. Die beiden Friedenzkreise liegen wie Engelflügel über den gedruckten Rechtecken und Buchstaben auf dem Papier. Das ist der Friedenzvertrag. Zwischen ihm und den anderen Kindern. Das Kind hofft, dass sich die Wirkung dann auch auf die Väter überträgt, wenn der Vertrag erstmal unterschrieben ist.

Mit dem Papier in der Hand steuert das Kind den Pingpongtisch an. Auf dem Tisch sitzt in Anführerpose der Anführer, umringt von ein paar Untergebenen, Bewunderern und

Bewachern. Das Herz klopft dem Kind bis zum Hals. Ärgerlich, dass es selbst, ohne irgendeinen Unfrieden gestiftet zu haben, in einen Friedenzvertrag verwickelt ist. Aber jemand muss ja die Aktion machen.

Der Brillenlurch solle nicht näher kommen, rufen die Bewacher, das Kind habe Aids und sei arrogant.

Aids und Arroganz sind schlimme Dinge, aber das Kind muss hin, es muss zumindest versuchen, bis zum Anführer zu gelangen. «Ombuzz, Schizz, Friedenz», flüstert es tonlos bei sich, «Ombuzz, Schizz, Friedenz». Die Zischlaute machen ihm Hoffnung. Es nimmt allen Mut zusammen, macht nochmal ein paar Schritte auf den Pingpongtisch zu.

Angewidert weicht die Gruppe zurück, um das Kind durchzulassen. Die Untergebenen wedeln mit der Hand vor der gerümpften Nase, die Bewacher streichen sich mit dem Mittelfinger über die Lippen. Nur der Anführer baumelt gelassen mit den Beinen, er braucht sich nicht zu fürchten, denn er ist der Anführer. Mit höhnischem Gesicht nimmt er das Papier entgegen. Die anderen Kinder kommen vorsichtig näher und sammeln sich wieder an der Tischkante hinter ihm. Das Kind reicht einen Kugelschreiber hinterher.

Ein offizielles Papier, soso, raunt der Anführer und betrachtet eine unerträgliche Ewigkeit lang die zwei gezeichneten Kreise. Schließlich malt er ein krakeliges Kreuz darunter.

Das Kind traut seinen Augen nicht und auch die Untergebenen glotzen ungläubig. Ein besonders schmächtiger Junge drängt sich an die Seite des Anführers, stellt sich auf die Zehenspitzen und schielt auf den Vertrag. Man lässt ihn. Er ist der Schwächste, deshalb lässt man ihn. Nervös verfolgt das Kind seinen Zeigefinger, der den Kreisen und den kleinen, vorgedruckten Vierecken des Vaters auf dem Vertrag entlangfährt. Mit listigen, zusammengekniffenen Äuglein untersucht er das Papier. Starr wartet das Kind ab. Ombuzz, Symboli-kk. Es denkt an den Vater, an die Mutter. Auf keinen Fall dürfen sie in dieses Schlamassel mit hineingezogen werden. Sie würden zerbrechen, ist das Kind überzeugt. Zerbrechen am Aids, an der Arroganz, an der unbegreiflichen Gemeinheit. An den starken, wilden Vätern, die alles platt machen, zack. Es ist einfach so. Es ist so. Es gibt keine vernünftige Erklärung. Wenn der Friedenzvertrag es nicht beenden kann, kann es niemand.

Das Kind hat Bauchschmerzen. Ein Ziehen und Drücken im Magen, kaum auszuhalten. Die Organe sagen: Versagt. Der Vertrag hat versagt. Der Friedenzvertrag hat nicht die gewünschte Wirkung gehabt. Zusammengeknüllt und angekokelt lag er nach Schulschluss in seinem Finkenfach. Es reibt den schmerzenden Bauch, krümmt sich, richtet sich wieder auf, befragt den Bauch, und der Bauch antwortet: Erinnere dich, die wichtigen, kühlen Atteste des Heilers, die du damals an dich genommen hast. Als du noch im Wasser gesessen hast jede Nacht, Unke. In der Blechschatulle. Und Weh hast du ja. Es ist nicht gelogen, es ist notwendig. Es ist Unfrieden, trotz Vertrag. Wenn ein Papier nichts bewirkt, kann vielleicht ein anderes helfen.

Das Kind braucht ein Papier und einen Ort, um zu verschwinden. Aber auf den Straßen und den Wiesen, ja sogar im Wald begegnet man Leuten, die Fragen stellen. Sogar unten am Fluss kommt irgendwann das Militär, oder doch noch Godo. Wohin also?, fragt das Kind den Bauch. Ins Wasser, ins Wasser, stöhnt der Bauch. Im Bachbett trifft man niemanden. Keine Klassenkameraden, keine Landmaschinen und keine wilden, starken Väter.

Der Briefkasten der Schule schluckt das Attest und verschließt die Augen. Das Kind zieht die Schirmmütze mit dem Frosch tief ins Gesicht und eilt den Schulweg zurück ins Tobel. Wenn Frösche eine Beute runterschlucken, drücken sie die Augen zu.

Für einen Moment gibt es keine Feinde. Das Wetter ist schön, der Bach transportiert schon etwas Laub, aber in den sonnigen Flecken ist genug Wärme. Am Morgen bleibt alles angenehm. Das Kind steigt im Bachbett hoch und runter, klettert in die Wipfel. Sitzt lange in einer Birke und studiert die beiden Kirchtürme. Erst läutet der eine, aber schon nach dem ersten Glockenschlag fällt der andere ein, sie lärmen übereinander. Wie soll es so die Uhrzeit zählen?

Erst als das Geläut aufhört, bemerkt es das Geraschel unter dem Baum. Am Boden bewegt sich etwas. Vor Schreck fällt das Kind fast von seinem Ast. Wildschweine im Unterholz. Wenn die Bachen Junge haben, verstehen sie keinen Spaß, ermahnt sich das Kind mit der Stimme des Vaters. Erst als sie weitergezogen sind, steigt das Kind hinunter. Tiefe Furchen im Waldboden, Steine und Erdschollen liegen zur Seite geschleudert. Beeindruckt untersucht das Kind die Spuren. Zu Weihnachten wird es sich auch solche mächtigen Stoßzähne wünschen, vom Christkind. Das wird die Kinder in der Schule das Fürchten lehren.

«Ich brauche Stoßzähne!», ruft es ins Bachbett hinunter. «Dringend!»

Das Bachbett hört und rauscht.

«Wirklich!», schreit das Kind und horcht auf Antwort. Im Rauschen des Bachs glaubt es, das Kichern des Engels zu hören. Der Engel wird es hoffentlich gehört haben. Er kann es dem Christkind weitersagen.

Aber was wird das Kind weitersagen? Den Eltern am Abend? Es kann sagen: Die Uhr schlägt drei. Damit sie wissen, was es in der Schule lernt. An der Wand im Klassenzimmer hat es eine Tafel mit dem Kreislauf des Wassers gesehen. Es fließt vom Berg runter als Bach, in den See, fließt dann vom See in den Fluss, zum Meer und nach Kalifornien. Niemand wird Verdacht schöpfen. Das Kind legt sich rücklings auf einen großen Stein und stellt sich vor, wie das Wasser in Kalifornien als Nebel aus dem Meer steigt und hoch in den Himmel will. Doch der Berg stellt sich ihm in den Weg. An mir kommst du nicht vorbei. Die Wolke, todtraurig, wird grau und kann das Wasser nicht mehr halten. Auf die Unterarme und Schienbeine fallen Regentropfen. Beunruhigt setzt das Kind sich auf. Ist es eingeschlafen? Der Himmel über dem Bachbett ist nicht mehr blau.

Wenig später tobt im Bachbett bereits eine braune Soße, reißt Geröll und Gehölz mit sich. Durchnässt kauert das Kind unter einer Föhre und umfasst seinen kalten Rumpf. Kein geeigneter Lebensraum für uns, Unke, sagt der Bauch. Das Kind muss einen anderen, ungestörten Ort finden. Eine Nische, wo niemand hinschaut.

EINFALL

Bevor es in den Windfang der philosophischen Praxis tritt, schiebt das Kind den nassen Schulranzen zwischen Eges zusammengeklappte Sonnenliegen, die sich unter dem schmalen Vordach drängen.

Im Windfang stößt es mit Gisela zusammen. Das ist nicht gut. Gisela weiß zu viel über die Außenwelt. Genug, um vielleicht zu ahnen, dass das Kind jetzt eigentlich in der Schule sitzen müsste. Hastig versucht das Kind die beschlagene Brille am klitschnassen T-Shirt trocken zu reiben. Es muss den Gesichtsausdruck von Gisela lesen und schnell etwas Passendes sagen.

Doch Gisela ist einfach nur erfreut über den Besuch. Sie ist damit beschäftigt, den Windfang zu verschönern. Jetzt, wo der Herbst komme. Was das Kind von diesen Bildern halte? Hübsch, oder? Eine spanische Tänzerin. Und das ist die Insel Kreta. Dort versinkt die Sonne im türkisenen Wasser, und die Luft riecht nach Yasminblüten. Und hier der Taj Mahal, von Hand gestickt. Ein Palast ganz aus Marmor, so was Eindrückliches habe sie noch nie gesehen. Gisela befühlt die goldene Quaste unter der Stickerei. Das bringe Glück. Ein bisschen Glück für Ege.

Das Kind heftet den Blick auf Eges Türklopfer. Ein schwarzer Katzenkopf, der eine weiße Kugel zwischen den Zähnen hält. «Das auch?»

«Nein, das nicht.» Über Giselas Gesicht huscht ein Frost. Damit wolle Ege sie provozieren. Eges Romanze mit dem Abgründigen, kindisch. Aber jetzt husch, winkt Gisela, das Kind sei ja pitschnass? Gisela hängt die nassen Kleider in ihrem Badezimmer über die Heizung und hüllt das Kind in ihren weichen, gelben Bademantel. Hell und strahlend wie eine Sonnenblume sehe es jetzt aus, eingepackt wie ein Geschenk.

Dem Kind ist Giselas Geplapper unangenehm. Es will kein Geschenk sein, es will bloß in eine Nische schlüpfen, bis der Regen vorbei ist. Es schielt zur Treppe.

Es solle ruhig hinuntergehen zu Ege, nickt Gisela. Ein wenig Ablenkung komme ihm bestimmt gelegen. Seit er aus der Entzugsklinik zurück sei, schwele er da unten in seinem eigenen Rauch und stochere im Gedankenkompost, genannt Lebenswerk. Sie werde derweil endlich mal den anderen Müll entsorgen.

Froh, nicht mit Gisela Glücksbringer für den Windfang basteln zu müssen, rafft das Kind den zu langen Bademantel und steigt die Treppe runter in Eges Reich.

Wenig später dringen die Klänge des Klaviers zu Gisela empor. Vielleicht schauen sie einen Film zusammen? Und vielleicht schläft Ege dann endlich ein. Ein nie dagewesener Frieden, ein Geschenk. Jemand ist bei Ege. Eigentlich praktisch. Gisela kann den Haushalt ein wenig in Schuss, das Altglas wegbringen. Vielleicht ein paar Tage wegfahren, dem Kind ein Taschengeld geben. Alles hat seinen Preis. Das Kind hat doch auch ein Interesse.

ABFALL

Mit energischen Bewegungen stopft Gisela die zusammengefalteten Patisserieschachteln in den Altpapierschlitz. Erdbeertörtchen und Vanillestangen, schmierige Besänftigung. Eifrig hantiert Gisela zwischen den großen Recyclingcontainern der Gemeinde, im Geschepper der Lebensreste. Zu ihren Füßen der Korb voller Altglas. Und daneben noch einer. Und noch einer. Wenn sie regelmäßiger Zeit fände zu entsorgen …

Aber würde es erträglicher?, fragt sich Gisela. Würde sie sich nicht noch viel offensichtlicher in den Dienst von Eges Überlebenskreislauf stellen, wenn sie versuchen würde, die leeren Flaschen wohldosiert verschwinden zu lassen? Reibungslose Abläufe, das Hinterherhinken weglächeln. Die Absenzen schmieren mit Patisserie. Immer der nächsten Enttäuschung entgegen.

«Erneuter Abusus», hatte der Chefarzt in der Entzugsklinik bei der Schlussvisite gesagt.

«Überlebenselixier! Therapeutikum!», sagte Ege.

Gisela sagte nichts und nahm dem Arzt die Bezeichnung ab, nahm sie an sich. Nahm auch Ege die Bezeichnung ab, bevor er sie noch mehr umdeuten musste, um ihrer Bestimmung zu entkommen.

Von wo bis wo bestimmt die Bezeichnung?, fragt sich Gisela. Der Regen prasselt blechern auf die Entsorgungscontainer. Die Bezeichnung reicht bestimmt von der Kellertreppe, wo der Wein bereitsteht, bis zum Arbeitszimmer und endet dann meist auf der Sonnenliege oder im Bett. Und auf weniger bestimmende Art bestimmt der erneute Abusus auch den Start- und Endpunkt von Giselas Reisen, lenkt ihre Ausflüge immer wieder frühzeitig auf Eges Umlaufbahn zurück, bis sie, von der Schwere des Abusus, der erneuten Schmach wieder angezogen, aufsetzt, auf dem Parkplatz vor dem Haus ankommt, die beschafften Flaschen auslädt, sie hoch ins Haus schleppt, mit ihrem Kauf auf Dankbarkeit spekulierend. Am liebsten würde sie Ege den Wein gleich persönlich in die Kehle gießen. Mittlerweile ist sie so entkräftet, dass sie kaum den Arm hochkriegt, um die leeren Flaschen durch den schwarzen Gummianus des Glascontainers zu schieben. Saurer, öliger Geruch strömt von der Lauge am Fuß des Containers hoch. Ausgelaugt, denkt Gisela. Und der Entzug, erfolglos.

«Konkurrenz mit Substanz», hatte der Chefarzt dann noch angefügt, als Ege sich bereits mit hohlen Augen in Bewegung gesetzt hatte, aus dem Zimmer und raus auf den Parkplatz der Entzugsklinik gewankt war, um auf dem Beifahrersitz Platz zu nehmen. Gisela nahm auch diese Bemitleidung tapfer entgegen. Nahm auch die Tasche voller Jogginghosen und Lindor-Kugeln, die Ege auf dem Klinikbett vergessen hatte.

Dann zu Hause die Drangsal der Abstinenz. Plötzlich dieser Blick, der ihr folgte. Dann auch der ganze Ege. Folgte Gisela auf ihren Wegen durch das Haus, kam hoch in die obere Wohnung und wollte Ersatz für das ihm Genommene. Konnte die Zusammenhänge des Lebenswerks nicht mehr nachvollziehen. Zog stattdessen ihr nach. Ege auf der Türschwelle, Ege in ihrer Badewanne, Ege überall. Eges taube Beine eingehüllt in eine Wolldecke, am helllichten Tag, auf ihrem Balkon. Giselas Finger, die unermüdlich alles zurechtzupften. Eges Finger, die nachts desorientiert die Fransen der Wolldecke zausten.

Vom Balkongeländer aus verfolgten die Gipsfiguren ihr stummes Ringen. Gisela rennt an gegen die Substanz. Keinen Meter legte sie mehr zurück. Bezeichnung, Bestimmung. Die vorgesehene Laufbahn als Komplizin brachte den Satellit Gisela schnell wieder auf Kurs.

Jetzt erträgt Gisela keine nüchterne Stunde mehr, vormittags schon wird sie nervös, wenn sie Ege durch die Zimmer der unteren Wohnung knarren hört. Hofft, er möge nur baldmöglichst viel trinken, möglichst ohne Pause, ohne Besinnung. Hofft, er möge nicht merken, dass erst sein Absinken in die leblosen Zusammenhänge, in die Betäubung und schließlich ins Bett sie freispricht. Sie schiebt den Fernseher auf seinem kleinen Rollwagen vom Arbeitszimmer hinüber ans Fußende des Bettes. Die Pflegeklammer, geschlossen.

Plötzlich überkommt Gisela ein heftiger Ekel. Die Gerüche der Entsorgungsstation steigen überscharf aus den Gummilöchern auf. Verwesung. Gisela taumelt rückwärts, stößt mit dem Grüngutcontainer zusammen. Sie reibt sich die Augen, hört ihren Puls im Trommelfell, ein Druck legt sich auf ihre Brust. Gisela dreht sich nach dem offenen Kofferraum um. Hat sie etwas vergessen? Da, ein Stapel Altpapier. Sie hatte ihn da liegen lassen, damit der Regen ihn nicht aufweicht.

Gisela setzt sich neben den Stapel in den Schutz des offenen Kofferraumdeckels, betastet ihren Hals. Kein Grund zur Sorge. Nur etwas Altpapier. Der Wetterwechsel macht ihr wohl zu schaffen. Ihr Blick fällt auf das oberste Blatt Papier. Da liegt ein Brief vom Jugendamt Berlin. Irritiert greift Gisela danach. Wie war er im Altpapier gelandet? War Ege auf einer Abstinenzodyssee an ihren Schubladen gewesen?

Tempi passati, hatte Ege vor vielen Jahren, als der erste Brief des Jugendamtes aus Berlin eintraf, gesagt und mit den Schultern gezuckt. Es seien halt solche Zeiten gewesen. Der Lehrauftrag an der Uni, dann die Studentin. Sie habe ihm diesen Sohn abgenötigt. Sie sei selbst schuld.

Immer war alles schon vorbei und nicht mehr der Rede wert. Gisela aber hat alle weiteren Briefe vom Jugendamt pflichtbewusst in einem Ordner abgeheftet und diesen Sohn, dessen Mutter in den ersten Jahren grobe Anschuldigungen formulierte, in ihr Leben eingepflegt. Hat alles unternommen, um diesen menschgewordenen Beweis in Fröhlichkeit aufzulösen. Denn Ege hat es nie gekümmert. Die Konsequenzen nicht, die Wahrheit nicht.

Gisela starrt geblendet auf das Papier. Winzige Risse tun sich in der intakten Fläche auf. Die Teile verschieben sich auf einmal, kreuz und quer und gegeneinander, wirres Liniengewimmel. Gisela betastet die ausgerissenen Löcher am linken Rand des Papiers. Warum sabotiert Ege ihre Ordnung? Ist die Geschichte des Sohns reif für die Müllabfuhr? Oder ist ihm ihre Tragweite in dem kurzen, rauschlosen

Zeitraum nach der Klinik erst klar geworden? Eine ohnmächtige Wut überkommt sie. Nie hatte Ege die Gesamtheit seines Sohns interessiert. Ege liebte immer nur Ausschnitte, ein kurzes Vergnügen, eine kleine Verschwörung, hinter verschlossener Tür lachten die beiden über Gisela. Und kurz nachdem der Sohn das Schulalter erreicht hatte, deklarierte Ege ihn als von der Außenwelt verdorben, überließ ihn wieder Giselas Obhut.

Gisela kämpft sich widerwillig aus der Lähmung, sammelt die nassen Körbe ein und wirft sie in den Kofferraum zu den Briefen vom Jugendamt. Sie muss nach Ege schauen. Nach dem Nachbarskind. Sie hat es ihm dagelassen. Und es kann nicht aufpassen. Nicht auf Ege, nicht auf sich.

Das Unterhemd, noch ein wenig feucht, geht schlecht über die Schultern. Aber es riecht nicht nach Rauch, das ist die Hauptsache. In der Schule wird nicht geraucht, das wissen die Eltern. Mehr sollen sie nicht wissen. Vielleicht nach Weihnachten wird das Kind wieder zur Schule gehen. Wenn die Stoßzähne da sind. Und die Bauchschmerzen aufhören.

Das Kind prüft die Hose auf der Heizung. Die Wölbungen des Radiators unter dem Stoff, warm und hart. Es lässt die Hand eine Weile darauf liegen, betrachtet seine nackten Beine, daran die Füße auf dem abgewetzten, runden Badewannenvorleger. Zwischen den Zehen das blasse Rosa. Der Blick dringt durch den Vorleger, den Boden, die Stockwerke.

Das Kind hebt den Kopf, will weg von dieser Tiefe, die sich zwischen seinen Füßen aufgetan hat. Zurück ans Ufer. An der Fensterscheibe über der Heizung die Bahnen der Regentropfen, ein Trommeln von weit her. Das Kind hält die Luft an.

Da reißt Gisela die Tür zum Badezimmer auf. Halb angezogen und wie versteinert steht das Kind an der Heizung, das Gesicht zur Decke gewandt, und hält die Luft an. Gisela stürzt zum Kind, packt es an den Schultern. Rüttelt es so heftig, dass ihm die Brille von der Nase rutscht. Gisela richtet sie wieder, umfasst den Kinderkopf mit beiden Händen. Das Kind atmet noch immer nicht.

Gisela sucht in seinen Augen nach dem Blick. Doch er geht durch sie hindurch und fixiert etwas Unsichtbares. Hinter Giselas Rücken hebt der Engel den Bademantel vom Boden auf, wirft ihn sich um und tritt vor den Spiegel. Streichelt nachdenklich den flauschigen Frotteestoff. Dreht sich, wendet sich, schmeichelt.

«Ein schönes Bild, ein bekanntes Bild. Das hat mir damals auch gut gestanden», raunt er sich selbst zu. Dann fällt sein Blick über den Spiegel in die Augen des Kindes. «Das war eindeutig der bessere Film, oder, Unke? Der Botenjunge, wieder da zum Zeitvertreib. Ein nackter Engel, ein Geschenk. Dagelassen. Logisch, logisch.»

Da endlich durchbricht das Kind die Starre, schnappt nach Luft und reißt den Kopf aus Giselas Händen. Blitzschnell angelt es seine noch feuchte Hose von der Heizung und rennt, ohne sie anzuziehen, aus dem Bad und aus dem Haus. Entgeistert dreht sich Gisela um die eigene Achse.

SEHVERMÖGEN

Einige Tage spult Gisela die Erinnerungen in ihrem Kopf vor und zurück. Die Briefe wieder aus dem Zwischenreich des Kofferraums zurück ins Haus zu tragen wäre albern. Sie wegzuwerfen symbolischer Unsinn. Die Hoheit über die Chronologie der gemeinsamen Ereignisse nützt nichts, wenn Ege egal ist, ob es sie überhaupt gibt. Briefe hin, Briefe her.

In den Briefen die Forderungen nach Geld, nach Vergeltung und nach Anerkennung, die Studentin der Medientheorie in Berlin, die Studentin von Ege – der Sohn dieser Studentin, Eges Sohn. Das Nachbarskind, das ihr halb nackt entwischt ist. Eine unaufhaltsame Dynamik. Wird ihr rechtschaffener Briefwechsel mit irgendeinem Jugendamt in Berlin überhaupt aufwiegen können, was Ege da unten archiviert? Widerstrebend steigt Gisela die Treppen hinunter und nähert sich dem schmalen Wandschrank mit Eges DV-Kassetten. Papier oder Videoband. Welches ist das beständigere Medium?

Ihre Vernunft sagt, Papier überdauert ewig. Halte dich am Papier fest. Aber das fehlende Gefühl in Gisela kreiert ein Vakuum, das die Vernunft mitsamt allem Altpapier fortreißt. Die Türen des Windfangs knallen zu. Mit vor Angst tauben Fingern schiebt Gisela die Videokassetten aus dem Wandschrank eine nach der anderen in den Camcorder. Bald stößt sie auf ihre Aufnahme der beiden Kinder, das Nachbarskind, klein und tapsig, und der Sohn, lang und unproportioniert, schon fast in der Pubertät. Sitzen nebeneinander auf der Böschung, die Beine angezogen, und rupfen Kleeblüten aus dem Grün. Der Sohn reißt Gras aus und wirft es nach Gisela.

Die Kassette, beschriftet, bestätigt ihre Erinnerung: Besuch aus Berlin, Sommer 1995. Klee, Sohn, Nachbarskind – nichts Ungewöhnliches. Noch einmal späht sie in den Wandschrank, wühlt in der zweiten Reihe nach älterem Material, erinnert sich, dass irgendwann das Videoformat gewechselt hatte, dass die älteren, sperrigen Kassetten unmöglich hier hineingepasst hätten.

Unter Eges Schreibtisch findet sie schließlich einen Karton mit VHS-Kassetten. Sie prüft die Beschriftungen. Beckett schaufelt Schnee – Winter 1984, Orpheus im Shoppyland – Frühling 1986, Hitzemonolog auf Kreta – Sommerferien 1986 – Amor und Hermes, laszive Putten unter sich – Herbst 1987.

Gisela erstarrt. Sie ahnt ein Bild zu diesem Titel, doch die Kassette passt nicht in den schlanken Camcorder. Und das Bild passt nicht in Giselas Erinnerung. Die Kassette mit klammen Fingern umkrallt, irrt sie durchs Halbdunkel, findet Eges Haarkranz beim Projektor. Er sitzt auf einem der Kinosessel, der Film ist zu Ende, stummes Bildrauschen. Eges Füße sind in die Pedalen des elektronischen Fahrradautomaten geschnallt, den die Entzugsklinik für die Fitness empfohlen hatte. Rotieren an der Drehscheibe.

«Ergibt alles Sinn», sagt der Haarkranz, ohne sich umzudrehen, als Gisela ihm wortlos die VHS-Kassette hinhält. Ege, für einmal völlig klar.

«Die Subrealität ist aufdringlich. Die Bilder der Vergangenheit werden überschrieben. Schnee von gestern, tempi passati. Aber das heißt nicht, dass sie nicht mehr am Leben sein wollen. Sie drücken an die Oberfläche. Eine Überblendung.»

Das sei zu erwarten gewesen. Auch er kriege viel zu oft Besuch. Eges Unterkörper radelt entkoppelt und geisterhaft vor sich hin, während Eges obere Hälfte sich nun mühsam zu Gisela umzuwenden versucht.

Schon lange hat Gisela keine solche Sorge mehr in Eges Gesicht gelesen. Sorge um Gisela. Nicht der Wein, nicht das Lebenswerk, nicht die zunehmende Verdummung der Außenwelt sind das Problem. Gisela macht Ege Sorgen.

Ob Gisela denn auch heimgesucht werde? Von diesem elenden Engel?

Gisela wagt weder zu fragen, ob Ege mit dem Engel Amor, Hermes oder eine der lasziven Putten meint, noch was genau auf der VHS-Kassette in ihrer Hand zu sehen wäre. Will sie überhaupt wissen, wer oder was Ege befohlen hat, ihren Briefwechsel mit dem Jugendamt zu beseitigen? Eine mächtige Leere breitet sich in ihrem Kopf aus, will Gisela aus ihrer eigenen Wahrnehmung drängen.

Doch Gisela hält dagegen. Zählt innerlich auf, was sie weiß. Sie weiß, dass Ege, ursprünglich ausgezogen, im wilden Berlin die wilden Windungen der Medientheorie zu unterrichten, in die Heimat zurückgekehrt war, obwohl er die Schweiz nach seiner Berufung nur noch abfällig als intellektuell kastrierte Gletschermoräne bezeichnet hatte. Gisela erinnert sich, dass er nur meinte, «Wer B sagt, muss auch A sagen», und weiter keine Erklärung für den Abbruch seiner Laufbahn gab. Wie sie erstaunt und froh war, dass Berlin ihn wieder ausgespuckt hatte. Dann der gemeinsame Hauskauf, der Umzug in die Berge, ins Dorf, die Medienpraxis, keine Patienten, keine philosophische Behandlung, leere Flaschen. Der erste Brief vom Jugendamt Berlin, adressiert an den Ort des Geschehens.

Aber was war denn geschehen? Was war mit dem Engel geschehen? Und wo war es festgehalten? Auf der Videokassette oder in den Briefen?

Dieser Briefwechsel sei doch ein völlig verstaubtes Relikt, lacht Ege. Der Sohn habe nun beinahe den hormonellen Zenit überschritten und sicher bald außer schnellen Autos nichts mehr im Kopf. Damals, als der erste Brief kam, da sei ja noch alles offen gewesen. Hingebungsvoll habe Gisela sich gekümmert um diesen Windelmenschen. «Wirklich hervorragend», sagt Ege. «Obwohl es ein angehängter Sohn war.» Auch wenn die Studentin ihm diesen Sohn abgenötigt habe, so sehr habe sie ihn bewundert. In der Badeanstalt dann plötzlich der runde Bauch. Er habe sofort für Abtreibung plädiert, doch dafür sei es schon zu spät gewesen. Aber das wisse Gisela doch alles.

«War ja nie ein Geheimnis», pafft Ege und drückt die Zigarette auf dem unbeweglichen Lenker des Radelgeräts aus.

Die Vaterschaft sei ja anerkannt, fährt Ege fort. Die Alimente, all diesen materiellen Schwachsinn habe man ja regeln müssen, auch den Bezeugungshokuspokus, ärgert sich Ege. «Dies ist der Körper meines Sohns. Hoc est corpus filii mei, Amen. Zauberhaft.» Und eine Weile war es das. Ein Trugbild jedoch. Der Körper wurde wie alle Körper älter, der Verstand darin reifte heran und zerfraß alle Liebe, allen Spielraum. Ende der Bezauberung. Eges Knie gehen hoch und runter, geschoben, gezogen, gehoben, geführt vom Bewegungsautomat.

Nun kommt eine automatische Bewegung in Gisela hinzu. Etwas muss getan werden. Sie kann doch nicht tatenlos zusehen. Im Licht des Projektors hängt Zigarettenrauch, und Gisela sieht darin die Hoffnung auf Umdeutungen. Sie will dem Jugendamt, der fernen Mutter dieses Sohns von Berlin einen letzten Antwortbrief schicken. Jetzt. Nochmal alles ins rechte Licht rücken. Sie besteht darauf.

«Fast zwei Jahrzehnte später?» So wichtig sei's nun auch wieder nicht, meint Ege und gebietet dem autonomen Gestrampel seiner Beine per Knopfdruck Einhalt. Ende der Vorführung. An Ort und Stelle spulen, bis einen die Vergangenheit einholt? Nein Danke. Gisela solle doch endlich diese alte Kassette weglegen, die wolle er sich nun wirklich nicht anschauen. Tempi passati. Jetzt gäbe es ja frische Bilder mit dem frischen Nachbarkind.

ABSICHT

Die Handtasche an den Bauch gedrückt, starrt Gisela auf den Faserpelz vor ihr in der Schlange und wartet. Nur ein Postschalter ist bedient, der Angestellte, fröhlich tratschend mit einem orangefarbenen Gemeindearbeiter, lässt sich Zeit. In der Handtasche der letzte Brief ans Jugendamt. Bevor Ege jegliche Hemmungen ablegt und die Verschwiegenheit der Videokassetten bricht, will Gisela ihre Sichtweise in die Erzählung einweben. Auf Papier, als Brief. Will die sich anbahnende Demenz, die zunehmende Unzurechnungsfähigkeit Eges rechtzeitig einläuten, sie beide bedauern und sicherstellen, dass jegliche Äußerungen Eges keinerlei Zusammenhang haben.

Hat sie richtig gehandelt? Zweifel ziehen an der Handtasche, ziehen an Gisela. Sie seufzt. Der Faserpelz vor ihr seufzt.

«Es geht nicht voran», sagt er über die Schulter, «die Streckenführung für den Herbstlauf ist Thema ...» Mit einem entschuldigenden Gesicht dreht sich der Faserpelz zu Gisela um.

Gisela klippt nervös den Verschluss ihrer Handtasche zu. Der Faserpelz vor ihr in der Schlange war schon die ganze Zeit der Vater des Nachbarkinds. Der Blick des Vaters wandert von dem Klickgeräusch der Handtasche hinauf. Groß wie eine Eule blickt er ihr ins Gesicht. Ob er sehen kann, was sich in der Tasche befindet? Ob er die Worte im Brief mit seinen Eulenaugen gelesen hat? Die Worte, die Gisela, vermutlich Jahrzehnte zu spät, formuliert hat, um eine längst verselbständigte, außer Rand und Band geratene Dynamik abzufedern.

Die Subrealität, Geschichten, Bilder und Kinder dringen herauf. Gisela würde sich am liebsten an die Faserpelzbrust des Vaters werfen, sich ihm anvertrauen. Es war doch nicht abzusehen gewesen. Wie umfassend Ege sich von allen Zwängen befreien wollte. Was hätte sie denn tun sollen? Mit den Kindern, oder für, oder gegen sie? Sie fernhalten, um sie zu schützen? Es war doch keine Absicht gewesen. Der Nachbarsvater soll die bösen Blicke abwenden mit seinen Eulenaugen. Soll Gisela in Schutz nehmen, ihre Spezies. Diese Spezies, die ständig Raum für andere schafft und selbst keine Nische findet.

Betroffen verfolgt der Vater die verzweifelten Zustände in Giselas Gesicht. Ob etwas geschehen sei?

«Nun ja ...» Gisela, nun unsicher, ob die Frage eher auf Verhör oder Verständnis hindeutet, blickt zu Boden. Zuunterst im Regal neben ihren Füßen liegt ein Lebensratgeber. «Kinder des Lichts – erkennen, lieben, begleiten.» Schnell blickt Gisela wieder auf. Warum tauchen diese Kinder auf? Drängen sich auf? Und wessen Kinder sind es? Nicht ihre. So viel ist klar. Aber was soll sie antworten? Sie muss jetzt irgendwas zu diesem Vater sagen. Irgendetwas, irgendeine Wahrheit. Hilfesuchend schaut sie in der Post umher, heftet den Blick erst an die ausgestellten Briefmarken hinter dem Glas, dann an den Kalender neben dem Schalter.

September. Es ist September. Etwas steht fest. Das rote Viereck, fast schon am Ende des Monats angelangt, bezeugt den linearen Verlauf der Zeit. Da kommt Gisela die rettende Eingebung. Das Kind der Nachbarn führt seine Eltern hinters Licht. Es schwänzt die Schule und benutzt Ege nur als Versteck. Es ist selbst kein Engel. Es ist selbst schuld.

«Euer Kind geht nicht zur Schule! Es schwänzt!», hört sie ihre eigene Stimme in der Postfiliale auftrumpfen.

Niemand kann sich recht erklären, wie das Kind diese Täuschung bewerkstelligt hat. Zu seiner Verteidigung hält der

Klassenlehrer der Mutter beim Elterngespräch das ärztliche Attest unter die Nase. Das sei doch dieser verquere Naturdoktor von unten am See, aber der sei ja laut Bezeichnung auch FMH, also wie solle er da auf die Idee kommen, dass das gefälscht sei? Da gehe er doch davon aus, dass das Kind zu Hause und krank sei!? Sowieso sei das doch krank, was denn mit dem Kind nicht stimme. Wenn es sich solch abgekartete Strategien ausdenke.

Verdattert kratzt der Vater mit dem Fingernagel am Stempel. Das Datum sei zwar etwas kritzlig eingetragen, aber bei solchen Naturdoktoren ... findet der Lehrer. Das Attest habe er in seinem Briefkasten gefunden und sich nichts weiter dabei gedacht. Sie, die Eltern, hätten sich ja auch nie besonders kontaktfreudig gegeben.

«Kontakt? Kontakt?!», entfährt es der Mutter. «Kuchenback- und Puddingolympiade im Mütterverein?!»

Der Vater legt ihr beschwichtigend die Hand auf den Rücken.

«Und MuKi! Und VaKi-Turnen. VaKi-Turnen!» Darauf müsse man ja erstmal kommen, das als Kontakt zu bezeichnen! Mit Leuten wie ihm werde sie sich nicht einmal zanken, faucht die Mutter und knallt dem Lehrer das gefälschte Attest aufs Pult. Ihr sei es egal, ob das Kind hier oder anderswo etwas lerne, es werde schon seine Gründe haben, wenn es zu solchen Mitteln greife.

Der Vater greift sich seufzend an die Nasenwurzel. «Mediation könnte bei Mobbing eine niederschwellige Lösung sein», schlägt der Vater vor.

Das findet der Klassenlehrer amüsant, aber nun wirklich nicht dienlich. Ein solches Tamtam würde die Situation des Kindes nur noch verschlimmern. Dass man bei einem so gravierenden Fall von Unbeliebtheit nur den Übertritt in die Oberstufe herbeiwarten könne. Da werde dann ein gewisser Teil der Klasse in der Realschule sitzenbleiben, und wenn das Kind Glück hätte, würden die Karten neu gemischt. Der Klassenlehrer hat schon viel Schulerfahrung. Den Eltern dieses Jahrgangs habe er anno dazumal noch eigenhändig die Fingerchen verdroschen. Das sei jetzt eben die Konsequenz der humanistischen Pädagogik. Irgendwer dresche immer, sei's mit den Fäusten, dem Lineal oder verbal. Kinder seien nun mal Kinder, die Schule des Lebens, alle müssten ihre Erfahrungen machen. Alles habe seinen Preis.

DAS MÄDCHEN

UNTERSCHIED

Flach atmend lehnt das Mädchen am hohen Gatter des Reithofs und stützt das Kinn auf das verwitterte Holz.

«Dabei habe ich mich nur ganz vorsichtig interessiert. Für die Pferde, ganz ohne Absicht», wispert sich das Mädchen selbst mit zittriger Stimme zu. Den Kopf auf den Unterarm gelegt, kitzeln die feinen Haare des Arms an den Lippen.

In ein Wendy-Heft hatte es geschaut, nur kurz. Die Nachbarin mit den blauen Kugeln im Steingarten hatte es ihr zugesteckt. «Etwas für Mädchen in deinem Alter», zwinkerte sie dem Mädchen aus dem heruntergekurbelten Autofenster zu. Immer beim Philosophen mit den geschlossenen Fensterläden rumhocken – vielleicht könne sie sich ja stattdessen für Pferde begeistern. Fernschauen könne sie übrigens auch bei ihnen drüben, jederzeit. Und das Gesicht der Nachbarin, ebenmäßig freundlich, rund und glatt wie ihre Dekokugeln, rollte im glänzenden vw Golf talwärts.

Die Gesichter der Menschen im Heft waren alle gleich, nur die Frisuren und Farben der Reithosen und Westen änderten sich. Die Pferdemenschen basieren alle auf dem gleichen Grundmensch, stellte das Mädchen fest und steckte das Heft ein.

Zu Hause nahm sie sich einen Apfel und wollte sich das genauer anschauen. Doch da stand plötzlich die Mutter mit einer Unterhose in der Hand vor ihr und sagte: «Es gibt Vorgänge.» Das Gesicht der Mutter, gespenstisch haltlos, floss ihr fast von den Knochen, darunter zusammengebissene Zähne. «Bald wirst du eine junge Frau werden.»

Schnell klappte das Mädchen das Wendy-Heft zu. Versuchte, die Vorgänge mit einem Vorwand abzuwenden. Sagte zur Mutter: «Ich habe gerade einen Apfel essen wollen. In Ruhe.»

Stehen die Vorgänge in der Unterhose im Widerspruch zu den Grundmenschen, die alle auf demselben beruhen? Um den gespenstischen Vorgängen zu entkommen, war es aus dem Haus gelaufen, wusste nicht wohin und fand schließlich Halt am hohen Gatter beim Reithof. Ist denn alles eine Prophezeiung? Das Mädchen wünscht sich jemanden zum Reden. Was würde der Engel sagen?

«Ich fände das auch schön, wenn alle auf dem gleichen Grundmenschen beruhten. Unterhose hin oder her», würde der Engel sagen.

Erfreut hebt das Mädchen den Kopf. Neben ihr ans Gatter gelehnt steht er. Schön, stark und wild. Schweigend verfolgen sie zusammen die Vorgänge auf dem Reithof. Das im Kreis trabende Pferd, in der Mitte des Kreises die Frau mit Peitsche und Voltigierleine. Sie schreit Brr und Ho. Auf dem Rücken des Pferdes wird ein Kind erschüttert. Es solle den Sattel loslassen, ermutigt die Frau das Kind, sie redet von Gleichgewicht und Vertrauen, das Kind sieht nicht so aus. Der Reithelm sitzt schräg.

Das Mädchen saugt am Holz des Gatters. Wenn das Pferd am Gatter vorbeistampft, spürt es die wuchtigen Erschütterungen der Hufe im Unterbauch. Ein Echo. Da im Unterbauch passiert jetzt etwas.

«Ein Vorgang», hat die Mutter gesagt. Das habe sie in der Unterhose gesehen.

Der Engel nickt verständnisvoll. «Weißt du noch, die geschwollene Anna?»

Das Mädchen schluckt leer. Es gibt keine Versöhnung. Der angebissene Apfel beginnt sich braun zu verfärben. Es hätte den Apfel gar nicht nehmen brauchen, es gibt kein Entrinnen.

«Komm mit, ich zeig dir was.» Der Engel fuchtelt mit seinem Zweizack in Richtung Koppel. Das Mädchen reißt sich vom Gatter los und stapft hinterher. Scheißunterhose.

Die Pferde vom Reithof, die gerade nicht im Kreis traben, stehen gebürstet und gestriegelt auf der Koppel, ihre Beine ragen aus karierten Decken. Neben der Koppel stehen mehrere weiße Plastikanhänger für die Tiere. Aber auch die Bäuerin hat ihr Pferd auf der Koppel, eine mächtige Haflingerstute, ihr muskelbepackter Rücken ist durchzogen von einer tiefen Furche. Der Haflinger zerrt seinen Wagen selbst durch die Gegend und stiert in seiner Freizeit unter seiner verfilzten Mähne hervor.

«Lock ihn mit dem Apfel», fordert der Engel das Mädchen auf.

Gemächlich wuchtet der Haflinger sich zum Zaun und beschnobert das Angebot.

«Wie können die Eltern meiner Unterhose ablesen, dass ich eine junge Frau werden soll?», fragt das Mädchen die Stute, den Engel. Die Tränen lösen die Umrisse der Koppel auf. «Und was heißt werden? Wenn sie doch sagen, das Ergebnis steht fest? Ich habe keine Wahl, es ist ein Verrat!»

Der Engel klettert auf den Zaun, piesackt die Haflingerstute ein wenig mit dem stumpfen Ende des Zweizacks. Sie lässt sich nicht stören.

«Es ist doch Verrat? Oder?» Das Mädchen will jetzt eine Antwort.

Der Engel seufzt auf, auch sein Gesicht wird weich. «Ja, leider. Deshalb sagen es einem die Erwachsenen auch durch die zusammengebissenen Zähne. Weil sie genau wissen, man kann nicht irgendetwas sein. Man durchläuft diese vorbestimmten Vorgänge. Man wird zu dem, was das Ende des Werdens für einen bereithält. Sie ist nicht wahr, die Welt im Wendy-Magazin mit den Frisuren und Westen. Die Menschen basieren nicht alle auf demselben.»

Im Mädchen keimt der Zusammenhang zwischen den Vorgängen in der Unterhose, den zusammengebissenen Zähnen der Mutter und ihr selbst.

«Ich werde eine junge Frau?»

Der Engel nickt.

Für einen kurzen Moment wird alles ruhig im Mädchen. Ich kann also eine junge Frau werden?, fragt etwas im Körper neugierig. Unke, still!, denkt das Mädchen, ich muss nachdenken. Doch dann werden die Gedanken weggerissen von einer ungeheuren Wut.

«Und warum war dann der Sohn von Berlin damals im Bachbett plötzlich, zack, ein echter Mann? Der sich eine Scheibe abschneidet? Vom Baumstamm? Vom Leben? Das ist nicht fair!», schreit das Mädchen den Engel an.

Die Stute hebt ruckartig den schweren Kopf und stampft unruhig mit einem Vorderhuf auf. Das Mädchen spürt einen stechenden Schmerz in der Brust, ein Ziehen bis in die Fingerspitzen. Dieses unbarmherzige Werden will das Mädchen mit einer jungen Frau in Zusammenhang bringen, führt vom Sohn von Berlin zum echten Mann, vom Mann zum Vater zum Großvater, dann ist der Großvater bestimmt bald tot, und die Großmutter wird auch dort enden. Alles wird auf einen einzigen, engen Punkt zusammenlaufen. Die Fluchtlinien im Gerät der Augenärztin, der Fluss, der Horizont, die Strommasten, die Autobahn, die Fahrleitungen und die Linien in Vaters Tiertabellen.

Und auch der Himmel drückt mit aller Kraft auf die Koppel und will bestimmen. Der Engel steigt vom Zaun, spießt die zu Boden gefallenen Reste des Apfels mit dem Zweizack auf und hält sie der Stute hin. Mit wachsam zuckenden Ohren nimmt sie das Angebot an.

Der Engel legt den freien Arm um die Schultern des Mädchens. Seine Stimme ist jetzt ganz nah an ihrem Ohr.

«Ich verrate dir jetzt etwas. Der Himmel will schon seit immer bestimmen, er blickt von oben herab und denkt, er wisse, wer was ist und wird. Doch an dieser Haflingerstute kommt er nicht vorbei, sie ist zu stark. Die Furche ihres Rückens ist deine Regenrinne, saurer Regen, blaue Himmelsgewalt und die Lügen der Erwachsenen, alles muss abfließen. Lass ihre Zusammenhänge versickern.»

Der Apfel verschwindet zwischen den großen, gelben Zähnen der Stute, fordernd nickt sie mit dem Kopf.

«Schau, sie gibt dir recht!», freut sich der Engel.

«Mein Recht auf meine Vorgänge!» Das Mädchen droht mit der Faust zum Himmel. «Kein Unterhoseninhalt wird mir vorschreiben, wann ich auf welche Weise etwas werde. Ich werde eine junge Frau SEIN.»

«Zack!», ruft der Engel dazwischen.

«Genau! Zack! So wie Eges Sohn im Wald. Zack. Die Säge hatte geheult, der Sohn sich eine Scheibe abgeschnitten, bumm, zack, war er ein echter Mann. Zack, zack, hatte der Gemeindearbeiter gesagt. Etwas werden sollen doch die, die noch nichts sind.»

Stirnrunzelnd lässt der Engel seinen Arm von ihrer Schulter sinken. «Wer hat denn das gesagt? Was soll das überhaupt heißen?»

Etwas beschämt schaut das Mädchen zu Boden. Der Engel hat es ertappt. Das waren die Worte anderer. Logisch, logisch. Dumm, dumm.

«Ege hat das einmal zu Gisela gesagt», gibt es zu. «Sie hatten Wein getrunken. Lustig fanden sie das. Sie lachten, aber ihr Lachen klang, als würde es von einer Tonbandkassette abgespielt. Ich weiß nicht, ob Gisela es wirklich lustig fand.»

«Die Erwachsenen sollen Wein trinken und die Dinge anders sagen, als sie sie meinen, und komisch lachen. Sollen sie ruhig, dann sind sie beschäftigt», wiegelt der Engel ab. «Bald wirst du eine junge Frau sein, zack. Immer wieder zack. Du musst das gut einüben, es muss dann funktionieren. Zack, junge Frau. Zack. Den Erwachsenen wird die Kinnlade herunterfallen. Sie werden sehen, nichts ist geworden, alles – zack – ist bereits. Einfach überspringen die verlogene Werdenszeit, in der die Erwachsenen mit ihrer Meinung und ihrem Gelächter noch etwas verhindern könnten. Vorgreifen auf das Leben! Vorgreifen ist besser als werden! Zack!»

Der Engel ruft über die Koppel, die Pferde des Reithofs traben aufgescheucht weg und heben die Knie weit in die Luft, der Haflinger reißt verdorrtes Gras vom Fuß des Zauns und mampft.

ABSTURZ

Ege befindet sich auf seiner Sonnenliege, als plötzlich alle Hoffnung von ihm weicht. Seine Brust sackt ein, der Rauch seiner Zigarette steigt kerzengerade in die Mittagshitze empor. Jahrelang hatte er hier gelegen, ohne dass sein Denken ihn glücklicher gemacht hätte. Ege wird plötzlich klar: Glücklich sein können nur Mäuse. Er als Mann, der keine Maus ist, besitzt die Fähigkeit zum Glück nicht. Als er sich in der Küche Wein nachgeschenkt hat, rannte eine fette, glückliche Maus über seinen Fuß – ohne jeden Verstand. Darum war auch die philosophische Praxis nicht von Patienten überrannt worden. Die Leute wollen keine Patienten sein und auch keine Mäuse.

Ege würde demnach auch das Nachbarsmädchen über diesen Sachverhalt aufklären müssen. Jetzt wo die Außenwelt zu wirken beginnt. Jetzt wo es bald eine junge Frau wird. Wenn es Verstand hat, wird es nachvollziehen können, dass es mit seinem Verstand nicht glücklich wird.

Er versucht sich die Folgen dieses Zusammenhangs am Nachbarsmädchen auszumalen, aber dafür hat er schon zu viel Rotwein getrunken. Er versinkt in seinen Berechnungen. Wenn er als glückloser Mann das glückvolle Nachbarsmädchen mit dieser Art von Kausalität bekannt macht, könnte eventuell dieses Mädchen zu einem Mann statt zu einer jungen Frau werden. Grübelnd lässt Ege den Blick an der Hausfassade hochgleiten, hoch zu Gisela. Oder aber er und Gisela könnten zu Mäusen werden. Es wird ihm klar. Er ist in Anwesenheit des Mädchens zu Glück fähig. Trotzdem muss er verhindern, dass das Mädchen Patientin wird. Das Mädchen muss das auch verstehen, richtig verstehen. Ganz logisch und richtig verstehen.

Ege grübelt und trinkt, bis auch die letzte Vernunft aus seinem Körper flieht. Der Körper ist jetzt bereit, etwas Unlogisches zu tun.

Die Sonne sticht auf die Terrasse nieder, lodernde Luft steigt vom Stein auf und strömt an der Hausfassade empor. Ege breitet die Arme aus. Wenn er die thermischen Luftströme geschickt nutzt, könnte er ohne einen einzigen Flügelschlag hoch ins Arbeitszimmer oder noch höher bis in Giselas Wohnung segeln. Anstrengen will er sich nicht. Die Innenseiten seiner ausgestreckten Arme werden schnell heiß, gleich wird er abheben.

Aber nichts geschieht. Ege fächelt lustlos mit den Fingerspitzen. Er müsste doch längst beim Lebenswerk oder wenigstens oben bei Gisela sein. Gisela ist immer oben, immer in Höchststimmung. Das wird sie beeindrucken, wenn er mühelos auf ihrem Balkongeländer landet. Das Lebenswerk vermag Gisela leider nicht mehr zu beeindrucken, denn es wird und wird nicht fertig. Eher geht es mit ihm zu Ende.

Wenn er bloß endlich etwas Höhe gewinnen würde. Die warme Luft strömt an Ege vorbei, die Arme schmerzen, und auch Brust und Bauch beginnen allmählich zu glühen. Ist Gisela überhaupt oben? Ist sein Lebenswerk überhaupt zu Hause?

Das Lebenswerk ist verflogen, verdampft, verbraten. Der totale Ausverkauf der Sinnlichkeit hat seine theoretische Untermauerung längst nicht mehr nötig. Und Gisela ist vermutlich auf einer Bildungsreise, tanzt Cha-Cha-Cha oder erlebt etwas in der Ferne. Etwas Kulturelles, kulturelle Höhenflüge. Die Polin, die sie ihm dagelassen hatte, ist gestern schon wieder abgereist. Eine fliegende Betreuerin, ein ganz neues Konzept. Selbst die Pflegefachkräfte wissen sich die Thermik, die kreisenden Winde und Strömungen zunutze zu machen. Nur Ege will es nicht gelingen. Will er es denn? Er will nicht. Auch sein Wille ist versengt, sein Verstand ist ein verkohlter Aschehaufen, sein Geist begeistert niemanden. Ege gibt auf. Bleibt er eben unten.

Eges Haut schmilzt, tropft durch die Ritzen in der Terrasse hinab in die Unterwelt. Der schwarze Kater, das Höllenvieh, schleckt die geschmolzene Haut begierig auf. Ohne Haut wankt Ege durch die Verdammnis. Seine Fußsohlen glühen, das Totenreich ist gleißend weiß und der Himmel schwarz, nah und ohne Stern. Überall ragen Wander- und Skistöcke, Gerippe und Gliedmassen auf, das Geheul unzähliger Bergtoter und ein bis zum Dröhnen verlangsamter Après-Ski-Schlager wehen durch die stöhnende Ödnis.

Das ist nun also die ihm zugeteilte Ewigkeit, die Vergeltung für seinen Hass auf Sport, Kultur, Urlaub und Erlebnis.

«Anton, Anton», ächzt ein halb eingedrücktes Skelett am Wegrand. «Anton, es tut mir leid. Ich hätte nicht knausern dürfen beim Mitgliederbeitrag für die Bergrettung. Deine Helikopter in Ewigkeit, Amen.»

Angewidert wendet Ege sich ab.

«Warte, Antooon», das Skelett kriecht heran.

«No risk no fun!», donnert Antons mächtige Stimme über dem Gestampf des Schlagers.

Das Skelett stellt sich tot. Ege biegt um einen Haufen zerborstener Snowboards. Vor ihm erstreckt sich ein weites, blankes Feld. Der Schlager und die Klagen der Bergtoten sind nur noch als Echo zu hören, ein hohes Sirren und Sägen sticht Ege durch Aug und Mark. Das Geräusch kommt von einem gläsernen Strom, einem schnurgeraden Fluss, der mit einer entsetzlichen Langsamkeit dem Horizont entgegenknirscht. In einiger Distanz steht im hellen Weiß ein Kind in grellbuntem Skianzug. Es steht von Ege abgewandt und blickt zum Horizont, wo der knirschende Fluss mündet. Worauf wartet das Kind hier in der Einöde? Ege eilt auf das Kind zu, um es herum, will ihm ins Gesicht sehen, aber er sieht immer nur die Hinterseite.

«Anton, du Elender», tobt Ege, «was willst du von mir! Was soll ich mit diesem Kind?»

«Dieses Kind sei dir vergönnt, dieses eine darfst du mit empornehmen», verkündet die Antonstimme groß vom Horizont, «aber du darfst es nicht umdrehen.»

«Das Kind nicht umdrehen?» Ege kann es nicht fassen. Nicht einmal umdrehen dürfe er es?

«Nein», kommt es gebieterisch von Anton, «sonst ist es dir für immer genommen.»

Ege studiert den Rücken des Kindes. Ist es sein Sohn? Oder ist es das Nachbarsmädchen? Beide könnten in dem Skianzug stecken, beiden wurde das Skifahren beigebracht. Gisela hatte darauf bestanden. Der Sohn, wenn er schon mal hier sei zu Weihnachten, etwas Spaß für den Sohn. Und auch das Nachbarsmädchen war um die hässliche Sportbekleidung nicht herumgekommen. Er würde schon gerne wissen, mit welchem Kind er es zu tun hat, wen er da ins Leben mitnimmt. Seinen Sohn könnte er theoretisch auch hierlassen, weil er theoretisch sowieso nie ...

Ege studiert den Skianzug. Eine nichtssagende Locke schaut zwischen Schal und Wollmütze hervor. Anton wird langsam ungeduldig. Ege solle nun gehen, hoch zurück ins Leben, das Kind werde ihm folgen, aber er dürfe weder das Kind noch sich umdrehen, mahnt Anton, nicht ein einziges Mal dürfe er sich umdrehen. Ege liegt bäuchlings neben seiner Sonnenliege auf dem Terrassenboden und dreht sich nicht um.

Verbrennungen zweiten Grades, Hitzeschlag und dazu 2,3 Promille, stellt die Sanitäterin fest. Wie denn das habe passieren können?

Dement sei er und bekloppt, was könne denn sie dafür, wenn das mit der Abstinenz nicht klappe? Gisela weint und verteidigt sich, sie wollte bloß mal wieder ein Wochenende für sich, einen Tanzkurs, etwas Fröhlichkeit, und die fliegende Betreuerin, also die Polin, sie sei, sie habe, sie habe ja nicht ...

Die Sanitäterin tätschelt Giselas Arm. Es sei ja zum Glück nochmal gut ausgegangen, gut, bekomme Ege so regelmäßig Besuch vom Nachbarsmädchen.

Gut. Gisela wiederholt das Wort. Gut.

Ege liegt auf eine Bahre geschnallt, zwei weitere Sanitäterinnen schieben ihn samt Infusion und Beatmungsgerät ins Innere des Rettungswagens. Das Nachbarsmädchen sitzt auf der Sonnenliege. Es macht keinen besonders betroffenen Eindruck. Vielleicht könnte das Nachbarsmädchen in Zukunft wirklich auf Ege aufpassen? Jetzt wäre es ja alt genug. Gegen ein kleines Taschengeld, das wäre doch für beide eine Freude, eine Hand wäscht die andere, denkt Gisela. Die fliegenden Betreuerinnen sind nicht ganz billig. Und das Nachbarsmädchen kommt sowieso vorbei.

Gisela stockt. Warum kommt es überhaupt noch vorbei? Was hat es hier zu suchen? Was hat es hier verloren, im ewigen Dunkel? Die bewegten Bilder, beruhigt sich Gisela, das Nachbarsmädchen will vermutlich nur fernsehen, es sucht nicht nach verlorenen Geschichten, es verliert sich in den Bildern, so rum ist es.

Schnell denkt Gisela wieder in eine hellere Richtung. Gisela sieht wieder Licht. Gisela lässt sich nicht unterkriegen, Gisela fällt immer etwas ein. Sie freut sich schon auf den nächsten Ausflug. Vielleicht sogar mal ein paar Tage auf die Kanaren. Beinahe beschwingt steigt sie die Treppen in die obere Wohnung hinauf. Vom Balkon aus sieht sie den blauen Lichtern des Rettungswagens nach, die durchs Dorf und schließlich talwärts davonziehen.

ÜBERBLENDUNG

Die Tränen der Mutter fallen in den fettfleckigen Pizzakarton. Im Ehebett liegt der tote Großvater und sieht aus wie einer, der keiner mehr ist. Im Nebenzimmer, vergessen über der Sensation des Todes, zusammengesunken im

Rollstuhl, die Großmutter mit einem Blick, der durch die Ecke das Zimmer verlässt. Die Geschwister sprechen automatische Sätze, dass die Pizza erstaunlich gut sei, dass sie schon sehr lange keine Pizza mehr bestellt hätten, bestimmt einige Jahre, das letzte Mal hätten sie ewig auf die Pizza gewartet, und als sie endlich gekommen sei, wäre sie schon kalt gewesen.

Das Mädchen sitzt zwischen den Erwachsenen und verfolgt die Kreisbewegungen ihrer Sätze. Es versucht, sich an einen Satz des Großvaters zu erinnern. Aber es fällt ihm nichts ein, nichts, was für jemand Bestimmtes bestimmt gewesen war. Manchmal sagte er ein Sprichwort. «Das Leben ist hart ohne Marmelade, aber es ist erst richtig scheiße ohne Kartoffeln.» Als das Mädchen einmal wissen wollte, ob er denn früher ohne Kartoffeln habe leben müssen, hatte die Pflegekraft es ermahnt, solche Fragen besser nicht zu stellen.

«Vermeide alle Fragen, die darauf hindeuten, dass es ein Gestern gegeben hat», hatte sie geraten, während sie pastellfarbene Pillen in die kleinen Fächer der Medikamentenbox verteilte. Man spricht nur das an, was gerade jetzt ist, keine vergangenen Kartoffeln, keine ehemalige Marmelade.

Die Sätze treten an Ort und Stelle. Das Mädchen erkennt die Bewegung wieder. Auch die Sprichwörter des Großvaters waren schon geschlossene Kreise gewesen. Worte, die man sprechen kann, damit die Stille nicht übernimmt. Oder jemand etwas in die Stille hineinruft, etwas, was man besser nicht fragt oder sagt. Und auch die Geschwister, die um die leer gegessenen Pizzakartons sitzen, sprechen weiter ihre Sätze. Dass erst der Vater sterben müsse, bis man sich mal wieder eine Pizza bestelle, so was aber auch. Nur die Mutter schweigt und schluchzt leise.

Als die Geschwister und ihre Kreissätze sich schließlich bis zur Tür und aus dem Haus geredet haben, atmet die Mutter lange aus. Lässt ihre ungesagten Worte als Luft entweichen. Nun kann die Stille endlich aus dem Zimmer, in dem der tote Großvater liegt, in den Flur sickern. Sie umfließt die Knöchel von Mutter und Tochter, die Krücken, den Gehstock und die Gummistopper des Rollators.

Das Mädchen linst durch den Türspalt zur Großmutter hinein. Sie schläft. Behutsam zieht das Mädchen die Tür zu. Die Großmutter ist im Trockenen. Die Pflegekraft hatte ihr ins Bett geholfen.

Mutter und Mädchen steigen leise und schwer die Treppen hoch, helfen sich selbst zu Bett. Sie durchstreifen die oberen Zimmer des Hauses auf der Suche nach einem Schlafplatz. Staub, zusammengeschobene Möbel, Strümpfe im Multipack und die gestapelten Matratzen der ehemaligen Kinderzimmer, das tief verschüttete Pompeji vieler Pflegejahre. Im hohlen Kleiderschrank wohnen noch die zu eng gewordenen Ledergürtel des Großvaters, greise Schlangen. Lange blickt die Mutter in den leeren Schrank.

«Wissen sie etwas? Die Schlangen?», fragt das Mädchen, um die schweigende Mutter besorgt. Unvermittelt muss sie lächeln.

«Ja, sie zischeln. Lasst uns in Ruhe, hier gibt es keine Bettwäsche. Sie ist unten im Zimmer des Toten. Und wir sollen die Schranktür schließen. Keinen Luftzug ertrügen sie mehr.»

Gruselnd steigen Mutter und Tochter die Treppen wieder hinunter. Das fahle Licht im Flur wirft lange Schatten, die Schatten sind mutiger als ihre Besitzerinnen, sie nähern sich der Türschwelle. Steigen über den schmalen Lichtstrahl hinein, der vom Flur ins dunkle Großvaterzimmer fällt. Die Kerzen sind ausgegangen, der Leichnam schielt zum Mondschein. Fahrig zerren Mutter und Tochter gemeinsam an der säuberlich gefalteten Bettwäsche im Schrank neben dem Toten, eine panische Eile im Rückgrat.

«Leise», zischt die Mutter, um Beherrschung bemüht, und krallt die Finger in den Unterarm des Mädchens. Ein Stapel Kissenbezüge fällt ihnen entgegen. Schnell raffen sie alles zusammen und hasten zur Tür, die Mutter stößt im Dunkeln den Klavierhocker um.

«Hast du das eine Augenlid gesehen? Hast du hingeguckt? Es ist wieder einen Spalt breit aufgegangen», keucht die Mutter und schiebt die Tochter die Treppe hoch. Diese nickt nur, schaudernd. Sieht wieder Ege, den sie auf dem Bauch liegend auf seiner Terrasse gefunden hatte. Ebenfalls tot geglaubt. Das Bild schiebt sich über das Bild des toten Großvaters.

Die Frage schiebt sich heran, ob der Trick, den sie und der Engel bei der Pferdekoppel besprochen hatten, auch auf den Lebenslinien anderer wirkte. Hatte der Engel zu Demonstrationszwecken gleich mal im Leben von Ege und dem Großvater vorgegriffen? Einmal vorgespult? Dem Großvater den Boden unter den Füßen weggerissen? Und Ege von seiner Liege gefegt?

Schnaufend zerrt die Mutter zwei Matratzen vom Stapel. Schüttelt staubige Wolldecken aus dem Fenster. Als sie sich umwendet, sieht sie den sorgenvollen Ausdruck im Gesicht der Tochter. Sie steht auf der Türschwelle und beißt sich Häutchen vom Nagelbett.

Sie solle jetzt aufhören zu grübeln. Sei kein trüber Gast auf der dunklen Erde! Stirb und werde! Das habe schon der Dichter Goethe gesagt. Und jetzt ab in die Federn, rein ins Vergnügen.

Eine Ausgelassenheit erfasst den erschöpften Mutterkörper. Sie lebt. Die Tochter lebt auch. Mit letzter Kraft pikst sie in die Mädchenrippen. Mutter und Tochter fallen in die staubigen Betten, ohne sie zu beziehen, niesen, werden geschüttelt von Gekicher und Überforderung.

REHYDRIERUNG

Die Leber habe keinen Piep mehr gemacht, redet der Krankenpfleger kopfschüttelnd vor sich hin. Das Mädchen folgt dem weißen Kittel, der es am Empfang abgeholt hat, durch die Krankenhauskorridore. Aber so seien die Menschen verschieden, manche hörten auf die Organe im Rumpf und manche auf das Organ im Kopf. Diese Hirnmenschen müssten das aufdringliche Geschwätz ihres angeschwollenen Verstands irgendwann regelrecht ertränken, und das Resultat? Eine aufgequollene Leber.

Der Krankenpfleger hält abrupt an, um auf die Nummer eines Türschilds zu spähen. Aber wenigstens kriege diese missachtete Leber nun Besuch. Behutsam drückt er die Tür auf. Mit einem kleinen Schmatzen löst sie sich aus ihrem Rahmen, der Krankenpfleger steckt den Kopf durch den Spalt.

«Eine junge Frau ist hier für Sie ...», flötet er.

Aus dem Zimmer ist ein langgezogenes Krächzen zu hören.

«Da freut er sich!», fasst der Pfleger zusammen, schiebt das Mädchen durch die Tür und in Richtung Krankenbett.

Surrend kommt Ege aus einer liegenden Position hochgefahren. Unter seiner gelblichen Nase liegt ein Schlauch, er reißt den Mund weit auf vor Begeisterung. Das Mädchen trägt eine Packung weißer Lindor-Kugeln vor sich her.

«Nicht zu viel naschen, Herr, bald kommt das Mittagessen, und dem Organ hilft's auch nicht!», mahnt der Pfleger.

Ratlos blickt Ege auf die Schokolade, dann zum Pfleger.

«Naschen? Sie sind doch nicht ganz bei Trost, glauben Sie, ich ernähre mich von Floristik? Ich bin doch nicht verrückt. Schauen Sie, ein herrliches Bouquet!» Vor Anstrengung zitternd stellt Ege die Schokolade auf den Beistelltisch. «Wären Sie so freundlich, uns eine Vase zu bringen?»

Auf dem Beistelltisch stehen unberührt eine Packung rote und eine Packung schwarze Lindor-Kugeln.

«Was machst du für Froschaugen? Du bist nun mal nicht die Einzige, die mir einen Blumenstrauß bringt ... Bloß kein Neid.»

Das Mädchen steht unbehaglich zwischen Bett und Pfleger, hebt die Schultern.

«Was ist jetzt mit der Vase, das Grünzeug vertrocknet sonst, dalli, dalli!»

Mit hochgezogenen Augenbrauen verlässt der Pfleger das Zimmer und murmelt etwas von scheinbar doch Bewusstseinsstörung.

«Den haben wir in die Flucht geschlagen!», freut sich Ege.

«Knapp war's diesmal», erwidert er auf den fragenden, über die medizinischen Gerätschaften schweifenden Blick des Mädchens. «Ich sah mich schon in der blanken Ewigkeit, überall war alles weiß und eisig und unendlich. Ich dachte, so Ege, jetzt hat's dich erwischt, jetzt bist du abgekratzt. Aber Anton, der Schreckliche, hat sich bloß einen Scherz mit mir erlaubt. Da war ein Kind ohne Vorderseite, stand dort im Schnee. Ich habe versucht, in sein Gesicht zu schauen, aber egal wie ich es umkreiste, immer sah ich nur die Rückseite. Höchst seltsam.»

Das Mädchen schweigt schuldbewusst. Sieht wieder Eges Rückseite vor sich auf dem heißen Terrassenboden. Der Nacken, die empfindlichen Kniekehlen dem baren Himmel, dem stechenden Blick der Sonne ausgesetzt. Viel zu lange hatte es sich nicht von diesem Anblick lösen können. Hatte nach irgendeinem Indiz gesucht, dass es selbst Eges Unglück ausgelöst hatte.

«Ich glaube fast, dieses Kind warst du», fährt der wieder auferstandene Ege im Krankenbett fort. «Du hast dich von mir abgewandt. Ohne dich umzudrehen. Und ich konnte dich nicht umdrehen. Es war grauenhaft ...»

Eges fahle Nasenflügel beben betroffen über dem Plastikschlauch. Er tätschelt auf das schmale Stück Bett, das neben seinen Beinen frei ist. Die Beine stecken in grauen Trainerhosen. Die Trainerhosen sehen aus, als wären gar keine Beine drin.

Das Mädchen spürt, wie sein schuldbewusster Körper sich in Bewegung setzt, gleichzeitig verharrt die Unke reglos an Ort und Stelle und versteht nicht, warum der Mädchenkörper sich mit einer leeren, grauen Trainerhose abgibt.

Aber dann, lacht Ege, habe er am Horizont ein Geschäft entdeckt, mitten in der ganzen, weißen Leere, ein Unterwäschegeschäft. Da habe er gestutzt. Plötzlich sei ihm Antons Winterzauberhölle mehr wie das Shoppyland-Einkaufsparadies vorgekommen. Und wozu ein Unterwäschegeschäft, mitten in der Verdammnis? «Wenn man selbst nicht mehr im irdischen Körper steckt, kann man den Körper auch nicht in eine Unterhose stecken. Die Unterhose ist doch das Sinnbild alles Irdischen. Erst wenn man keine Unterhose mehr braucht, hat man die Welt ganz verlassen.»

Dem Mädchen schwindelt. Sein eigener irdischer Körper sitzt am äußersten Rand der Krankenbettkante und will möglichst nicht mit Eges Trainerhose in Berührung kommen. Hier die Trainerhose ohne Inhalt, dort der unselige Körper ohne Unterhose in der Unterwelt, am Fußende des Betts die verständnislose Unkenseele.

«Da wurde mir klar, ich bin nicht tot. Nicht, solange es noch Geschäfte für Unterwäsche gibt. Irgendwo muss eine Rolltreppe sein, irgendwie gelange ich wieder zurück ins Leben. Und siehe da, gleich hinter dem Geschäft fuhren jede Menge Rolltreppen, kreuz und quer. Da wusste ich, da geht's hoch, zurück in die Existenz. Aber auf einer fast parallel verlaufenden Rolltreppe, da fuhr ein Kind mit hoch. Aber es war nicht das Kind, das sich abgewendet hatte. Es war nicht das versprochene Geschenk von Anton. Es war eine Schattengestalt, ein Engel der Finsternis mit einer Heugabel in der Hand. Gondelte hämisch grinsend aus dem Abgrund herauf. Die Rolltreppe des Engels war deutlich schneller, er winkte mir zu, als er mich überholte. Und selbst, als er an mir vorbei war, sah ich noch seine Vorderseite. Wie eine dieser optischen Täuschungen, ein Bild, das einen immer anschaut, es war schaurig. Aber dann – zack – war ich wieder zurück im Leben.»

«Zack», murmelt das Mädchen und wünscht sich, der Engel wäre jetzt wirklich hier und würde seinen auf der Bettkante eingefrorenen Körper mit dem Zweizack zurück zur Unkenseele schieben. Oder die Unke mit dem Stock anstubsen, damit sie sich endlich regt, zurück in den Körper springt.

Da schmatzt die Tür erneut. Sofort schnellt der Mädchenkörper auf und stellt sich wieder ans Fußende des Bettes. Der Pfleger kommt mit einem fahrbaren Tisch herein. Beim Anblick der mit Warmhaltedeckeln abgedeckten Nahrung muss das Mädchen heftigen Brechreiz unterdrücken.

Der Pfleger schwenkt den Tisch über Ege. «Sie schaffen das, nicht wahr? Und sonst kann ihnen ja ihre junge Freundin helfen.»

Er hebt die Deckel von den Tellern, etwas kondensierter

Dampf tropft in die Suppe zurück, dem Mädchen läuft ein kalter Schauer über den Rücken. Bevor es etwas einwenden kann, hat sich der Pfleger flink aus dem Zimmer geschlängelt.

«Der denkt wohl, ich sei nicht ganz hundert!», krächzt Ege und schaufelt begeistert den Salat in den Kaffee. Die Unkenaugen verfolgen die im Kaffee schwimmenden Karottenjulienne.

«Ich werde den Genüssen des Irdischen noch lange frönen. Ich, Ege, stecke in meinem Körper, und mein Körper steckt in der Unterhose!», verkündet Ege. Untergetaucht sei er, aber nur kurz. Bald werde er vollständig in die Oberwelt zurückkehren. Sei bestimmt langweilig dort oben, ohne ihn.

KURZSCHLUSS

In der oberen Hälfte des gegenüberliegenden Zugfensters hasten die Fahrleitungen. Das Mädchen hat den Kopf auf das kleine Zugtischchen gelegt, lässt sich vom Auf und Ab der Linien hypnotisieren. Manche tauchen für immer ab, andere folgen dem Zug weiter. Fröhliche Delfine, die nichts von den Sorgen der Reisenden ahnen.

Eges Worte drücken dem Mädchen flau in der Magengrube. Ege ahnt, dass Engel und Mädchen unter einer Decke stecken. Dass sie um die verlorenen Geschichten voneinander wissen und doch nichts ans Licht bringen können. Die Unke sinkt ab in den moorigen Teil des Teichs.

Ege wird niemandem beweisen können, wie lange das Mädchen fasziniert auf seinen ohnmächtigen Körper gestarrt hatte, bevor es endlich ins Haus zum Telefon gerannt war, um die Ambulanz zu rufen. Es selbst und der Engel können nicht beweisen, wie der faszinierte Ege ihre Körper ohnmächtig macht.

Dem Mädchen ist übel. Um sich abzulenken, zählt es die Leitungen der hinzugekommenen Strommasten. Kommt auf je sechs Leitungen beidseits der Strommasten. Von ihrem eigenen Gewicht in perfekt geschwungene Bögen gezogen, wippen sie. Strom, Strom, Strom, singt das Mädchen im Takt – durch die Drähte fließt Strom zu den Geräten, auch zu Eges Fernsehgeräten. Der Engel errät ihre Gedanken.

«Wir können doch trotzdem hin. Auch wenn Ege in der Klinik ist, um sich von Antons Unterwelt zu kurieren. Umso besser, können wir dort machen, was wir wollen.» Der Engel stochert mit dem Zweizack nach dem Zugmagazin, das an einer Plastikschnur am Kleiderhaken zwischen den Abteilen baumelt. Alternativ gäbe es sonst ein Sommerinterview mit einem Skispringer zu lesen. Bei Ege wäre es bestimmt wesentlich spannender. «Stell dir vor, stundenlang Filme, ganz für uns allein. Ohne Ege, der einem auf die Pelle rückt.»

«Aber Gisela?», fragt das Mädchen und richtet sich auf.

Der Engel stößt ihr beide Zeigefinger in die Seiten. «Gisela, Gisela», äfft er den ängstlichen Tonfall des Mädchens nach. «Was glaubst du, wo Gisela gerade ist? Die lässt sich doch keine Gelegenheit entgehen, in die Ferne zu entschweben, einmal befreit von ihrem Klotz.»

Das Mädchen denkt an die gleichgültige Leere, die nach vielen Stunden vor dem Fernseher einsetzt. Es würde sich gern mit den Videokassetten betäuben.

«Wir gehen also hin!», schließt der Engel.

Zufrieden, das Mädchen überzeugt zu haben, schlägt er das Zugmagazin auf. Der Skispringer rät der Jugend, an ihre inneren Bilder zu glauben.

«Er trägt dasselbe Brillenmodell wie du!», bemerkt der Engel.

Mit seinem Zweizack tippt der Engel auf die Türklinke von Eges Hintereingang. Wie von Zauberhand springt sie auf. Das Mädchen staunt.

«Sie war gar nicht verschlossen», kommentiert der Engel. «Gisela ist wohl verreist, ohne sie nochmals zu überprüfen. Ich glaube Gisela hat verdrängt, dass es diesen Hintereingang gibt. Dass hier ein Zugang existiert.»

Zielsicher steuert der Engel das Arbeitszimmer an. Der wuchtige Röhrenprojektor thront auf einem Gestell voller Kabel und Abspielgeräte. Das Mädchen drückt Power ON, große Luft schnaubt aus dem Gerät. Der Engel dreht und wendet sich im farbigen Licht, das aus den drei Augen des Projektors auf die gegenüberliegende Wand fällt. In schnellen Wechseln, blau, gelb, rot. Sein Schatten tanzt hinter ihm mit.

Doch dann passiert nichts mehr, das Licht bleibt weiß, der Projektor schnauft, aber es kommt kein Film. Das Mädchen drückt auf den Abspielgeräten herum, knackend wird eine Kassette ausgespuckt, sie schiebt sie wieder zurück in den Schlitz, der Apparat kaut, spult, knackt, aber wirft kein Bild an die Wand.

«Macht nichts, wir können ja in Eges Schlafzimmer fernsehen», quiekt der Engel vergnügt und stiebt aus dem Arbeitszimmer. Etwas enttäuscht, trottet das Mädchen hinterher. Der Engel kniet schon auf dem Bett vor dem Gerät, auf dem Bildschirm Ameisengewimmel. Der Engel stiert wie hypnotisiert hinein.

«Das ist doch kein Film, das sind nur Ameisen», murrt das Mädchen und tastet im Staub unter dem Bett nach der Fernbedienung.

«Vielleicht aber ist unser Film im Ameisenrauschen verborgen. Die Ameisen verdecken die Bilder, den Beweis», wispert der Engel.

Die Finger unter dem Bett streifen etwas Festes. Das Mädchen zieht ein Buch hervor.

«Was hast du da?», fragt der Engel, den Blick immer noch auf das Gewimmel im Fernseher geheftet.

«Über den physiologischen Schwachsinn des Weibes», liest das Mädchen auf dem Buchdeckel. «Von P. J. Möbius …»

«Ist das nicht der mit dem unendlichen Band?», fragt der Engel, reißt sich von den Ameisen los und setzt sich auf die Bettkante. Das Mädchen schlägt das Buch auf, überfliegt das Vorwort.

«Nein, hier steht, das ist sein Enkel, Paul Julius. Sein Großvater hat das unendliche Band erfunden.»

«Und was kann dieser hier?», ungeduldig überblättert der Engel das Vorwort. Verschiedene kartoffelartige Formen füllen eine Doppelseite.

«Sind das etwa die verkümmerten Unendlichkeiten? Zwei Generationen später?», lacht der Engel.

«Ich glaube, das sollen die Schädel großer Männer sein.» Mühsam entziffert das Mädchen die winzigen Beschriftungen unter den Kartoffeln. Hier der Graf Schwerin, da der Prinz Max von Sachsen. Großherzog von Mecklenburg. Professor Doktor Wunderlich. Generalarzt. Und darunter, hier diese kleinen, unförmigen Kartoffeln, das sind … Weiberschädel.»

Verständnislos starrt das Mädchen auf die krakeligen Zeichnungen. Nicht einmal mit Sicherheit erkennbar, ob diese Kartoffeln eine Aufsicht oder eine Frontalansicht der Schädel darstellen.

«Hm. Großvater Möbius erforscht das unendliche Band und sein Enkel Paul legt den großen Männern ein Messband um den Kopf, um zu sehen, wo ihre Größe endet? Seltsame Familie.»

Der Engel kichert über seinen eigenen Witz.

«Aber dieser Möbiusenkel war doch kein richtiger Wissenschaftler, oder? Nervenarzt, steht da», fragt das Mädchen und denkt an den Heiler. An die läutende Unterhose, die Algentabletten. An die Seele, das tiefe Gewässer, das Unterbewusstsein, den Kampf der Krake und die Nerven, die vom Geläut der Unterhose aufgeschreckt knirschen wie trockener Schnee.

«Der Heiler ist auch kein Wissenschaftler», nickt der Engel und rümpft bedauerlich die Nase. Bestürzt schweigen die beiden eine Weile.

Warum liegt dieses Buch unter Eges Bett? Sie blicken sich an. Das Mädchen spürt, dass Tränen hinter seinen Augen brennen. Wenn sie anrief, sagte Ege zu ihr, mein Lieblingsmädchen. Aber wenn sie ein Mädchen ist und eine Frau wird, wird er sie ebenfalls für eine schwachsinnige Kartoffel halten. Womöglich zählte er sie bereits zu dummen Weibern, über deren wissenschaftlich ermittelten Schädelgrößen er Nacht für Nacht einschlief. Schnell klappt der Engel das Buch zu.

«Unke, sei doch nicht traurig. Schau die schrullige Schrift, dieses Buch, es ist uralt. Und Eges Geist ist trüb. Vielleicht geben ihm diese Enkel-Möbius-Theorien das Gefühl, selbst zu den ganz schlauen Kartoffeln zu gehören. Aber es besteht doch kein Zusammenhang zu uns.»

Doch das Mädchen weint bereits, die Tränen sammeln sich am unteren Brillenrand. Ege hasst die dummen Weiber. Geistlose, zusammenhangslose Weiber. Und es selbst versuchte seit Jahren, den Zusammenhang zwischen den Medien, den Kassetten, einer verlorenen Geschichte, dem Sohn und dem Engel herzustellen. Die Bilder und Beweise zu erbringen. In Eges Augen nur Schwachsinn. Ein schwachsinniges Kind, ein zauberhaftes Geschenk, ein grenzenloses Gebiet, an dem er sich bedient hatte.

«Unke, Unke», versucht der Engel das schluchzende Elend am Bettrand zu trösten. «Was haben wir bei der Pferdekoppel gesagt? Weißt du nicht mehr? Du darfst dir von niemandem in die Werdenszeit reinreden lassen, keiner soll dir vorhersagen, was du wirst. Kein Kartoffeldoktor, kein Unterhoseninhalt, kein Ege.»

Eine Haarsträhne klebt auf der nassen Wange des Mädchens. Der Engel streicht sie weg.

«Das ist doch nur erfundener Trost, diese Lektüre. Hör jetzt auf zu heulen. Ege ist ein alter, bitterer Geier. Er frisst tote Zusammenhänge, die sonst niemand will.»

Das Mädchen lächelt wieder ein wenig. Der Engel kann alles so gut ausdrücken, immer hat er die Worte zu den Gefühlen. Logisch, logisch?, fragen die Gefühle unsicher.

«Logisch, logisch!», ruft der Engel, schnappt das Möbiuswerk und schleudert es lässig über die Schulter. Mit klirrendem Krach geht der große Spiegel neben dem Bett zu Bruch. Die Ameisen im Fernseher, plötzlich befreit, brummen zersplittert in den Spiegelscherben. Zerhackte Zusammenhänge, kein Bild, kein Beweis. Der Fernseher sirrt, eine im Fiebertraum fast unhörbare Grille.

«Vielleicht gibt es aber doch einen Zusammenhang», wähnt das Mädchen nach langem Nachdenken. Aber der Engel spielt mit einem Spiegelsplitter herum und hört nicht zu. Ein Schwert aus Bild. Er wirft sich selbst Kussmünder zu, umgarnt die reflektierende Waffe.

«Hallo? Hörst du mir zu? Bist du noch da?», fragt das Mädchen.

Der Engel ist nicht mehr da. Das Mädchen blickt sich um, schaut unters Bett. Auf der anderen Seite liegt in den

Scherben das Buch des Kartoffeldoktors Möbius Junior. Der Engel ist weg. Egal.

Das Mädchen richtet sich auf, macht den Fernseher aus, die Ameisen verschwinden in einem hellen Fadenkreuz aus Lichtblitzen. Die bösen Erkenntnisse des Enkel Möbius lässt sie zurück. Schlüpft durch die Hintertür aus Eges Wohnung. Nur das unendliche Band des Großvater Möbius nimmt sie mit. Auf diesem unendlichen Band vorspulen, der doppelte Pfeil nach rechts. Auch wenn es ein weiteres Opfer bedeutet. Der Großvaterbehälter ist bereits in ein schmales Loch abgesenkt worden. Niemand wird je erfahren, WIE sie eine junge Frau wird. Das ist der ganze Trick.

Sie denkt daran, wie sie den Engel kennengelernt hatte, an den Bildband mit den Gottwesen. Heute kennt sie ihre richtigen Namen. Hades, der Anton der Unterwelt. Der die schwermütige Großmutter des Engels genommen hatte. Persephone. An den ersten Schnee. An Persephones Tochter Tisiphone, den Racheengel, der wütend die Fackel des Wahnsinns schwingt. An Eges Sohn aus Berlin, dessen Mutter bestimmt auch wütend von zu Hause fortging, studierte, und dann noch wütender mit dem Sohn im Bauch zurückkam. Wie alles war und wurde. Vielleicht kann sie diesem Sein und Werden etwas entgegensetzen, wenn sie die Zusammenhänge auf dem unendlichen Band von Möbius verknüpft, innen und außen gleichschaltet. Und die Geschichte, ob nun verloren, überspielt oder vergessen, wird vorgespult auf Knopfdruck. Zack!

«Eine Zeitbombe?», fragt die Lehrerin verwundert.

«Todsicher», antwortet ein schmächtiger Junge.

Der Rest der Klasse nickt heftig mit den Köpfen.

Für die Zusammenführung der neuen Oberstufenklasse hat die Lehrerin sich eine spezielle Vorstellungsrunde ausgedacht. Die Schülerinnen und Schüler aus beiden Dörfern sollten für jedes ihrer früheren Klassenmitglieder jeweils ein charakteristisches, symbolisches Bildchen auswählen, um es den neuen Klassenkameraden aus dem anderen Dorf vorzustellen. Den ganzen Sonntagnachmittag hatte sie investiert, um die kleinen Bildchen zusammenzutragen, auszudrucken und zu laminieren. Wie war ihr bloß die Zeitbombe untergekommen? Sie hatte die Auswahl der Sujets doch sorgfältig geprüft?

Das Mädchen, das von seinen Klassenkameraden einstimmig der Zeitbombe zugeordnet wurde, steht etwas abseits der Wandtafel und schaut auf seine Hände.

«Seid ihr sicher?», hakt die Lehrerin zerknirscht nach.

Sicher? Sicher sei vor der niemand. Diese sei hochgradig explosiv, nur eine Frage der Zeit, bis sie zünde! «Ein tickender Zeitmensch!», ruft der Junge, und die anderen grinsen.

Monster, denkt die Lehrerin, doch der Junge ist bereits dabei, seine Theorie auszuführen. Das Mädchen hätte irgendetwas eingebaut, einen Mechanismus, irgendeinen Schalter, den brauche sie bloß umzulegen, und schon starte der Countdown. In der sei alles verkehrt verschaltet und verdrahtet, in der hänge alles zusammen, sogar solches, was gar nie zusammenhängen dürfte. Er habe beobachtet, wie das Mädchen leise mit den Lippen rede, sie führe etwas im Schilde, ganz bestimmt. Vielleicht eine Zündung ohne Schalter, rein durch ein Codewort! Vielleicht sogar ganz ohne Countdown! Der Junge ballt die Fäuste. Einfach zack, bumm. Er spreizt die Finger, wirft die Hände von sich.

Fassungslos lässt die Lehrerin den Blick über die roten und grünen Werbeschirmmützen der Kinder aus dem Bergdorf schweifen. Metrac. Aebi. Aebi. Metrac. Die Kinder vom Dorf am See beäugen das Mädchen, das auf seine Hände schaut und ein tickender Zeitmensch ist. Jetzt erst fällt der Lehrerin das zusammengefaltete Papier in den Händen des Mädchens auf. Was sie denn da habe?

«Wegen des Tochtertags ...», antwortet das Mädchen leise, in der Hoffnung, dass es nur die Lehrerin hört.

Die Bergkinder tuscheln. Die Lehrerin nimmt das Papier entgegen, überfliegt es kurz. Natürlich kriege sie das genehmigt für den Tochtertag, einen zusätzlichen Tag schulfrei, wenn sie zur nächtlichen Froschzählung wolle.

Mit hochrotem Kopf nimmt das Mädchen den Brief des Vaters wieder an sich. Die Bergkinder prusten. Nur eine von diesen weiß noch nicht, was sie zu werden hat, denkt die Lehrerin wehmütig und lässt die Metrac-Fraktion die laminierten Kärtchen unter den neuen Namen an der Pinnwand anbringen.

DIE TOCHTER

BESTANDSAUFNAHME

In den kleinen Tümpeln auf dem Parkplatz des Kieswerks winden sich Blutegel. Das Mädchen reißt sich Häutchen von den Fingerkuppen und drückt daran herum. Sie will die Egel mit Eigenblut füttern. Schwarze Egel in der schwarzen Nacht. Tochternacht. Lautlos schrumpfen die Egel im flachen Wasser zusammen, ziehen sich wieder lang. Das Mädchen verfolgt die Bewegungen gefesselt. Sie wissen nichts von oben und unten, hinten oder vorn, sind Schnürsenkel ohne Schuh, ohne Ziel. Der Vater leuchtet mit der Taschenlampe ins bodenlose Düster der Kiesgrube. Anlässlich des Tochtertags waren er und das Mädchen mit dem Wohnmobil zur nächtlichen Froschzählung gefahren, nun aber sticht ihn der Zweifel. Dieser Beruf macht einen moralisch kaputt. Schadensbegrenzung, gesetzliche Richtwerte, Frust. Kein Beruf für die Tochter, besser nicht, zu traurig.

Schon als Student der Biologie hatte ihn die Art und Weise beleidigt, wie im Sektionsseminar die Frösche ausgeräumt wurden. Draußen verteilten die Studierenden der Geisteswissenschaften Flugblätter und forderten die Emanzipation von der gesellschaftlichen Neurose, drinnen musste man Organe ordnen und beschriften. Der ganze Frosch wurde brachial entleert, aber die Seele des Froschs, die fand man nicht, und überhaupt wurde kein Wort darüber verloren.

Das frustrierte den jungen Vater damals so sehr, dass er in der Studierendenzeitung der Universität ein Gedicht veröffentlichte, in welchem er die Froschseele beleuchtete und gleichzeitig die absurde Fokussierung der Wissenschaft auf die Details des Materiellen anprangerte.

Auch später im Geschäft berief er sich immer wieder auf diese Haltung, die immaterielle Froschseele hat einen Wert, und diesen Wert gilt es zu schützen, erst dieser Wert macht den Frosch zu etwas Gehaltvollem, nicht bloß seine wissenschaftlich belegte Relevanz im großen ökologischen Zusammenspiel.

Der Baustellenleiter des Kieswerks ist nicht besonders begeistert von diesen Ansichten, nimmt sich aber wegen des Tochtertags zusammen.

Am Grund der Kiesgrube sitzt eine einsame Unke. Im trüben Wässerchen versucht sie dem noch trüberen Lichtkegel der Taschenlampe der Tochter zu entkommen, während der Vater dem gähnenden Baustellenleiter erklärt, wie diese winzigen und wundersamen Geschöpfe sich paaren und warum gerade hier unter keinen Umständen weiter geschürft werden dürfe.

Danach kontrollieren Vater und Tochter noch die vor zwei Jahren zwecks Renaturierung angelegten Teiche. Natürlich hatte sich niemand vom Kieswerk dafür verantwortlich gefühlt, und der Laich liegt im ausgetrockneten Schlamm. Der Vater hievt schnaufend Schaufel um Schaufel heraus und evakuiert das Lurchgelege eimerweise zum nächsten Wasser. Die Tochter leuchtet ihm mit der Taschenlampe. Dann ziehen sie sich ins Wohnmobil zurück, das verlassen auf dem riesigen Parkplatz im Mondlicht steht.

Die Tochter möchte lieber kein Licht anmachen, hat Angst, sie könnten entdeckt werden auf der Lichtung, schutzlos. Also macht der Vater im Schein der Taschenlampe Kartoffelpuffer. Die blaue Gasflamme faucht leise, und obwohl die Tochter sein Gesicht nicht erkennen kann, spürt sie die Enttäuschung des Vaters. Er schiebt die Puffer unschlüssig in der Pfanne hin und her, seufzt. Die wachsende Unbarmherzigkeit gegenüber der heimischen Flora und Fauna regt den Vater auf.

«Bestimmt liegt die Ursache bei den Billigflügen und All-Inclusive-Urlauben, die sich mittlerweile jeder Hinterletzte, bestimmt auch der müde Baustellenleiter, leisten kann», wähnt er und wendet die Kartoffelpuffer mit der Holzkelle. Beim Schnorcheln auf den Malediven oder der Kurzsafari im Okawangobecken sähe man dann die grellen Farben und Muster und stumpfe komplett ab gegenüber dem eher bescheidenen Auftreten der hiesigen Spezien. Sie seien dem verwöhnten Auge plötzlich zu braun, zu grau, zu gesprenkelt oder zu blass, schlicht zu fantasielos und fade, verglichen mit den exotischen Exemplaren, die man im Urlaub kennengelernt habe. Und da man sie nun auch nicht mehr sehe, buchstäblich nicht mehr wahrzunehmen fähig sei, und die Agglomeration, die Skipisten und Golfplätze dringend erweitert werden wollten, wolle man von den propagierten Erhaltungsmaßnahmen erst recht nichts mehr wissen.

Am Tag nach der Tochternacht fahren Vater und Tochter mit dem Wohnmobil von der Kiesgrube weiter zum begradigten Fluss.

«Warum sprechen wir eigentlich nie über das Gebiet dort drüben?», fragt die Tochter und zeigt ans andere Ufer.

Aber der Vater dreht sich nicht um. Den Fluss im Rücken, betrachtet er das Kartoffelfeld und die dahinterliegende Kaserne. Hier eine Aushebung und verlangsamter Flusslauf, wenn möglich sogar ein toter Arm. Die Tochter fixiert umgekehrt das gegenüberliegende Ufer. Dort ist doch auch etwas?

Dort wie hier war alles versumpft, früher, Malaria in der Schweiz. Man stelle sich vor. Im Fluss verläuft eine Kantonsgrenze und jenseits dieser Grenze ist noch weniger auszurichten als diesseits, dort braucht der Vater gar nicht erst hinzuschauen. Er vermisst den Möglichkeitsraum mit den Augen, vom Schauen und Nachdenken werden sie feucht. Lurche. Sie brauchen ein Gebiet, das sie feucht hält. In diesem Kanton lassen die Verordnungen das vielleicht zu. Drüben aber ist es unmöglich.

Die Tochter tritt einen Schritt zurück und sieht aus dem Augenwinkel die feuchten Augen des Vaters glitzern. Lurche verstummen, wenn man näher kommt. Die Tochter bleibt auf Distanz. Den Kopf nicht wenden nach den traurigen Vateraugen. Besser mit den eigenen Augen das gegenüberliegende Ufer absuchen, eine Bestandsaufnahme machen. Die Tochter blinzelt, der einsame Baum jenseits des Flusses ist ihr bekannt, dort hatte sie damals den Film mit Ege und Gisela gedreht. Dort hatte sie auch mit dem Engel gespielt. Heute ist der Engel aber vermutlich nicht da. Vermutlich ganz bestimmt nicht. Nicht, wenn Bestandsaufnahme ist.

«Ist dieser Faserpelz dein Vater?», schreit plötzlich eine Stimme am anderen Ufer. Neben dem Baum steht der Engel und wedelt mit den Armen.

Die Tochter wendet sich schnell nach dem Vater um. Der scheint nichts zu hören, schnieft und nestelt am Reißverschluss seines Faserpelzes. Die Tochter reicht ihm, ohne den Blick vom Engel drüben abzuwenden, ein Taschentuch. Er führt es an die Nase, drückt es auf die Augen, seufzt. Wenn er sich umdrehen würde, denkt die Tochter.

Am anderen Ufer will der Engel etwas wissen über die Verwandtschaft.

Der Vater müsste sagen: Ich bin der Vater dieser Tochter. Wir sind Lurche. Wir blicken durch ein stehendes Wasser hindurch auf die Oberwelt. Wir suchen einen Lebensraum.

Aber es ist schwer, ihn zu finden, weil unser Blick getrübt ist. Und die Gesellschaft erkennt uns nicht mehr, weil ihr Blick von Safaris verwöhnt ist. Die Tochter imitiert in sich die Vaterstimme, der Vater sagt nichts und ist in Gedanken bei den Ungerechtigkeiten der Kantone.

Drüben gestikuliert der Engel, deutet erst auf sich, dann über den Fluss auf die Tochter, macht eine aufgeregte Hin-und-Her-Geste mit dem Zeigefinger.

«Ist dir etwa peinlich, dass wir uns kennen?», schreit er über das Wasser. «Willst du nicht zu mir rüberkommen, Unke? Wir können auf Godot warten. Oder sonst was spielen. Oder ich komme zu euch, zu dir und zum Vater.»

Die Tochter schweigt. Plötzlich scheint ihr alles unüberwindbar. Der Fluss, die Distanz, die Vorstellung, dem Vater den Engel vorstellen zu müssen. Dessen stummer Biologenblick, der sagt, der Engel ist kein Engel, sondern eine Vorstellung.

«He, Unke! Kannst du keine Töne mehr?», schreckt die Engelstimme vom anderen Ufer die Tochter wieder auf. «Was ist los? Was macht ihr überhaupt beide hier? Sonst seh ich dich immer allein.»

«Wir kommen von der Tochternacht. Weil ich vielleicht später eine Froschzählerin werde, beruflich», formt das Mädchen unhörbar mit den Lippen. «Aber es ist ein trauriger Beruf. Diese Ebene, sie bekümmert den Vater. Sogar wenn wir im Zug durchfahren, weint er. Es ist einerseits schwierig wegen der Schnellstraße, aber auch wegen der Zugstrecke, dem begradigten Fluss und der Kantonsgrenze.» Die Tochter schielt unauffällig zum Vater. Er reagiert nicht, stellt sich tot, ist ganz Faserpelz, Hinterseite, Rücken.

«Und was gedenkt der Vaterrücken zu tun?», fragt der Engel etwas genervt und deutet mit dem Zweizack auf den abgewandten Vater.

Die Tochter überlegt. Der Vater will eine Tabelle machen und den lebensfeindlichen Raum beziffern. Was zählt, ist der Beweis. Einen Engel, den nur die Tochter sieht, würde der Vater nicht erfassen. *Du solltest dich jetzt nicht umdrehen, Vater,* sendet die Tochter telepathisch an den Faserpelz. Der Vater ist bereits im Tarnmodus.

«Nichts Bestimmtes. Er prüft hier bloß den Möglichkeitsraum … und macht eine Bestandsaufnahme», erwidert die Tochter schließlich und rückt noch etwas weiter vom Vaterrücken ab. Lange kommt von jenseits des Flusses keine Antwort. Die Atemwege der Tochter werden enger. Es zerreißt ihr fast das Herz. Der Engel will den Vater kennenlernen. Aber das geht nicht mehr. Sie sieht, wie der Engel enttäuscht die Schultern sinken lässt, seine Stimme ist klein und verletzt.

«Früher wolltest du mit den Eltern darüber reden. Über mich. Dass du mich gesehen hast, auf dem Film bei Ege. Und heute denkst du, ich lebe nur in deiner Vorstellung? Was ist denn mit meinem Lebensraum, Unke? Wo soll ich denn hin, wenn du mich nun ebenfalls verdrängst? Dann habe ich nur noch Ege. Du bist gemein.»

Das Mädchen möchte am liebsten in den Fluss springen. Ans andere Ufer schwimmen, den Engel in die Arme schließen, sagen, es tut mir leid. Ich habe Angst, dass mir niemand glaubt. Aber es kann nur wieder blinzeln, die Brille beschlägt. In den Fluss springen und fortgerissen werden. Fertig Bestandsaufnahme. Es besteht kein Engel. Zack. Es besteht keine Tochter.

ERSCHEINUNG

Das Ehebett schwebt in der Ecke und schaukelt. Der Großmutter ist schlecht. Der Großvater sitzt in seiner blauen Windjacke im Bett in der Ecke und blickt erwartungsvoll zur Großmutter hinüber, an den Füßen Sandalen. Er leuchtet wie ein Wesen aus der Tiefsee. Die Blutgefäße schimmern unter der dünnen Haut, Leitungen von Licht durchziehen die Arme, Schienbeine, Wangen und Ohren, durchleuchten selbst die Windjacke. Immer bereit für einen Urlaub. Das Meer, sagt der Großvater, singe jetzt auch in seinen Ohren und rufe ihn, aber sein Schiff sei ein Bett, und immer sei der Großmutter übel, so könne man nirgendwohin, auch er nicht, allein wolle er nicht reisen. Die Großmutter bekommt die Nachmittagstablette von der Pflegekraft, der Großvater schwebt noch immer im schwankenden Ehebett und wartet.

Eine Sinnesverwirrung, sagt die Pflegekraft, seit der Großvater tot sei, fast täglich. Aber das sei das Leben, eine Aneinanderreihung von Sinnesverwirrungen.

«Am Leben sein ist Täuschung, Ferien und Fußball. Das bleibt, was es ist. Die Grundsubstanz aus Verzweiflung», bestätigt die Großmutter. Sie habe gelebt, aber kein Leben geführt.

«Und was ist mit euch?»

Klamm stehen die Mutter und die Tochter am Krankenbett. Der Mutter entfährt ein Luftgeräusch. Sie hatte eigens zwecks Großmutterunterhaltung Fotos ihrer Skulpturen ausgedruckt auf teurem Fotopapier, die jetzt nicht beachtet werden.

«Ich hätte einen produktiven Tag im Atelier haben können. Und die Tochter müsste dringend Rechenaufgaben nachholen, weil sie einen doppelten Tochtertag freihatte», sagt die Mutter durch die Zähne, «und nun müssen wir uns deine verdrießliche Bilanz anhören?»

«Immerhin nur die Bilanz», sagt die Großmutter, «die Einzelereignisse behalte ich für mich.» Der Wind solle kommen und die Zettel durcheinanderwirbeln. Der Großvater sei schon ganz durchsichtig vom Warten, und noch immer kein Wind.

Die Tochter liest aus den Beipackzetteln der Medikamente vor.

«Eine Behandlung mit Benzodiazepinen dient der Verminderung von Erinnerungen an assoziierte Ereignisse. Nicht zur Behandlung ohne erkennbare Ursache auftretender Depressionen oder psychotischer Störungen (Wahnvorstellung, Halluzinationen, Wahrnehmungsstörungen) geeignet – außer vorübergehend als Zusatzmedikation bei Patienten mit begleitenden Angstzuständen oder Schlaflosigkeit, wenn diese durch die Grundbehandlung mit Antidepressiva bzw. Neuroleptika (Arzneimittel mit beruhigender Wirkung) nicht ausreichend beherrscht werden. Bei Patienten mit depressiver Verstimmung ist Vorsicht geboten, da depressive Erscheinungen in Einzelfällen verstärkt auftreten können. (Siehe Nebenwirkungen: Depression, Verwirrtheit, erneutes Auftreten einer Depression.)»

Was denn zuerst da gewesen sei, die Verzweiflung oder die Tabletten?, will die Tochter wissen.

«Einerlei», sagt die Großmutter. «Die Tabletten sind hellblau. Die Verzweiflung auch.»

Die Mutter streckt ihr nochmal die Fotos ihrer Figuren hin. Vielleicht gefallen ihr ja die früheren Werke besser.

«Zwei Frauen ohne Arme. In Gips!»

Die Großmutter schaut durch die Bilder hindurch und sagt: «Schön. Muss ich dazu noch Ja sagen? Ja zu zwei Frauen ohne Arme? Zu dir? Oder zu ihr?» Sie deutet zittrig auf die Tochter. «Ich sage Nein zu einem Leben ohne Arme.»

Die Großmutter will sich von dieser Nachkommenschaft wegdrehen und die Wand anschauen. Aber sie kann sich nicht umdrehen.

«Dreht mich um. Ich will euch nicht mehr sehen», fordert sie.

Doch die beiden Frauen haben keine Arme. Können nichts ausrichten, schauen bloß ungläubig.

Die Großmutter schließt die Augen und wechselt in Gedanken vom Krankenbett ins Ehebett. Zum Meer entschweben, mit dem Großvater. Endlich Zeit füreinander. Ja sagen zu dem, was ein Leben lang ihr Leben gewesen war. Das könnte sie zumindest versuchen. Ja zu diesem Garn, das sie gesponnen hat und dessen Ende jetzt beim leichtesten Luftzug zittert. Sie sehnt den großen Wind herbei. Die Frauen am Bett verabschieden sich, es käme später noch Besuch vom Doktor.

Mit geschlossenen Augen versucht die Großmutter zu begreifen, wer gemeint ist, wer Besuch bekommt. Die armlosen Gipstorsos? Oder sie selbst? Zwei helle, stumme Umrisse vor der schwarzen Schablone des Fensters. Wer sind diese Frauen?

TÄUSCHUNG

Die Eltern haben Gäste zum Abendessen eingeladen, den Heiler und seine Lebensabschnittspartnerin. Die Lebensabschnittspartnerin gehört zum neuen Lebensabschnitt des Heilers, der sich in der Stadt abspielt. Summend sortiert sie das Obst in der Obstschale um. Das Mädchen sitzt mit angezogenen Knien auf dem Sofa und verfolgt die Neuordnung der Früchte. Die Gesten, mit denen die Lebensabschnittspartnerin abwägt. Die Handteller, die kurz über jeder Frucht schweben, sie behutsam greifen und in der Schale neu ausrichten. In den Ohren des Mädchens kitzeln die Summtöne, eine leichte Variation. Je nach Frucht entweichen sie mehr aus dem Bauch, mehr aus der Brust der Lebensabschnittspartnerin. Der geisterhafte Einklang der Lebensabschnittspartnerin mit ihrem Obstvorhaben versetzt das Mädchen fast in Trance.

«Die Zwetschgen haben eine dunkle Energie», meldet die Lebensabschnittspartnerin dem Heiler, der an den Türrahmen zur Küche gelehnt mit der Mutter schäkert. Eine Angel-Channeling-Fortbildung habe er neulich gemacht. Von seiner Mentorin in Kalifornien empfohlen. Sehr beeindruckend. Dabei öffne man einen Teil seines Geistes für die Engelsphäre und nehme Kontakt zum Jenseits oder der Vergangenheit auf, stelle seine Stimme quasi den Botschaften der Engel zur Verfügung. «Wie ein Medium.»

Das Mädchen auf dem Sofa zuckt zusammen. Der Heiler wirft einen Blick über die Schulter, doch die Lebensabschnittspartnerin ist bereits summend aus der Balkontür entschwebt, um die Energie der Tomaten zu erfühlen. Die Zwetschgen hat sie neben der Obstschale liegen lassen. Die Augen des Heilers bleiben in denen des Mädchens hängen.

«Wahnsinn ...», murmelt er und löst sich ruckartig vom Türrahmen, kommt auf das Mädchen zugepirscht. Schiebt sich, die Hände auf den Oberschenkeln, vornübergebeugt in ihr Blickfeld. Seine eisblauen Augen forschen in den ihren.

Tapfer hält sie seinem Blick stand. Blinzelt nicht, atmet nicht. Krallt die Fingernägel in die Kniescheiben. Das ist ihr Platz. Sie wird nicht wegblicken. Er kann sie nicht vertreiben.

«Eure Tochter sieht auch Engel», informiert er die Mutter lapidar und löst sich aus dem Blickduell, um in seiner Brieftasche zu kramen. «Hier sind hundert Franken.» Perplex schaut das Mädchen auf den blauen Schein. «Na, nimm ihn schon. Eine kleine Belohnung, alles hat seinen Preis, meine Kleine, das wirst du schon noch lernen –», der Heiler drückt ihr das Geld ungefragt in die Hand, wendet sich wieder der Mutter zu. «Das ist genial, wie habt ihr das hingekriegt? Dass sie in dem Alter noch Engel sieht?»

Hilfesuchend schaut sich das Mädchen nach dem Vater um. Er sitzt auf der Eckbank am Esstisch und schneidet Sellerie in gleichmäßige Würfel, überhört die Diagnose.

Mit einer skeptischen Stirnfalte und einem Küchentuch über der Schulter kommt die Mutter ins Wohnzimmer. «Engel, soso.» Wenn man ihr Geld dafür geben würde, würde sie die Engel bestimmt auch sehen. Logisch, logisch.

Das Mädchen umfasst den Schein etwas fester. Sie könnte auf einen eigenen Fernseher sparen, oder eine Kamera.

«Sie hat eine Gabe», führt der Heiler aus. Das müsse man doch unterstützen, sie könnte ein Medium werden. Er selbst habe ein Vermögen gemacht mit den Kupferantennen und dem Gegengift gegen Aids. «So lernt die Kleine, ihr Talent zu Geld zu machen.» Dagegen könne die Mutter ja wohl nichts haben? Augen auf bei der Berufswahl.

Wieder versucht das Mädchen, den Vater telepathisch zu aktivieren. *Es geht um meinen Beruf, Vater. Wir wollten doch herausfinden, ob die Unke eine gute Froschzählerin werden könnte. Am Tochtertag.*

Aber der Tochtertag hatte ein abruptes Ende genommen, denn als der Vater sich umwandte, um die Beobachtungen der Tochter zu erfragen, stand die Tochter bis zur Hüfte in dem begradigten Fluss, wäre beinahe umgerissen worden, wäre der Vater nicht ebenfalls hineingestiegen, um sie zurück an Land zu holen. Desorientiert hatte die Tochter um sich geblickt. Was sie denn im Wasser gesucht habe? Dort gäbe es wirklich gar nichts Lebendiges mehr. Diese künstlichen Ufer, da wachse nicht mal ein Schilf, höchstens Algen. Beinahe wäre der Vater ausgeglitten. Der entgeisterte Blick der Mutter, als sie beide mit nassen Hosen vom Tochtertag zurückgekehrt waren.

DER SOHN

RENATURIERUNG

Zusammengesunken vor Konzentration sitzt der Vater am gleichmäßig abfallenden Ufer. Er war noch einmal zurückgekehrt, um die Bestandsaufnahme abzuschließen, diesmal aber ohne Tochter. Er tippt die Zahlen auf seinem Laptop in eine Tabelle. Die Zahlen sind mager. Kein Silberreiher, eine Bachstelze und zwei Bisamratten, von Haubentaucher und Gänsesäger ganz zu schweigen, murmelt er vor sich hin. Immerhin einen Graureiher hat er gesichtet, der Reiher hat den Vater ebenfalls gesichtet, starren Auges ist er dem Blick des Vaters durch die Linse des Feldstechers begegnet, hat sich dann in die Luft geschwungen und irgendwo hinter der Schießanlage der Kaserne niedergelassen.

Im Augenwinkel regt sich etwas, schnell blickt der Vater auf. Vielleicht ein Lebewesen, das er noch nicht registriert hat? Etwas weiter flussabwärts steht eine Gestalt. Der Vater lässt die Schultern sinken. Von der Gestalt steigt Rauch auf. Doch kein Tier. Ein Schlot, der sich langsam nähert.

Es ist Ege. Er kommt barfuß herangeschlendert, eine ärmellose, schwarze Lederweste schlackert um seinen nackten Oberkörper. Der Vater beugt seinen Oberkörper noch etwas mehr über den Laptop. Der nahende Oberkörper Eges kann nur bedeuten, dass der Vater in Kürze in seiner Arbeit gestört wird. Verfänglich wird das sein, dass sie sich hier begegnen.

Was denn der Vater hier mache, ruft Ege heiser. Hier gäbe es doch nichts zu tun. Seine Zigarette wippt im Mundwinkel, er stellt sich hinter den Vater und versucht, auf den Laptop zu schauen.

Er mache eine Bestandsaufnahme. Ein begradigter Fluss, das sei für Flora und Fauna ein Korsett, erklärt der

Vater, die Zahlen bestätigten die Ahnung, hier rege sich nicht mehr viel.

«Wahrlich desolat», bestätigt Ege, «hier kann man lange auf das Leben lauern. Manchmal kommen Panzer vorbeigefahren, nur wenn die von der Kaserne drüben Krieg üben, kommt etwas Bewegung ins Bild. Aber sonst, nur Fluchtlinien, nur Parallelität.»

Parallelität, soso, der Vater rollt sich innerlich zur Igelkugel gegen Ege, er ist ihm lästig. Er will rasch die letzten Zahlen und Werte eintragen und dann verschwinden.

Und jetzt werde das Wenige, was hier übrig sei, noch in die Tabelle des Vaters eingetragen? Ob es denn so nicht erst recht verschwinde?, will Ege wissen.

Der Vater sieht auf das Raster der parallelen Linien seiner Tabelle. Für einen kurzen Augenblick fragt eine Stimme im Vater, ob Ege nicht vielleicht recht hat. Auch der Graureiher war kurz nach seiner Erfassung weggeflogen, und wo er gelandet war, das hatte der Vater nicht verzeichnen können. Doch dann siegt erneut der Widerstand im Vater. Ege hat gut reden mit seinen Behauptungen, an denen nichts hängt, nichts Reales, was fliegt oder kriecht, nistet oder Nahrung sucht. Als nächstes wird Ege ihm noch mit unbeaufsichtigten, umfallenden Bäumen im Wald kommen. Einmischung der beobachtenden Instanz und so weiter, Behauptungen über Behauptungen.

Des Vaters Tabelle hingegen wird etwas aussagen. Ergebnisse werden es sein. Und er wird die Ergebnisse der Tabelle höchstpersönlich zu den Behörden tragen, die nicht selbst zum begradigten Fluss kommen können, weil sie in ihren begradigten Büros die Begradigung der Welt planen. Er wird sich mit Hilfe der geraden Linien der Tabelle bei den Behörden Gehör verschaffen. Denn dort liegt schließlich das Problem. Die Natur ist von Natur aus nicht gerade. Er als ihr Fürsprecher muss sich in begradigter Gestalt bei den Behörden einschleichen, getarnt hinter Formularen, Feldern, Grafiken und geraden Linien. Wer kraus oder unregelmäßig daherkommt, wird von den Behörden nicht ernst genommen. Später wird hier ein Schild die Vorzüge der Renaturierung ausweisen, und die Leute werden außerhalb der Wildruhezone eine Naherholung mit Steinmännchen aus Flusskiesel genießen.

«Wer eine Renaturierung erwirken will, kann sie nicht einfach herbeifantasieren», konstatiert der Vater.

Ege linst auf die Tabelle, der Vater klappt den Laptop zu. Eges Metaebene ist ihm suspekt. Er möchte lieber ins Büro, die Ergebnisse auswerten. Anstandshalber erkundigt er sich, was denn Ege hier am Fluss vorhabe? Nein! Dieser Anstand ist eine Falle, hört der Vater seine eigene Stimme in sich mahnen. Eilig hievt er sich vom Ufer auf und klopft seine Hose ab.

Ege grinst und wühlt in seinen Westentaschen. Die Stimme war schlau, der Vater bereut bereits die Frage. Eigentlich will er nicht wissen, was Ege an diesem Niemandsort macht, wie er hierhergekommen ist, warum er keine Schuhe trägt, was ihn an der Parallelität der Linien interessiert, was er in seinen Westentaschen hat. Dem Vater wird unwohl.

Ege klopft sich eine Zigarette aus der Schachtel und kramt anschließend wieder eine Unendlichkeit lang nach Streichhölzern. Vielleicht hat er die Frage des Vaters nicht gehört, dem Vater wäre es recht. Zitternd führt Ege das brennende Streichholz zum Mund. Das ganze Gesicht strebt wie ein Schnabel dem kleinen Feuer zu, Eges Augen leuchten tief in ihren Löchern, der Unterkiefer rückt vor, die Nase zielt exakt, die Backenhaut ist bereit, das Vakuum zu erzeugen, den ersten Rauch in Eges Inneres zu saugen, die

Zigarette brennt, endlich, der Vater kommt fast um vor Ungeduld.

Er sei hier mit seinem Sohn verabredet, presst Ege mit dem ersten Lungenzug heraus. Erst der Rauch, dann die Wörter. Das sei praktisch, hier gäbe es alles, was für ein Treffen mit dem Sohn nötig sei. Ein wenig Grünzeug, den Fluss, hinten die Kaserne, ab und zu eine Schießübung, eine asphaltierte Straße. Der Sohn komme seit Neustem nur noch mit dem Auto, mache keinen Schritt mehr zu Fuß. «Eigentlich müsste er längst hier sein», Ege schaut in beide Richtungen, er warte schon eine Weile.

Nichts rührt sich. Der Vater ist irritiert. Müsste Ege nicht wissen, woher der Sohn komme, von links oder von rechts?

«Von Berlin», meint Ege, «aber eher von rechts.» Kaum erwachsen, wolle der Sohn möglichst nicht werden wie Ege. Aber da habe er etwas verwechselt, der Sohn. Eine kleine Erbschaft vom Großvater in Berlin, das hätte gereicht für das Auto, und seit er das Auto fahre, sei der Sohn auch ziemlich sicher, dass er in der Volkswirtschaft Fuß fassen werde, also dass es dort tatsächlich etwas zu tun gäbe für ihn. Aber all das habe mit dem Auto angefangen, und das Geld für das Auto habe der Sohn ja nicht selbst erwirtschaftet. «Ein Faszinosum, wie dieser Windelmensch, der er einst war, jetzt Zusammenhänge schafft.» Ratlos heben sich Eges knochige Schultern aus den Armlöchern der Weste, der Vater schweigt, der brennende Tabak knistert.

«Und dieses Auto», hebt Ege erneut an, «es fährt einfach zu schnell, der Sohn im Auto denkt zu schnell, wird so immer über das Ziel hinausschießen und kommt jetzt trotzdem nicht rechtzeitig zur Verabredung.» Ege krächzt ein Lachen.

Ege ist ein Geier, sagt die schlaue Stimme im Vater. Er

lebt von Zusammenhängen, die sonst niemand will. Seine Laptoptasche wird langsam schwer.

Der Vater wartet nun ebenfalls auf den Sohn. Der schnelle Sohn soll schnell kommen und ihn von Ege und seinen Zusammenhängen befreien. Erschöpft lässt er die Laptoptasche auf den Asphalt sinken. Ege verfolgt die Bewegung der Tasche aufmerksam mit stechenden, roten Augen. Was ist mit diesen Augen?, fragt sich der Vater. Die Laptoptasche kippt mit einem dumpfen Geräusch um. Erschrocken zieht er sie wieder hoch. Ege wird von einem Hustenanfall geschüttelt, die Schultern kommen in schnellen Abständen aus der Weste gezuckt. Dabei lässt er die Tasche nicht aus den Augen.

Der Vater drückt die Laptoptasche, die wertvolle Bestandsaufnahme, an seinen Bauch. Eges durchdringender Blick könnte die Tatsachen in der Tabelle gefährden. Das ist Unsinn, mahnt die schlaue Stimme im Vater.

Aber Ege verhält sich auch unsinnig. Er keucht und schüttelt sich, die Zigarette fällt auf sein weißes Brusthaar, er pickt nach ihr, hebt die Arme, pickt wieder, hüpft, pickt, krächzt. Hilfesuchend schaut der Vater nach dem Horizont. Wo bleibt bloß dieser Sohn?

Ein Auto, endlich. Das sei bestimmt der Sohn, versucht der Vater den außer Rand und Band geratenen Ege zu besänftigen. Vielleicht bringe ja der Sohn etwas zu Essen für ihn. Oder ein Geschenk?

Ege rüttelt mit den Armen, winkelt die Gelenke an, faltet sie weg, nimmt sie wieder hervor, streckt sie, die Haut flattert. Ege kreischt und macht ein paar verstörende Hüpfer auf den Fluss zu, die schmauchende Zigarette rollt über den Asphalt. Instinktiv bückt sich der Vater, um sie aufzuheben. Eine Aufgabe, eine einzige, vernünftige Sache. Er spürt den feuchten, weichen Filter zwischen Daumen und

Zeigefinger, das glimmende Ende, ganz nahe, ganz ruhig. Eges Zigarettenabfall ist behaglicher als Ege selbst. Hoffentlich ist er fort, wenn der Vater sich aufrichtet, hoffentlich. Da kommt das Auto vor ihm auf der Straße zum Stehen.

Der Sohn steigt aus und schaut auf die Uhr. Wo sein Vater sei? Die Autotür lässt er offen stehen. Er sei im Stress. Lässt den Autoschlüssel am Schlüsselring um den Zeigefinger kreisen und mustert den Vater, mit dem er nicht verabredet ist. Dieser steht verloren mit der Laptoptasche in der einen und dem Zigarettenstummel in der anderen Hand.

Er sei doch auch von irgendwem der Vater ... Von diesem Mädchen, das immer bei Ege vor dem Fernseher hocke und sein verwackeltes Zeug anschaue?

Der Vater weiß nichts von verwackeltem Zeug.

Diese unscharfen, verrüttelten Filme, von denen man Kopfschmerzen bekomme, Eges Lebenswerk. Der Sohn deutet auf den Zigarettenstummel in der Hand des Vaters.

«Das ist jedenfalls Eges Zigarette, oder etwa nicht?»

Nickend findet der Vater einen Einstieg.

«Eben ist Ege noch hier gewesen, eben hat er einen Hustenanfall gehabt, er hat deine Ankunft hier erwartet, aber dann wurde er aufgescheucht, vielleicht vom Motorengeräusch des Autos ...», berichtet der Vater und hält dem Sohn den Zigarettenstummel hin als Beweis. Über die gepolsterte Anzugschulter des Sohns sieht der Vater Ege im Feld stehen. «Dort drüben in den Kartoffelpflanzen. Ege versteckt sich!»

Doch der Sohn dreht sich nicht um. Solche Witze interessieren ihn nicht, meint der Sohn ungeduldig. Er sucht etwas im Inneren des Autos. Genervt stellt er eine Packung Lindor-Kugeln in den Grasstreifen zwischen Feld und

Straße. Der Vater wolle gar nicht wissen, was passiert, wenn Ege seine Lindor-Kugeln nicht bekomme, raunt der Sohn, das wolle niemand wissen.

Der im Feld stehende Ege grinst herüber. Der Vater hatte schon zu einem früheren Zeitpunkt von all diesen Angelegenheiten nichts wissen wollen und fühlt sich vom Sohn verstanden. Der Sohn steigt wieder ins Auto und lässt das Fenster herunter. Der Vater solle Ege doch die Lindor-Kugeln geben, wenn er so gut sein wolle. Er selbst wolle noch ein bisschen arbeiten und telefonieren. Bitte sehr.

Der Vater wehrt sich, er sei selbst auch auf dem Weg ins Büro, er bleibe nicht hier.

Dann solle er doch gleich mit ihm mitfahren, kein Problem. Der Sohn wedelt den Vater auf den Beifahrersitz. Man könne die Schokoladekugeln einfach hierlassen, keine Zeit für Spielchen. Immer dieser Aufwand mit dem Vater. Sogar Schneeketten habe er für sein Auto gekauft, wenn er jede Weihnacht von Berlin hierherkarren müsse, in diese Einöde. Hier unten im Flachland ginge es ja noch, aber da oben – er deutet auf die steile Abrisskante oberhalb des Sees, das Dorf, das am Abhang sitzt – im Winter! Der Sohn kann sich nicht erholen. Er wolle hoffen, dass sich die Schneeketten als preiswert erweisen und wenn nicht, werde er sich später im Leben, wenn er in der Volkswirtschaft tätig sei, dafür rächen.

Darauf hat der Vater nichts zu sagen. Er blickt auf den Zigarettenstummel in seiner Hand.

Der Sohn drückt aufs Gas. Und überhaupt und generell, der Motor brummt, der Sohn redet sich heiß – Schneeketten, Schulden, Kriegsaltlasten. Man werde dann schon sehen, Europa! Wozu? Sie rasen die lange, gerade Straße entlang, die Felder wechseln sich ab, Kartoffel, Raps, Kartoffel. Die Landschaft hechtet dem Sohn entgegen. Er hat diesen unverwechselbaren, ernsthaften Gesichtsausdruck junger Leute, die ihre ersten Autos lenken, denkt der Vater. In ihm regt sich etwas. Er versteht, dass Ege diesem Sohn nicht zwischen Zimmerwänden begegnen kann. Ein solcher Sohn braucht Fluchtwege.

VERWECHSLUNG

Was ist mit dem Heuwender in der Einfahrt?, wundert sich der Vater. Er hat sich an den spitzen Zinken des Gefährts zur Tür des Ateliers vorbeigedrückt.

«Vom Freund», sagt die Mutter, ohne aufzublicken. Sie ist über einen flachen Klumpen Ton auf der Tischplatte gebeugt.

«Freund?» Stirnrunzelnd kommt der Vater näher und schaut der Mutter über die Schulter.

«Scheinbar, ja.» Ein paar Stöße aus der Sprühflasche. «Der Älteste der Bauernfamilie drüben. Er kommt sie mit dem Heuwender abholen.»

Der Vater betrachtet das Tongebilde auf dem Tisch. Ein kleiner Körper in Sphinxhaltung, dicht an den Untergrund gepresst. Ärmchen und Beinchen angewinkelt, das flache Gesicht abwartend der Oberwelt zugewandt. Die Mutter befeuchtet es.

«Eine Unke?», fragt der Vater vorsichtig.

«Ein Unkenmädchen», korrigiert die Mutter, in ihrer Stimme eine Weichheit. Vor dem Tor springt mit großem Gerassel der Heuwender an.

«Ausgerechnet! Die Braune liegt nur noch auf der Seite.» Bald werde sie kalben. Eigentlich sei das seine Sache, muffelt der Bauer. «Schließlich seine Kuh.»

«Schließlich, schließlich», gibt der Sohn zurück. Schließlich müsse er auch in der Liebe Erfahrungen sammeln. Ob er denn die Braune ehelichen solle? Ob der Vater denn Kuhenkel wolle? Der Sohn regt sich sehr auf.

Solange man noch unter seinem Dach wohne, werde unter diesem Dach noch gemistet und zu den Kühen geschaut, bevor man den Mädchen nachsteige, wettert der Bauer. Dieser Hitzkopf von Nachwuchs. Nachher dürfe er das Mädchen seinetwegen mit dem Metrac abholen.

Der Hitzkopf beeilt sich also mit dem Ausmisten, duscht heiß, zu heiß, wird aufgeweicht und rot, schreit die mit dem Finger hämisch auf ihn zeigenden jüngeren Geschwister an, wird vor Wut noch röter und sprüht Axe Africa auf die aufgeweichten Hautpartien. Was wissen denn diese Rotzgesichter von der Liebe? Die ganze Familie riecht nach Mist, das ist bei der Liebe höchst hinderlich. Wenigstens sieht man den Mist nach dem Duschen nicht mehr. Und wenn das Mädchen erst das neugeborene Kälbchen der Braunen sieht, wird sie den Geruch hoffentlich vergessen. Im offenen Führerstand des Heuwenders trocknet der aufgeweichte Freund schnell.

Der Freund würde dem Mädchen am liebsten schon auf der Polstergruppe vor dem Fernseher in die Hose greifen. Wie ein hungriges, ungeduldiges Tierjunges stößt er zu. Das Mädchen schiebt die Hand weg. Sie hatte sich die Nahaufnahme dieses Freunds anders vorgestellt als sie zuschaute, wie er mit der Heugabel ins dürre Gras stach, die Fuder aufgabelte und herumschleuderte. Die elastischen Bewegungen verkündeten: Alle Aufgaben dieser Welt sind mit einer Heugabel zu bewältigen. Und so schien es. Das Vieh, zufrieden das hingeworfene Heu kauend, sagte: Danke, mein Engel. Der Hofhund, mit dem Gabelstiel in die Rippen gestoßen, jaulte: Erbarmen, mein Rächer.

In der Nahansicht aber ist alles anders. Die weißliche Haut um die bis auf einen schmalen Streifen abgekauten Fingernägel des Freunds ist noch immer aufgeweicht. Im Fernsehen läuft eine nervöse Talentshow. Ein Blinder singt, er sei der Anton aus Tirol, hinter ihm verrenken sich Background-Tänzerinnen in eng anliegenden Skelettoveralls.

Hier sei kein Ort, sich in die Hose greifen zu lassen, findet das Mädchen. Die jüngeren Geschwister glotzen mit offenen Mündern und glasigen Kuhaugen auf die Hand des Freundes, die bereits wieder den Hosenbund belauert. Oben im Zimmer des Freundes steht ein riesiges, beheizbares Wasserbett. Neben dem Wasserbett steht Lara Croft und zielt mit ihren zwei Pistolen auf die Kissen. Auch dort sei nicht der geeignete Ort, sich in die Hose greifen zu lassen. Das Mädchen würde gern etwas Poetisches mit dem Freund teilen, vielleicht einmal zusammen ein Glas Milch trinken bei Vollmond? Der Freund ist frustriert. Ob sie sich heimlich selbst befriedige? Und was sie überhaupt gegen den Anton aus Tirol habe? Es sei schwierig mit ihr.

Die Eltern bekommen den Freund fast nie zu sehen, sie hören nur das Rasseln des Heuwenders vor dem Haus, dann ist die Tochter fort. Spätnachts dann wieder derselbe Höllenlärm, und die Tochter verschwindet lautlos wie ein Schatten in ihrem Zimmer.

Sie wollen ihr nicht reinreden, sie wird schon selbst wissen, was sie will. Hauptsache, sie kehrt in ihr Zimmer zurück. Vor sechzehn gilt die Zimmerregel. Die Tochter versteht die Regel nicht, und als sie den Freund doch einmal mit ins Zimmer nimmt, machen die Eltern eine Protestaktion. Im Morgengrauen drücken sie sich am Heuwender vorbei, der immer noch in der Einfahrt steht, und verstecken sich im Café Enzian. Solange der Freund noch im

Zimmer der Tochter ist, werden sie nicht ins Haus zurückkehren. Hohläugig vom kurzen Schlaf hocken sie im Enzian und warten darauf, dass der Heuwender vorbeifährt. Sie würden vielleicht noch tagelang im Enzian ausharren müssen, gibt die Mutter zu bedenken. Das sei doch ein pädagogischer Unfug.

Verzweifelt blättert die Tochter im Telefonbuch. Die feinen Seiten haften aneinander. Die Nummer vom Enzian. Ihre Hände zittern.

«Das ist doch nicht normal», kommentiert der Freund den handgeschriebenen Zettel der Eltern, den sie der Tochter auf dem Esstisch hinterlassen haben. Die Tochtertränen malen dunkle Flecken auf das Papier des Telefonbuchs. Die Eltern verloren. Verscheucht, für immer. Für immer alles falsch gemacht. Warum überhaupt die Liebe zu diesem Freund? Nur wegen der Heugabel? Weil diese blöde Gabel sie an den Zweizack des Engels erinnert, der sich seit dem Verrat am Tochtertag nicht mehr zeigt und den sie vermutlich auch für immer verloren und vertrieben hat.

«So viel Geheule wegen einer Nacht!» Kopfschüttelnd verlässt der Freund das Haus. Das neu geborene Kalb benennt der Freund nach dem Vater eines anderen Mädchens. Das ist ein klares Zeichen, diese Liebe ist am Ende.

VERSÖHNUNG

Gisela bremst abrupt ab, kurbelt die Scheibe runter. «Willst du mitfahren?»

Die Nachbarstochter nickt, wirft den Rucksack in den Kofferraum, zögert kurz und schlägt ihn dann heftig zu.

«Ho, junge Dame, bisschen Feingefühl mit dem alten Gefährt», ruft Gisela.

Der Boden des Kofferraums ist komplett ausgekleidet mit vergilbten, knittrigen Dokumenten, obendrauf liegt ein Zweizack. Wie ein Stich ins Herz. Bestimmt eine Täuschung. Vermutlich bloß eine Harke, ein Gartengerät von Gisela.

«Nein, meiner», antwortet eine Stimme von der Rückbank. Das Mädchen versucht, die Gestalt hinter sich im Rückspiegel unauffällig ins Visier zu nehmen, macht einen langen Hals. Ein leuchtendes Gesicht, ein blasser Hals, die schwarze Lederweste. Vertraute Wärme steigt im Mädchen auf, die Brust weitet sich. Der Engel ist wieder da. Keine Täuschung, doch keine Harke. Aber warum ist er jetzt mit Gisela unterwegs? Das Mädchen beschließt, erst mal systematisch zu fragen.

«Was hast du da im Kofferraum?»

«Ach, das ist alles Altpapier …», winkt Gisela ab.

«Sie fährt es schon seit Jahren durch die Gegend. Sie weiß nicht, wohin damit», kommentiert der Engel von der Rückbank. Gisela hebelt an der Gangschaltung, das Auto heult auf.

«Und sonst?», fragt das Mädchen so unschuldig wie möglich. Aber Gisela wirft ihr bloß zwischen zwei Kurven einen irritierten Blick zu.

«Vergiss es, Unke, sie kann weder mich noch den Zweizack sehen. Du weißt doch, ich bin eine Vorstellung. Deine.»

Das Mädchen verdreht sich mühsam auf dem Vordersitz, um direkten Blickkontakt mit dem Engel aufzunehmen. Er verhält sich seltsam. Ob er ihr noch böse ist? Und was hat er vor?

Gisela weicht unwirsch einem entgegenkommenden Heuwender aus. Sie solle sich bitte wieder normal hinsetzen, wenn was passiere, die Kurven, nicht auszudenken, ruft sie. So spannend seien diese Papiere da hinten nun wirklich nicht. Das habe sie einfach immer wieder vergessen zu entsorgen, basta. Doch das Mädchen kniet verkehrt herum auf dem Vordersitz und mustert die blanke Brust des Engels. Er ist keine Minute älter geworden seit dem Verrat am Fluss.

Wozu denn?, erwidern seine Augen. Einer muss beim Verrat stehen bleiben, damit der andere weitergehen kann. Alles hat seinen Preis. Wenn du mich verdrängst, gehe ich zurück zu Ege. Und du? Hast du inzwischen irgendwas Lohnenswertes erlebt als junge Dame? Ein erstes Honorar für Einbildungen? Die Liebe zu einem Heugabelfreund?

Das Mädchen muss unvermittelt lachen. Der Engel hat recht. Es ist ihr letztes Zusammentreffen, sie sollten das Beste daraus machen. Das Mädchen wirft ihm eine Kusshand zu. Der Engel fängt den Kuss auf, steckt ihn in die Westentasche. Sein Grinsen wird breiter, wilder, schöner, zieht die Sekunden lang, bis sie fast zerreißen.

«Jetzt aber sofort wieder hinsetzen! Und anschnallen! Ich will, dass du dich anschnallst.» Giselas Stimme ohne Richtung, vorne raus, vorne ist die Straße.

Widerstrebend dreht sich das Mädchen um, sucht nach der Schnalle des Sicherheitsgurts. Eine Weile fahren sie schweigend, dann fängt Gisela wieder an.

«Nicht alle Kinder werden so geliebt wie du, verstehst du? Die Mutter, der Vater, Ege, sie denken an dich. Sie wissen, was du bist und was du wirst. Der Sohn aus Berlin aber wird nicht registriert. Diese Papiere da hinten sind die Wahrheit. Über den Sohn. Dass er war und wie es war, hier mit uns. Ihr habt damals zusammen Nektar aus den Kleeblüten gesaugt, aus den rosafarbenen lieber als aus den weißen, ich habe euch sogar gefilmt, wie ihr zusammen im Klee gesessen habt, du und der Sohn! Die Bilder davon, ich habe sie mit eigenen Augen gesehen.»

Gisela lächelt nicht mehr, ihre Stimme ist gepresst, sie hält sich am Lenkrad fest. «Wozu chauffiere ich dich hier herum? Wenn du keine Momente mehr weißt und keinen Klee mehr erinnerst? Diese Momente, waren sie dir nicht stark genug? Aber ich habe gefilmt, damals. Ich habe den Sohn festgehalten.»

«Ich bin gekommen für den Sohn», bestätigt der Engel auf der Rückbank. «Daran erinnerst du dich? Du hast ihn auf Eges Kassetten gesehen, aber du wusstest nicht, wer das ist. Und niemand wusste, was mit dir ist. Dann kam ich, als Antwort.»

Gisela fährt schwungvoll auf den Parkplatz vors Haus, dann sackt sie am Steuer zusammen. Ege hat schon wieder die Fensterläden zu. «Den ganzen Tag zu», seufzt sie.

Das Mädchen löst den Sicherheitsgurt und rechnet. Der Sohn aus Berlin müsste mittlerweile erwachsen sein. Gut für ihn. Es steigt aus und geht um das Auto herum zum Kofferraum.

«Sind die Lindor-Kugeln für Ege da hinten?», fragt Gisela über die Schulter, «hier vorne sind sie nicht.» Gestresst zerrt sie am Autoschlüssel.

«Ja, der Sohn aus Berlin bringt Lindor-Kugeln, wird geliebt, jaja», plappert der Engel mit Papageienstimme und klettert aus der Hintertür. Umständlich fummelt er den obersten Knopf durchs Knopfloch, streicht die Lederweste glatt, ist bereit für alles. Bereit wofür? Das Mädchen deutet stirnrunzelnd auf den abgewandten Rücken Giselas im Auto. Der Engel hebt die Hände zu einer ratlosen Geste, zuckt mit den Schultern.

Das Mädchen will keinen Unfrieden mit dieser Geschichte. Aber es würde gern erfahren, was der Engel nun vorhat. Gisela wühlt noch immer im Handschuhfach. Der Engel angelt sich seinen Zweizack und die Lindor-Kugeln aus dem Kofferraum, will schon hoch zum Haus stapfen. Das Mädchen packt ihn am Arm.

«Ist es, weil ich an dir gezweifelt habe? Wegen des Verrats unten am Fluss? Bist du deshalb zurück zu Ege?»

Der Engel winkt ab.

«Ach Unke, vergiss. Tempi passati. Klar war ich enttäuscht, aber du bist nicht die Einzige, die sich selbst nicht traut.»

Das Mädchen versteht nicht. Der Engel wirft einen kurzen Kontrollblick nach dem Auto, spricht dann ganz schnell:

«Auch Gisela hat ihrer Ahnung nicht getraut. Dass Eges Hunger nach Körperbildern keine Altersgrenze kennt. Und musste dann vergessen, dass sie seinen Sohn zu lange mit ihm allein gelassen hat, nicht nur dich. Obwohl sie die Bilder davon auf Eges Kassetten gefunden hat. Der Sohn von Berlin als Putte, ein weiteres Objekt der Begierde, ein laszives, frisches Früchtchen, nach dem Eges stetig wachsender und alternder Bilderkörper, sein Lebenswerk, sich verzehrte. Giselas gelber Bademantel, eine Geschenkverpackung auf eurer Haut. Ein Geschenk an Ege. Und der liebe, kleine Botenjunge, du weißt. Godot kommt nicht, aber Ege wird schnell langweilig beim Warten. Belustigung, Belästigung. Der Griff in die Hose. Und Godot kommt nicht. Niemand kommt. Und Gisela kam immer erst dazu, wenn schon alles vorbei war. Wenn die Speichermedien bereits veraltet und nicht mehr abspielbar sind. Aber nun bin ich hier, stehen geblieben in der Zeit, und habe Zeit, mich um die Bilder zu kümmern.»

Der Engel reiht die Zusammenhänge im Mädchen auf wie Perlen auf einer Schnur.

«Verstehst du? Ich bin dein Racheengel. Ich bin auch der Racheengel des Sohns. Um dein Schutzengel zu sein, war ich zu spät, aber seither bin ich da. Und jetzt geh heim, Unke. Ich muss hoch zu Ege. Und du darfst nicht mehr herkommen, verstehst du? Ich warne dich. Ich schaffe das allein. Zack, zack. Übe du jetzt besser den Trick. Konzentrier dich darauf, eine junge Frau zu sein. Schau dich an, du bist schon fast da. Du weißt: zack. Tempi passati! Ich erledige den Rest.»

Der Engel zwinkert, dreht sich um und steigt die Treppen hoch zu Eges Hintereingang. Gisela wirft die Autotür zu, hastet grußlos hoch in ihre Wohnung und schimpft leise zu sich selbst. Die Lindorkugeln, irgendwo liegen gelassen. Dabei wollte sie sie doch noch schön einpacken, als Geschenk.

Das Mädchen schickt den beiden ihre Gedanken nach. *Danke, durfte ich mitfahren. Gisela, ich erinnere mich jetzt, der Klee war süß. Das war damals mit dem Sohn. Ich weiß es jetzt wieder.*

DIGITALISIERUNG

Die Sonne knallt gegen die Südseite des Hauses, gegen die geschlossenen Jalousien. Das Mädchen steht oberhalb des kleinen Pfads an der Böschung, den Daumen zwischen den Lippen, reißt und beißt sich Häutchen vom Nagelbett. Hilft sie sich oder frisst sie sich? Sie weiß es nicht. Aber sie will den Engel jetzt nicht im Stich lassen. Was, wenn sein Plan nicht aufgeht? Es gibt doch keine Rache. Es gibt doch keine Engel. Sie muss sich vergewissern, ein letztes Mal. Gibt sich einen Ruck. Nähert sich über die Böschung dem Hintereingang und schlüpft durch die Tür. Ein Geruch nach kaltem Rauch, eingetrocknetem Katzenfutter und vergorenen Oliven liegt in der Luft. Der Kater kommt faul und dickbauchig aus dem Wohnzimmer geschlendert. Noch immer hier?, fragt sein Blick, gleichgültig.

«Selbst noch immer hier, Wiedergänger!», zischt das Mädchen und streift sich die Turnschuhe von den Füßen, ohne sie aufzuschnüren. Ein kurzer Kontrollblick auf die Schuhe, nur ein paar Schuhe – ihre. Fast so groß wie die von Eges Sohn damals. Dasselbe Bild. Sie ist schon fast da, hat der Engel gesagt.

Alles ist still. Das Mädchen spürt, dass Ege da ist. Hält die Luft an, tappt zur Küche. Verstreute Brekkies überall. Der Kater ist ihr auf den Fersen, aufdringlich und zutraulich, immer noch hier. Sie schleichen alle hintereinander her, lösen einander ab. Erst spielt der Sohn in Eges Filmen, dann sie selbst. Beim Verrat bleibt einer stehen. Irgendetwas muss hängen geblieben sein.

In der Küche kommt sie an einem Teller angegessener Antipasti vorbei, daneben umschweben Fruchtfliegen lautlos den Hals einer leeren Rotweinflasche. Vorsichtig biegt das Mädchen um die Ecke ins abgedunkelte Arbeitszimmer. Der Computerbildschirm verbreitet fahles Licht, draußen lässt jemand einen Heuwender an. Von Ege keine Spur.

«Habe ich nicht gesagt, du sollst wegbleiben?»

Das Herz tut einen wuchtigen Ruck, fast reißt es das Mädchen um. Auf dem Computerbildschirm flimmert das Bild des Engels, das Mädchen erkennt ihn sofort. Er ist diesmal nicht das Gottwesen mit Zweizack, sondern die nackte Schönheit im Bademantel, der rote Kussmund, Giselas Lippenstift.

«Unke, wirklich. Was hast du hier verloren? Willst du etwa in die Unterwelt? Ich sagte doch, lass mich machen.»

Wie angewurzelt steht das Mädchen vor dem Computer. Durch die Fensterläden strömt warme Luft hinein. Ein inneres Bild wird wach und beginnt zu rufen. Die Unke.

Schlägt sie Alarm? Nein, zu spät. Das Mädchen kann nicht mehr laut mit einem Bild sprechen. Sie weiß, als junge Frau wird ihr das nicht helfen. Aber sie möchte dem Engel Hilfe anbieten bei seinem Plan.

«Was hast du vor? Hast du das zu Ende gedacht?», wispert sie.

Der Engel malt mit dem Lippenstift rote Linien auf seinen Oberschenkel. Zieht verschwörerisch die Augenbrauen hoch. «Ich digitalisiere.»

Das Mädchen spürt Eges Anwesenheit im Nacken, aber sie kann den Blick nicht von dem nackten Engel abwenden.

«Hör endlich auf, mich anzustarren! Ich muss das machen», flüstert der Engel. «Ege hat Wein getrunken, wir haben uns unterhalten. Ich habe ihm gesagt, das Lebenswerk, das Lebenswerk. Die Zeit vergeht, deine Medien, die Videobänder, sie werden zerfallen und verloren gehen. Das Lebenswerk, die Bilder, zerbröselt für die Nachwelt. Das hat ihn überzeugt.»

Das Mädchen versucht, sich zu erinnern. Dieser allererste Engel. Auf dem Fernseher. Auf einer VHS-Kassette, nicht auf dem Computer. Der Engel auf dem Bildschirm nickt heftig.

«Eben Unke, eben. Das war ein anderes Medium. Diese Magnetbänder, sie leben nicht ewig. Sie verlieren ihre Geschichten. Aber nicht, wenn man sie rechtzeitig digitalisiert. Ege war einverstanden, hat das eingesehen. Das Lebenswerk. Die Bilder müssen umziehen für die Ewigkeit. Medien, Medien.»

«Aber ... zieht mein Film auch um? In die Ewigkeit?», flüstert das Mädchen.

«Selbstverständlich Unke. Dein Film, der Film vom Sohn, alles, komm», der Engel macht eine einladende Kopfbewegung, «schau dir das an. Jetzt kann man in den Filmen vor-

und zurückspringen, ganz ohne zu spulen. Aber leise. Ege schläft nebenan seinen Rausch aus.»

Das Mädchen lässt ihre Hand über der Computer-Maus schweben. Vor lauter Anstrengung, leise zu sein, zittert der ganze Körper. Nur einmal kurz die Handfläche auf die Maus legen. Eine letzte Berührung vor der Digitalisierung. Behutsam senkt sie die Hand auf die Maus, den Blick in die Augen des Engelbildes versenkt. Sie bewegt die Maus ein klein wenig, klickt mit dem Mauszeiger auf der Linie der Zeit an eine frühere Stelle. Dort, an der früheren Stelle, sitzt sie selbst, von früher. Vermutlich vor dem Fernseher, ein kaltes, flackerndes Licht auf dem entrückten Kindergesicht. Eges Stimme spricht von außerhalb des Bildes. Sie sagt: «Weißt du, wo es am meisten kitzelt? Zwischen den großen Zehen. Dort sind alle kitzlig. Auch ich, auch du.» Seine braungebrannte Hand schiebt sich über die Matratze auf das geblendete Kind zu und findet am Oberschenkel den Eingang zur Unterhose. Der Geruch von Eges Wohnung verdichtet sich um das Mädchen, das sich selbst auf dem Bildschirm zuschaut. Der Geruch wird zudringlich, umschließt ihre Arme und Beine, dringt ein durch die Haut, umfasst und betastet die Organe, wird innen fester und spitzer, und schließlich, mit einem gezielten Stich in den trüben Teich der Erinnerung – zack –, erbeutet er die Unke. Hier ist sie. So ist sie. Deshalb. Die Unterhose macht keinen Alarm. Die Unke verstummt und ruft nicht mehr. Es ist alles schon vorbei.

Plötzlich ist im Schlafzimmer ein Rumpeln zu hören, und Ege kommt hereingestürmt. Instinktiv klickt das Mädchen alles Sichtbare auf dem Computerbildschirm weg und rückt von dem Gerät ab. Schreckensbleich stolpert Ege ins Arbeitszimmer, sein Haarkranz steht ihm vom Schädel, und er schreit, sie solle sofort verschwinden, hier so herumzuschnüffeln, das gehe zu weit. Dann fällt sein Blick auf den Bildschirm.

«Hast du etwa?», ruft er erbost und greift nach der Maus. Entgeistert starrt er zuerst das Mädchen, dann den Bildschirm an, als würde er sich vorstellen, was dort eben noch anstelle der Ordner auf blauem Hintergrund zu sehen gewesen war. «Raus!», tobt er, und endlich kann sich das Mädchen aus der Lähmung befreien, ergreift die Flucht. Ege reißt die Maus vom Computer und schleudert sie ihr nach. Das Mädchen stürmt aus dem Hintereingang und rennt über die frisch gemähte Böschung hoch, Grasstoppeln stechen durch die Socken. Ege schimpft ihr nach, sie solle künftig die Finger von seiner Intimsphäre lassen. Und gefälligst ihre potthässlichen Turnschuhe mitnehmen.

ENTFERNUNG

Das Fußteil der hellblauen Sofagarnitur bis an den vordersten Teppichrand gerückt, schaut das Mädchen «Verbotene Liebe». In der Wohnwand neben dem Fernseher stehen drei Reihen tief Fotos von Söhnen, Enkelkindern und Schwiegertöchtern.

Sie hätten allen Grund, zufrieden zu sein, sagt die Nachbarin. Wirklich allen Grund. Hypnotisiert vom Betrug und den Intrigen der Sendung, lässt das Mädchen die Finger über das Velours und entlang der Nähte des Fußteils gleiten. Seit ihrem letzten Besuch bei Ege hat sie den Engel nie wieder gesehen. Er ist weg. Die Unke erbeutet. Der Zusammenhang ist kurzgeschlossen und klar. Klar war auch: Der Fernsehplatz musste gewechselt werden. Sie hat sich für die Nachbarn mit den blauen Dekokugeln entschieden.

Diese Nachbarn sagen nichts, wollen nichts. Deren Söhne sind eindeutig schon erwachsen, entwachsen, ihre Aufzucht und ihr Fortbestehen in Bildform dokumentiert in der Wohnwand hinter Glas.

Sie könnten sich nicht beklagen, sagt die Nachbarin. Im Fernseher erstarrt das bleiche Gesicht einer Frau, die beim Betreten des Schlafzimmers einer Wahrheit begegnet. Die Wahrheit wird nicht gezeigt, dafür der Abspann.

Die Nachbarin macht «hei-ei-ei», löst sich von der Sofagarnitur und tischt das kalte Abendbrot auf. Das Mädchen dürfe gern weiterschauen oder mitessen oder heimtelefonieren. Heute kämen auch die Söhne, wegen des Herbstlaufs. Zum Höhentraining.

Blinzelnd steht das Mädchen auf und tappt hinüber zum Esstisch, hinter ihr beginnt das nächste Unheil im Fernsehen. Gute Zeiten, schlechte Zeiten.

Könne sie leiser machen, aber laufen lassen, meint die Nachbarin, und mal runter zur Garage, dem Papi Bescheid geben wegen des Abendessens.

Auf der Treppe durch den Steingarten zur Garage begegnet das Mädchen den Söhnen, der erste erkennt in ihr das Kind von nebenan nicht wieder und stellt sich galant vor. Der zweite, der dem ersten hinterher gehastet kommt, packt ihre Hand, schüttelt und schüttelt, bis er sich endlich erinnern kann, wer sie ist.

«Ihr seid die sportlichen Söhne», sagt das Mädchen.

«Allerdings», lachen die beiden und schubsen einander sportlich motiviert die Treppe hoch.

Vor dem Garagentor sitzt der Papi auf einem Hackstock in der Abendsonne und wackelt. Ob er mit hoch wolle? Zum Fernseher? Zu den guten und den schlechten Zeiten?

Der Papi zeigt mit einem krummen Zeigefinger auf das Haus unterhalb der Böschung. Nicht hoch, runter wolle er.

Da ins Haus. Da habe er zu guten und zu schlechten Zeiten gelebt, dort unten im schönen Haus mit den vielen Zimmern.

«Dort wohnen aber Ege und Gisela», entgegnet das Mädchen.

«Ja ... die ...», sagt der Papi. «Und in unserem neuen Haus ist alles offen und beisammen. Der Fernseher steht im selben Raum wie der Esstisch, von dem aus man die Wohnküche im Blick hat. Ein Privatleben hinter der Fensterfront wie im Aquarium.» Das sei ihm ungeheuer. Er habe es lieber, wenn es richtige Zimmer gäbe für alles.

Das Mädchen blickt runter auf die Rückseite von Eges und Giselas Haus. Windfang, Laube, Klavierzimmer, Arbeitszimmer, Bücherzimmer, Schlafzimmer. Hinter jeder Zimmertür, in jeder Ecke eine dunkle Stelle, eine Einladung an ungebetene Gäste. Der Sohn, der Kater, der Racheengel, sie selbst. Schleichen von Zimmer zu Zimmer, hintereinander her, auf der Suche nacheinander. Zum Leben erweckt, angelockt vom Geruch nach Kopfhaut und Bettwäsche, hungrig nach Bildern. Und auch der Fernseher regt sich, kommt aus dem Arbeitszimmer in Eges Schlafzimmer herübergerollt. Ein Klotz, der das Fußende des Betts versperrt, der auf die von ihm Geblendeten zukriecht, unmerklich immer näher kommt. Gisela, die im oberen Stock seufzend die Arztrechnungen mit einem großen Stein beschwert. Altpapier, das beim nächsten Luftzug weggeweht würde. Der Engel, nun hoffentlich erlöst.

«Hätte es jenen nie verkaufen dürfen», ächzt der Papi und erhebt sich in Zeitlupe vom Hackstock. Aber die Söhne, die würden sowieso lieber in der Natur herumrennen, als sich vor ihrer Gewalt zu verstecken auf der Ofenbank. So sei es eben. Sie bräuchten keine Zimmer mehr, die Söhne. Irgendwie müsse man die Söhne ja auch voranbringen.

Und mit dem Geld vom Hausverkauf habe er sie vorangebracht. Der Lauf der Dinge, alles habe einen Preis.

Auf der Terrasse haben die Söhne eine kleine Auseinandersetzung wegen des Herbstlaufs. Wer sich vor wem und überhaupt sowieso generell zuerst angemeldet habe und wer in einer Kategorie über dem anderen starten werde. Das Mädchen hört ihren aufgeregten Stimmen zu und verfolgt den wackligen Gang des Papis durch die blauen Kugeln im Steingarten. Die Söhne werden noch viel rennen, bis feststeht, wer der Sportlichere ist. Dieser hat dann wirklich genügend Grund, glücklich zu sein.

ABSCHIED

Das Mädchen nähert sich dem Klavier der Großmutter. Es ist ein dunkles Schloss voller Kinderangst, an dem kleine Tanten und Onkel etwas vollbringen mussten. Das Mädchen muss nicht, es will. Für Ege wird es nicht mehr spielen. Entschlossen besteigt es die Waagschale des Hockers und knipst das Notenlicht an. Der schwache, orangene Schein der alten Glühbirne eröffnet die Bühne, die Finger betreten die Tasten. Auf den schwarzen, schmalen lässt sich nicht viel falsch machen. Falsch wäre: Dissonant. Und kitschig wäre: Dreiklänge in Dur. Lange bleiben die Zeigefinger auf dem Oberen des Zweierpaars, streicheln die Schwere, zwei Oktaven auseinander, immer wieder antippen und abfedern, das Pedal bleibt gedrückt. Die Klänge lösen sich von den dunklen Tasten und angstvollen Erinnerungen, gesellen sich zu den Schatten der Abenddämmerung und rollen über die flach daliegende Großmutter hinweg ins ewige Düster des Weltalls.

«Diese Musik ist mir zu modern. Und zu trist», reklamiert die Großmutter heiser. Sie will nicht ins Weltall fortgerissen werden.

Das Mädchen stößt sich mit den Zehen an den Pedalen ab, dreht sich samt der hölzernen Waagschale um. Laut knarzt der Hocker.

«Was willst du denn?»

Die Großmutter möchte am liebsten «S Ramseyers wei go graase.» Man habe sie nackt in der Dusche sitzen gelassen. Eine Viertelstunde lang. Es gäbe Leute hier, die hätten ein böses Auge auf sie geworfen, Leute mit Macht.

«Wer denn? Wo denn?»

Die Großmutter weiß nicht mehr. Haucht ins Leere und deutet in eine schattige Ecke.

Das Mädchen dreht sich wieder zurück zum Tastenparkett. Hilflos, wenn selbst das Weltall nichts bewirkt. Das Mädchen weiß, wie schwierig es für die Leute rundherum ist, wenn sie nicht dieselben Bilder sehen. Die Großmutter mit ihrer Ecke, aus der mal Bedrohung, mal Verlockung singt. Das Mädchen drückt auf das Klavierpedal, die Weltallschatulle macht den Mund auf, und heraus weht Ewigkeit. Die Dämmerung sinkt tiefer ins Zimmer. Geräuschlos lässt das Mädchen die Fingerkuppen über die Rillen zwischen den weißen Tasten gleiten. Atem im Takt der Rillen, Atem der Großmutter, die Großmutter setzt zu einem Wort an, bricht wieder ab. Draußen eine Amsel, dann keine Amsel mehr.

«Was hat dich bloß ... dazu inspiriert?» Mühsam fädelt die Großmutter die Worte auf, knüpft wieder an. Der schweigende, runde Mädchenrücken. Kränkung wäre ihr nicht recht, nicht das Mädchen. «Ich kann es mir wirklich nicht vorstellen.»

«Die dunklen Töne der Klaviertasten gehören immer in mehr als eine Welt. Sie ändern ihre Namen und spielen plötzlich eine andere Rolle, in einer anderen Umgebung, wie ausgetauscht. Sie sind frei.»

«Aber Kind.» Die Großmutter will dem Mädchen sagen, dass das alle Töne können. Dass die mit den wechselnden Bezeichnungen nicht freier sind als die daneben. Dass sie zusätzlich ausgesetzt sind, der Interpretation preisgegeben. «Wer hat dir das gesagt?»

Das Mädchen zuckt mit den Schultern. «Mutter sagt, dissonant ist falsch, und Ege sagte immer, Dur ist Kitsch, der Vater sagt nichts – das ist übrig.»

Warum macht das Mädchen nichts Eigenes? Jetzt will die Großmutter sich zur Seite drehen, sie fragen, doch es geht nicht. Da ist das besorgte Mädchengesicht schon über ihr, sagt: «Nicht, Oma.»

«Du nicht! Du sollst nicht das tun, was übrig bleibt. Sonst wird von DIR nichts übrig bleiben», ächzt die Großmutter und reißt die Augen auf. Jetzt hellwach, klar. Sie sieht die Linie. Von sich zur Tochter zur Enkelin, sie krümmt sich, lenkt ein auf das Übriggebliebene – es droht ein Kreis. Immer begnügt mit dem, was vom dahingesagten Urteil anderer abfällt. Sie packt die Hand des Mädchens. Hör nicht darauf, will sie sagen, nicht auf mich, nicht auf niemanden, nur auf den Klang. Die Hand drückt und drückt, aber die Stimme versagt. Morsen, dem Mädchen das Wichtigste übermitteln. Es darf die Verbindung zum Weltall nicht verlieren. Die Großmutter schließt die Augen. Nur kurz ausruhen, um die Stimme wiederzufinden. Im Zimmer wird es dunkel.

Das Mädchen blickt an sich hinunter. Auf ihre Finger, die knochigen Finger der Großmutter. Denkt an den Trick, zack, das Vorgreifen auf Zukunft. Denkt an den Preis.

«Wir werden uns nicht mehr sehen», sagen die Finger des Mädchens zur Großmutterhand.

Die Großmutterhand zuckt im Schlaf. Sagt: «Besser so. Irgendwohin muss all die Freiheit schließlich führen.»

Die Hand des Mädchens, beklommen, fragt die Standardfrage. «Wirst du denn nicht sehr allein sein?»

Die Großmutterfinger schweigen. Sie öffnet die Augen. Der Blick mäandert durch die Dämmerung, fließt über das Klavier, die Kommode, sammelt sich am Bilderrahmen mit den Nachkommen, lässt sich noch einmal aufhalten. Keines dieser Kinder hatte sie weniger einsam gemacht. Mit warmen Lappen und Kamillentee hatte sie ihnen den Schleim aus den Augen gewischt, als Dank verweigerten sie sich. Und jedes Einzelne kam irgendwann wieder heim, mit Anschuldigungen. Diese Anklage der Kinder ist monströs. Die alte Großmutterhand lässt los. Jede Fingerkuppe übergibt der Hand des Mädchens einen Wunsch.

Heute ist alles anders.

Heute sind alle frei.

Frei, sich zu lieben.

Frei, sich selbst eine Antwort zu geben.

Irgendeine.

Eine Träne fällt auf den zurückweichenden Handrücken der Großmutter. Die Enkelin möchte sich erklären, alles richtigstellen. Doch die Großmutter verschließt die Augen und murmelt leise: «Auch du wirst dir eine Antwort gegeben haben, nicht wahr? Brauche ich aber nicht mehr zu wissen. Besser so.»

DIE
JUNGE FRAU

VERLUST

Seit das Nachbarsmädchen nicht mehr kommt, sucht Ege mit tauben Fingern nach den Schlaftabletten, sucht manchmal so lange, dass er darüber einschläft. Wenn er die hellblauen Tabletten nicht findet und auch nicht schlafen kann, drücken die Finger auf grelle Knöpfe im Internet. Bahnen von Bildern und Worten fahren aus den Untiefen einer sozialen Plattform herauf. Ege will gar nicht auf diesen Bahnen mitfahren, aber sein Finger klickt und scrollt immer weiter. Will der Finger Teil der Gesellschaft werden? Like. Yes. Kommentar. Schmerz. Der Kirchturm bimmelt, halb drei Uhr nachts. Irgendwo in der Gesellschaft ist sein Sohn. Irgendwo ist auch das Nachbarskind, das Mädchen. Die junge Frau? Wie viele Jahre sind vergangen?

Alles ist verschaltet, abertausende Körper produzieren sich im formlosen Bilderreigen. So oft er auch Ja klickt und bestätigt, Ege ahnt es. Weder er noch sein Finger waren je gesellschaftstauglich gewesen. Er wird hier niemals finden, was er sucht, doch er kann nicht davon lassen. Auf dem Bildschirm kratzen mehrere Jahrgänge Dorfjugend an seinen Augen vorbei, in Trachten-Push-up-BHs, beim Wettkotzen, drapiert auf einem flauschigen Lammfell, in Polen beim Jugendclubausflug, speckig glänzend am Bar-Pub-Festival, beim Firmenabend, beim Abschluss, beim Beruf, beim ersten, zweiten, dritten Kind … Der Mond schiebt sich allmählich hinter der Tanne vor dem Fenster hervor. Ein Plätschern durchbricht die Stille, Ege gießt sich Wein nach, klickt und trinkt. Die Hoffnung, in der digitalen Utopie mit seinen ästhetisch hochwertigen Bildern mitwirken zu können, hat er schnell fahren lassen. Stattdessen durchstöbert er in unruhigen Nächten das stetig erweiterte Kabinett der Bestien. Geschmacklose Posen und achtlos an der Kamera vorbeigeworfene Blicke höhnen aus dem Bildschirm. Ege leert sein Glas in einem Zug und bringt einen Toast aus. Auf das Groteske.

«Keine Absicht hier, alles dumm wie Tier, still' ich meine Gier, bin ich dumm wie ihr.»

Sein Gesicht juckt. Vom vielen Starren hat er einen steifen Hals. Er schüttelt die Starre ab und klickt eine Werbung weg, die auf dem Bildschirm herumhuscht. Schwanz rein, Schwanz raus, willst du ficken, hier in der Nähe, gleich um die Ecke, heiße verheiratete Frauen machen es gratis. Weg, weg, der Finger will noch mehr Weltreisetagebuch, die Hochzeitsfotos vom Luchsinger-Tschudi Junior, Tschudi Köbis Schwester und deren ultimativ sportliche Cousine aus den USA, Hand-, Volley- und Federballverein, Merry X-Mas. Irgendwo hier müssten sie doch sein. Der Sohn aus Berlin, sein Lieblingsmädchen. Sie sind entwachsen und unzugänglich geworden. Das Plastiktischtuch klebt an Eges Unterarmen. Ist er sich selbst auf den Leim gegangen?

Nein, nein, klickt der Finger die Bedenken weg, hier ist doch die ganze ferne Welt, hier im Bildschirm. Der Finger ist auf großer Suche. Weiter saust und streichelt er, immer weiter, hoch und runter. Ruckartig fährt er sich mit der freien Hand ins Gesicht. Es juckt unsäglich zwischen Nase und Oberlippe. In zehn Tagen Penis vergrößern. In drei Frauen gleichzeitig. In fünf Sekunden reich, bitte warten. Ege niest, kratzt, schnieft, scrollt. Kommentarleisten, Daumen und Herzen verschwimmen, der Finger bohrt und pult in der zähen Soße, wow, soooo hübsch, amazing, gratuliere, schnaubend wühlt Ege weiter, er kann nicht richtig erkennen, dort ein Nadelbaum in einem Wohnzimmer, kann nicht scharf sehen. Was ist das dort, ein Kranz aus Blättern,

Kerzenschein, leuchtende Knopfaugen? Happy Stopfgans und Geschenkpapier, im Kopf pumpt ein Überdruck.

Etwas hat sich zwischen Ege und den Bildschirm geschoben, zwei Stoßzähne versperren ihm die Sicht auf die frohe Festgesellschaft beim Baum. Energisch stößt er mit der Stirn in Richtung Bildschirm. Er will wieder zu den Highlights des Jahres, zum Jubiläum der Freundschaft, dem Reigen der Bestien. Doch der Bildschirm donnert vom Tisch, reißt ihm die Maus aus der Hand.

Eges frei gewordener Finger tastet nach dem Steißbein. Ein ledriges Schwänzchen peitscht die Luft. Entsetzt fährt er zwischen Nase und Mund, dort hat sich das Fleisch geöffnet, zwei Stoßzähne ragen aus dem Schädel. Panisch schwenkt Ege den Kopf herum, fegt leere Weingläser und den Aschenbecher herunter. Wie kann er denn als Schwein zum frohen Fest?

Kein Fest, kein Geschenk. Eine Pflanze!, jetzt fällt es ihm ein. Einen kleinen grünen Freund wollten er und Gisela dem Nachbarskind schenken. Als Dank für die Rolle, die es im Film gespielt hat. Sie haben ihr Versprechen nicht gehalten. Das Kind, es wartet sicher bis heute. Nicht auf Godot, nicht auf die Bilder von sich selbst. Nur auf das Gegengeschenk! Für das Geschenk, das es ihm gewesen war.

Verzweifelt tastet Ege unter dem Schreibtisch nach der Maus, aber die Finger sind verschwunden, Hufe klackern über den Laminatboden. Der Mond hat die Tanne hinter sich gelassen und beleuchtet das ramponierte Arbeitszimmer. Angestrengt überlegt Ege, was den Zauber ausgelöst haben könnte. Sein ungehaltenes Versprechen? Ein unerfüllter Wunsch? Heiß fällt es ihm ein. Kurz nach der Einschulung hatte das Kind einen Wunsch geäußert. Stoßzähne wollte es haben, zu Weihnachten. Es hoffte, damit in der Schule Ordnung zu schaffen. Die Großmäuler aufgabeln und wegschleudern, Ege sieht die ungestümen Gesten dazu noch genau vor sich. Aber das luftig leichte Christkind, zart wie ein Streichkäse, hatte das wohl nicht bewerkstelligen können? War es nicht so? Das Schwein wendet sich dem Mond zu, bittet um Zustimmung. Der wiegt verständnisvoll sein Antlitz. Ja allerdings, viel zu beschwerlich, die mächtigen Stoßzähne durch die verschneite Winternacht zu schleppen. Kein Geschenk unter dem Weihnachtsbaum.

Desorientiert trippelt das Schwein im Kreis. Was ist denn geschehen, ist denn heute Weihnachten? Hart kracht es in eine Kommode. Kassetten und Kabel kommen ins Rutschen, klappern zu Boden. Das Schwein weint. Hier ist es zu eng, überall stehen Sachen und alles geht kaputt. Die Wünsche, das Versprechen, das Geschenk. Wo geht es zur Gesellschaft, wo geht es zu den Pflanzen? Das Schwein sucht einen Anhaltspunkt. Dort ist Helligkeit. Der Mond ist rund und schwebt in einem Viereck aus Luft. Es muss zur Luft. Alles gedeiht an der Luft. Kinder, Pflanzen, das Geschenk. Schnell. Es will auf das Fenster losstürmen, doch die Hufe verheddern sich in den Teppichfransen, das Schwein spult wie wild an Ort und Stelle. Es kann nichts mehr einholen und nichts mehr einhalten. Es kann nicht mehr. Mit letzter Kraft kriecht es unter den Schreibtisch und kollabiert in eine Pfütze verschütteten Weins.

ABSPRUNG

Die Tochter schmeißt ein paar beliebige Sachen aus ihrem Zimmer in einen Karton, stopft hastig den Inhalt der Sockenschublade in den Rucksack und ist bereit. Baff stehen die Eltern im Türrahmen. Was soll man da tun? Die

Tochter hat doch überhaupt keine Erfahrung mit der Stadt. Wie denn und warum? Und was?

Es werde schon etwas sein, meint die Tochter über die Schulter. Sie sei jetzt eine junge Frau.

Der Vater will die Tochter unterstützen und trägt den Karton runter in die Garage. Die Mutter will weinen, aber alles kommt so unverhofft, dass ihr die Tränen wegbleiben. Die Tochter will die Sache möglichst schnell hinter sich bringen und rafft noch etwas Besteck zusammen. Sie will keinen Schmerz. Eine kleine Bratpfanne will sie, ein Messer, eine Gabel und einen Löffel.

Der Vater fährt die Tochter mit dem Wohnmobil in die Stadt. Der schlecht gepackte Karton schwankt verloren auf den weichen Polstern des Gefährts, die Tochter wehrt die stille Wehmut des Vaters durch Schweigen ab. In das Unsagbare hinein hupen die schnittigen, schwarzen und blauen VW Golfs, die hinter dem Wohnmobil eine ungeduldige Prozession bilden.

Die Mutter hüpft im Wohnzimmer auf dem Minitrampolin und hört ihre Lieblingskassette. Vor dem Fenster veranstaltet die Landschaft einen wilden Tanz. Die Berge hoppeln auf und nieder, das vorstehende Flachdach der Nachbarn schrammt in regelmäßigem Intervall durch die rechte Bildhälfte, schnellt empor, der Steingarten mit den blauen Dekokugeln kommt hochgeschossen, fällt wieder weg. Die Mutter wogt im Takt auf und ab, die Organe im Bauch folgen träge. Die Mutter zieht, ihr Inneres schiebt, die Mutter schiebt, ihr Inneres zieht. Nun endlich kommen die Tränen.

Als Kind hatte die Tochter diese Ertüchtigungen besorgt überwacht, da dem kleinen Trampolin seit jeher ein Bein fehlte, das die Mutter mit einem leeren Plastikeimer ersetzt hatte. Die kleine Lücke zwischen dem Eimerchen und dem Rand des Trampolins beunruhigte das Kind. Die Füße der Mutter traten in den Elast des Trampolins, Supertramp sang von der Kassette, die Mutter sang schnaufend mit, das Kind lag bäuchlings auf dem Teppich und beobachtete die Vorgänge unter dem Trampolin. Wenn ein Tritt der Mutter nicht exakt mittig auf das Trampolin niederging, kippte es dem Eimerchen etwas entgegen, und das Kind, das die Lücke nicht aus den Augen ließ, zuckte zusammen.

Die Mutter lächelt unter den Tränen. Die Katastrophe mit der Lücke. Nach dem Saxofonsolo singt sie laut mit:

«Does it feel that your life's become
a catastrophe?
Oh, it has to be!
For you to grow!»

Nun ist dieses Kind also herangewachsen und zieht als junge Frau davon. Die hüpfende und weinende Mutter versucht, über den Horizont hinauszusehen. Sie springt, sieht nichts. Nur die blauen Dekokugeln der Nachbarn blitzen auf, verschwinden wieder. Die Tochter zieht im Wohnmobil von dannen.

Die Mutter wogt durch die Jahrzehnte auf und ab. Die Zeit ist vorangeschritten, noch immer fahren Wohnmobile und transportieren Töchter durch die Welt der Männer. Kein halbwegs überwundener Schmerz ist imstande, diese Bewegung umzulenken. Das Zeitalter des Wassermanns hat blaue Dekokugeln und spießige Steingärten gebracht, gelungene und missratene Lebensläufe, aber noch immer keine Transzendenz, keine Horizonterweiterung.

Die Mutter kriegt einen Schluckauf. Jetzt ist sie komplett aus dem Takt. Was erwartet die Tochter hinter dem Horizont? Und was wird dort von ihr erwartet?

Der Schluckauf schneidet der Mutter den Atem ab. Verzweifelt versucht sie, den Rhythmus wiederzufinden. Die materielle Welt inklusive Steingarten und Zwerchfell springt mühelos und wie irr auf und ab, hin und her, aber die Seele der Mutter klebt wie ein Klotz am Boden. Erschöpft hört sie auf zu springen, nur der Schluckauf zwickt weiter. Die Mutter steigt auf der falschen Seite vom Trampolin, das Eimerchen kippt um, beinahe verliert sie das Gleichgewicht, erwischt gerade noch die Tischkante. Vor Wut zitternd hält sie sich mit beiden Händen daran fest. Die blauen Kugeln der Nachbarn, gutgläubige Augen. Sie hat Lust, alles mit einem Ruck umzuwerfen.

Die Mutter weiß plötzlich, was zu tun ist. Sie lässt von der Tischkante, wischt sich die Tränen von den Wangen. Entschlossen geht sie zur Stereoanlage. Die Fußgelenke stechen, doch die Mutter lässt sich nicht beirren. Sie nimmt die Kassette aus dem Kassettenfach, sie hat genug gehört. Genug Supertramp, genug Minitramp.

Immer noch vom Schluckauf verfolgt, steigt die Mutter über den Cotoneaster in den Steingarten der Nachbarn. Die sperrigen Zweige piksen an den Schenkeln. Ziergehölz, hört sie den Vater sagen, kein schlechter Bodendecker, fixiert das abfallende Gelände.

Aber der Abhang fordert einen Tribut. Jetzt. Die Mutter balanciert über die flachen, runden Steine auf die blauen Dekokugeln zu. Der Abhang will anerkannt sein, Steingarten, Ziergehölz hin oder her. Die Nachbarn haben die blauen Kugeln ihrer Bestimmung vorenthalten. Die Kugeln wollen rollen und zerschellen. Zärtlich streichelt die Mutter über ihre glatte Oberfläche, lange haben sie auf ihr Leben warten müssen. Es ist Zeit, sie zu befreien.

Müde von der Betriebsamkeit der Stadt, müde von der Stille, in der er und die Tochter die ganze Fahrt lang ausgeharrt hatten, lenkt der Vater das Wohnmobil Kurve um Kurve den Berg hinauf. Er hatte das sperrige Mädchen bei den Briefkästen an seine Faserpelzbrust gedrückt und keine geeigneten Abschiedsworte gefunden, stattdessen einen kleinen Hüpfer gemacht, eher ein Anheben des ganzen Körpers auf die Zehenspitzen, das sollte einen fröhlichen Eindruck machen, aber schon im Auftakt der Bewegung merkte er, dass es nicht wirkte.

Laut klagend kriecht das Wohnmobil die steile Straße hoch. Nach der Galerie im Steilhang fährt der Vater auf einen Ausweichplatz, um einige drängelnde Golfs und Subarus vorbeizulassen. Auf dem Ausweichplatz stehen mit Aufklebern versehene Kleinbusse, Klettern is better, Piz Gloria Extrem, No Risk No Fun und Känguruzone. Der Vater steigt aus, streckt sich, legt den Kopf in den Nacken, Buchenblätter fächeln. Oberhalb der Galerie hängen bunte Sportmenschen in der Steilwand. Weit unter dem Ausweichplatz glänzen das Seebecken, das Delta, der begradigte Fluss. Ein gemustertes Beutelchen mit Magnesium pendelt am Gurt einer Frau, die vom Dach der Galerie aus ihre Partnerin in der Wand sichert, kleine Fliegen schweben im Abendlicht, das schräg in die feuchten Augen des Vaters einfällt.

Der Vater guckt und guckt, als hätte er noch nie wirklich hingeschaut. Zum Gucken muss man nichts sagen. Zu den Sportlerinnen auf der Galerie muss er nichts sagen. Zu der Tochter hätte er etwas sagen wollen. Aber was?

Klickgeräusche und kurze Zurufe, kleine Rückkopplungen des Vertrauens zwischen der kletternden und der sichernden Person. So etwas hätte der Vater sich gewünscht. Etwas kurzes, Wirksames, etwas Wiederholbares, wenn schon keine Worte, so wenigstens einen Verständigungslaut, irgendein Zeichen. Der Vater lauscht auf die Laute der Kletternden, ein Ho, ein He, zwischendurch das Prasseln losgetretener Steinchen auf das Betondach der Galerie. Die Wal- und Delfinmusik, die die Tochter in ihrer Pottwalphase immer gehört hatte. Zu Hause will er die CD suchen.

Von der Frau auf der Galerie kommt plötzlich ein erstaunter Laut, ihre bisher selbstbewussten Menschenbeine machen ein paar instinktiv verschreckte Tierschritte auf die Wand zu. Aus den Büschen an der Abbruchkante schießen in kurzem Abstand fünf blaue Kugeln, etwas größer als Medizinbälle. Der Frau auf der Galerie steht der Mund offen. Vom Rückenmark des Vaters kommen Befehle: Reagieren, schnell, reagieren, machen, rufen.

Doch der Vater kann das vor ihm schwebende Bild nicht einordnen, kommt zu keinem Schluss, womit hat er es hier zu tun? Die Sportlerin in der Wand baumelt und dreht in ihrem Klettergurt ein paar Meter unter der Abbruchkante und versucht, den Kopf nach den Kugeln umzuwenden. Deren Flugbahn stimmt nicht, irgendetwas daran widerspricht den physikalischen Gesetzen, nicht direkt, nur ganz unmerklich, zunächst spürt nur das Rückenmark des Vaters die Abweichung. Wie paralysiert schaut er den Kugeln nach. Sie fallen zwar weiter als erwartet, werden aber unnatürlich langsam und bewegen sich in einer sanften Kurve von der Steilwand weg, als folgten sie einer umgekehrten Wurfparabel. Die letzten Kugeln holen die Vorausfliegenden nach und nach auf, bis schließlich alle fünf für einen kurzen Augenblick auf der Höhe der Galerie zum Stillstand kommen. Dann nehmen sie völlig organisch wieder Fahrt auf und schießen in die Tiefe.

So plötzlich, wie sie aus dem Gebüsch gefallen kamen, sind sie verschwunden. Die Rufe der Sportlerinnen klingen nicht mehr vertrauensvoll. Hektisch seilen sie sich aus der Wand ab und räumen ihre Seile und Karabiner zusammen. In sich hört der Vater immer noch das Rückenmark toben. Das kann nicht sein. Es kann nicht. Teile dich mit, gleiche deine Wahrnehmung ab, unternimm etwas. Der Vater blinzelt.

Die beiden Frauen kommen bereits über die Leiter, die an die Galerie gelehnt ist, zum Ausweichplatz heruntergestiegen. Die ferngesteuerte Zentralverriegelung des Busses schnarrt. Wombat in Combat, liest der Vater auf der Schiebetür. Die Frauen werfen die Ausrüstung achtlos hinein, ihre Hände zittern. Vom verdatterten Vater nehmen sie keine Notiz. Noch bevor er einen Ton von sich geben kann, haben sie ihre Kleinbusse schon mit quietschenden Reifen vom Ausweichplatz rangiert.

RÜCKSCHLUSS

Vom Bügelzimmer aus verfolgt die Nachbarin das Geschehen in ihrem Steingarten. Die triumphierende Haltung, die die Mutter eingenommen hat, nachdem die letzte Dekokugel aus ihrer Verankerung gehievt und talwärts gerollt war, sackt ein wenig in sich zusammen, als sie jetzt dem verwunderten Blick der Nachbarin begegnet. Die beiden Frauen blicken sich lange an. Die eine, zwischen einem Haufen ungebügelter und einem Stapel gebügelter Wäsche von ihrem Bügelbrett bis zum Bauch verdeckt. Die andere, schutzlos in verschwitzter Sportgarderobe, allein unter dem Himmel im Steingarten.

Einen Moment lang zögert die Mutter. Jetzt wegrennen, den Kugeln hinterher. Aber wozu? Dann bewegt sie sich mit einem entschuldigenden Anheben der Arme auf das offene Fenster im Parterre, auf das eingerahmte Bild der verstörten Nachbarin hinter ihrer Wäsche zu. Am Fenster angelangt, hebt sie wieder die Arme, als könne diese Geste eine Erklärung für ihren Vandalismus liefern, führt dann die unschlüssig vor ihr schwebenden Hände zum Gesicht, wischt sich die salzigen Tropfen von den Wangen, Schweiß und Tränen. Reibt sich die Schläfen, den Kiefer, die Augen, drückt und knetet ihre eigene Materie, weiß, wenn sie damit fertig ist, wird sie der Nachbarin begegnen müssen. Wäre es nicht tröstlicher, sich für immer weiter umzuformen, nicht mehr antreten zu müssen, das Gesicht hinhalten, den Kopf, Verantwortung zu übernehmen?

Die Mutter lässt schließlich eine Hand auf ihrem Mund liegen, nun selbst erschrocken über ihr Verhalten. Die Nachbarin lässt die Spitze des Bügeleisens mit zielsicheren Bewegungen zwischen die Knöpfe eines Hemds gleiten. Die Arme der Frauen, denkt die Mutter, immer in Bewegung, immer haltend, mit Erhalt beschäftigt, halten die auseinanderdriftenden Leben, die Materie zusammen, bis sie vor Erschöpfung abfallen. Sie lässt ihre Arme sinken.

Nun hält auch die Nachbarin inne, parkt das Bügeleisen auf der Dampfstation und kommt zum Fenster. Legt eine Hand auf den Unterarm der Mutter. Sie wisse. Sie wisse, wie es sei, wenn die Kinder sich aus den Armen winden. Wenn sie urplötzlich am Horizont verschwänden. Die Tochter sei ja schon immer eine sehr Selbständige gewesen, da brauche sich die Mutter nicht sorgen. Und wegen der Kugeln, das würden sie ein andermal bereden. Die Mutter, unfähig etwas zu erwidern, lässt den Blick über die bunten Wäschekörbe voller Sportsocken schweifen. Die Socken der längst ausgezogenen Söhne. Nun ihrerseits etwas beschämt, nimmt die Nachbarin die Hand wieder vom Arm der Mutter und zupft stattdessen Fusseln vom Gardinenstoff. Das sei halt ihre Art, damit umzugehen.

Manchmal habe die Tochter ihr hier Gesellschaft geleistet. Habe zwischen den vollen Wäschekörben gesessen und die zusammenpassenden Sockenpaare gesucht. Aber nicht, die Nachbarin macht eine beschwichtigende Handbewegung, als die Mutter schon Atem holt, sie habe ihr nichts eingeredet, von wegen Wäsche bügeln oder so – im Gegenteil, nein, eher die Tochter habe geredet. Das sei schön gewesen. So selten habe man ihre Stimme gehört, aber hier im Wäschezimmer sei sie richtig ins Erzählen gekommen. Und Geschichten konnte sie zum Besten geben, richtig aufregend. Wie sie einmal in einem Film mitmachen durfte, als Kind noch, schon damals, mit dem sonderbaren Medientheoretiker von unten, im Haus vom Papi. Schon so früh so selbständig ..., wiederholt die Nachbarin und schüttelt beeindruckt den Kopf. Diese Tochter sei ganz klar zu Höherem berufen als zu Hausarbeit.

SCHLUSS

Schwer liegt der Türklopfer in den Fingern der Mutter. Der gusseiserne Katzenkopf, die rote Kugel zwischen den Zähnen, grinst starr. Nicht böse, eher verzweifelt. Auch er will die Kugel fallen lassen, denkt die Mutter.

Wartezimmer der Praxis für praktische Medientheorie Dr. Phil. Ege, liest sie widerwillig unter dem Türklopfer und wartet. Der enge Windfang ist bebildert mit Sehnsucht. Ausgebleichte Postkarten, bunte Stickereien, Mosaik und Aquarell: lodernde Sonnenuntergänge, Küsten, Paläste, eine Flamencotänzerin. Etwas Frohsinn wenigstens im gemeinsamen Entree dieser Vorhölle der Koexistenz, denkt die Mutter. Bestimmt hat Gisela die Gestaltung dieses Wartezimmers übernommen. Bestimmt sitzt Gisela, erschöpft vom Mitwissen, auf Lanzarote an einem Lavastrand und hängt in ihrem Innenraum weiter Bilder über Bilder. Bis der Eingang zu Eges Wohnung, der Zugang zu den Bildern, die hier produziert wurden, endlich zugehängt ist. Die Mutter muss die Bilder, die die Nachbarin erwähnt hat, jetzt finden, solange noch Zeit ist. Eine Tatsache. Ein einziges, greifbares Bild, vom Kind, der Tochter.

Innen kommt jemand angeschlurft, die Tür wird aufgerissen. Im Rauch und Dämmerlicht steht Ege, er trägt grellrote, zerrissene Leggins. Sein nackter, ausgemergelter Oberkörper sticht der Mutter ins Auge.

«Immer herein in die gute Stube», grinst Ege und wedelt den Rauch der Zigarette mit der Hand, in der er sie hält, von der Mutter weg. Ob sie ein Glas Wein wolle?

«Die Bilder», sagt die Mutter bloß. Vom Kind. Damals – all dieses Gefilme. Unten am Fluss, hier zu Hause. Er wisse schon. «Die Bilder davon. Ich will sie sehen. Jetzt.»

Ege wirkt nicht erstaunt, eher erfreut, fast erleichtert. Da müsse er erst suchen, krächzt er und zwängt seinen weißen Haarkranz durch einen engen, schwarzen Rollkragen, diese Bilder habe er lange nicht mehr angeschaut. Das Internet sei ja voller Bilder, die eigene Praxis Kinderkram dagegen. Ege öffnet mit einem kleinen Schlüssel den Wandschrank mit den Videokassetten und nimmt eine abgegriffene Liste heraus.

«Ist ja mindestens vierzig Jahre her!»

«Vor vierzig Jahren hat die Tochter noch nicht gelebt, nicht einmal existiert», schnauzt die Mutter.

«Ja nun, dann eben dreißig», meint Ege, «jedenfalls tempi passati.»

Er drückt der Mutter zwei Kassetten in die Hand und sucht weiter nach dem Camcorder.

«Kirchturm, französische Babes, Neujahr ’96, Schneeschleuder, Warten auf Godot, Militärübung», steht auf der Kassettenhülle mit Bleistift geschrieben. Ege zerrt den Camcorder aus einer Kiste mit Kabeln und Adaptern.

«Kannst ja selbst, Canon, as easy as cats can.»

Ege versenkt sich in einen schwarzen Ledersessel, sofort nimmt sein alter, schwarzer Kater auf ihm Platz.

Die Mutter drückt auf den Knöpfen herum, der Camcorder ächzt. Sie möchte wieder wegblicken, diese bewegten Bilder sind ihr zu intim, sie sieht in die verborgenen Zonen zwischen einem Augenblick und dem nächsten. Ertappt dazwischen das Wesen der Kirchtürme, der französischen Babes, der Schneeschleuder. Da! Ein Fetzen Kind am Klavier. Halt! Play! Das Kind am Klavier – die abwiegelnden Bewegungen der Hände, das Kippen des Kopfs, das eine zusammengekniffene Auge. Ihr Kind, kurz in Griffweite, als Erscheinung, dann Schwärze. Knurrend kaut der Camcorder das verhedderte Videoband. Ein paar Sekunden Kind am Klavier. Die Mutter klaubt die zerrissenen Reste aus dem Kassettenfach.

«Man hätte die Videobänder besser nicht im Schrank an der Außenwand aufbewahrt, die UV-Strahlung, zu dumm aber auch», krächzt Ege nur.

«Und wozu gehört denn nun das Kind am Klavier? Zur Schneeschleuder oder zur Militärübung? Es ist nicht verzeichnet. Kommt es vor oder nach Godot?», presst die Mutter hervor.

Ege lacht heiser auf, es klingt wie reißender Stoff. Dass das Kind hier fast täglich erschienen war, weiß die Mutter. Kein Beweis nötig für dieses Wissen. Wonach die Mutter denn suche, jetzt auf einmal?

«Das hier», er deutet mit der brennenden Zigarette auf die Kassetten, «diese Tatsachenebene – erodiert doch schon seit Jahren. Es ist eher die Subrealität, die sich aufdrängt. Und jene Bilder, die da heraufdrängen, sind weder beweisträchtig noch sonst wie in den Griff zu bekommen.»

Die Mutter legt das Gesicht in die Dunkelheit ihrer Handinnenflächen. Wenn die physisch vorhandenen Bilder vom Licht der Sonnenstrahlen zerbröselt wurden, wird sie eben durch ihr eigenes, inneres Kameraobjektiv in die Wahrheit schauen.

Welche Rolle hatte die Tochter in Eges Film gespielt? Die Augen der Mutter blicken durch die Augen der Tochter, ihre Finger huschen über die vom Zigarettenrauch verfärbten Tasten des Klaviers, achten darauf, nicht auf Dur zu wechseln. Ege mag lieber Moll. Kurz blickt die Tochter zum Türrahmen, zu Ege und seiner Kamera auf, und kneift dabei das eine Auge zu. Eine Strategie. Ege und sein Tun nicht in voller Gänze wahrnehmen. Ege und sein Tun, überschattet von Wimpern. Als sie fertig gespielt hat, legt die Tochter das rote Filzband wieder auf die Tasten. Klappt den Deckel zu und schließt die Vergangenheit. Auch diese Vision wird geschreddert, weißes Rauschen in der Mutter. Auch dieser Film ist kaputt. Die Wahrheit existiert nicht, will nicht existieren, nicht in Bildern, nicht auf Bändern. Die Mutter blickt wieder auf.

Auf dem Boden um sie verstreut liegen die zerrissenen Bänder. Ege sitzt wie zensiert in seinem schwarzen Rollkragenpulli, den schwarzen Kater auf den Knien im schwarzen Sessel. Auch Ege verbirgt sich in dieser Unfarbe, die alles Licht schluckt und nichts zurückwirft. Die roten Leggins leuchten, der Kater, ein schwarzes Loch in Eges Schoß. Die Mutter fürchtet sich, etwas in dieses Loch hineinzurufen. Aus der Schwärze heraus kann irgendetwas auf einen zustürzen, Behauptungen, Tatsachen, oder ein Meteorit.

Im Windfang ein Knarren. Mit fröhlichem Huhu kommt Gisela ins Arbeitszimmer gerauscht, stellt eine Schachtel aus der Bäckerei auf den Glastisch. Nun würde sie doch erst morgen zu den Kanaren aufbrechen. Na? Ob Ege sich da nicht freue? Und hier noch eine süße Kleinigkeit. Sie werde gleich hoch in ihre Wohnung, die Koffer packen.

Gisela legt kurz die Hand auf Eges Kopf, will schon wieder aus dem Zimmer und die Treppen hoch. Ein Knistern unter ihrem Absatz, Gisela hält kurz inne. Zerknülltes Videoband.

Erst jetzt bemerkt sie die auf dem Teppich sitzende Nachbarin. Ist bestürzt. Was sie denn hier wolle, mit den Bändern, und alle kaputt? Ob denn nun all diese Bilder verloren seien? Niemand antwortet.

Ege, jetzt fixiert auf das Gebäck, streckt eine zittrige Hand nach dem Deckel der Schachtel aus, ächzt leise, kommt nicht ran. Die Mutter verfolgt die Bewegung aufmerksam. Gisela ist wider Erwarten nicht beim Vulkangestein. Und Ege ist von einer Sekunde auf die nächste zum Greis geworden. Ärgerlich klappt die Mutter das Kassettenfach des Camcorders zu.

Gisela, jetzt im Nebenzimmer, wuselt zwischen den Bücherregalen herum und will konstruktive Vorschläge machen.

«Man kann die alten, spröden Bänder überspielen, auf neue Bänder. Da muss doch was zu machen sein.»

Die Mutter hört Giselas Stimme entfernt klingeln, ein Geläut. Irgendwo will jemand irgendwas retten. Die Tochter auf dem geschredderten Band ist aber bereits fort. Da kann Gisela alte Bilder auf neue Bänder überspielen, bis sie den Tod der Videobänder stirbt.

Ege nestelt an der goldenen Etikette der Patisserieschachtel.

«Was habt ihr hier eigentlich getrieben, die ganze Zeit, du und die Tochter?», formuliert die Mutter und ärgert sich über die angestrengte Beherrschtheit ihrer Stimme. Zusammenpresste Angriffsfläche. Sie muss Ege zu greifen kriegen.

Ege spitzt die Lippen, werweißt, kann sich nicht recht erinnern. Scheint sich auch nicht zu schämen.

«Je nachdem. Je nach Lust und Laune.»

Die Mutter erstarrt. Kann die Frage nicht aussprechen. Ege zieht die Mundwinkel nach unten, winkt ab.

«Tempi passati, Schnee von gestern. Feuer der Imagination, ach ...» Er lächelt versonnen. «Ich sehe uns manchmal heute noch zusammen vor dem Bildschirm sitzen. Dort», er zeigt zum Schreibtisch hinüber, «dort sind die Zehen der Tochter gewesen, das weiß ich noch genau. Aber woher soll ich wissen, wie die Töchter beschaffen sind? Grenzenloses Gebiet.»

Da steht Gisela bereits wieder auf der Schwelle und macht entrüstete Protestgeräusche. Aber Eges Augen glühen.

«Vielleicht sind die Zehen einer Tochter ihr verlängertes Gehirn, und wenn man sie dort kitzelt, ist ihr Gehirn gestört, gelöscht und ohne Licht.»

Gisela, die hinter den Ledersessel getreten ist, legt beschwörend die Hände auf Eges Schultern. Er solle doch mit dem Blödsinn aufhören.

«Er ist komplett von Sinnen», wendet sie sich an die Mutter, «man darf das nicht ernst nehmen, er fantasiert.»

«Sinniert!», ruft Ege dazwischen.

Die Mutter spürt eine unbändige Wut in sich aufkochen. Kaum auszuhalten, dass Ege im Präteritum über die Zehen ihrer Tochter spricht. Sinniert! Philosophiert! Noch ein letztes Mal auf diesen Körper Einfluss nimmt, sich daran freut. Als wäre ihre Tochter ein Geschenk an ihn, nichts mehr.

«Atmosphäre ist das, was ihr euch gebt, Wunschdenken. Aber Wahrheit, ich will Wahrheit! Damit musst du dich doch auskennen. Ege, der große Betreiber der philosophischen Praxis, hier, mit all seinen Medien, Rekordern und Projektoren zur Tatsachenkonservierung!» Die Stimme der Mutter überschlägt sich fast. Vom Geschrei aufgescheucht, springt der Kater von Eges Schoss. Ege klopft sich die Katzenhaare von den Leggins.

«Man hätte dieser Tochter eben nicht allen Kontakt zu den neuen Medien verbieten sollen. Ein Kontakt führt zum nächsten, alles hat seinen Preis. Und sowieso ...» Ege reißt die Augenbrauen und den Zeigefinger hoch, aber es kommt nichts mehr. Er hat den Anfang des Satzes vergessen.

Gisela ist in einer Art Schockzustand. Sie fragt, ob nicht jemand noch ein Erdbeertörtli zum Nachtisch wolle.

Die Mutter lässt die beiden vor dem Gebäck sitzen. Die Kassetten nimmt sie an sich, sie sind ihr Eigentum. Ihre Tochter. Die verlorenen Bilder dieser Tochter gehören ihr allein. Krachend fällt die Tür der Praxis für Medientheorie ins Schloss.

Im Windfang holt Gisela die Mutter ein. Hält sie am Ellbogen fest, krallt sich regelrecht in ihr Fleisch. Die Mutter müsse doch Vernunft annehmen. Versucht ihr die Kassetten aus den Fingern zu winden.

«Die sind sowieso schon kaputt, das bringt doch nichts.»

Versucht ein Gespräch von Frau zu Frau.

«Du wusstest doch genauso gut wie ich, dass Ege sich das gewünscht hat, mit Kindern. Dass er das aber doch bestimmt niemals wirklich, also, tatsächlich umgesetzt hätte.»

Eine Taubheit zerfließt im Hirn der Mutter, ins Rückgrat, in die Hände. Die Worte Giselas, die jetzt über die in ihrem Griff zerfließende Mutter sprudeln.

Ege sei eben selbst ein großes Kind und stolz darauf. Und senil und dement. Der rede nur noch Stuss. Und überhaupt. Wer sucht, der findet. Müssten eben alle ihre eigene Erfahrung machen, auch Kinder. Das wisse die Mutter ebenso gut wie sie. Sie wisse doch.

«Was weiß ich ...?» Die Stimme der Mutter nur noch ein Lufthauch.

«Was hätte ich denn machen sollen?» Gisela schüttelt die Mutter. «Danebenstehen und aufpassen, wenn die Kinder mit Ege fernsehen?»

Das sei doch absurd. Oder ihnen Angst einreden, vor Ege, vor allen Männern? Das sei dann erst recht fatal. Von plötzlichem Trotz erfasst, lässt Gisela den Ellbogen der Mutter fahren.

Und sowieso – sie möge das Ege von Herzen gönnen, sie legt beide Hände auf ihr Herz, macht ein dramatisches Gesicht, wenn einmal jemand zärtlich sei zu ihm. Er dürfe doch auch einmal einen Genuss haben. Könne man ja schon beim Säugling anfangen, dass man beim Windelwechseln nicht noch versehentlich ein erotisches Vergnügen auslöse, wo kämen wir da hin? Das habe ja kein Ende. Und ein Anfang sei auch nicht klar auszumachen. Nichts sei klar, nichts bewiesen. Soll die Mutter die Kassetten ruhig mitnehmen. Darauf werde sie diese Geschichte nicht finden. Alles werde sie finden, aber nicht diese Bilder zu dieser Geschichte.

Gisela muss der Mutter die Erinnerung, die sie nicht gefunden hat, präventiv ausreden. Die Bilder, die sie nicht sieht, in ihr abhängen. Die Bilder könnten die Mutter erschrecken und Vernunft, Recht und Gesetz auf den Plan rufen. Das sei doch alles Nebensache. Gisela will dem Ganzen jetzt etwas den Wind aus den Segeln nehmen.

Die Mutter fühlt keinen Wind. Sie spürt eine abebbende Kraft in sich, nichts treibt sie an, Tränen steigen in ihrem Hals auf, sie sieht um sich. Die Bilder im Windfang – Bilder einer Welt.

«Wo sind die Eltern?», fragt die Mutter tonlos.

Gisela fasst sie wieder am Arm. Will erst fragen, wessen Eltern. Sagt dann aber zutraulich: «Die Eltern sind in einer anderen Welt», und fügt noch an: «Das Kind war doch immer etwas so Liebes und Spezielles», zieht die Mutter an sich. Alles an der Mutter wird steif.

«Lass mich, bitte», hört sie ihre eigene, mechanische Stimme sagen, «ich will nicht mehr darüber reden. Mach, was du willst.»

Die Wände laufen vor ihr zusammen. Sie blickt in die Ecke des Windfangs.

INHALT

DANK

Ich danke Gertje Graef, Ursula Kaiser, Lilith Becker, Tanja Schwarz, Monica Lutz, Sebastian Tackmann, Annette Hug, Friederike Kretzen, Dorothea Dieckmann, Johannes Werner, Birgit Kempker, Katharina Altas, der VIA und allen, die mit ihrer Erfahrung, ihrer Geduld, ihren Erinnerungen und ihrer Kraft zum Entstehen dieses Buchs beigetragen haben.

Weiterlesen

Julia Weber
Immer ist alles schön
Roman

Anais liebt ihre Mutter, sie liebt ihren Bruder Bruno und insgeheim auch Peter aus der Schule. Die Mutter sagt, das Leben sei eine Wucht, und dass sie gerne noch ein Glas Wein hätte. Denn es hält ihren Sehnsüchten nicht stand, das Leben, und die Männer halten ihrer Liebe nicht stand. Das Tanzen, das sie liebt, ist zum Tanz an der Stange vor den Männern geworden. Es ist nicht einfach, so ein Leben zu leben, sagt die Mutter, darum will sie noch ein Glas. Anais und Bruno versuchen sich und die Mutter zu schützen vor der Außenwelt, die in Gestalt von Mutters Männern mit Haaren auf der Brust in der Küche steht. Oder in der Gestalt von Peter, der ihre Wohnung seltsam findet und nichts anfangen kann mit den tausend, auf der Straße zusammengesammelten Dingen. In Gestalt eines Mannes vom Jugendamt, der viele Fragen stellt, sich Notizen macht, der Anais und Bruno betrachtet wie zu erforschendes Material, und in Gestalt einer Nachbarin, die im Treppenhaus lauscht. Je mehr diese Außenwelt in ihre eigene eindringt, desto mehr ziehen sich die Kinder in ihre Fantasie zurück.

«Immer ist alles schön» ist ein komisch-trauriger Roman, der mit leisem Humor eine eindrückliche Geschichte erzählt: von scheiternder Lebensfreude in einer geordneten Welt und davon, wie zwei Kinder versuchen, ihre eigene Logik dagegenzusetzen. Mit Anais und Bruno fügt Julia Weber der Literatur ein zutiefst berührendes Geschwisterpaar hinzu.

«Ein hinreißendes Buch!» *NZZ am Sonntag*

Anna Ospelt
Wurzelstudien

Beim Elternhaus Anna Ospelts steht ein Baum, auf den früher der Verleger Henry Goverts geblickt hat, als Vorbesitzer des Hauses. Über den Baum stellt Anna Ospelt eine Verbindung zum Verleger her und sucht nach diesem ihrem Wahlverwandten. Dann erforscht sie in der stillgelegten Gerberei des Großvaters familiäre Gerbungen und im botanischen Garten die Wurzeln der Pflanzen, um schließlich ein Rhizom zu finden. Zwischen Natur- und Selbstbetrachtung, zwischen literarischer und botanischer Recherche sammelt Anna Ospelt alles, was ihr begegnet, was die Freundin erzählt und die Dentalassistentin, der Gärtner oder die Botanikprofessorin erklären, bis sie sich selbst in einen Efeu verwandelt.

Spielerisch und anmutig führen die «Wurzelstudien» vor, wie der Mensch sich die Welt anverwandelt zu einer Identität, deren Glück nicht die Wurzeln sind, sondern ein schwebendes Verflochtensein mit dieser Welt.

«Ein hochpolitisches wie literarisch sehr ästhetisches Werk.» *nd*

«‹Wurzelstudien› ist eines der eigenwilligsten Bücher der letzten Zeit: poetisch flirrend zwischen Prosa, Essay, Lyrik sowie Text und Fotografie.» *Republik*

«Anna Ospelt kennt die Objektivität wissenschaftlicher Verfahren; entsprechend gewissenhaft, von vielen Seiten umkreist sie ihren Gegenstand: Herkunft und Abstammung, wörtlich genommen; Verwurzelung, das wundersame Treiben von Blüten und Blättern.» *St. Galler Tagblatt*

Handlung und Personen sind erfunden. Ähnlichkeiten mit lebenden oder toten Personen sind rein zufällig.

Für die Unterstützung danken Autorin und Verlag Kultur Stadt Bern, dem Amt für Kultur des Kantons Bern, dem Amt für Kultur des Kantons St.Gallen, der Mentorats- und Coachingplattform Double des Migros-Kulturprozent sowie dem Literarischen Colloquium Berlin.

Kultur Stadt Bern   SWISSLOS Kultur Kanton Bern   Kanton St.Gallen Kulturförderung   MIGROS Kulturprozent

Im Internet
› Informationen zu Autor:innen
› Hinweise auf Veranstaltungen
› Links zu Rezensionen, Podcasts und Fernsehbeiträgen
› Schreiben Sie uns Ihre Meinung zu einem Buch
› Abonnieren Sie unsere Newsletter zu Veranstaltungen und Neuerscheinungen
› Folgen Sie uns

Das *wandelbare Verlagslogo* auf Seite 1 zeigt Blätter von einheimischen Bäumen, Linoldruck von Laura Jurt, Zürich, laurajurt.ch

Der Limmat Verlag wird vom Bundesamt für Kultur mit einem Strukturbeitrag für die Jahre 2021–2024 unterstützt.

Umschlag: Giacomo Santiago Rogado, *Influx 1*, 2012, Mischtechnik auf Baumwolle, 250 × 180 cm, © Studio Rogado
Typografie und Umschlaggestaltung: Trix Krebs
Druck und Bindung: Friedrich Pustet, Regensburg

ISBN 978-3-03926-051-5

www.limmatverlag.ch

Introduction

Présentées selon l'ordre alphabétique des thèmes qu'elles abordent, ces « petites leçons particulières » se veulent à la fois autant **d'initiations** aux questions que soulève notre modernité et des **instruments de révision commodes** pour ces oraux de « Culture générale » que de nombreux concours inscrivent à leurs programmes. Elles s'adressent donc à l' « homme pressé » et curieux comme à l'étudiant qui cherche à gagner du temps. L'un et l'autre pourront en effet trouver ici des éléments destinés à stimuler une réflexion plutôt qu'à la conduire. C'est dans cette perspective que chacune de ces « petites leçons » est articulée selon quatre **« moments ».**

On lira sous la rubrique **Définir** une approche étymologique et historique du concept étudié. Il s'agit simplement de montrer qu'une analyse précise de la substance sémantique d'un mot ouvre à l'exercice de problématisation. Ensuite la section **Composer** proposera un rapide développement d'une question qui se donne sous la forme d'une esquisse de dissertation. La définition d'un terme conduit naturellement au questionnement. **Approfondir** suggérera une lecture détaillée d'une œuvre philosophique déterminée, présentée exclusivement dans l'optique du thème étudié. Pour composer cette « petite bibliothèque » de base nous ne nous sommes interdits aucune direction, suggérant autant de revenir à l'étude des « grands textes » qu'à celle d'essais contemporains qui nous ont paru particulièrement éclairants. Qu'on ne soit donc pas surpris de découvrir Aristote côtoyer par exemple Luc Ferry ou Alain Finkielkraut. Enfin, **Actualiser** recherche dans notre quotidien des motifs d' « étonnement » philosophique qui illustrent, si besoin était, l'idée selon laquelle ces réflexions auxquelles nous ont convié nos études sont bien vivantes. **Définir, Composer, Approfondir, Actualiser,** la déclinaison veut ouvrir le plus largement possible la curiosité du lecteur, condition nécessaire à une approche « scolaire » ou simplement « libérale » de cette discipline que l'on ne s'offusque désormais plus de désigner sous l'expresion de « Culture générale ».

Définir

Le pouvoir de s'imposer

Quoi de plus difficile à cerner que les raisons de l'ascendant qu'un homme sait exercer sur d'autres hommes ?

Dans *La crise de la culture* H. Arendt manifeste d'ailleurs son embarras :

> « S'il faut vraiment définir l'autorité, alors ce doit être en l'opposant à la fois à la contrainte par la force et à la persuasion par arguments. »

Il y a en effet quelque chose qui résiste à l'analyse lorsqu'il s'agit de définir cette forme de pouvoir qui requiert l'obéissance en même temps qu'elle exclut violence et persuasion. Ce n'est pas faire preuve d'autorité que de s'imposer par la menace ou bien de conduire son interlocuteur à la Raison. L'autorité demande à qui s'y soumet de le faire volontairement et indépendamment de toute forme de calcul. De fait, l'*auctoritas* ne peut émaner que de celui que l'on reconnaît comme *auctor,* celui qui soutient et permet de se développer (*augere :* augmenter, faire croître, en latin). L'autorité est bien une force que celui qui l'accepte reconnaît comme indispensable à son épanouissement : ne dit-on pas « je m'en remets à votre autorité » pour signifier « je réclame de vous protection » ?

Composer

Le pouvoir politique peut-il se défaire d'une Autorité de référence ?

▸ **Dès l'Antiquité...**

SPQR, lit-on sur les aigles romaines : *Senatu Populoque Romano,* « Au nom du Peuple et du Sénat de Rome ». La formule ne laisse pas d'être frappée, pour le regard du moderne, du sceau de l'équivocité : comment peut-on parler d'une même voix au nom de l'ensemble des Romains et d'une minorité de privilégiés? De fait, Rome qui n'a quasiment jamais cessé de se revendiquer républicaine brouille-t-elle nos repères : Qui gouverne? Qui détient le pouvoir? Le Peuple? Le Sénat? L'Empereur? Dans *De legibus,* Ciceron s'efforce de préciser la répartition des rôles :

> *Cum potestas in populo auctoritas in senatu sit.*

« Tandis que le pouvoir réside dans le peuple, l'autorité appartient au Sénat. » H. Arendt dans *La crise de la culture* relève la citation pour déterminer, non pas la spécificité de la vie publique à Rome, mais la nature de l'autorité, définie ainsi par opposition au pouvoir.

▸ **... le pouvoir cherche à s'adosser à l'Autorité...**

Ce que Ciceron constate, c'est que l'autorité — au contraire du pouvoir — a des racines dans le passé. Qui sont en effet les Sénateurs? Les latins les nomment « Pères conscrits » *(Patres conscripti),* ce sont les « Pères » de la Cité, ceux qui descendent des fondateurs de Rome et qui apparaissent comme l'instance même de la sacralité placée ainsi au cœur de l'activité politique. Car les sénateurs débattent et donnent des avis qui sont davantage que des conseils moins que des ordres. Parce qu'ils participent du caractère sacré de la Fondation, les sénateurs sont détenteurs de cette autorité charismatique dont le peuple a besoin et à laquelle le pouvoir politique s'adosse.

▸ **... pour se doter d'une dimension sacrée.**

De fait, le Sage est l'homme d'autorité dont l'homme de pouvoir se réclame et que celui-ci « produit » lorsqu'il fait défaut, tant la politique semble ne pouvoir se passer de l'idée d'Autorité. En effet, parce que notre Sénat manque de hauteur (les sénateurs sont désignés par un suffrage, même si son caractère indirect paraît lui retirer de sa légitimité démocratique) nos politiques paraissent avoir un besoin de créer une nouvelle catégorie administrative, totalement indépendante du pouvoir : **l'Autorité administrative indépendante.** Ce sont la Commission de opérations de Bourse (1968) ou le Conseil supérieur de l'audiovisuel (1989) dont l'ancêtre portait un nom plus évocateur (Haute Autorité de la Commission audiovisuelle).

Quel intérêt le pouvoir politique trouve-t-il à se mettre lui-même à l'écart ? La réponse est peut-être à trouver dans ce contact au sacré que lui apporte toute instance de l'Autorité. Comme si la politique n'en finissait pas de nous dire sa nature irrationnelle.

Approfondir

Le métier et la vocation d'homme politique

MAX WEBER (1919)

Max Weber commence par rappeler quel rôle joue l'Etat moderne :

> « ... il faut concevoir l'Etat contemporain comme une communauté humaine qui, dans les limites d'un territoire déterminé revendique avec succès pour son propre compte le monopole de la violence physique légitime. »

Ce monopole fait de l'Etat l'instrument indispensable de ceux qui visent la détention du pouvoir politique. En ce sens, l'analyse de Weber prolonge celle des marxistes, voire elle la radicalise puisque le politologue allemand ne craint pas de faire de la domination la seule raison d'être de l'Etat :

> « L'Etat ne peut exister qu'à la condition que les hommes dominés se soumettent à l'autorité revendiquée chaque fois par les dominateurs. »

Pas de pouvoir politique sans le contrôle de l'appareil d'Etat, mais pas d'Etat sans la soumission des uns à l'autorité des autres. En un mot, Weber prend soin de distinguer le pouvoir politique de l'autorité, condition nécessaire à l'existence de l'Etat, c'est-à-dire à l'exercice du pouvoir politique, précisément. Pour penser le Pouvoir, il faut d'abord penser l'autorité.

Il existe, selon Weber, trois moyens grâce auxquels les hommes peuvent **imposer leur domination, la rendre légitime.**

Tout d'abord la **tradition.** L'habitude, les coutumes, cet « éternel hier », « pouvoir traditionnel » qu'exercent les féodaux. En second lieu, Weber insiste sur l'autorité que fonde la grâce personnelle d'un individu, le **charisme :**

> « Elle se caractérise par le dévouement tout personnel des sujets à la cause d'un homme et par leur confiance en sa seule personne en tant qu'elle se singularise par des qualités prodigieuses... »

L'autorité charismatique donne à la domination politique de celui qui en est investi une dimension irrationnelle. L'autorité garante du pouvoir adosse la politique au sacré.

Enfin la **légalité** apparaît comme le troisième moyen par lequel les gouvernants s'imposent aux gouvernés. Elle repose sur la croyance en la validité d'un « statut légal » du pouvoir (c'est sur cette croyance que s'est développé l'Etat moderne).

Actualiser

La soumission à l'autorité, jusqu'où ?

Eichmann est-il kantien ?

Le responsable nazi de l'extermination des juifs ne s'est pas contenté, lors de son procès à Jérusalem, d'un cynique « Ce n'est pas ma faute ». Sa défense était argumentée, selon le principe qu'expose E. Kant dans *La métaphysique des mœurs.* Parce qu'il n'a fait que se soumettre à l'autorité de la loi, dont il n'avait pas à juger de la justice ou de l'injustice, Eichmann prétend avoir agi sans contradiction avec la loi morale et se déclare en paix avec sa conscience (Kant refuse tout droit à l'insurrection par respect exigé de la loi). Ce discours que commente H. Arendt dans *Eichmann à Jérusalem* et qui ressemble évidemment à celui de tous les tortionnaires (« nous n'avons fait que notre devoir d'obéissance ») invite à s'interroger sur les conséquences d'un tel principe de soumission à l'autorité.

Eichmann est-il sincère? Les crimes qu'il a ordonnés auraient-ils pu l'être par d'autres? Evidemment la violence guerrière des hommes, acceptée, commise au nom de ce principe de soumission à l'autorité invite toujours à s'interroger sur la nature de ce qui ressemble clairement à une disposition naturelle.

Stanley Milgram, il y a quelques années aux Etats-Unis, s'est essayé à évaluer une telle disposition. Pour ce faire, l'universitaire américain organise une simulation d'expérience scientifique. Prétextant un travail sur la mémoire et souhaitant tester si celle-ci est plus réceptive lorsque le corps reçoit une punition pour chaque erreur, Milgram « monte » une fausse expérience, avec de faux médecins, de faux cobayes mais de vrais expérimentateurs. Un comédien, en blouse blanche, joue le rôle du scientifique, il explique à un volontaire, recruté par annonce, qu'il lui faut envoyer une décharge électrique à un cobaye, un autre comédien, lorsque celui-ci se trompe au cours d'un exercice de mémorisation. Chaque décharge est plus importante que la précédente.

Il s'agit donc de définir jusqu'où un homme peut infliger une décharge électrique à un autre homme qu'il ne connaît pas, qui ne lui a fait aucun mal, et cela par seule soumission à l'autorité d'un scientifique qui le lui ordonne.

Le scénario est extrêmement élaboré puisque l'acteur-cobaye ne cesse de se tromper, qu'il mime la douleur supposée que provoqueraient les décharges successives et qu'à 150 volts il se met à supplier l'expérimentateur de cesser l'expérience. L'acteur-scientifique ordonne, de son côté, la poursuite du processus. Combien de volontaires-expérimentateurs, ignorants évidemment du scénario, ont obéi aux ordres du pseudo-savant?

Le résultat du travail de Milgram est éloquent : 60 % des participants ont infligé au pseudo-cobaye le choc maximal et mortel de 450 volts.

> « Le processus d'adaptation de pensée — commente Milgram — le plus courant chez le sujet obéissant est cet abandon de toute responsabilité personnelle : il attribue l'entière initiative de ses actes au scientifique qui représente l'autorité légitime.
>
> « (...)
>
> « La disparition du sens de la responsabilité personnelle est de très loin la conséquence la plus grave de la soumission à l'autorité. »

Alors, 60 % d'Eichmann parmi nous..., ou plus encore?

Banlieue

Définir

Hors contrôle

La banlieue, c'est au Moyen Age la « lieue du ban », la distance à laquelle s'étendait le ban seigneurial. La banlieue désignait par conséquent cette limite au-delà de laquelle la convocation — le ban — des vassaux pour la guerre ne pouvait avoir de portée. Conformément à l'étymologie et à l'histoire, la banlieue devrait être à la fois une frontière et un espace contrôlé par le pouvoir central. C'est la périphérie du cercle qui n'existe que par le centre même de la figure.

Or aujourd'hui la banlieue désigne volontiers un lieu, toujours périphérique évidemment, mais que tout oppose au centre-ville, un espace hors contrôle précisément inquiétant, voire menaçant. Cette évolution est, en France, le résultat de la conquête du centre des villes par les classes dites dominantes au détriment des classes populaires jugées dangereuses. Car longtemps le centre des villes est demeuré populaire. C'est dans les rues de Paris que le Peuple manifeste son mécontentement, qu'il prend au XIXe siècle l'habitude de dresser des barricades comme pour marquer son territoire. On sait que Napoléon III et le baron Haussmann eurent à cœur de réduire ce Paris-là, par le tracé de vastes boulevards et l'édification de monuments spacieux (le palais Garnier, par exemple). Après la Commune, le Paris populaire est définitivement aboli ; commence alors un lent exode vers la périphérie qui se poursuit encore aujourd'hui. Plus généralement la politique dite de « réhabilitation » des centres-villes qui se développe en France depuis quelques années aboutit, sous le couvert de la rénovation des quartiers les plus vétustes — parce que souvent « historiques » —, à expulser vers la banlieue les locataires les moins nantis au profit de ceux qui peuvent désormais s'offrir le luxe d'être « au centre ».

Composer

La ville est-elle un lieu de résidence ou de passage ?

▸ **L'ambivalence de la ville...**

Dans l'imaginaire collectif, Babylone fut longtemps la représentation acceptée de la Ville : un joyau aux séductions dangereuses. Cette ancienne ville de Mésopotamie au nom prédestiné (*Ballli,* « la porte du dieu ») fut en effet un modèle de civilisation dont les Anciens retenaient particulièrement les « jardins suspendus », septième merveille du Monde. Pourtant, Babylone, *Babel* dans la *Bible,* vient rejoindre la liste des villes blâmées par Dieu : celui-ci, parce que les hommes ont voulu construire une tour plus haute que les cieux, introduit dans l'édifice la diversité des langues. Le symbole est riche : c'est la diversité et l'ambition qu'abrite la ville qui constituent sa ruine. Le mythe de la Cité attirante mais dangereuse est fondé.

Or la ville moderne est la réplique de la ville biblique. Attirante par toutes les possibilités qu'elle offre, elle fait aussi fuir à la fin de chaque semaine les citadins qui prétendent au calme retrouvé de la campagne. Ce double exode rend compte des ambiguïtés de la ville, il permet aussi de penser quelle est désormais sa véritable nature.

▸ **... fait d'elle un lieu de passage...**

A la ville du passé, encerclée par ses murailles, se substitue à présent la ville sans limites. Le vieux Paris qu'on reconnaît aux vestiges des portes qui le protégeaient n'est plus qu'un noyau minuscule enfoui dans la ceinture qui s'est peu à peu élargie autour de lui. De même Rome, autrefois ville protégée par les sept collines et le *poemerium* tracé par Romulus, est devenu « Rome, ville ouverte », ouverte à tous, à tous les fantasmes, accueillant les privilégiés de la *Dolce vita* comme les « voleurs de bicyclettes ».

Mais si elle accueille, elle cloisonne également : la ville s'est ouverte mais ses quartiers et ses banlieues deviennent des ghettos. Elle devient alors un magnifique magasin à la vitrine transparente : on ne peut pas acheter, alors on « passe », pour regarder. Le gigantesque trou des Halles, percé en plein centre de Paris, en est l'illustration : un labyrinthe de couloirs où chacun court à ce qu'il désire. La ville se fait alors « lieu de passage », à l'instar des nœuds routiers qui la traversent : on y est jamais que locataire ou bien sans domicile fixe.

► **... et de violence.**

Le berceau de la civilisation le cède alors à la jungle urbaine : la ville où l'on ne fait jamais que passer cesse d'être accueillante, les grands ensembles cachent derrière une promiscuité involontaire la solitude et l'indifférence, voire la plus spontanée des violences.

La fascination exercée, par exemple, par la ville de New York sur Camus, Céline ou Sartre est liée incontestablement à l'hostilité paradoxale du milieu urbain. Sartre note ainsi qu'au cœur de Manhattan surgit « la nature la plus cruelle ». Les buildings sont comparés à de « gigantesques arbres » et les hommes à des « loups ».

Approfondir

La fille aux yeux d'or

HONORÉ DE BALZAC (1815)

> « Là, tout fume, tout brûle, tout brille, tout bouillonne, tout flambe, s'évapore, s'éteint, se rallume, étincelle, pétille et se consume. »

« Là », c'est Paris, la Capitale telle que la décrit Balzac dans les premières pages d'un court et envoûtant roman, vénéneux à souhait, imprégné encore de vapeurs gothiques. La ville y est dépeinte comme un enfer moderne, peuplé d'individus qui semblent n'avoir le choix qu'entre une « jeunesse blafarde et sans couleur » et une « caducité fardée qui veut paraître jeune ». Car la vie des Parisiens se consume plus rapidement qu'ailleurs, tant les trépidations du désir sont violentes. Une véritable fournaise pour les passions :

> « Jamais vie en aucun pays ne fut plus ardente, ni plus cuisante. »

Tout est feu et flamme, mais rien n'est mieux structuré : l'Enfer ce n'est pas le chaos, il a ses cercles et la visite à laquelle Balzac convie son lecteur se doit d'être guidée :

> « Nous voici donc amenés au troisième cercle de cet enfer, qui, peut-être un jour aura son Dante. »

Au lieu de cercles, ce sont des « sphères » que le romancier-sociologue découvre l'une après l'autre, de la plus basse, la plus fangeuse, aux plus hautes qui ne sont pas moins corrompues. Car si les Parisiens vivent dans des mondes parallèles, ils ont en commun de vivre à Paris, précisément, dont l'atmosphère n'épargne personne.

De longues pages hallucinées servent donc de préambule à un roman qui paraît alors comme une émanation de la ville elle-même, elles fondent également, alors que le romancier n'a pas encore conçu le projet d'articuler l'ensemble de son œuvre autour de l'idée d'une *Comédie humaine,* le mythe de Paris, Babylone des Temps modernes.

De fait, là s'invente un autre regard porté sur la ville et dont hérite partiellement notre imaginaire lorsqu'il se laisse affoler par la représentation de la sauvagerie des banlieues. Les quartiers borgnes et crapuleux de Balzac annoncent en effet à bien des égards, les Cités qui servent de décor à nos faits divers ordinaires. La ville devient une jungle : si Paris, « pacifié » d'abord par les aménagements du baron Haussmann puis par la répression de Thiers au lendemain de la Commune, ne répond plus à cette définition, nos banlieues le deviennent à leur tour, surpeuplées et sulfureuses de délinquance. A la suite de Balzac, le Dumas des *Mohicans de Paris* et le Féval des *Mystères de Paris* feront de la ville le décor indispensable aux récits les plus sombres. Paris fut sous leur plume ce que sont aujourd'hui les banlieues telles que les montrent les medias : un espace hors contrôle peuplé « d'Indiens ».

Actualiser

Classes trop peu laborieuses, zones dangereuses...

Le XIXe siècle avait identifié ces « classes laborieuses » installées au cœur des grandes villes comme des « classes dangereuses »... Le XXIe siècle fera-t-il des **classes trop peu laborieuses** que composent exclus, chômeurs, immigrés clandestins les nouveaux résidants de « zones dangereuses », en banlieue « à risques », à la périphérie des Cités ?

Ces lieux naguère de dépôt d'une population occupée à travailler « ailleurs » ne deviennent-ils pas particulièrement difficiles à vivre sitôt qu'on est contraint précisément d'y vivre et non plus d'y dormir ? Bref, la « banlieue-dortoir » était déjà un concept discutable et peu attractif... Qu'en penser quand le « dortoir » est transformé en « vivarium » ? Or cette banlieue d'un autre type, la « banlieue réservoir » (on pourrait aussi réanimer le mot « réserve » dans le sens « indien » du terme !), progresse : plus 8 % en population, entre 1982 et 1990. Qui à présent y vit et s'installe dans ce que le « Journal télévisé » montre comme l'Invivable ?

C'est une population jeune : 32,9 % ont moins de vingt ans. Le pourcentage d'étrangers y est plus élevé qu'ailleurs (18 % contre 6 % pour l'ensemble du territoire national). Les chômeurs y sont plus nombreux (20 % de la population), plus jeunes et demeurent sans emploi plus longtemps. On le conçoit, cette banlieue-là n'a plus rien à voir avec le pittoresque réconfortant des cités ouvrières pavillonnaires de la périphérie nord de Paris dans les années cinquante, celui qui traverse le roman de Céline, *Mort à crédit,* par exemple.

Associée à la violence, liée à la drogue, cette Banlieue Nouvelle ressemble davantage à l'image que nous renvoient Los Angeles, New York ou Washington. Elle est le lieu de tous les dangers, pas seulement pour celui qui s'y égare (comme le héros du *Bûcher des vanités* de Tom Wolff) mais aussi pour tous ceux qui y vivent (comme le rappelle le jeune cinéma « black » aux Etats-Unis. Cf. *Boys'in the Hood*). Le nouveau code de procédure pénale le confirme qui établit avec sévérité des peines « dissuasives » pour une délinquance spécifiquement urbaine. Le tag est ainsi puni d'une amende de 25 000 à 500 000 F, selon la nature de l'édifice détérioré (art. 322-1 et s.) assortie de peines de prison pouvant aller jusqu'à cinq ans fermes. Le squatt, le racket et la mendicité se trouvent également « réévalués ». A noter qu'il est désormais plus grave de voler dans le métro et le RER que dans un magasin. Le vol est en effet passible de cinq ans de prison et de 500 000 F d'amende « lorsqu'il est commis dans un véhicule affecté au transport collectif de voyageurs ou dans un lieu destiné à l'accès » (art. 311-4).

Définir

Un horizon intérieur

Qui ne désire être heureux ? Le bonheur — étymologiquement la « bonne fortune » (*augurium* en latin donne en ancien français *heur, chance*) —, quête individuelle et/ou collective, alimente le cours de l'Histoire comme le rêve des artistes, l'inspiration des scientifiques ou l'ambition des hommes d'Etat. Mais peut-on effectivement le définir indépendamment de la quête dont il fait précisément l'objet ? Le bonheur est-il autre chose que cette ligne de fuite destinée à nous faire courir dans le pré du poète ?

De fait, dans *Les fondements de la métaphysique des mœurs,* Kant montre à quel point l'idée de bonheur est un horizon pour l'imaginaire :

> « Le concept du bonheur est un concept si indéterminé que, malgré le désir qu'a tout homme d'arriver à être heureux, personne ne peut jamais dire en termes précis et cohérents ce que véritablement il désire... Le bonheur est un idéal, non de la raison, mais de l'imagination. »

Qu'il prenne la forme d'une impossible satisfaction de tous nos désirs, ou bien celle de l'improbable extinction *(Nirvâna)* de ceux-ci, le Bonheur n'est-il jamais autre chose qu'un horizon intérieur ?

Composer

Peut-on faire le bonheur du Peuple ?

▸ **Pour forcer la chance...**

« Le Bonheur est une idée neuve en Europe ! » annonce Saint-Just. Voilà qui semble à la fois naïf et fort présomptueux, car l'Europe à l'évidence n'a pas attendu le Comité de Salut public pour concevoir que la vie pouvait être heureuse ! Les tableaux de Fragonard et le sourire de Diderot montrent que le siècle à son début savait célébrer une douceur et un plaisir de vivre que la tourmente révolutionnaire va dissiper.

Saint-Just pourtant n'a pas tort, c'est le bonheur collectif qui est bien une idée politique nouvelle. Que plus personne désormais ne soit abandonné par l'Etat à la mauvaise chance...

Car l'étymologie le rappelle, le bonheur, c'est la bonne chance, la faveur du hasard qui se manifeste dès la naissance. Cette prise de conscience que le hasard règle et dérègle de la manière la plus injuste et la moins rationnelle (le hasard est l'autre nom de l'absence de finalité) la carrière de chacun, transparaît de façon saisissante à quelques années de l'explosion révolutionnaire dans *Le mariage de Figaro.* A l'acte V, Beaumarchais met en scène son personnage accablé par ce qu'il croit être l'infidélité de Suzanne, sa fiancée ; il compare alors sa destinée à celle du comte, son rival :

> « Parce que vous êtes un grand seigneur, vous vous croyez un grand génie !... Noblesse, fortune, un rang, des places, tout cela rend si fier ! Qu'avez-vous fait pour tant de biens ? Vous vous êtes donné la peine de naître, et rien de plus... »

▸ **... il faut imposer l'égalité, mais est-ce possible ?**

Le Bonheur commence avec la réduction des inégalités, c'est-à-dire la réalisation de l'égalité civile. Les privilégiés sont-ils disposés à ne plus l'être ? Renonceront-ils, guidés par le souci du Bien collectif, à l'exercice d'une domination que leur confère la bonne fortune de leur naissance ? La question ne se pose pas seulement en 1789.

Ainsi la société qui trouve son bonheur dans l'égalité ne peut surgir que de celle qui faisait de l'inégalité le principe moteur de son développement. Comment effectuer le passage de l'une à l'autre ? Saint-Just répond par la Révolution (cf. **Révolution**), c'est-à-dire la fondation dans la violence d'un ordre absolument nouveau. Car **l'égalité politique est bien une nouveauté,** au sens où elle n'a pas de précédent. Mais l'institution de la nouveauté est-elle possible ? Du passé pouvons-nous absolument faire table rase ?

Ce n'est pas un effet du hasard si Thomas More imagine la société de l'égalité détachée de tout passé mais aussi de toute réalité géographique. Il invente un certain Utopus, conquérant et maître du pays d'Abraxa, qui aurait pris pour précaution première, avant de créer la nouvelle société, de faire d'Abraxa une île :

> « Dès que la victoire l'eut rendu maître de ce pays, il fit couper un isthme de quinze mille pas, qui le joignait au continent ; et la terre d'Abraxa devint ainsi l'île d'Utopie. »

Pour vivre heureux, vivons alors détachés. Le politique ne pourrait-il faire le bonheur de son peuple qu'en l'isolant, en le séparant des autres et de lui-même (par le refus du passé) ?

Approfondir

Propos sur le Bonheur

ALAIN (1928)

> « Les sages d'autrefois cherchaient le bonheur — écrit Alain aux dernières pages des *Propos sur le Bonheur* ; non pas le bonheur du voisin, mais leur bonheur propre. » Ces propos sur le bonheur, rédigés au cours des vingt premières années du siècle, sont ainsi un véritable hommage rendu à la sagesse antique, celle des stoïciens, explicitement convoquée, mais surtout celle des disciples d'Epicure, jamais citée, à chaque ligne présente.

A l'instar de ces maîtres anciens, Alain ignore la dimension collective du bonheur. Celui-ci reste l'**affaire du petit nombre d'intimes qui composent la famille et la société des amis.**

Une succession de rapides chapitres reprend les *topoï,* les lieux communs, de la philosophie hellénistique : les passions, l'imagination, le jeu, l'action, la mélancolie. La recherche du bonheur commence par une cure : se soigner des passions violentes, régler ses désirs sur la nécessité (« C'est un grand art quelquefois de vouloir ce que l'on est assuré de désirer »). Elle se poursuit dans le repli rassurant sur la dimension privée de la vie sociale. Le bonheur n'appartient qu'à ceux qui savent en limiter l'étendue des manifestations au périmètre de leur jardin. De fait, Alain s'inscrit dans une tradition voltairienne, celle du jardin dont la culture rend heureux. Le chapitre intitulé « Heureux agriculteurs » répond au chapitre trente de *Candide :*

> « L'agriculture est donc le plus agréable des travaux, dès que l'on cultive son propre champ. »

Evidemment « la petite terre rapporta beaucoup »...

Le bonheur se trouve donc dans le souci de soi, dans le soin accordé à l'environnement immédiat, dans le travail et la simplicité... Egalement dans la mesure. Alain abhorre l'excès. Rien n'est bon quand il est excessif. L'excès, c'est l'impolitesse, la marque d'une animalité qui exclut, qui retire à celui qui le manifeste l'appartenance à une communauté (dans la politesse, on peut entendre encore la racine *polis,* la Cité) :

> « Tout ce qui sent le brutal et l'emporté est impoli ; les signes suffisent ; la menace suffit (...) Un homme impoli est encore impoli quand il est seul. »

Le Bonheur pour Alain est bien celui d'Epicure, il est du côté de la volupté mesurée du partage entre amis.

L'indifférence au bien-être collectif porte aussi la **marque du philosophe du jardin.** Le repli sur la sphère privée annonce toute la faillite de l'Histoire. Ces propos sur le bonheur sont également ceux d'un homme que le siècle débutant trahit. Le chaos de la Première Guerre mondiale vaut celui que traverse Candide. Quand la civilisation n'est plus que ruines, que faire sinon cultiver son jardin !

Actualiser

La société de consommation ne fait plus le bonheur du hérisson

La société de consommation ne fait plus rêver personne !

Les sociologues l'affirment, les spécialistes du marketing le constatent : la crise a fait naître un consommateur d'un nouveau type. Il se méfie, il compare, il recherche de façon empirique le meilleur rapport qualité-prix, il vérifie et se défie des marques comme des messages publicitaires. Ce consommateur récalcitrant, averti, presque sur la défensive lorsqu'il lui faut consommer, porte déjà un nom de guerre : le hérisson.

Son apparition témoigne peut-être d'une évolution profonde de la société occidentale qui fit de l'offre, de la demande et de la création sans cesse renouvelée des besoins le moteur de sa prospérité. C'est que le hérisson, parce qu'il refuse de se laisser séduire, attirer, conduire d'une vitrine à l'autre, manifeste aussi son rejet et sa peur de tout ce qui lui est proposé, donc extérieur. Les maladies incurables, la pollution, la violence urbaine et la récession économique ont provoqué des réflexes défensifs, le hérisson se rétracte, se met en boule et n'accepte de nourriture extérieure que dûment testée. Le prix, la qualité du produit doivent paraître « sains », l'aliment devient soit un médicament (valorisation des sucres lents, des fibres végétales qui renforcent le corps), soit un poison (les graisses cancérigènes), le supermarché, espace ludique où naguère on vantait le plaisir d'acheter, recule peu à peu devant le *hard-discounter* qui représente déjà en Allemagne plus de 22 % du marché de la grande distribution. Le local est austère, un hangar où s'empilent sur des étagères métalliques des produits empaquetés simplement, sans notification d'une marque quelconque. La consommation n'est plus un bonheur, on hésite à « sortir » faire ses achats... Consommer, certes mais furtivement, à moindre frais et par nécessité pour réintégrer le plus rapidement possible le terrier protecteur. Les Américains ont déjà donné un nom à ce *cocooning* radical, le *burrowing* (de *to burrow :* creuser pour se terrer).

Châtiment

Définir

Corriger ou punir ?

En juin 1939, l'exécution publique de Weidman, « l'ennemi public numéro un », tourne à la manifestation d'une hystérie collective qui pousse, certaines des spectatrices à vouloir tremper leur mouchoir dans le sang du condamné. La peine capitale sera désormais administrée loin des regards, derrière les murs des prisons... Quarante ans plus tard, elle est abolie, comme si le châtiment devenu clandestin perdait de sa « raison d'être ».

De fait, châtier — du latin *castigare* — renvoie davantage à l'idée de correction qu'à celle de la punition. *Castigare,* **c'est d'abord « réprimer », dans le sens premier de « contenir »...** On le comprend, la fonction du châtiment réside bien dans cette vertu pédagogique de l'exemple. Il s'agit de « contenir » les crimes futurs et non de punir ceux du passé. Le châtiment est une correction infligée par l'Etat à la Société, un instrument de contrôle et de prévention collective, non le moyen de punir les crimes individuels.

Composer

A quel crime son châtiment ?

▸ **A chaque crime...**

Le châtiment est un instrument destiné à « aider » la mémoire collective : ce que grave dans la chair du supplicié le bourreau, c'est toujours le texte de la loi, parfois non écrite, qui a été transgressé. Le châtiment ressemble ainsi toujours à celui qu'imagine F. Kafka dans la nouvelle *La colonie pénitencière* : une machine à écrire inscrit sur le corps du condamné l'article du code qui n'a pas été respecté. De fait, on comprend pourquoi M. Foucault ouvre *Surveiller et punir* sur le récit détaillé du supplice réservé à Damiens, après l'attentat manqué contre la personne du roi Louis XV : mutilations, brûlures, démembrement... rien du terrible déroulement de l'exécution n'est épargné au lecteur. L'horreur codifiée du châtiment est à la démesure du crime — le régicide. Foucault, fidèle lecteur de Nietzsche, n'a pas oublié *La généalogie de la morale,* ouvrage dans lequel le philosophe allemand identifie la douleur comme principe efficace de mémorisation.

▸ **... suffit sa peine.**

Mais ce que ces châtiments exemplaires apprennent aussi au peuple, ce sont les trois impératifs qui règlent toute législation pénale. **Pour être efficace le châtiment doit être légal, utile et proportionnel.**

Il faut attendre cependant 1764 et le marquis de Beccaria pour que ces trois idées fondamentales fassent l'objet d'une analyse et soient diffusées dans un court essai intitulé en français *Traité des délits et des peines.* Beccaria y rappelle la nécessité de la légalité des peines :

> « Seules les lois peuvent fixer les peines qui correspondent aux délits et ce pouvoir ne peut être détenu que par le législateur, qui représente toute la société réunie par le contrat social. »

C'est évidemment récuser la lettre de cachet qui procède du seul « bon plaisir ». En outre le législateur ne saurait prescrire que des peines utiles à la société. Le châtiment n'est pas une fin en lui-même. De même qu'on ne peut l'appliquer à la répression des fautes qui ne mettent pas en cause l'ordre public. Ainsi tous les délits religieux (hérésie, profanation, etc.) ne sont-ils pas susceptibles d'être « châtiés », du moins « ici-bas », évidemment. Enfin Beccaria formule le principe de la proportionnalité des peines :

> « Les obstacles qui détournent les hommes de commettre des délits doivent être d'autant plus forts qu'ils sont contraires au bien public. Il doit donc y avoir une proportion entre les délits et les peines. »

Approfondir

MICHEL FOUCAULT,
Cours du collège de France (1972-1973)

Avant de consacrer son cours au célèbre parricide Pierre Rivière, Michel Foucault avait entrepris de mener une première réflexion sur la signification sociale des différentes formes que revêt la Punition lorsqu'elle est pénalisée. Ces travaux aboutirent en 1975 à la publication de *Surveiller et punir,* ouvrage dans lequel était identifié un « rêve militaire de la société », apparu en France au début du XIXe siècle. L'Ecole, l'Hôpital et la Prison seraient alors devenus des instruments de contrôle et de coercition maniés par l'Etat et appliqués au corps social.

Foucault distingue, dans son cours, quatre formes de punition : l'exil, la réparation, la mutilation et l'incarcération. Cette dernière retient son attention car elle est la plus tardive et caractérise nos sociétés modernes qui ont choisi de faire de la prison la forme générale de la pénalité. Or ce choix, qui intervient au début du XIXe siècle (on se souviendra, par exemple, que le jeune Tocqueville part en Amérique du Nord, mandaté par le Roi, afin d'en étudier les pénitenciers), est énigmatique, explique le philosophe. En effet, le bannissement a sa logique (la société expulse l'individu qui ne se plie pas à ses lois), la compensation financière obéit à un souci de cohésion sociale (on cherche à guérir la lésion que constitue la faute), la flétrissure et la mutilation ont clairement une vertu pédagogique... Mais la prison, à quoi sert-elle? Parce qu'elle constitue un abri pour les plus démunis, elle peut n'être pas dissuasive (elle coûte d'ailleurs à la société), parce qu'elle mélange les différents criminels elle fabrique un groupe homogène de délinquants, solidaires contre une société dont ils sont exclus de façon quasi définitive, etc. Les critiques ne manquent pas. Dans les faits on comprend comment la Prison génère de la criminalité... C'est pourquoi les sociétés antérieures à la nôtre ne l'ont guère pratiquée. Dans l'Ancien Régime, par exemple, l'enfermement échappe au droit pénal. C'est un privilège royal que de l'ordonner, voilà pourquoi la lettre de cachet n'a rien de judiciaire. Ce n'est pas une peine. Sont enfermés les mendiants, les fous, les excentriques, bref ceux qui violent, non pas la loi, mais l'ordre social. L'anormal, le monstre, ne saurait être puni, alors on l'enferme.

Dès lors l'organisation de la pénalité d'enfermement s'explique par une évolution de notre perception du délit, conçu désormais comme une sorte de maladie pour laquelle la réclusion est un médicament idéal, puisque susceptible d'être dosé. **La prison est là pour guérir ce que l'Ecole n'aura pu prévenir.**

Actualiser

Réformer le Code de procédure pénale

Le 22 juillet 1992, le Parlement français adopte quatre lois qui constituent le nouveau Code pénal. Ce dernier se caractérise en particulier par une évolution dans le domaine de la nature des peines à présent retenues. On observera, par exemple, qu'il n'est plus fait désormais mention de la peine minimum qu'il convient de requérir. Le juge est libre de déterminer la sanction dans le sens d'une plus grande clémence. Le maximum des peines demeure, en revanche, établi. Le nouveau Code semble donc aller dans la direction d'une plus grande souplesse de la justice, mais surtout il cherche à substituer aux peines de prison, qui sont depuis le XIXe siècle les peines de référence (voir *supra*), des peines de substitution.

Sommes-nous en train de sortir de cette logique carcérale que Foucault identifie dans *Surveiller et punir ?*

La tendance est évidemment perceptible pour les peines correctionnelles. La liste de ces peines (art. 131-3) est beaucoup plus importante aujourd'hui. Le législateur propose un éventail qui s'étend de l'emprisonnement à l'amende, en passant par le « jour-amende » et les travaux d'intérêt général. De fait, il s'agit désormais de reconnaître le caractère désocialisant de la prison et de proposer des substituts qui sont au contraire des incitations à la socialisation. Le nouveau Code témoigne ainsi d'un esprit « plus social », c'est-à-dire qu'il met le châtiment au service de la collectivité... Dans ces conditions s'agit-il encore d'un châtiment ? A-t-on conscience d'être « puni » lorsque l'on œuvre pour le bénéfice de la société ? C'est peut-être la « logique » de la punition qui régresse au profit d'une logique de la « réparation », celle que M. Foucault prétend caractéristique des sociétés gothiques et de la justice telle que la concevaient les Francs.

On peut se demander enfin si une telle évolution procède de la volonté du législateur ou bien de la nécessité qu'impose un univers surpeuplé, celui d'une prison coûteuse et inefficace ? Avions-nous vraiment le choix de ce libéralisme pénal ?

Définir

Aux sources du Droit

Pour le *Code civil,* le contrat est « une convention par laquelle une ou plusieurs personnes s'obligent envers une ou plusieurs autres à donner, à faire ou à ne pas faire quelque chose. »

Le contrat résulte en effet d'un accord : *cum-trahere,* en latin, « tirer ensemble », évoque bien cet effort partagé en vue d'une fin désirée par tous. Dire que les contractants s'obligent mutuellement c'est dire qu'ils définissent pour eux-mêmes des droits et des devoirs.

Toujours expression d'une volonté collective, le contrat sert de modèle aux juristes du XVIIe siècle pour penser le passage de l'état de nature à l'état civil. On peut, grâce au Contrat, imaginer que la Société est une association librement consentie par des individus qui manifestent ainsi leur volonté. Acte fondateur mythique ou bien réalité de chaque jour (nous ne cessons pas de passer des contrats, en tant que consommateurs, par exemple), le contrat produit du Droit. « Sans contrat, point de droit » rappelle Nietzsche dans *Humain, trop humain.*

Composer

Le contrat et la loi

▸ Si la loi...

Le Droit est composé d'un ensemble de règles qui n'ont pas toutes la même nature. On retient volontiers la loi comme règle de droit par excellence. Or la loi prescrit et ne réclame donc pas l'accord de toutes les parties concernées. Elle s'impose et par là inflige une forme de violence. Elle oblige tous les individus particuliers à se soumettre à son universalité. Celui qui fait et dit la loi manifeste ainsi sa force, fût-elle fondée sur une exigence de rationalité. Dans une démocratie où le Peuple souverain se trouve représenté par une assemblée législative, la loi n'en cesse pas moins d'être le discours du plus fort, étant entendu que le nombre fait alors la force.

▸ ... s'oppose au contrat...

Mais les citoyens n'obéissent pas seulement à des règles qui leur sont imposées par une autorité supérieure. Le contrat s'oppose ainsi nettement à la loi comme un moyen de création spontanée du droit, un droit fondé sur le principe du consentement, de l'autonomie, c'est-à-dire la capacité à se donner soi-même les règles auxquelles on se soumet. Le contrat met ainsi en avant ce que la loi peut dissimuler : le caractère artificiel du Droit. De fait, si l'on peut accepter l'idée d'une loi naturelle (expression de l'autorité suprême, Dieu ou la Nature), l'expression « contrat naturel » n'a guère de signification, sauf à rappeler comme Hobbes le caractère naturel de la disposition des hommes à produire des artifices afin d'assurer leur propre conservation.

▸ ... l'une et l'autre font du droit l'expression de la force.

Est-ce à dire que la réciprocité qu'implique l'idée de contrat fait de celui-ci une règle de droit « libérale » et plus juste? Le contrat permet-il au droit d'échapper à ce soupçon, toujours récurrent depuis les penseurs contre-révolutionnaires puis marxistes, de n'être au fond que l'expression du droit du plus fort? Ce serait oublier que le contrat fait l'objet d'une négociation et qu'il ne permet pas nécessairement d'éviter l'affrontement des parties concernées. Il existe des contrats « léonins » imposés par le fort au faible, des contrats qui exploitent l'ignorance, l'inattention, la négligence de l'une des parties (clauses illisibles, vocabulaire spécialisé, etc.). Consentir ce n'est pas toujours être libre. Le consentement comme l'universel peut n'être que de façade, une ruse de sophiste pour laisser croire à l'innocence (*noceo :* nuire) de l'artifice juridique.

Approfondir

Léviathan

THOMAS HOBBES (1651)

Th. Hobbes est l'auteur d'une fiction normative qui n'a rien à envier à celle qu'imaginera un siècle plus tard J.-J. Rousseau : l'état de nature comme état de guerre permanente entre les hommes. Cet état de guerre de chacun contre tous est la conséquence d'un postulat (d'ailleurs identique chez Rousseau, alors que la représentation que l'auteur du *Contrat social* donne de l'état de nature s'oppose radicalement à celle de Th. Hobbes) : les hommes sont égaux dans la nature par la nature même de leurs désirs :

> « Je mets au premier rang et à titre d'inclination générale de toute l'humanité un désir perpétuel et sans trêve d'acquérir pouvoir après pouvoir, désir qui ne cesse qu'à la mort. »

Parce qu'ils désirent tous la même chose, les hommes sont conduits à l'affrontement généralisé (ce qui n'est pas du tout la vision d'un Rousseau). L'égalité des désirs, inhérent à la nature humaine, nuit donc à terme à l'espèce. Elle rencontre en outre sur son chemin un désir particulier, celui de subsister. L'état d'insécurité dans lequel les hommes, régis par la seule loi de leurs désirs, se trouvent plongés devient rapidement intolérable. Il convient par conséquent de trouver un moyen par lequel contrôler ces pulsions et ces appétits de pouvoir.

Hobbes imagine alors que les hommes conviennent d'abandonner à un tiers la responsabilité de régler leurs conflits. Ils décident ensemble de renoncer à toute forme de violence et de s'en remettre à une entité artificiellement créée par le contrat qu'ils passent. Les hommes inventent donc l'Etat, ce monstrueux Léviathan, seul détenteur à présent de la violence :

> « C'est comme si chacun disait à chacun : j'autorise cet homme ou cette assemblée, et je lui abandonne mon droit de me gouverner moi-même, à cette condition que tu lui abandonnes ton droit et que tu autorises toutes ses actions de la même manière. Cela fait, la multitude ainsi unie en une seule personne est appelée République. »

L'association politique résulte bien, selon Hobbes, d'un calcul elle suppose un consentement fondé sur l'assurance de la réciprocité des conditions. **Il s'agit donc d'un contrat.**

Si la société procède d'un acte contractuel, elle apparaît donc comme un artifice, le résultat d'un effort *(trahere)* et non la manifestation naturelle de la spécificité humaine. L'homme n'est donc plus perçu comme un « animal politique » mais comme un artisan politique, par là même distinct de l'animal. La société n'achève pas la nature, elle se dresse contre elle comme une protection pour les hommes qui s'y retrouvent.

Actualiser

Légaliser tous les contrats ?

Notre vie sociale est faite d'une multitude de contrats, le plus souvent tacites (ne serait-ce que lorsque nous consommons) mais qui ne sont pas nécessairement tous licites. En effet, si par contrat je désigne toute forme de transaction librement consentie par toutes les parties prenantes, je donne au mot une couverture extrêmement large. De fait, si le contrat suppose l'accord, ce dernier résulte peut-être de la confrontation de rapports de force. Certains contrats ne sont pas équitables. C'est pourquoi l'Etat a été conduit à intervenir de plus en plus fréquemment dans l'établissement de ces actes de droit privé (en imposant une forme à la rédaction du contrat, en prélevant des taxes..., cf. le contrat de location). Cette intrusion de la loi dans le contrat va effectivement dans le sens d'une plus grande intervention de la puissance publique dans la sphère privée des échanges entre les individus. On conçoit par conséquent que les tenants d'un libéralisme absolu réclament une libéralisation du contrôle de l'Etat sur les contrats, voire une licence à conclure toute forme de contrat, pourvu que celui-ci ne vienne pas perturber l'ordre public.

C'est ainsi que l'économiste ultralibéral américain, Walter Block, dans un ouvrage dont le titre et le contenu sont particulièrement provocateurs, *Défendre les indéfendables,* propose de légaliser les « contrats » les moins licites, celui qui « unit » le proxénète à la prostituée, le dealer au drogué, l'usurier à l'emprunteur... « Dans la mesure où toutes ces activités ne génèrent pas de violence — écrit-il — elles devraient être légales. » C'est proposer au nom d'une conception très libérale du contrat une nouvelle définition de celui-ci : le consentement. Mais consentir n'est pas convenir et le droit ne peut endosser le cynisme des tenants de la primauté de la force. Les relations de domination ne peuvent faire l'objet d'un contrat — celui qui lie par exemple Sacher-Masoch à sa maîtresse Wanda — que si elles sont librement souhaitées et susceptibles d'être dénoncées à tout moment.

Peut-on vraiment défendre ce « défenseur de l'indéfendable » ?

Culture

Définir

Rien de plus naturel

Le verbe latin *colere* signifie avant tout *cultiver la terre,* c'est-à-dire la soigner pour qu'elle donne des fruits. A ce premier sens il faut ajouter celui des verbes *habiter* (qui est perceptible dans les mots *colons, colonisation, colonie*) et *honorer les dieux* (qui s'entend dans le substantif *culte*). La culture participe donc de ces trois acceptions, on peut la définir comme un processus sacré d'aménagement de la nature par l'homme.

On dira ainsi que l'homme est un être de culture dans la mesure où sa nature le pousse à transformer son environnement et à réaliser du même coup sa propre métamorphose. La culture est à la fois mouvement, devenir d'un esprit confronté à la résistance de la matière, et l'ensemble des étapes précédemment franchies qui totalisent toute l'expérience de l'humanité. *La culture* est par conséquent *naturelle,* elle est l'expression même de la nature, une nature qui se prolonge grâce à la médiation de la nature humaine.

Composer

La culture fait-elle exception ?

▸ **L'homme, exception culturelle...**

Parce qu'il est dépourvu d'instinct, l'Homme ne peut vivre sans danger dans la Nature, contrairement aux autres espèces animales.

Il lui faut donc se mettre à bonne distance de cette Nature dangereuse grâce à ce travail par lequel il modifie le milieu pour se l'approprier. Par la Culture l'homme se protège donc de la Nature. La Culture retire bien l'homme de la Nature, elle *l'ex-cepte* au sens latin du terme (*ex-capere :* prendre hors de...), elle fait de lui une véritable exception. L'exception culturelle, c'est l'homme. De fait la Culture est loin d'être incompatible avec ces valeurs de l'Humanisme qui font de l'Homme la norme et la valeur par excellence. L'idée d'une exception culturelle, *stricto sensu,* réalise le projet humaniste en même temps qu'elle en est la condition nécessaire.

Evidemment, la notion « d'exception culturelle », telle que les négociations récentes du GATT l'ont définie spécialise la culture dans cette activité spécifique que l'on appelle l'Art.

▸ **... découvre au moyen de l'art que la culture...**

L'art est métis. Par définition d'abord, puisqu'il réclame le mélange d'un savoir-faire, une technique, et de ce qui ne peut s'acquérir ni se transmettre, le génie. Ainsi l'artiste est-il fondamentalement un « homme mêlé » qui sait également puiser son énergie créatrice dans la rencontre de l'inconnu, voire de l'inattendu. Le métissage est aussi le moteur de son inspiration : le cubisme naît de la découverte de l'art nègre comme le maniérisme fin de siècle trouve dans les aquarelles et les estampes des maîtres du Japon (Monet collectionneur des œuvres d'Hokusaï) matière à se renouveler... Tout se passe comme si l'œuvre naissait toujours, pour détourner Lautréamont, de « la rencontre fortuite sur une table de dissection d'un parapluie et d'une machine à coudre ». A cet égard, notre siècle est lui-même artiste qui ne cesse de s'efforcer de combiner, mêler, connecter, organiser d'impossibles communications.

▸ **... est apprentissage du métissage...**

De fait, notre modernité se caractérise par le transculturel alors que dans le même temps se multiplient les ghettos, comme si la coexistence de lieux très nettement limités par des spécificités culturelles était une incitation permanente au métissage créatif. Cl. Lévi-Strauss a toujours cherché à expliquer la nécessité d'un tel paradoxe : pour vivre et se développer une culture a autant besoin du contact avec les autres que de l'affirmation de sa spécificité. L'exemple du Japon est particulièrement illustratif. La vie culturelle d'un peuple doit réagir comme un objectif photographique, fermé quand la lumière extérieure est trop forte, ouvert quand il fait sombre. De ce point de vue, la notion « d'exception culturelle » que la négociation des accords du GATT a fait surgir ne manque pas d'à-propos.

▸ ... mais ne saurait dissoudre l'identité des peuples.

La culture peut-elle faire l'objet de ces vastes marchandages? La réponse n'est sans doute pas à chercher du côté de l'indignation vertueuse qui s'offense de voir les créations reléguées à l'état de simples produits. L'Art et l'argent ont depuis longtemps partie liée! C'est plutôt la nature du Marché qui ne laisse pas d'inquiéter. Echapper au GATT c'est en effet échapper aussi à l'action unifiante des Etats-Unis. L'économie fait effectivement éclater les cloisons nécessaires à la création culturelle au profit du plus riche qui impose sa spécificité et fait de sa particularité un universel. Au métissage hasardeux et surprenant les Etats-Unis préfèrent la fusion dans le moule qu'ils ont préfabriqué... Contre le métis, bel hybride fascinant il oppose le « standard ». C'est aujourd'hui la patrie du *melting pot* qui menace le mélange des cultures!

Approfondir

La défaite de la pensée

ALAIN FINKIELKRAUT (1987)

La Culture se trouve à présent dépossédée de sa majuscule singulière pour subir l'action d'un possessif particularisant; elle est devenue **ma** culture, c'est-à-dire l'expression de la communauté à laquelle j'appartiens. A. Finkielkraut va montrer ainsi comment cette activité spirituelle et créatrice, d'une valeur universelle, qu'on appelle Culture, a cédé devant le relativisme culturel qui désormais nivelle tous les modes d'expression humaine en les valorisant pareillement. L'abandon du caractère universel de la Culture, telle est cette « défaite de la pensée » qui s'est effectuée en deux temps.

La première bataille est livrée dans le passage de l'Esprit des Lumières au Romantisme. Sous l'influence de Herder puis de Fichte qui affirmèrent ne pas pouvoir faire abstraction du contexte historique et national dans lequel apparaît une œuvre de l'esprit, les romantiques vont faire de la culture le moyen d'expression privilégié de leur singularité :

> « Sous le nom de culture, il ne s'agit plus pour eux de faire reculer le préjugé et l'ignorance, mais d'exprimer dans sa singularité irréductible, l'âme unique du peuple dont ils sont les gardiens. »

Pourtant, Goethe, en 1827, confie à Eckermann qu'il lui semble percevoir quelque chose qui transcende les conditions particulières de l'apparition d'un poème ou d'un roman, ce quelque chose qui lui permet de retrouver dans le roman chinois qu'il est en train de lire « l'esprit » de son propre poème épique intitulé *Hermann et Dorothée.*

La seconde étape dans le processus de dévaluation de la pensée intervient à la suite d'événements tout aussi « politiques » que les guerres napoléoniennes contre l'Europe des monarchies absolues. Si le nationalisme culturel des romantiques s'est constitué *contre* l'esprit de conquête des Français et leur ambition à propager le modèle civilisateur des Lumières, le relativisme culturel qui marque notre modernité provient d'un sentiment de culpabilité apparu à la suite de la décolonisation.

Cette « défaite de la pensée » est donc doublement « historique ».

De fait, la société pluriculturelle dans laquelle nous vivons aujourd'hui, où le relativisme s'est fait aider du principe de tolérance pour s'imposer aux valeurs humanistes, refuse d'attribuer à telle ou telle manifestation de la créativité humaine une prééminence. Tout se vaut.

> « L'absorption vengeresse ou masochiste du cultivé (la vie de l'esprit) dans le culturel (la vie coutumière) est remplacée par une sorte de confusion joyeuse qui élève la totalité des pratiques culturelles au rang des grandes créations de l'humanité. »

Finkielkraut d'une formule désormais célèbre résume la situation : « Ce que lisent les lolitas vaut *Lolita.* » Le rap *vaut* la musique symphonique, quant à Stallone et Orson Welles, ils font le même métier.

Mais quel rapport avec la décolonisation ?

En laissant derrière lui ses colonies du siècle précédant, l'Occident a découvert du même coup que les peuples qu'il avait soumis étaient détenteurs d'une culture qu'on avait un peu trop rapidement disqualifiée. La valorisation de la culture occidentale procédait — explique ainsi Claude Lévi-Strauss — d'une conception « ethnocentriste », c'est-à-dire d'une prétention à se considérer comme **la** norme. Finkielkraut donne à de tels raisonnements le nom de « trahison généreuse » et explique qu'ils furent principalement le fait des structuralistes. De là vient le refus d'accorder une portée universelle à la Culture. Par l'affirmation systématique du particulier, « la barbarie a donc fini par s'emparer de la culture ».

Actualiser

La culture aux philistins

Le XXe siècle : l'ère des masses. L'idée, devenue banale, permet toutefois de penser aujourd'hui l'évolution des sociétés occidentales au cours de ces dernières décennies. Elle autorise aussi à comprendre ce que le philosophe H. Arendt nomme « la crise de la culture », qu'A. Finkielkraut identifie à une « défaite de la pensée » et que les négociations du GATT portant sur la création audiovisuelle confirment être la mainmise des philistins sur la Culture.

Le mot « philistin » apparaît pour la première fois, selon Arendt, sous la plume de Brentano. Il désigne alors « un état d'esprit qui juge tout en termes d'utilité immédiate et de valeurs matérielles, et n'a donc d'yeux pour des objets et des occupations aussi inutiles que ceux relevant de la nature et de l'art ». Le philistin, voilà donc l'ennemi tout désigné de l'artiste. Au XIXe siècle, le mot sonne en effet comme la pire insulte. C'est pour le philistin que Flaubert rédige le *Dictionnaire des idées reçues* et Léon Bloy *L'exégèse des lieux communs.* Il incarne toutes les valeurs d'une société dite « bourgeoise », et pour cela même exécrée. C'est contre lui que l'artiste se constitue et produit une œuvre à l'inutilité flamboyante.

Avec l'ère des masses, il devient utile de se distinguer, et le philistin ressent ce besoin comme les autres. La culture apporte ainsi de la valeur qu'elle peut ajouter. Elle devient signe extérieur d'exception, le principe même de son rejet du philistin est pour ce dernier un nouvel indice du prix qu'il convient de lui accorder. L'art et l'artiste se trouvent alors « récupérés ». **Enfin reconnu, la Culture l'est à titre de « marchandise », elle se découvre n'être qu'un signe extérieur de richesse.**

De fait, par un renversement inattendu, les « réprouvés » des salons du XIXe siècle sont à présent les valeurs sûres des salles de vente et les « poètes maudits » font les beaux jours des programmes officiels du baccalauréat ! C'est dire à quel point la signification subversive des œuvres s'est évaporée dans les besoins du marché : la victoire du philistin est totale. En donnant du prix à ceux qui n'avaient d'autre objectif que de le dévaluer, M. Homais a montré sa grandeur d'âme, il a surtout démontré que tout s'achète : rien ne résiste plus très longtemps à l'esprit de calcul. La force du *fonds de commerce,* c'est qu'il est sans fond !

Décadence et Déclin

Définir

La ruine et l'agonie

Les ruines plaisent au goût pré-romantique du XVIIIe siècle : Claude Gelée dit le Lorrain, Hubert Robert aiment à les représenter, noyées dans une nature exubérante qui semble avoir le dernier mot sur l'Histoire. Elles portent à la méditation, Chateaubriand leur consacrera ses meilleures pages. Quelques années auparavant Diderot, à propos d'un tableau de Robert, *Grande galerie éclairée du fond,* aura même avoué : « Les idées que les ruines réveillent en moi sont grandes. Tout s'anéantit, tout périt, tout passe. Il n'y a que le monde qui reste. »

Il n'est guère surprenant d'assister, à la même époque, à la promotion du concept de « décadence ».

En effet, le mot désigne le délabrement progressif d'un édifice. Montesquieu contribue à donner au terme une acception figurée en le spécialisant dans le registre politique. A la suite des *Considérations sur les causes de la grandeur des Romains et de leur décadence* (on appréciera comme le mot, disloqué de son déterminant, « des Romains », est mis en évidence), en 1734, on évoquera volontiers la décadence d'un Empire, d'un Etat ou d'une Nation. La métaphore ruiniste compare implicitement l'Empire en question, ou l'institution, à un édifice qui s'écroule. Il y a du monumental dans cette chute et la décadence ne convient qu'aux majestés.

Le déclin, par contre, est plus ordinaire. La métaphore est organique : ne décline qu'un vivant sur le point d'expirer. La nuance est d'importance : la décadence s'inscrit dans la durée, celle de la pierre descellée, le déclin rappelle la brièveté de la vie.

Composer

La Décadence est-elle un « cadeau de la modernité » ?

► **La décadence est un artifice...**

Décadence ne se dit pas en latin, même si celle de Rome semble avoir servi de « modèle » pour toutes les autres. Le terme dont la signification est la plus proche paraît être *degeneratio, phthora* en grec, la ruine indissociable de la *genesis,* c'est-à-dire la naissance. Pour les Anciens en effet, il n'y a pas lieu d'accorder à la « décadence » une attention particulière, elle fait partie d'un tout, celui de la Vie. Ce sont les Modernes qui inventent le mot pour dire la rupture qu'ils incarnent avec un monde des ténèbres : *Post tenebras lux!* L'historien Pierre Chaunu le rappelle : « La décadence est un cadeau de la modernité. » C'est dire le caractère idéologique d'un mot, d'abord outil de ceux qui le dénoncent pour devenir ensuite celui de ses défenseurs.

► **... qui représente aux modernes...**

De fait, il n'y a pas de Décadence, sauf à donner à l'Histoire un sens giratoire comme le rappelle Platon dans le mythe du *politique* : tantôt les dieux tiennent le gouvernail, tantôt ce sont les hommes, alors le cours des choses s'inverse et « rien ne va plus »! Sauf à faire de cette Décadence l'envers du Progrès, inévitable comme lui, « à rebours » du sens habituellement donné à l'Histoire comme l'exprime par exemple Gobineau dans l'*Essai sur l'inégalité des races humaines.* Bref, la Décadence est re-présentation, image tardive produite par l'Occident qui découvre toutes les implications de la modernité.

C'est en effet ce que montre Oswald Spengler dans *Le déclin de l'Occident* publié en 1918. Selon lui, l'âme occidentale est « faustienne », elle désire l'inaccessible. Ce qu'à la même époque, mais à la suite d'une approche radicalement différente, le philosophe E. Husserl exprime dans *La crise des sciences européennes* :

> « Il est une idée infinie, sur laquelle, de façon cachée, l'ensemble du devenir de l'Esprit veut pour ainsi dire déboucher. »

Les Occidentaux ont visé l'infini, et cette visée de l'infini ils en ont fait le moteur de l'activité scientifique.

Effectivement, la modernité n'est-elle pas ce moment où les Européens découvrent, en même temps que leur finitude (nous ne sommes qu'un point dans l'espace), l'infinie possibilité qui s'ouvre à leur intelligence?

▸ ... l'échec de la modernité.

Or ce désir d'infini qui reflète tout simplement l'infini du désir n'en finit plus d'épuiser les modernes. La peau de chagrin qui rétrécit après chacun des vœux que formule Valentin, le héros de Balzac, préfigure cette mise en scène de l'épuisement que réalise **la Décadence,** celle de la fin du XIXe siècle, apparue comme le contrecoup de la fièvre scientiste qui s'empara du pays sous le second Empire. Ce que montre Huysmans dans *A rebours,* Zola dans *La Curée* et même le Baudelaire de *Anywhere out of the world,* c'est un rétrécissement de l'espace humain où respirer devient si difficile. Des Esseintes qui ose à peine vivre entre les murs de sa propriété de Fontenay, Renée dont la sensualité s'exaspère dans l'atmosphère lourde et chaude d'une serre, tous les personnages qui peuplent l'imaginaire décadent languissent de l'étroitesse de leur corps, sans mesure avec la hardiesse de leurs désirs. L'artiste décadent sublime alors cet étranglement progressif de l'idéal dans le goulot du spleen.

La Décadence, comme tout exercice de représentation, est une recherche de la lucidité, celle de la modernité dont elle est peut-être le cadeau, mais un cadeau surgi assurément de la boîte de Pandora.

Approfondir

Poésies

STÉPHANE MALLARMÉ (1870-1898)

L'œuvre rare de Stéphane Mallarmé, tardivement découverte par ses contemporains, porte en elle tous les stigmates de l'esprit fin de siècle et permet de comprendre de quoi la Décadence est la mise en scène.

Le professeur d'anglais doit sa notoriété au roman de J. K. Huysmans, *A Rebours.* Ce bréviaire de la décadence fit découvrir aux lecteurs qu'il s'écrivait dans le silence une œuvre secrète et précieuse, inaccessible au grand public parce que difficile. Au chapitre XIV du roman, Huysmans fait l'éloge des vers de Mallarmé en ces termes :

> « Ces vers, il (Des Esseintes, le personnage principal du roman) les aimait comme il aimait les œuvres de ce poète qui dans un siècle de suffrage universel et dans un temps de lucre, vivait à l'écart des lettres, abrité de la sottise environnante par son dédain, se complaisant, loin du monde, aux surprises de l'intellect, aux visions de sa cervelle, raffinant sur des pensées déjà spécieuses, les greffant de finesses byzantines... »

Raffinement et absence de complaisance, ces deux caractères de la poésie de Mallarmé conduisent l'œuvre sur les voies de l'**hermétisme.** De fait, les poèmes en question passent pour être d'une lecture difficile. C'est qu'ils disent précisément la difficulté de lire et la difficulté d'écrire, ils relatent la tragédie d'un homme impuissant dans sa langue à trouver une parole. Le texte emblématique de l'œuvre paraît être le sonnet intitulé « Le Vierge, le Vivace... » Un cygne magnifique a ses ailes prises dans les eaux gelées d'un lac d'où il ne peut plus s'enfuir, sauf à se mutiler lui-même :

> « Tout son col secouera cette blanche agonie
> Par l'espace infligé à l'oiseau qui le nie,
> Mais non l'horreur du sol où le plumage est pris. »

La puissance symbolique de l'image est forte : elle renvoie à la fois à l'angoisse de la page blanche, glacée, qui paralyse le poète ; elle esthétise par conséquent cette peur de la stérilité, de l'impuissance à créer ; elle évoque aussi la glaciation d'une langue devenue si triviale qu'elle interdit toute tentative d'expression authentique... Bref dans la blancheur du Cygne et de la glace dans laquelle l'animal se cristallise Mallarmé reflète la nostalgie d'un passé perdu, la noblesse (le blanc, couleur du Roi) d'esprit et de culture que l'époque ne reconnaît plus. La Décadence ne met-elle pas ainsi en scène cette extinction « sublime » des élites qui font de leur ultime résistance, cette agonie, la matière de leur œuvre. Le génie de Mallarmé tient aussi à cette manière de faire de sa lutte contre la langue (les vers du poète sont peu nombreux, comme tirés du silence par un effort surhumain) le symbole d'un combat social et moral. Certains textes appellent évidemment à l'action. Il faut aussi songer à sortir de cette torpeur et « donner un sens plus pur aux mots de la tribu » *(Le tombeau d'Edgar Poe)*. Mais ce retour à la « vérité étymologique » des mots ne conduit-il pas le poète à demeurer définitivement incompris de ses contemporains. Cette exigence absolue ne fait-elle pas du vers le *« bibelot d'inanité sonore »* qu'elle souhaitait au contraire abolir ? L'œuvre creuse l'écart entre l'artiste et la société à laquelle il appartient, elle ne s'en tient pas à constater un décalage (voir Baudelaire et « L'Albatros » dans *Les fleurs du Mal*). Bref, la dimension politique d'une création pourtant obstinément muette dès qu'il s'agit précisément de politique n'aura pas échappé à J.-P. Sartre qui écrit à propos des artistes « décadents et symbolistes » :

> « Ils décorent du nom de noblesse leur vain regret d'une noblesse anéantie ; et leur singularité irremplaçable n'est au fond que la négation de l'universalité. »
>
> *Mallarmé, la lucidité et sa face d'ombre.*

La Décadence est davantage qu'un simple repli sur l'esthétique d'un petit groupe de déçus de la politique, elle s'écrit aussi en haine de la démocratie.

Actualiser

Culture de crise

Rares sont les mots à connaître une telle pérennité médiatique ! Les modes lexicales passent, la « Crise » demeure : souvent « économique », parfois « sociale », quelquefois même « existentielle »... Elle se décline sur petit (on se souvient du « subtil » *Vive la crise !*, émission télévisée animée par Yves Montand) et grand écran (*La crise* de C. Serreau)... Le mot paraît presque magique, il rend compte du présent et donne au passé sa rationalité. Bref, « c'est la crise » et tout est dit !

Mais que dit-on alors précisément ? Une telle constance à le dire est-elle bien innocente ? Cultiver le sens de la Crise, n'est-ce pas entretenir la représentation « décadente » du présent ?

Le mot est emprunté au vocabulaire de la médecine, celle d'Hippocrate évidemment, qui s'exerce en grec. Il désigne un moment attendu par le malade comme par celui qui le soigne : quand la maladie se révèle telle qu'en elle-même et qu'il est désormais possible de discerner (*Krinein,* en grec) le sain du malsain, ce qui est corrompu de ce qui ne l'est pas. En pleine crise on y voit plus clair, tout ce qui demeurait latent s'est manifesté. Dans ces conditions, la crise ne saurait être que passagère, et brutale : le corps en crise se soigne ou bien meurt. Que penser d'une « crise » qui dure, dans laquelle on s'installe avec une complaisance morbide qui rappelle celle d'un Huysmans énumérant les maux dont souffrent les pèlerins de Lourdes qu'il observe sortir du train ?

De fait la Décadence aime la clinique, elle voit le Monde sous l'aspect d'un hôpital (Mallarmé, *Les fenêtres*) où chacun se révèle être un malade incurable. Elle file la métaphore de la maladie pour dire la désagrégation d'un siècle que défigure la syphilis du Progrès, comme le visage de Nana est à la dernière page du roman l'allégorie pathétique du second empire. On comprend que Huysmans ait trouvé en Lydwine de Schiedam la sainte patronne de cette sensibilité décadente qui exprime l'idéal réactionnaire (au sens strict du terme) du XIXe siècle finissant : Lydwine n'a jamais cessé d'être malade, sa « passion » fut rythmée par d'innombrables « crises puisque le corps fut l'objet de toutes les maladies possibles et imaginables. Prostrée sur sa pauvre paillasse, la sainte hollandaise a vécu de quoi défier l'ensemble de ces « dictionnaires médicaux » dont nos contemporains sont si friands.

Dès lors, répéter à l'envie depuis une décennie que nous vivons une « crise » qui n'en finit plus de durer, n'est-ce pas mettre en scène la longue maladie du corps social dont la Décadence a besoin pour assurer sa représentation de la modernité ? Davantage qu'un diagnostic, la « crise » n'est-elle pas un instrument idéologique au service d'une morale du repli frileux qui caractérise parfois les « fins de siècle » ?

Démocratie

Définir

Le gouvernement des dieux

La définition que propose Robespierre est simple :

> « La démocratie est un état où le peuple souverain, guidé par des lois qui sont son ouvrage, fait par lui-même tout ce qu'il peut faire, et par des délégués tout ce qu'il ne peut pas faire lui-même. »
>
> *Sur les principes de morale politique.*

La démocratie, c'est donc le gouvernement du Peuple, l'institution qui lui donne accès à l'autonomie, cette aptitude à se fixer soi-même ses lois. Avec la démocratie, le Peuple devenu autonome semble sortir de l'enfance politique et s'émancipe de la figure paternelle que prend le monarque ou le despote.

Mais si les principes frappent par leur simplicité, leur application n'est possible que par l'intermédiaire d'institutions dont la complexité finit par faire écran entre le Peuple et son pouvoir supposé. Qu'il y ait aussi des « lois impopulaires » dans une démocratie révèle un décalage, voire un dysfonctionnement du régime. Faut-il incriminer le caractère indirect de l'exercice du pouvoir par le Peuple dans une démocratie parlementaire, puisque dans ce cas le Peuple élit des représentants qui décident en son nom ? La **démocratie directe** (où le Peuple, réuni en assemblée comme dans la Grèce antique ou certains cantons suisses, décide directement) permet-elle — et elle seule — d'assurer au Peuple son pouvoir ? Les imperfections du système athénien, au ve siècle, laissent supposer que la démocratie « authentiquement démocratique » n'est guère faite pour les hommes. On connaît les mots sur lesquels Rousseau conclut le chapitre IV du livre III du *Contrat social* :

> « S'il y avait un peuple de dieux, il se gouvernerait démocratiquement. Un gouvernement si parfait ne convient pas à des hommes. »

Composer

La démocratie peut-elle être sans contradictions ?

▸ **Essentielles au débat démocratique...**

La contradiction est un élément constitutif de la pratique démocratique. Sur l'*agora,* le débat est contradictoire (*contra-dicere :* dire contre), les opinions s'affrontent, chacun peut prendre la parole. Le pouvoir du peuple s'éprouve d'abord dans l'affirmation de la diversité inévitable des discours. Cette logique de la multiplicité reconnaît l'égalité de tous ceux qui composent le peuple. De fait, si le peuple se fait Un c'est qu'il est composé d'égaux, toutefois **égalité ne signifie pas similitude.** L'égalité du droit à la parole apparaît en effet comme la condition nécessaire à l'affirmation de la singularité. L'idéal démocratique nourrit ainsi les aspirations individualistes.

Dans ces conditions, n'y a-t-il pas contradiction entre la reconnaissance de la pluralité des avis et la nécessité d'aboutir à une prise de position unique? En effet, si la démocratie fait de la contradiction des discours qui s'expriment librement son moteur, ne réclame-t-elle pas, un moment donné, la concorde?

▸ **... les contradictions surgissent comme des difficultés...**

De fait, la démocratie n'est pas seulement un idéal, c'est aussi — et surtout — un régime de gouvernement. Or gouverner c'est décider et pour que décision soit prise, il est nécessaire que cessent les contradictions qu'expriment les individus-citoyens. On a dès lors recours à la pratique du vote qui soumet chacun à la loi de la majorité, relative ou absolue. Ainsi la démocratie n'est-elle jamais vraiment le pouvoir du peuple mais plutôt celle d'une d'une majorité qui se dégage du peuple. La démocratie c'est alors le pouvoir du nombre, un retour au droit du plus fort, à considérer les plus forts comme les plus nombreux. Ce qui paraît désormais contradictoire c'est le décalage entre le pouvoir réel des uns et l'impuissance des autres qui voient leur droit réduit, *stricto sensu,* à sa plus simple « expression »... Les plus nombreux, en outre, ne sont pas nécessairement les plus sages, ni les plus compétents.

Un regard pessimiste porté sur la nature humaine découvre ainsi dans la démocratie une tyrannie de la majorité. Ne risque-t-on pas de laisser le gouvernement de la Cité aller au gré de l'ignorance, voire peut-être de la bêtise si l'on croit que la finesse et la lucidité d'esprit sont rarement partagés le mieux du monde ?

▸ ... sitôt qu'on envisage la pratique de gouvernement

La réalité, encore une fois, dissipe les inquiétudes en même temps qu'elle révèle une nouvelle contradiction.

En effet, ce n'est jamais la majorité qui gouverne, ce sont ses représentants et les représentants du peuple, ce n'est pas le peuple. Ainsi le démos laisse-t-il à quelques-uns, les plus habiles à parler, ceux qui ont l'habitude, le soin d'exercer en son nom le pouvoir. Le régime démocratique apparaît alors dans la contradiction d'une intention (celle que laisse entendre encore l'étymologie) et d'une réalité (l'accès au pouvoir d'une **classe** de spécialistes) qui se manifeste dans la double séparation gouvernants-gouvernés et représentants-représentés.

Approfondir

La métamorphose de la démocratie

LAURENT COHEN-TANUGI (1989)

La démocratie française est aujourd'hui mue par cette « révolution silencieuse » que constitue, selon L. Cohen-Tanugi, la réévaluation du Droit. Celle-ci se traduit principalement par le *développement du constitutionnalisme.* Ce dernier en effet accorde aux droits fondamentaux, établis par le texte constitutionnel, la primauté sur la loi votée.

Ainsi le Conseil constitutionnel, créé en 1958, résume dans une décision du 23 août ce qui désormais fonde le constitutionnalisme :

> « La loi votée (...) n'exprime la volonté générale que dans le respect de la Constitution. »

La loi se trouve donc régie par une norme proclamée supérieure : la Constitution. La décision du Conseil rompt avec la tradition héritée de la Révolution française qui faisait de l'expression de la volonté générale, la loi, un absolu. Cet absolu devient relatif.

La seconde étape du processus est franchie lorsqu'en 1971 le Conseil donne valeur constitutionnelle à l'ensemble des principes énoncés au préambule de la Constitution de 1958 : ceux de la déclaration de 1789 et du préambule de la Constitution de 1946. Le Conseil s'accorde les moyens d'intervenir dans tous les domaines du débat public. Aucune question d'ordre social ne lui est désormais étrangère. Ce qui signifie qu'il n'y a guère de débat politique chargé d'enjeux qui ne puisse être évalué à l'aune des principes visés par la Constitution. Le Conseil peut alors arbitrer tous les conflits sociaux en soumettant les lois votées par le Parlement à l'examen des principes du Droit naturel.

Enfin, la réforme du mécanisme de saisine du Conseil, voulue par V. Giscard d'Estaing en 1974, achève d'installer le dispositif. De fait, le Conseil ne peut intervenir de sa propre initiative et s'il dispose des moyens juridiques de manifester son autorité il n'en a pas encore l'opportunité. Jusqu'en 1974, seuls le président de la République, le Premier ministre et les présidents des assemblées peuvent demander au Conseil d'exercer son contrôle. Depuis la réforme, cette possibilité est offerte à l'opposition parlementaire puisque 60 députés ou sénateurs suffisent pour que le Conseil soit sollicité et qu'il examine la constitutionnalité d'une loi.

Le Conseil s'impose donc comme une institution essentielle qui rappelle que le texte de référence, le texte fondateur de la démocratie française, reste celui de la « Déclaration des Droits de l'Homme et du Citoyen » de 1789, référence qui assure ainsi une véritable continuité dans l'histoire politique de la France contemporaine.

Actualiser

La démocratie française dans le blanc des urnes

L'article 66 du Code électoral ne distingue pas le vote blanc du vote nul, c'est dire qu'il assimile la volonté clairement manifeste (l'électeur doit « fabriquer » lui-même son bulletin vierge aux dimensions réglementaires. Bel exemple de volonté et d'engagement : voilà bien une *action* !) de ne pas choisir entre les candidats proposés à une simple erreur, un vice de forme portant nullité du vote. En outre, les suffrages blancs ou nuls ne sont pas pris en compte lors de l'évaluation des scores, calculés seulement à partir des suffrages exprimés. Enfin, les analystes semblent ne s'intéresser qu'à l'abstention lorsqu'ils étudient le taux de participation à une consultation électorale. **Le vote blanc est donc l'oublié de la démocratie française...** Pourtant, il progresse et finit par secouer la feinte indifférence des professionnels de la politique, désireux, par là, de le neutraliser.

En effet, aux élections législatives de mars 1993, 1,4 million d'électeurs ont voté blanc ou nul, soit 3,64 % des inscrits et 6,40 % des votants, beau score... Meilleur, par exemple, que celui des Verts ! Mais qui songea alors à la poussée des Blancs ? Or le vote blanc — pour autant qu'on se donne les moyens de le disjoindre du vote nul (on prévoit par exemple sur les machines à voter une touche « vote blanc ») — est lourdement porteur de signification. Il s'agit effectivement d'une manifestation de défiance, voire de rejet, à l'égard de la classe politique dans son ensemble et des candidats investis par les partis. Voter blanc, c'est affirmer à la fois son attachement à la démocratie et ses devoirs de citoyen, tout en contestant le « coup de force » des partis lorsque ceux-ci prétendent, au fond, imposer au peuple ses représentants.

Le vote blanc devient alors plus dangereux que le silence des statistiques ne le laisse paraître : il peut enfoncer un coin douloureux dans l'illusion majoritaire de nombreux élus (ne représentant plus au second tour du scrutin la « majorité » des électeurs). Quelle atteinte au prestige de l'élu ! quelle tâche qui souille alors la légitimité de la représentation démocratique ! Quel serait le poids d'un président élu avec moins de 50 % des suffrages exprimés ? Peut-on mesurer vraiment l'ampleur du déficit symbolique entraîné par la prise en considération de ces votes blancs ? Un seul exemple qui ne laisse pas de faire réfléchir : si les « blancs ou nuls » avaient été comptabilisés au nombre des suffrages exprimés, le traité de Maastricht n'aurait été approuvé que par 49,31 % des votants... Et si la révision du code électoral donnait le signal de la désillusion de la classe politique...

Définir

Le pouvoir absolu

Le *despotès* désigne en grec le souverain qui gouverne par lui seul. Le gouvernement despotique, explique Montesquieu dans *L'esprit des lois,* est le gouvernement d'un seul « sans loi et sans règle (qui) entraîne tout par sa volonté et par ses caprices ». De fait, le despote diffère du monarque en ce que ce dernier ne peut gouverner contre « les lois fondamentales du Royaume » dont sont garants les pouvoirs intermédiaires :

> « Le pouvoir intermédiaire subordonné est celui de la noblesse. Elle entre en quelque sorte dans l'essence de la monarchie, dont la maxime fondamentale est : "Point de monarque, point de noblesse ; point de noblesse, point de monarque.". »
>
> *L'esprit des lois.*

On comprend dès lors que l'expression *despotisme éclairé* n'ait pu avoir cours au XVIIIe siècle où elle aurait été ressentie comme une totale contradiction. La notion de *despotisme éclairé* est une invention du siècle suivant. Voltaire et Diderot employaient les termes de « monarques éclairés » ou de « rois philosophes » pour désigner ces autocrates qu'auraient illuminé les conseils des penseurs des *Lumières.*

Composer

Le despotisme de la Raison, un idéal politique ?

▸ **Se défier du despotisme...**

Il faut se méfier du despote, même « éclairé »! « Le gouvernement arbitraire d'un prince juste et éclairé est toujours mauvais — écrit Diderot dans *La réfutation d'Helvétius.* Ses vertus sont la plus dangereuse et la plus sûre des séductions... » En effet, elles vont endormir la vigilance du peuple, lui donner le goût de la passivité heureuse, du bonheur dans la servilité : « C'est ainsi que l'on tombe dans un sommeil fort doux, mais dans un sommeil de mort, pendant lequel le sentiment patriotique s'éteint, et l'on devient étranger au gouvernement de l'Etat. » Voilà pourquoi le XVIIIe siècle préfère assurer la promotion du monarque éclairé (cf. **Définir**) et fait sienne la maxime de l'empereur Antonin :

> « Il faudrait pour le bonheur des états que les philosophes fussent Rois ou les Rois philosophes. »

Roi-philosophe ou philosophe-Roi, ce n'est pourtant pas la même chose !

▸ **... Pour promouvoir le philosophe-Roi...**

Il semble plus « naturel » de prétendre **éduquer le Prince qu'installer le philosophe sur le trône.** C'est à cela que s'emploie Fénelon dans les *Aventures de Télémaque* (créant le personnage de Mentor, précepteur du jeune prince d'Ithaque), c'est de cela dont rêve Voltaire en se rendant à l'invitation de celui qu'il appelle le « Salomon du Nord », Frédéric de Prusse... Les résultats demeurent incertains... Néron eut son Sénèque et ne devint pas Marc Aurèle... Les princes s'ils héritent du trône ne reçoivent pas nécessairement le legs de bonnes dispositions à philosopher... Tous les hommes ne sont pas faits du même métal, dirait Platon...

Précisément, pourquoi ne pas installer au pouvoir ceux dont il apparaît qu'ils sont de nature aurifère? Le Socrate de *La République* imagine ainsi des philosophes à la tête de la Cité idéale qu'il reconstruit par une nuit de fête dans le port du Pirée. Or Socrate découvre en même temps que la philosophie et la politique ne font pas bon ménage. Les philosophes n'ont pas le désir de gouverner, ne serait-ce que parce que leur amour de la vérité les détourne du mensonge, même le plus noble, qu'exige la direction des affaires publiques. D'ailleurs le *Timée* n'explique-t-il pas que les meilleurs gouvernants sont ceux qui ressemblent à la déesse vierge Athéna, déesse de la Raison et de la Guerre, sans désir mais tout entière calculatrice ?

► ... C'est méconnaître l'incompatibilité de la politique et de la philosophie.

Gouverner c'est effectivement mentir. Platon dans *La République* fait du noble mensonge politique une nécessité. Or ce mensonge apparaît double. Il consiste, d'une part, à faire prendre aux gouvernés une partie pour le tout, identifier la terre nourricière à une seule partie de celle-ci : sans ce mensonge, point d'amour de la patrie, point de patriotisme. D'autre part, le philosophe-Roi devra parvenir d'une façon ou d'une autre à justifier l'inégalité sociale, du moins à la rendre acceptable. Bref, pour reprendre l'un des éléments célèbres de l'allégorie de la caverne, le politique doit être un « montreur d'ombres », il doit nécessairement jouer avec les apparences. Le prince, qu'il soit philosophe ou non, doit accepter d'être du côté du paraître.

> « Il n'est donc pas nécessaire à un prince de posséder toutes les vertus énumérées plus haut ; ce qu'il faut, c'est qu'il paraisse les avoir. »
>
> Machiavel, *Le Prince.*

Approfondir

L'esprit des Lois

CHARLES DE MONTESQUIEU (1748)

La typologie des gouvernements que propose *L'esprit des lois* oppose République, Monarchie, Despotisme. Mais ce dernier occupe une place à part dans la réflexion politique comme dans l'imaginaire de Montesquieu.

En effet, le despotisme est pensé sur le mode de la hantise d'une véritable incarnation du Mal : « Montesquieu — écrit R. Aron — montre dans le despotisme pour ainsi dire le mal politique absolu. » *(Les étapes de la pensée sociologique)*. Là où République et Monarchie présentent chacune à sa manière un système de protection des libertés individuelles, le despotisme donne l'effrayant spectacle de la concentration des trois pouvoirs (exécutif, législatif, judiciaire) entre les mains d'un seul, celui-là même qui ne gouverne que suivant les règles de son plaisir.

Mais le gouvernement despotique n'est pas seulement un repoussoir au service d'une « métaphysique politique », c'est surtout une menace.

République et Monarchie ne sont pas à l'abri de la corruption. Le despotisme, c'est effectivement pour Montesquieu le destin dégénéré du Politique. Il y a ainsi une terrible logique inscrite dans les appétits de conquête des différents Etats. Montesquieu a montré que la viabilité d'une République était liée à la petite superficie de son territoire, que la Monarchie convenait à des pays moyens, enfin que seul le despotisme pouvait assurer le gouvernement d'espaces démesurés, d'étendues immenses : seul il repose sur la crainte, indispensable au contrôle de tels territoires. Dans ces « déserts de la servitude » (R. Aron), le despote est redouté, car toujours invisible, éternellement absent. Il sait que la terreur domine plus efficacement ceux qu'il ne peut tenir sous son autorité que par des représentants. « La peur règne sur des millions d'hommes, explique R. Aron, à travers ces étendues démesurées, où l'Etat ne peut se maintenir qu'à la condition qu'un seul puisse tout. » Une politique de conquêtes, parce qu'elle modifie l'étendue des territoires contrôlés par le monarque, conduit ainsi inévitablement celui-ci au despotisme et la monarchie à sa perte. L'exemple de Rome est pour Montesquieu éloquent : la démesure de l'Empire conduit l'empereur à se comporter le plus souvent en « despote oriental » et à oublier qu'il gouverne « au nom du Sénat et du Peuple de Rome ».

Certes, pour le premier penseur des Lumières, le despotisme demeure une réalité si lointaine (localisée en Orient) qu'elle ressemble souvent à un fantasme. Mais l'auteur de *L'esprit des lois* est aussi celui des *Lettres persanes* où un homme plein d'esprit, de bon sens et d'humour, Usbek, se révélait le plus terrible des despotes en son sérail, faisant de son absence et de la cruauté déléguée à ses eunuques les principes d'une domination absolue. Le despotisme est-il si loin de nous quand les despotes en puissance sont si familiers ?

Actualiser

Du « Roi nègre » au dictateur sud-américain : images brouillées du despote aujourd'hui

L'imagination enfiévrée de l'auteur des *Lettres persanes* localisait le siège du despotisme en Orient, l'Orient moyen, celui des sérails interdits et des brûlants déserts. Les Occidentaux préfèrent aujourd'hui tourner leurs regards horrifiés vers l'Afrique noire ou l'Amérique du Sud, où le « Roi nègre » et le général putschiste donnent deux visages modernes au despotisme du XVIIIe siècle.

L'un et l'autre semblent gouverner « sans loi et sans règle », point de frein à la mégalomanie du premier (qui à l'instar de Bokassa Ier peut aller jusqu'au couronnement et à l'Empire), point de limite à la cruauté froide du second (escadrons de la mort...). L'un et l'autre apparaissent comme les conséquences malheureuses d'une immaturité politique caractéristique des pays en voie de développement, servant peut-être alors de repoussoirs quasi institutionnels aux états de Droit. L'un et l'autre enfin trouvent à s'incarner dans des personnages typés jusqu'à la caricature.

Pourtant ces deux archétypes du despotisme tels que l'actualité les décline depuis vingt ou trente ans semblent en décalage avec le discours d'un Montesquieu sur la réalité du gouvernement despotique. La caricature et la notoriété ne vont pas au despote que redoute l'auteur de *L'esprit des lois.* Certes Ubu effraie mais il fait aussi sourire, trop grotesque pour être vraiment craint, trop regardé pour terroriser. Le vrai despote ressemble davantage à « Big Brother », ce grand frère qui n'en est pas un et qu'Orwell imagine sans visage dans *1984.* Enfin, si Bokassa et Duvalier (« Baby doc », comme on le surnommait) nous semblent des images perturbées, brouillées, dégradées du despote, c'est peut-être aussi parce que nous sommes moins dupes de la politique des nations et que nous savons que ni le « Roi nègre », ni le militaire arrivé au pouvoir ne sont vraiment *libres* de gouverner. Ils n'obéissent pas à leur propre caprice mais reçoivent plutôt la dictée des grandes puissances politiques et financières qui jouent à mettre le masque du despote pour faire oublier, dans l'apparent désordre des passions d'un seul, les calculs et les intérêts qui sont la raison d'un petit nombre. Sans la France pour le soutenir puis l'abandonner, Bokassa eût été peut-être un despote... Mais, finalement, qui était vraiment le despote? Le « Roi nègre »? Ou ceux qui, de Paris, l'utilisaient et le manipulaient?

Définir

L'équerre

Par « Droit » on désigne l'ensemble des normes qui régissent le comportement des membres d'une société donnée. On retrouve l'idée de rectitude dans l'étymologie du mot « norme », en latin l'équerre.

« L'homme a été taillé dans un bois si tordu, écrit Kant, qu'il est douteux qu'on en puisse jamais tirer quelque chose de tout à fait droit. » Le Droit, création artificielle, est-il fait pour redresser la nature « torve » des hommes ? Ou bien en épouse-t-il, lui aussi, les irrégularités ?

Composer

Le Droit peut-il ne pas être juste ?

▸ **La confrontation du juste et du juridique...**

Les sophistes rappellent que tout ce qui est humain est artificiel. Le droit est une création des hommes, c'est par conséquent un artifice et une convention. C'est pourquoi il est variable. Or la notion du juste renvoie à l'idée de conformité invariable par rapport à la norme, pour les Grecs, la Nature. Les sophistes expliquent donc que le droit est contre nature : « La loi, tyran des hommes, dit Hippias dans *Protagoras* de Platon, oppose sa contrainte à la nature. » La loi qui égalise dans la Cité les hommes entre eux, développe Calliclès dans *Gorgias,* est même injuste, le seul Droit conforme à la Nature étant le droit du plus fort !

La réponse d'Aristote aux sophistes s'articule en deux points. D'une part, il s'agit de rappeler que l'artifice n'est pas contre nature, puisqu'il est dans la nature de l'homme d'en produire. La cité étant, en outre, le lieu naturel de l'humanité, on imagine mal comment le Droit qui la structure pourrait être pensé hors de tout lien avec la Nature. Ainsi le juste naturel règle naturellement le juste légal.

Deuxièmement, la Nature qui apparaît bien comme la source du juste ne ressemble en rien à ce chaos de violence que les sophistes décrivent. La loi du plus fort n'est pas la loi de la Nature. Cette dernière se présente au contraire comme un ordre, chacun y trouve son « tèlos », sa finalité, ou s'en approche.

Par conséquent, on peut dire que le juste politique cesse d'être juste lorsque précisément le juste naturel cesse de régler le juste légal. Etablir la loi du plus fort dans la Cité, voilà qui est injuste, c'est-à-dire contre nature.

▸ ... Rend-elle vain l'examen de la finalité du droit ?

L'argumentation d'Aristote s'effondre avec la modernité. Pour les Modernes, en effet, la Nature n'apparaît plus comme un système finalisé. Elle semble au contraire dénuée de toute signification, chaotique, trompeuse...

Ne pouvant plus se fier à cette Nature, on fait alors de l'Homme la norme, la source normative du Droit. Mais qu'elle est cette nature humaine grâce à laquelle je saurai ce qui est juste et ce qui est injuste ? L'énoncé de ses caractères semble également frappé du sceau du relativisme (voir Droits de l'homme).

Les contenus peuvent varier, il y a toutefois quelque chose en l'homme qui se soumet au droit qui ne saurait varier : son aspiration à l'Universel.

Par la loi, quel qu'en soit le contenu, je découvre la nécessité d'une règle qui soit commune à tous, universelle, c'est-à-dire qui dépasse les intérêts particuliers et égoïstes. En se soumettant à la loi, les hommes apprennent à résister aux inclinations sensibles, ils se préparent à la moralité.

On peut dire ainsi que le droit ne manque jamais d'être juste, indépendamment de la source attribuée à la justice, parce qu'il donne aux hommes la mesure de la dimension éthique de leur existence.

Approfondir

Théorie pure du droit

HANS KELSEN (1934)

Hans Kelsen, juriste autrichien de renom, tente entre les deux guerres de fonder une véritable science du Droit. Son ambition est tout entière perceptible dans les accents kantiens du titre qu'il choisit pour son œuvre majeure : « Théorie *pure...* » comme cette « Raison pure » dont Kant entreprit la critique. La démarche critique de Kant consiste à établir la limite de ce que nous pouvons connaître et au-delà de laquelle il ne s'agit plus que de simples spéculations, réflexions parfois utiles mais qui ne sauraient être des jugements de connaissance. De la même façon, Kelsen veut établir une connaissance ferme du Droit, indépendamment de tout jugement de valeur. Il s'agit d'expulser toute prise de position subjective, c'est-à-dire s'interdire de s'interroger sur la justice ou l'injustice de telle ou telle loi.

Kelsen s'efforce d'abord de caractériser **le rapport que la règle de droit énonce entre les choses.** Car le Droit c'est avant tout un discours qui nous lie de façon particulière aux choses. Or l'énoncé juridique, explique Kelsen, diffère sur ce point de l'énoncé scientifique. Ce dernier fonde une relation de causalité. Le scientifique dit : « Si A, alors B. » Le phénomène B n'est appréhendé que par rapport au phénomène A, sa cause. Le juriste formulera par contre la relation A/B sur le mode de l'imputation : « Si A, alors il faut B. » Les règles de droit ne lient donc jamais A et B du point de vue de leur être, mais selon leur « devoir-être », cette notion se trouvant donc être le champ d'imputation du Droit.

Comment tout système juridique est-il structuré ? Après avoir établi la nature de l'énoncé juridique, Kelsen rappelle qu'il faut distinguer, dans le Droit, différents types de normes, et des normes qui apparaissent toujours hiérarchisées. La règle fondamentale, c'est la *Constitution,* d'elle dépendent les *lois* qui règlent les *décrets,* lesquels s'imposent aux *arrêtés*. Ce qui est important, dans cette hiérarchie des normes, c'est l'idée novatrice selon laquelle l'autorité d'une règle ne dépend pas de celui qui la promulgue ou qui l'inspire. Seule la situation qu'occupe la règle dans le réseau lui confère ou lui retire son autorité.

Actualiser

Le déclin du Droit ?

Depuis deux ans, le Conseil d'Etat alerte les pouvoirs publics (rapports annuels de 1991 et 1992) à propos d'un **phénomène troublant « d'inflation juridique »** que cinq chiffres permettent aujourd'hui de mesurer.

- En trente ans, le nombre annuel des lois votées au Parlement français a augmenté de 35 %, celui des décrets a connu une hausse de 25 %.
- Ainsi, au début de la Ve République, chaque année, en moyenne, voyait 80 lois nouvelles enrichir le dispositif juridique de la France. Ce chiffre à présent est passé à 110.
- En 1992, on pouvait donc recenser 7 500 lois applicables sur notre territoire (compte non tenu des lois modificatives ou portant approbation de traités et de conventions internationales) et 82 000 décrets réglementaires en vigueur.
- A titre d'exemple et sur les dix dernières années, le volume total des circulaires du ministère de l'Education nationale a crû de plus de 50 %.
- Enfin, chacune de ces circulaires est passée d'une longueur moyenne de 3 à 6 pages.

Cette « inflation réglementaire » est évidemment explicable. L'intervention croissante de l'Etat dans tous les domaines de la vie sociale, le développement des relations internationales et le mouvement de décentralisation engagé depuis une vingtaine d'années rendent peut-être la prolifération inévitable. Celle-ci toutefois marque davantage un déclin du Droit qu'un véritable succès.

En effet, l'inflation dévalorise ce qu'elle multiplie. L'impact de la loi auprès des citoyens s'affaiblit et la profusion finit par nuire à la cohérence de l'ensemble du système juridique. Mais il y a sans doute plus grave : ces textes trop nombreux rendent le Droit illisible à l'immense majorité des justiciables. S'il faut consulter un juriste à chacun des moments de la vie quotidienne où le citoyen est incité à passer contrat, s'il faut sans cesse rappeler les droits et les devoirs de chaque individu, nous ne sommes plus très loin de l'univers imaginé par Kafka qui fait dire à l'un des personnages du *Procès* : « Quel supplice que d'être gouverné par des lois qu'on ne connaît pas ! »

Dès lors, si « nul n'est censé ignorer la loi », qui se soucie à présent de savoir si la loi n'ignore pas celui qu'elle est censée protéger ?

Droits de l'homme

Définir

La victoire du droit naturel

Le 11 juillet 1789, La Fayette présente à l'Assemblée un « projet de déclaration des droits naturels de l'homme ». Le principe en est adopté le 14 juillet et la déclaration telle que nous la connaissons sera rédigée au cours des séances du 20 au 26 août.

Les sources historiques sont évidemment anglo-saxonnes : influence des philosophes britanniques (Locke, en particulier) et de la déclaration d'Indépendance des Etats-Unis d'Amérique du 4 juillet 1776 (« Nous tenons pour évidentes par elles-mêmes les vérités suivantes : tous les hommes sont créés égaux ; ils sont doués par le créateur de certains droits inaliénables ; parmi ces droits se trouvent la vie, la liberté et la recherche du bonheur. »)

L'originalité du texte français vient de ce qu'il s'impose, à partir de 1791, en préambule et titre premier de la constitution. C'est bien dire, par conséquent, qu'une notion, celle de droits inhérents à la nature humaine, qui appartient au droit naturel (le droit « théorique », idéal, fondé sur une conception de la nature de l'homme), fait irruption dans le champ du droit positif (l'ensemble des lois et des coutumes qui régissent réellement une société donnée). Les droits de l'homme prévalent même désormais, on leur reconnaît une antériorité et une préférence sur les droits du citoyen : le droit naturel investit le droit positif.

Composer

La déclaration des Droits de l'homme exprime-t-elle une vérité philosophique ?

▸ **Les Droits de l'homme sont-ils un artifice...**

• **Une notion juridique.**

La notion de droits de l'homme est avant tout une notion juridique empruntée au domaine du Droit naturel dont l'enseignement se répand en Europe à partir du XVIIe siècle. Il établit les principes éternels et immuables qui dérivent de la nature humaine et s'oppose au Droit positif qui définit l'ensemble des normes de conduites établies dans une société donnée à une période précise de l'Histoire. Le droit positif est donc changeant, relatif et divers.

• **Un acte politique.**

La déclaration est donc avant tout un acte politique (elle subit l'impulsion de La Fayette et Sieyes qui sont des hommes politiques et non des philosophes). Ne serait-ce que parce qu'il s'agit d'une déclaration — on rend public —, elle concerne la Cité dans son ensemble. Ensuite elle réalise la coordination de deux domaines du Droit jusqu'alors nettement séparés (comme le réel et l'idéal), faisant dépendre les droits des citoyens des droits de l'homme, elle prétend arracher la vie politique à la mutabilité de l'Histoire pour la fixer dans la pérennité de la nature humaine.

• **Une apparence de vérité philosophique.**

La forme est donc « philosophique », le vocabulaire utilisé l'est également. On peut alors se demander si les déclarants n'ont pas utilisé la philosophie, voire la métaphysique, pour donner une dimension universelle à un texte qui défend au fond des intérêts bien particuliers (reproches qu'adressera Marx en particulier, cf. *L'idéologie allemande*). Ne s'agit-il pas, d'une manipulation digne des sophistes les plus habiles ?

▸ **... ou bien une idée directrice pour la Raison ?**

• **Préjuger de la nature humaine.**

De fait, qui peut prétendre connaître la nature humaine ? Les droits naturels de l'homme ne peuvent guère reposer que sur des préjugés. D'ailleurs il y a plusieurs déclarations des droits de l'homme sous la Révolution, et d'une déclaration à l'autre les contenus évoluent. L'égalité, absente en 1789, apparaît dans la déclaration de 1791 et prend la place laissée vacante par « la résistance à l'oppression ». Elle occupe le premier rang qu'elle perd dans celle de 1795 (an III) au profit de la liberté. En outre cette nature humaine est si complexe que quatre caractères ne suffisent pas à la définir... Des arguments qui rendent suspecte la dimension universelle de ces droits.

• **Tracer un horizon pour le politique.**

Pourtant au-delà des contenus, toujours incertains, demeure la forme de ces droits, c'est-à-dire l'exigence faite désormais publiquement au politique d'évaluer son action par référence à l'Homme. Ces droits de l'Homme sont évidemment une idée — ils n'énoncent pas une connaissance — destinée à réguler, à diriger la réflexion politique. Bref, dessinent un horizon grâce auquel désormais le législateur saura s'orienter. Voilà pourquoi Kant salue l'événement par ces mots enthousiastes :

> « Pareil phénomène dans l'histoire des hommes ne se laissera plus jamais oublier, car il a révélé dans la nature humaine une disposition au progrès et une capacité de le réaliser telles qu'aucun homme politique, considérant le cours antérieur des choses n'eût pu le concevoir. »
>
> *Doctrine du droit.*

Approfondir

Considérations sur la Révolution de France

EDMUND BURKE (1790)

Rédigées « à chaud » par un membre de la Chambre des communes britannique, lié au Parti whig, **ces « considérations » dénoncent le caractère abstrait des droits de l'homme,** proclamés en France en 1789. Ce goût pour l'abstraction dont témoigne la Déclaration éloigne celle-ci de la tradition juridique anglo-saxonne dont pourtant elle se réclame. Les révolutionnaires français ne font pas du Droit mais de la métaphysique en prétendant définir la nature humaine. Mais c'est une métaphysique « simpliste » qu'ils développent, méconnaissant la complexité de cette nature même de l'homme sur laquelle ils veulent régler leur nouveau gouvernement : « La nature de l'homme est complexe, les fins de la société le sont au plus haut degré ; aussi aucune conception ou organisation simple du pouvoir ne peut-elle convenir ni à la nature de l'homme, ni à celle de ses affaires. »

Les déclarants inventent de « faux droits » et oublient les « vrais ». Burke rappelle en effet que tous les hommes ont bien des droits (à la justice, à l'éducation, à la protection des moyens qui leur permettent de vivre) mais **ce sont des droits qui n'ont de sens que par la dimension sociale de l'existence des hommes.** Les droits de 1789, explique Burke, sont absurdes parce qu'ils dérivent du postulat selon lequel l'âme humaine n'a pas changé avec l'Histoire :

> « En vérité, dans cette masse énorme et compliquée des passions et des intérêts humains, les droits de l'homme sont réfractés et réfléchis dans un si grand nombre de directions croisées et différentes, qu'il est absurde d'en parler encore, comme s'il leur restait quelque ressemblance avec leur simplicité primitive... »

En un mot, Burke reproche aux émules de Rousseau et de Locke de faire de la nature le synonyme de l'essence, quand elle ne peut manquer d'apparaître comme le résultat d'un long développement historique.

Le mérite de l'analyse de Burke est d'ouvrir le champ aux critiques du XIXe siècle qui opposeront au caractère formel des droits de l'homme la nécessité des **droits réels,** ceux dont le législateur a pu garantir l'exercice.

Actualiser

Un universel bien relatif

Marx dans *La question juive* avait montré que les Droits de l'homme de 1789 étaient ceux, très particuliers, de « l'individu séparé de la communauté, replié sur lui-même, uniquement préoccupé de son intérêt personnel et obéissant à son arbitraire privé ». Le caractère universel de ces droits lui paraissait donc fort « relatif » ; ce sont en fait les droits de l'homme tels que le conçoit la bourgeoisie.

Aujourd'hui, c'est à l'échelle planétaire — et non plus celle d'une société où s'affrontaient prolétaires et bourgeois — que la question de la relativité des Droits de l'homme est à nouveau posée. Ainsi, au cours de la Conférence mondiale sur les Droits de l'homme qui s'est tenue à Vienne le 14 juin 1993, le secrétaire général de l'ONU, Boutros Boutros-Ghali a déclaré :

> « L'universalité ne se décrète pas et elle n'est pas l'expression de la domination idéologique d'un groupe d'Etats sur le reste du monde. »

Cet avertissement se faisait l'écho de l'acte final de la Conférence régionale Asie - Moyen-Orient - Pacifique Sud du mois d'avril 1993 qui énonçait :

> « L'application des droits de l'homme doit varier selon les pays ou raison des conditions sociales, économiques, historiques et culturelles. »

C'est dire que nombreux sont à présent les Etats du Tiers Monde qui refusent le caractère universel de ces droits, formulés et conçus par des occidentaux favorables au développement d'une société dominée par l'individualisme. Que peut signifier, au sein d'une société holiste, la défense de ces principes, au nom de laquelle les démocraties occidentales prétendent devoir intervenir dans tous les points du globe, au mépris parfois du respect de la souveraineté nationale ?

Les droits de l'homme, via le droit d'ingérence, seraient-ils en train de devenir le moyen du retour de l'impérialisme des anciennes puissances coloniales, masqué par de nobles soucis humanitaires ?

Définir

Prendre le parti de la Nature ?

Militer en faveur d'une politique écologique et mener une politique de l'environnement, ce n'est pas la même chose ; un ministre de l'Environnement n'est pas nécessairement un écologiste.

En effet, la racine du mot « écologie » renvoie à *oikos,* la « maison » en grec ancien. La nature semble donc être une demeure pour l'écologiste. Le terme d'environnement évoque par contre, non pas le lieu où logent les hommes, mais plutôt ce qui les entoure. La distinction est essentielle. Pour les écologistes, il s'agit de protéger ce qui nous abrite, un refuge où nous résidons peut-être de façon contingente (la Nature s'est longtemps passée de l'Homme, rien ne permet d'affirmer qu'elle n'en soit jamais plus débarrassée). Pour les défenseurs de l'environnement il importe seulement d'aménager ce que nous situons à notre périphérie. Aussi n'est-il pas abusif de dire que le ministère de l'environnement est, au sens strict, le ministère de l'Anthropocentrisme.

Analyser

« Plein de mérites, mais en poète,
L'homme habite sur cette Terre. »

HÖLDERLIN

▸ L'homme est un poète...

• L'homme grec.

Les Grecs furent les premiers à chercher à penser le phénomène de pro-duction, c'est-à-dire le passage d'en état de latence, un état caché, à l'état non caché de la chose dévoilée.

Ce mécanisme de production, les Anciens lui donnèrent le nom de *poiesis.* L'homme dans la nature agit en « poète », c'est dire qu'il a vocation à dévoiler ce qui ne se produit pas spontanément. Le philosophe Aristote distingue ainsi les choses qui sont produites naturellement de celles qui résultent d'une action humaine et qu'on appelle des artifices.

• Le technicien.

« Tout faire-venir — écrit M. Heidegger dans la *Question de la technique* — pour ce qui passe et s'avance du non-présent dans la présence, est *poiesis,* pro-duction. » La *poiesis* proprement humaine prend la forme de la Technique. Par la technique l'homme dévoile dans la nature ce qui n'a pu être produit de manière spontanée. Cette activité poétique s'inscrit dans l'ordre naturel des choses, puisqu'il est bien dans la nature des hommes d'être des techniciens.

L'homme fait donc de la Terre sa maison *(oikos)* en agissant en poète.

▸ ... qui devient avec la modernité dangereux.

• La technique moderne.

Par la technique les Anciens achevaient la Nature, se donnant comme une partie au service de tout.

Avec le renversement de la modernité, l'homme ne se soumet plus à la Nature, il s'efforce de la provoquer, convoquant à son service toutes les Sciences de la Nature. Par la technique moderne, la Nature est alors mise en demeure de livrer une énergie que l'homme pourra accumuler. C'est une violence qui est alors faite à la Nature. « La technique arraisonne la nature — explique Heidegger —, elle l'arrête, elle l'inspecte et elle l'ar-raisonne, c'est-à-dire la met à la raison... »

• **Le poète destructeur.**

La Nature est désormais ce qu'Heidegger nomme un « fonds » dans lequel l'Homme moderne puise. La technique antique dévoilait les finalités de la Nature, la technique moderne dévoile la Nature comme un fonds. La Nature se trouve n'être plus qu'un simple moyen. La partie — l'espèce humaine — domine le tout.

Le danger vient de ce que l'Homme lui-même fait partie du fonds qu'est devenu la Nature. Et de fait la technique moderne tend à faire de l'homme un instrument, pour ne pas dire un matériau. La technique moderne se retourne alors contre son utilisateur et loin de le libérer, l'aliène et le détruit peu à peu. Le triomphe du sujet tourne au désastre, le « maître et possesseur de la Nature » est à son tour possédé, l'Humanisme devient inhumain.

On perçoit clairement ce que doivent les radicaux de l'écologie à la lecture de Martin Heidegger.

Approfondir

Le nouvel ordre écologique

LUC FERRY (1992)

L'Humanisme, celui du XVIe et du XVIIe siècle, ne fut-il qu'une parenthèse dans l'Histoire des Idées que l'Ecologie radicale cherche aujourd'hui à fermer ? C'est la question qui, selon Luc Ferry, se pose à tous les tenants d'une politique de la Nature, dont on peut mesurer les excès à travers les déclarations de ceux que l'on pourrait appeler les « écologistes égocentriques ».

Pour ceux-ci, l'Humanisme n'a été qu'un « coup de force » réalisé par l'homme contre la Nature. Armés des sciences et des techniques, les Occidentaux se sont rendus « comme maîtres et possesseurs de la Nature », pour reprendre la formule sur laquelle Descartes conclut le *Discours de la méthode.* La partie s'est insurgée contre la totalité : l'Homme, un élément parmi tant d'autres, prétend régir ce dont il est pourtant organiquement dépendant. C'est lui qui appartient à la Nature et non l'inverse. Les Humanistes en inventant la modernité (qui est rupture avec la tradition) font de l'Homme la valeur et la source de toute morale. Ils refusent ainsi l'héritage des Anciens qui voyaient dans la Nature le modèle unique à imiter, tant dans le domaine de l'Art et de la production des objets que dans celui des artifices particuliers que sont le droit ou l'économie.

Les « écologistes écocentriques » souhaitent remettre l'Homme à sa place et faire passer l'intérêt de la planète Terre avant celui de ceux qui n'en sont qu'une seule espèce d'habitants. La Nature est malade de l'homme (pollutions, désertifications, déséquilibres biologiques, etc.), il faut la guérir en sortant de l'Humanisme. A l'origine du mal, l'idée selon laquelle les hommes valent davantage que les animaux ou les plantes. Il convient donc de leur attribuer des droits dont ils ont été longtemps privés. Plus généralement, il devient nécessaire de « passer contrat » avec la Nature, sur le modèle de l'hypothétique contrat social cher au XVIIIe. Michel Serres exprime clairement cette exigence dans *Le contrat naturel* : « En fait, la Terre nous parle en termes de forces, de liens et d'interactions, et cela suffit à faire un contrat. Chacun des partenaires en symbiose doit donc, de droit, à l'autre la vie sous peine de mort. »

Luc Ferry montre alors que les ultras de l'écologie réclament davantage que cette reconnaissance réciproque. Ils recherchent **la soumission de l'espèce humaine, voire sa réduction massive.** Derrière le souci de restaurer la Nature se dissimule mal une haine de l'homme qui pourrait mener aux pires extrémités. John Lovepack estime à 500 millions le nombre idéal d'êtres humains sur la Terre pour que celle-ci ne souffre pas de « l'aptitude destructrice » de l'espèce. Et l'Américain William Aiken de poursuivre : « C'est le devoir de notre espèce, vis-à-vis de notre milieu, d'éliminer 90 % de nos effectifs. »

Luc Ferry cite avec précision et un luxe de détails le discours de l'extrémisme écologiste, ne serait-ce que pour rappeler que l'Humanisme est chaque jour à défendre et à reconstruire.

Actualiser

Sans frontières ?

La Nature ignore les frontières que l'Histoire a fixées, c'est aussi ce que nous rappellent aujourd'hui les pollutions et les destructions présentées par les médias comme des « catastrophes écologiques ». La prise de conscience a peut-être commencé en 1967 avec le naufrage du *Torrey Canyon*. L'*Amoco Cadiz* en 1978 et l'*Exxon Valdez* en 1989 ont confirmé l'idée selon laquelle les courants qui portent les hydrocarbures déversés par les pétroliers sinistrés ignorent la géographie politique et les convenances du droit international. Mais c'est à la suite du drame de Tchernobyl, en 1986, et de l'observation d'un nuage radioactif survolant l'Allemagne et la Suède que **la transnationalité des pollutions est enfin apparue comme une évidence.** Aujourd'hui, la communauté internationale se dit concernée par la concentration de gaz carbonique dans l'atmosphère qui provoque un réchauffement de la calotte glacière et partant une élévation du niveau des mers. De la même façon, nul ne peut à présent laisser au seul Brésil le soin de guérir le « poumon malade » que constitue la forêt amazonienne.

La Nature en danger rendrait-elle solidaires des nations qui se sont si longtemps affrontées ou ignorées ? Il y a urgence, il y va de la survie non seulement des arbres et des bêtes, mais aussi des hommes : « Nous ne connaîtrons plus, au sens de la Science — écrit Michel Serres en 1990 dans *Le contrat naturel* —, nos industries ne travailleront ni ne transformeront la face et les entrailles pacifiques du monde, comme nous le fîmes : la mort collective veille à ce changement contractuel global. »

Pourtant, le sommet de la Terre à Rio de juin 1992 a permis de mesurer de larges divergences, là où l'on pouvait attendre une parfaite unanimité. Les nations ne sont pas égales devant le phénomène de pollution et si les Occidentaux ressentent la nécessité de réagir à l'échelle de la planète, il ne faut pas oublier que ces dégradations écologiques sont la conséquence de leur développement technologique et industriel. L'essentiel de l'effort ayant été effectué, ils réclament aujourd'hui que cesse dans le monde entier ce qu'ils ont imposé comme le modèle du Progrès. Bref, **les représentants des**

pays en voie de développement exigent le « droit » de polluer à leur tour, c'est-à-dire le droit de réduire le handicap industriel qui les place toujours par rapport aux Occidentaux en situation de dépendance. La Nature ignore bien les frontières mais la politique écologique demeure soumise à cet axe Nord-Sud qui oriente le sens des grands débats et des conflits internationaux.

Définir

Instruire ou éduquer ?

L'Education nationale ne s'est pas toujours désignée ainsi. Au XVIIIe siècle puis au XIXe, on préférait l'expression *Instruction publique.* C'est que les verbes instruire et éduquer ne sont pas des synonymes.

Eduquer, c'est évidemment conduire (*ducere,* en latin). Où? *Ex,* hors de quoi ou de qui? Par l'éducation que je te donne, je te conduis hors de toi-même. Le mot suppose bien la découverte de l'Altérité, la rencontre avec l'ex-térieur. Mais la découverte est « forcée », conduite de la main du maître. Quand j'éduque, je contrains et à l'échelle d'une Nation qui ne voit les conséquences d'une telle action?

Instruire, c'est au contraire privilégier l'intérieur *(in),* la construction de l'âme et de la personnalité de chacun (*struere,* en latin, construire). L'instruction vise à donner à chacun les moyens de se constituer de l'intérieur, d'édifier une personnalité autonome...

On comprend que si l'éducation et l'instruction ne s'excluent pas nécessairement, la seconde est la condition nécessaire de la première...

Composer

A quoi sert l'Ecole ?

▸ **L'école n'est pas un simple instrument social...**
Apprendre est une nécessité d'ordre biologique, propre à l'espèce humaine : le petit homme est en effet une créature démunie. Il naît absolument inadapté à la Nature, dépourvu de cet instinct qui pourrait le protéger de l'immédiateté de ses désirs. Dans ces conditions, l'Ecole ne fait pas autre chose que d'organiser à l'échelle de la communauté ce qui s'impose par nature. Elle règle les impulsions par la médiation d'une réflexion qu'elle développe. Une telle fonction pourrait être assumée toutefois par la famille elle-même Réduire l'école, ou le projet scolaire, à une discipline n'est-ce pas alors perdre l'essentiel?

▸ **... elle assure le développement de la démocratie...**
De fait, Condorcet, en 1792, rappelle qu'il n'est pas possible d'oublier la question du contenu des savoirs si l'on s'interroge sur la « nécessité d'une instruction publique »... En effet, l'Ecole s'impose moins par nature (— et c'est pourtant, à certains égards, la thèse de Kant. Voir *infra*) que pour donner accès à une culture. La réflexion sur l'**institution** scolaire ne se développe qu'à partir du moment où l'idée démocratique progresse de façon significative dans la société. Si l'Ecole est nécessaire, à titre d'institution, c'est moins pour remplacer l'apprentissage naturel de la vie au sein de la famille, que pour le compléter. A l'Ecole, il faut que chacun puisse trouver les moyens qui feront de lui un libre citoyen. L'Ecole apparaît alors comme la pièce maîtresse dans un dispositif de diffusion d'une véritable culture de la démocratie.

▸ **... auquel elle apparaît étroitement liée.**
L'Ecole a donc pour tâche de dépasser la simple régulation des désirs et l'acquisition d'une discipline, pour distribuer ce que Condorcet désigne sous l'expression de « savoir élémentaire ». Dans une démocratie, chaque citoyen doit être en effet capable de lire, d'écrire et de compter afin de pouvoir choisir librement lorsque sa voix est sollicitée. L'ignorance apparaît en effet comme

l'allié du despotisme, elle est incompatible avec les aspirations de la nouvelle République. A quoi sert l'Ecole ? A développer la démocratie.

La question n'est toutefois pas si simple. Ce « savoir élémentaire », destiné à rendre le citoyen autonome et la vie civile intelligible, n'est pas si élémentaire que cela. Lire, écrire, compter... cela suffit-il pour comprendre les enjeux exacts du débat public ? On aperçoit une interaction sans fin entre l'Ecole qui permet un meilleur fonctionnement de la démocratie et celle-ci, devenue plus exigeante et plus complexe, qui requiert de l'Ecole la diffusion d'un savoir toujours plus large.

Approfondir

Réflexions sur l'éducation

EMMANUEL KANT (1780)

L'homme est inachevé, les lois de la nature ne lui suffisent pas pour lui permettre de survivre, il lui faut constituer les siennes. C'est qu'au fond, à la différence de l'animal, l'homme n'a aucun instinct pour assurer spontanément la régulation de ses actions. Il peut donc se nuire en cherchant à assouvir ses désirs. Il est par conséquent nécessaire à chaque homme d'apprendre à maîtriser l'impulsion de ses désirs. C'est à l'Ecole qu'incombe, selon Kant, la tâche d'organiser cet apprentissage indispensable :

> « On envoie tout d'abord les enfants à l'école, non pour qu'ils y apprennent quelque chose, mais pour qu'ils s'y accoutument à rester tranquillement assis et à observer ponctuellement ce qu'on leur ordonne. »

L'Ecole ne diffuse pas le contenu d'un savoir, elle forme l'enfant à le recevoir ultérieurement. Elle ordonne, elle discipline, elle prépare à la patience de la réflexion et à la médiation de la pensée. Il s'agit avant tout d'une institution destinée à préparer le cadre indispensable au développement culturel. L'Ecole a pour vocation l'apprentissage du formalisme. A l'école « une pensée prend le temps de devenir une pensée ».

On l'aura noté, l'Ecole *discipline,* elle ne *dresse* pas, du moins en droit. Le dressage a en effet pour finalité l'exécution d'une tâche ou d'une action déterminée. L'animal est ainsi *dressé à faire quelque chose,* pas l'élève. Peu importe en effet ce que celui-ci apprend, puisque cet apprentissage ne vise pas autre chose que l'habitude de travailler. L'enfant est également mis en situation d'obéissance mais c'est une obéissance à des ordres impersonnels, valables pour tous. La discipline devient alors celle de l'égalité. Soumis à l'Institution scolaire et non à l'arbitraire d'un individu (le précepteur rousseauiste, par exemple), l'élève est alors conduit à dépasser ses inclinations particulières pour accepter l'autorité de l'Universel. Cette pédagogie de l'Universel donne alors à l'Ecole sa dimension morale. Les règles de la scolarité préparent en effet à celles du Droit mais aussi à la Loi morale, impérative et catégorique.

« L'homme est un animal qui a besoin d'une éducation. »

Voilà quelle pourrait être la conclusion de ces *Réflexions sur l'éducation* que l'on emprunte aux *Réflexions sur l'anthropologie,* signe que la pédagogie est avant tout une science de l'Homme.

Actualiser

La nation à l'Ecole

Le poids de la machine éducative est en France exceptionnel. Il convient, avant toute réflexion qui pourrait porter sur le statut, la fonction de l'Ecole et les réformes qu'il faudrait apporter, de l'évaluer correctement. La République est parvenue à mettre la nation à l'Ecole même si 52 % d'une classe d'âge « seulement » sort du système secondaire le bac en poche.

En septembre 1993, 870 000 enseignants ont « accueilli » 13 millions d'élèves dans les établissements scolaires publics et privés. Cet effort représente, en terme de coût pour la collectivité, 19,7 % du budget de l'Etat, soit 262,5 milliards de francs. La dépense totale (coût évalué pour l'Etat, les collectivités locales, les entreprises qui versent la taxe d'apprentissage et les familles qui « financent » au quotidien le travail des enfants) couvre 454 milliards, 6,7 % du PIB.

Qu'une entreprise aussi démesurée soit « difficile à gérer » *(sic),* cela n'est guère une surprise. Mais la démesure même du projet d'une « éducation nationale » et les dysfonctionnements inévitables que la presse prend l'habitude de relever à chaque rentrée scolaire ne sauraient occulter la réussite « exemplaire » d'une institution qui semble désormais la seule apte à réaliser, dans une France disparate, une esquisse d'unité nationale. Ce n'est pas un hasard si, aujourd'hui, dans ces « banlieues difficiles » où l'exclusion fait la règle, l'Ecole apparaît encore le plus souvent comme l'unique alternative à la rue, même si elle ne peut être totalement étanche ni protégée. Là où les policiers ne s'aventurent que rarement, l'Etat expédie des fonctionnaires particuliers que sont les enseignants. Ceux-ci ont à présent la tâche difficile — certains disent impossible — de permettre la coexistence dans un espace clos et public de toutes les différences, avec la conviction que cette coexistence est la seule condition nécessaire à la constitution du fonds commun indispensable à une nation. L'intégration nationale passe plus que jamais par l'inscription sur les registres d'une Ecole commune. Le contenu des savoirs s'efface en effet derrière la forme commune que l'Etat impose à leur diffusion. Plus formelle que jamais, l'Ecole n'en a jamais été plus utile. Et son coût exorbitant paraît bien être à la (dé)mesure de l'ambition de maintenir une cohésion dans une société multiraciale, pluri-ethnique mais résolument individualiste.

Engagement

Définir

« Malgré nous »

Mettre en gage, c'est engager. L'engagement peut alors être entendu comme l'autre nom de la responsabilité. Si je m'engage, je me porte garant, je réponds de l'action, de la cause ou de la personne pour laquelle je décide de m'engager. Il s'agit donc, semble-t-il, d'une manifestation de ma volonté.

Pourtant, cette volonté se révèle rapidement être elle-même involontaire. La particularité de l'engagement tient à ce que personne ne peut d'une manière ou d'une autre s'y soustraire :

> « Un homme n'existe pas à la manière de l'arbre ou du caillou — écrit J.-P. Sartre dans *Situations, II* — (...) : il est engagé, il faut parier, et l'abstention est un choix. »

Nous sommes tous engagés et partant responsables du Monde. Sartre réserve cependant à l'écrivain engagé une responsabilité particulière :

> « Je dirai qu'un écrivain est engagé lorsqu'il tâche à prendre la conscience la plus lucide et la plus entière d'être embarquée... »

L'engagement de l'artiste en général tient aussi à la conscience d'être engagé. Il *sait* ainsi que se taire est impossible et que le silence est toujours une prise de parole.

Composer

Quand dit-on d'une œuvre qu'elle est « engagée » ?

▸ **L'engagement de l'artiste...**

L'actualité nous a récemment appris qu'on pouvait être écrivain, vivre à la fin du XXe siècle, dans l'une des plus anciennes démocraties d'Europe, et mettre, par la seule publication d'un roman, sa vie en péril : S. Rushdie se cache encore des tueurs venus d'Iran comme naguère Voltaire s'efforçait de rejoindre la Suisse pour échapper à l'Eglise et à la justice du Roi. On ne pardonne pas toujours aux artistes leur liberté d'expression et leur engagement dans les grands débats de leurs temps parce que la liberté de cet engagement s'exprime par une œuvre, plus forte que les discours militants, invincible puisque dépositaire de cet éclat d'éternité que Malraux appelle un anti-destin. Mais dira-t-on seulement d'une œuvre qu'elle est engagée quand elle « prend parti » ? L'arbitre n'est-il pas voué à l'engagement par l'œuvre elle-même ? Ne devrait-on pas dire toujours d'une grande œuvre qu'elle est engagée ?

▸ **... est impliqué par le processus de création artistique...**

Sartre rappelle, dans *Qu'est-ce que la littérature ?,* que « l'écrivain engagé sait que la parole est action ». Si la littérature engagée, c'est la littérature perçue comme une action, alors toute littérature est, par définition, engagée. « La fonction de l'écrivain — ajoute Sartre — est de faire en sorte que nul ne puisse ignorer le monde et que nul ne s'en puisse dire innocent. »

Ainsi, lorsqu'il décrit les conditions de vie des mineurs, Zola s'engage autant que par la défense du capitaine Dreyfus. De la même façon, *Le Rouge et le Noir* est une œuvre profondément engagée, car le miroir que promène Stendhal sur les traces de Julien Sorel réfléchit l'image d'une société ossifiée, repliée sur elle-même. Dans ce monde qui ressemble à un tombeau (la province, le séminaire), ceux qui ont l'énergie de vouloir respirer l'air de leurs passions, ceux-là doivent combattre. **L'œuvre d'art dévoile,** elle ne reproduit pas ce qui est (comme le pensaient les Grecs), elle donne à voir et à sentir ce qui était avant elle inaperçu. Dans le domaine pictural, l'exemple de *Guernica,* présentée à Paris au Pavillon républicain de l'Exposition internationale, est significatif. Le tableau montre à une opinion (peu désireuse d'ouvrir les yeux en 1937) l'horreur de la guerre d'Espagne. Ces corps éclatés, ces membres que semble disproportionner la douleur, cette mêlée enfin d'où l'on ne distingue plus les hommes des bêtes, rendent sensible la détresse d'un peuple. Au-delà du bombardement du petit village espagnol, c'est l'atrocité de tout un siècle qui est représentée, un siècle « noir et gris ».

► **... qui dévoile le monde.**

Bien-sûr, une œuvre est engagée lorsqu'elle exprime un parti pris et s'intègre dans une lettre ouvertement menée par son auteur. Mais cette perception de l'art engagé est beaucoup trop restrictive. Elle feint d'ignorer que toute œuvre est un acte de dévoilement du réel et que l'artiste ne ressemble pas à Zeuxis, ce peintre grec qui représentait de façon si réaliste les grains de raisin sur ses fresques que les pigeons venaient s'y briser le bec. Il n'y a pas d'œuvre qui ne trouve sa satisfaction dans un engagement par rapport au contexte qui l'a vu naître. C'est que, en retournant la perspective, « la littérature (l'art) d'une époque, c'est l'époque digérée par sa littérature (son art) », comme le confia Sartre à Madeleine Chapsal. L'engagement apparaît comme ce mécanisme de digestion, d'appropriation du réel, « biologiquement » indispensable à une œuvre d'art !

Approfondir

Les châtiments

VICTOR HUGO (1853)

A peine le coup d'Etat du 2 décembre 1851 a-t-il eu lieu que Victor Hugo quitte la France pour un long exil (il ne rentre à Paris qu'en 1870), forcé à son début, très rapidement volontaire. Napoléon III trouve en effet le « solitaire » de Guernesey trop encombrant hors des frontières et le presse à plusieurs reprises de revenir. Mais Hugo a compris que cette proscription va faire de lui le poète gigantesque qu'il rêve d'être, en le hissant au niveau d'un adversaire apparemment plus puissant : le Prince. En choisissant le Peuple contre le Pouvoir, il engage l'écrivain dans un combat qui ne saurait être que celui de la justice. Voltaire avait défendu des victimes singulières de l'intolérance religieuse, Hugo défend le Peuple français tout entier. **Il invente l'écrivain engagé,** un nouveau type d'artiste solidaire de ceux qu'il faut appeler désormais « Les Miscrables ».

Les Châtiments ouvre la bataille. Cette œuvre de plus de six mille vers est structurée selon un plan qui va de la nuit (« Nox », titre de la première partie), celle du coup d'état liberticide, à la lumière (« Lux »), celle qu'on espère voir le jour de la chute du Prince honni. Car Hugo a distribué les rôles. Napoléon incarne le Crime et par antithèse le poète la vertu. De fait, le texte est toujours violent, injurieux et méprisant pour celui qu'on appelle à présent Napoléon-le-Petit :

« Ce parvenu, choisi par le destin sans yeux,
Ainsi, lui, ce glouton singeant l'ambitieux,
Cette altesse quelconque habile aux catastrophes,
Ce loup sur qui je lâche une meute de strophes... »

Le parti du crime.

Hugo fait feu de tout bois. Il s'empare de l'épisode le plus pathétique, la mort d'un jeune garçon de 7 ans, au cours de la nuit du 4 août. Le petit Boursier, d'innocente victime d'une balle perdue, devient le symbole d'une toute jeune République assassinée. L'effet est renforcé par le dépouillement grave d'un vers qui sonne comme le froid rapport d'un médecin légiste :

« L'enfant avait reçu deux balles dans la tête. »

Souvenir de la nuit du quatre.

Toute la rhétorique et la verve du poète entrent au service d'un combat. Que le ton soit satirique, pathétique ou épique, la teneur du discours reste la même : ailleurs, loin de Paris un seul homme résiste... *Ultima verba,* l'un des derniers textes du recueil le confesse :

« Si l'on est plus de mille, eh bien, j'en suis ! Si même
Ils ne sont plus que cent, je brave encore Sylla ;
S'il en demeure dix, je serai le dixième ;
Et s'il n'en reste qu'un, je serai celui-là. »

L'écrivain engagé, c'est bien cet irréductible. Hugo en forge le mythe et entre du même coup au Panthéon. De son combat nul doute qu'il est sorti victorieux. Ce ne sont pas tant les funérailles nationales (qui lui sont faites en 1885) qui l'indiquent que l'exécrable réputation qui n'en finit toujours pas d'accompagner le Second Empire.

Actualiser

Devenir des lâches

On ne naît pas lâche, on le devient... peut-être en regardant un peu trop régulièrement les actualités télévisées... Il y a là en effet une terrible logique du non-engagement dans laquelle la multiplication des images du monde nous installe. Si nous sommes effectivement responsables de tout ce qui advient, dans quelle situation nous place le spectacle quotidien de notre impuissance ? Comment croire encore au fataliste « On n'y peut rien » ? Ce que les actualités du Journal télévisé me font savoir, ce n'est pas tant « ce qui se passe » que mon désir grandissant de « ne pas le savoir. »

Car Sartre l'avait expliqué avec conviction : ma liberté est sans limite, elle me rend absolument responsable. Il n'y a rien que je ne puisse décider d'effectuer :

> « N'est-ce pas moi qui décide du coefficient d'adversité des choses et jusque dans leur imprévisibilité en décidant de moi-même. »
>
> *L'être et le néant.*

On l'a vu au plus fort de la crise bosniaque où la découverte du malheur et de la guerre n'était conjurée que par des actes aussi symboliques que dérisoires (allumer une bougie !). Aussi les Européens se sont-ils aperçus de ce qu'ils devenaient. La télévision leur renvoyait (à dessein ou non) le reflet d'une lâcheté qu'on n'avait pas montré en 1938, faute de moyens de diffusion... Au « lâche soulagement » (selon la formule de Léon Blum après Munich) a succédé l'impossible soulagement devant la représentation quotidienne d'une lâcheté, devenue telle parce que se refusant au cynisme ou à la pure indifférence.

Chaque soir, nous apprenons un peu mieux à devenir des lâches, parce que **nous communions dans la condamnation d'une détresse que nous ne voulons pas soulager.** Mais que pourrions-nous faire ?

Sinon laisser le remords, la mauvaise foi et la mauvaise conscience nous bourreler l'âme? L'efficacité n'est pas de mise, c'est l'action, et seulement l'action qu'il faut évaluer dans son principe. Qu'importe si ma volonté isolée ne peut pas grand chose, elle a tout de même le pouvoir de me donner accès à une authenticité que vingt-cinq années de passivité télévisuelle ont escamotée. Ou bien alors dire que de cette souffrance-là je n'ai rien à dire et qu'on cesse dans ces conditions de me la montrer... C'est oublier que les images aussi sont des produits de consommation qui ne sont offerts que pour répondre à une demande...

Etat

Définir

Un cadre pour la Nation ?

L'Etat majuscule, c'est cette structure juridico-politique dont la fonction consiste à régir un ensemble d'hommes qui constitue une nation. Eric Weil précise même en insistant sur la dimension nécessairement historique de l'Etat :

> « L'Etat est l'ensemble organique des institutions d'une communauté historique. »
>
> *Philosophie politique.*

En toute rigueur, le philosophe disjoint la notion d'Etat de celle de nation. En effet, l'histoire politique d'un peuple tient le plus souvent aux difficultés rencontrées par les hommes pour ajuster l'une à l'autre la réalité nationale et l'organisation étatique. Ainsi, l'originalité de la France réside en ce que l'Etat y a précédé la nation. L'Etat français commence effectivement à se constituer entre le Xe et le XIIIe siècle : la République n'est que l'aboutissement d'un long processus et l'idée de nation qu'elle impose un achèvement.

Mais bien souvent, la prise de conscience de l'identité nationale précède la construction d'un Etat (Italie, Allemagne au XIXe siècle). Dans les deux cas de figure, on est conduit à se demander si l'Etat n'est pas l'épine dorsale de la Nation, ce qui la fait se tenir droite et ferme (*stare :* se tenir debout, en latin)...

Composer

A quoi sert l'Etat ?

▸ L'Etat...

L'Etat organise et régule la Société. Telle semble sa *raison d'être.* Il est, pour ce faire, constitué en une instance de pouvoir impersonnelle, en une « personne abstraite » détentrice à elle seule du monopole légal de la force et de la violence :

> « Il faut concevoir l'Etat contemporain comme une communauté humaine qui, dans les limites d'un territoire déterminé — (...) — revendique avec succès pour son propre compte le *monopole de la violence physique légitime.* »
>
> Max Weber, *Le métier et la vocation d'homme politique.*

Cette instance a pour fonction d'assurer la sécurité intérieure et extérieure à la collectivité.

L'Etat est, par conséquent, utile.

▸ ... est-il un instrument utile...

Hobbes fut le premier à mettre en évidence l'utilité de l'Etat et surtout à montrer qu'il était le résultat d'un calcul, bref que la raison d'être de l'Etat, c'était la Raison elle-même.

Il s'agissait en effet d'apporter une solution au problème que posait la guerre permanente de tous contre tous, caractéristique de l'état de nature. Les hommes passent alors un accord (cf. *contrat*) et abandonnent ensemble leur part de droit naturel et leur violence entre les mains d'un Tiers, par nécessité omnipotent. L'Etat donne ainsi aux hommes la sécurité dont ils ont besoin pour l'exercice de leur liberté.

Peut-on, dans ces conditions, imaginer que les hommes n'aient un jour plus besoin de la structure étatique? Sommes-nous liés à jamais à l'Etat?

▸ ... ou destiné à disparaître.

Tel pourrait être le cas si l'Etat résultait bien d'un calcul général, ou plus précisément qu'il était effectivement utile à tous. Or les marxistes vont montrer que l'Etat sert les intérêts de la classe sociale dominante. Loin d'assurer à tous l'exercice de la liberté, l'Etat, parce qu'il est par nature un instrument de domination, un simple moyen et non une fin en soi, protège quelques-uns au détriment de tous les autres. De la sorte l'Etat est au service de la lutte des classes et il disparaîtra lorsque celle-ci sera éteinte. L'Etat ment lorsqu'il prétend réaliser l'Universalité du droit :

> « L'Etat, c'est le plus froid de tous les monstres froids. Il ment froidement et voici le mensonge qui rampe de sa bouche : "Moi, l'Etat, je suis le Peuple." »
>
> F. Nietzsche, *Ainsi parlait Zarathoustra.*

Approfondir

L'Etat et la Révolution

VLADIMIR ILLICH OULIANOV DIT LÉNINE (1917)

La réflexion politique de Lénine se donne comme une lecture de l'ensemble des textes éparpillés dans l'œuvre de Marx et d'Engels consacrés à l'Etat. Lénine en tire une analyse précise de la nature de l'Etat : un instrument d'oppression qui caractérise l'âge des affrontements sociaux dans la société industrielle. L'Etat est historiquement lié à la lutte des classes :

> « Si l'Etat est né du fait que les contradictions de classes sont inconciliables (...) il est clair que l'affranchissement de la classe opprimée est impossible non seulement sans une révolution violente mais aussi sans la suppression de l'appareil de pouvoir d'Etat qui a été créé par la classe dominante... »

Cet instrument qu'est l'Etat sert à la bourgeoisie à la fois à modérer les effets de la lutte des classes et à instituer sa domination. En utilisant l'armée et la bureaucratie l'Etat parvient à exercer cette double violence, douce et dure simultanément. Lénine revient à plusieurs reprises sur cette idée que Max Weber reprend à son compte quelques années plus tard : l'Etat exerce la violence sous son aspect légitime.

> « L'Etat est l'organisation spéciale d'un pouvoir ; c'est l'organisation de la violence destinée à mater une certaine classe... »

Instrument de violence, simple moyen — et non plus fin en soi du développement social comme l'expliquait Hegel à ses étudiants —, il faut impérieusement que le prolétariat s'en empare afin d'asseoir sa domination sur la bourgeoisie. La classe dominée hier deviendra demain à son tour dominante grâce à la captation de l'appareil d'Etat. Lorsque la lutte aura été remportée par le prolétariat et que tous les conflits des classes auront disparu, faute de classes, l'Etat deviendra inutile. Comme le prédit Engels :

> « Au gouvernement des personnes se substituent l'administration des choses et la direction du processus de production. L'Etat n'est pas aboli. Il dépérit. »
>
> *Anti-Dühring.*

Actualiser

Quand l'Etat-Providence fait sa crise

L'Etat-Providence, c'est l'Etat qui voit *(videre)* loin devant *(pro)*, l'Etat pré-voyant mais pré-voyant quoi ?

A l'origine il s'agit d'anticiper sur les accidents sociaux, c'est-à-dire les menaces sur les revenus réguliers des travailleurs. Un certain nombre de risques a toujours pesé sur le travail, la maladie, l'accident, le licenciement mais aussi la vieillesse ou la maternité. Nul travailleur ne peut être assuré de pouvoir toujours poursuivre son travail et par conséquent de percevoir des revenus. L'Etat-Providence prétend donc prévoir les situations d'arrêt du travail et de cessation de paiement des revenus.

Plus exactement, cet Etat-Providence organise la prévoyance par le biais de prélèvements obligatoires sur les salaires, une cotisation versée à la fois par l'employeur et l'employé. Il se fait assureur public — au même titre que des sociétés d'assurances privées qui couvrent tel ou tel risque, à cette différence près que le système repose en France non sur la capitalisation des cotisations mais sur la solidarité des cotisants. Les indemnités perçues ne proviennent pas du travail des sommes versées par celui les perçoit. D'une part elles excéderaient très largement ce qui a été épargné, d'autre part ne pourraient être perçues par qui n'a jamais travaillé. L'Etat-Providence organise donc la solidarité, et s'il intervient désormais plus fréquemment dans la vie des individus, ceux-ci sont convaincus qu'il agit pour leur bien-être (d'où l'expression utilisée en Grande-Bretagne depuis 1940, le *Welfare state*). Le mot composé aura donc perdu les connotations péjoratives que lui attachaient ceux qui sous le Second Empire l'avaient forgé! **L'Etat, par l'intermédiaire du concept de Providence, se trouve quasiment divinisé.** On s'en remet à lui comme à Dieu. Lui il sait, il voit loin.

Car la confiance, pour demeurer, doit rester entière. Et si l'Etat-Providence traverse depuis une décennie en France une véritable crise (elle a été identifiée en 1981 par Pierre Rosanvallon dans un ouvrage intitulé *La crise de l'Etat-Providence*) c'est peut-être moins pour des motifs économiques que sous l'effet d'une prise de conscience collective : l'Etat n'est plus si prévoyant. On reprochera moins à l'Etat-Providence ses difficultés de gestion, ses déficits que le fait de ne pas avoir su les anticiper. Que n'a-t-il vu la hausse du chômage, les déséquilibres entraînés par les fluctuations de la natalité... **Ce qui paraît extrêmement préoccupant ce n'est pas le déficit de la Sécurité sociale mais bien qu'on ait eu à le découvrir** ou plutôt à en découvrir l'ampleur.

Mais l'Etat-Providence n'a pas cette seule tâche d'assureur et l'on pourrait être tenté de trouver dans d'autres domaines de la vie sociale des signes encourageants de sa prévoyance. En effet, les spécialistes du droit administratif le rappellent, l'Etat-Providence « se prétend prêt à répondre à tous les besoins de la vie sociale » (G. Dupuis). L'examen de détail des actions de l'Etat-Providence serait évidemment long et fastidieux. On peut simplement mentionner, à titre d'exemple particulier, le cas de l'Education nationale et se demander si dans le domaine de l'instruction publique l'Etat a su anticiper sur les besoins nouveaux du pays... Qu'a donc prévu la Providence pour nos bacheliers si nombreux ?

Définir

Des règles de conduite

Ethikos désigne en grec tout ce qui concerne les mœurs.

L'Ethique traite par conséquent de la morale, c'est-à-dire des règles de conduite que nous devons suivre pour vivre conformément au Bien. L'Ethique, terme qui se spécialise dans un usage proprement philosophique, prétend évaluer l'action et demeurer sur le terrain de la théorie quand la morale se veut avant tout pratique (ce sont des conseils pratiques à appliquer tous les jours. Voir les leçons de morale naguère prodiguées aux écoliers).

Lorsque la réflexion morale porte exclusivement sur la pratique professionnelle, elle prend le nom de **déontologie,** mot façonné par J. Bentham à partir de *dei,* en grec, « il faut ».

Composer

Peut-on se passer d'une éthique ?

▸ **L'éthique (et non *une* éthique parmi d'autres)...**

La crise de l'identité occidentale et la critique des valeurs, entamées par les philosophes du soupçon au XIXe siècle, permettent de poser aujourd'hui une question qui naguère n'aurait pas été pensable. Il faut d'ailleurs commencer par établir que le mot *éthique* accepte bien la particularisation qu'opère l'article indéfini. Sa signification autorise-t-elle en effet une pareille forme d'actualisation ? Y a-t-il autant d'évaluations possibles d'une même action qu'il y a de sujets évaluateurs ? A chacun sa vérité, à chacun ses valeurs et son éthique ? Le retour des exigences de la conscience éthique dans le monde professionnel (voir « actualiser » : La bioéthique en question) laisse peut-être croire que chaque activité a besoin de *son* éthique.

Il ne faut toutefois pas **céder aux abus du langage et confondre éthique et déontologie** (voir « définir »). Rappelons seulement qu'**une éthique relative à l'individu qui l'adopterait perdrait évidemment de sa « valeur morale ».** La loi morale ne peut être absolue que si elle est détachée de la défense ou de l'expression des intérêts bien particuliers de chacun (voir « approfondir »). L'éthique ne peut découvrir ma liberté que si elle me donne les moyens d'évaluer de façon désintéressée mon action. Il n'est donc pas question de savoir si l'on peut se passer d'**une** éthique mais bien de savoir en quoi l'éthique nous est nécessaire.

▸ **... est indispensable à la survie de l'espèce humaine.**

En conformité avec l'étymologie (*éthos,* la coutume, l'habitude), on pourrait faire de l'Ethique l'ensemble des principes qui permettent à l'homme de s'adapter à son milieu, de s'y accoutumer, de s'y habituer. Une action serait donc jugée bonne par l'Ethique lorsqu'elle irait dans le sens de l'instinct de survie de l'espèce humaine. La morale serait alors le prolongement de cet instinct. Mais l'étymologie, du moins la « vérité » dont elle pourrait être porteuse se laisse prendre en défaut par les découvertes de l'éthologie contemporaine.

Konrad Lorenz, dans *L'agression, une histoire naturelle du mal,* montre par exemple que l'espèce humaine est la seule de toutes les espèces animales à être privée de ces mécanismes inhibiteurs qui détournent l'agressivité interspécifique. L'homme est bien un animal à l'instinct déréglé, seul capable de détruire ses congénères :

> « Dans les premières communautés d'humains véritables, on ne semble pas avoir demandé beaucoup plus à la morale responsable que de maintenir l'équilibre entre la possibilité et l'inhibition de tuer. »

La morale vient donc au secours de l'instinct défaillant. La culture sauve aussi l'espèce en l'arrachant de la simple nature où elle se serait éteinte. Dans cette entreprise de sauvetage, la morale est **un artifice créateur d'inhibitions conscientes.**

Approfondir

Fondements de la métaphysique des mœurs

EMMANUEL KANT (1785)

Comment une volonté pure, c'est-à-dire détachée de tout mobile et de toute motivation extérieure est-elle possible ? La question doit être posée et résolue si l'on prétend déterminer la seule véritable liberté humaine. En effet, une telle volonté, parce qu'elle serait capable de se régler uniquement *a priori,* c'est-à-dire indépendamment de circonstances données dans l'expérience, serait bien l'expression de la liberté absolue. Cette volonté-là, Kant la localise dans la sphère de la moralité. C'est la **bonne volonté,** volonté qui ne veut rien d'autre que le Bien, détachée des obligations de résultat et de toute forme d'intérêt : je ne suis libre que si je veux le Bien pour le Bien.

Cette volonté ne peut donc être qu'une volonté d'agir par devoir. Le devoir s'oppose en effet à toute forme d'inclinations. Le devoir pousse ainsi à aimer son prochain, y compris son ennemi, comme soi-même. C'est d'ailleurs précisément dans l'amour de l'ennemi qu'il se laisse percevoir et non dans celui que l'on porterait à l'ami, « amour pathologique », fondé sur l'affection et donc motivé. Pour Kant, le devoir apparaît donc comme « la nécessité d'accomplir une action par respect pour la loi ». Une contradiction semble alors surgir : le respect n'est-il pas la motivation de l'action accomplie par devoir et partant ne fait-il pas de cette action une action intéressée ? Dans une note ajoutée au texte, Kant prétend lever la contradiction en précisant ce qu'il entend par respect :

> « La détermination immédiate de la volonté par la loi et la conscience que j'en ai, c'est ce qui s'appelle le respect, de telle sorte que le respect doit être considéré non comme la cause de la loi, mais de l'effet de la loi sur le sujet. »

L'action morale est donc une action faite par devoir, c'est-à-dire accomplie par respect de la loi... Mais de quelle loi s'agit-il ? Cette loi ne saurait être définie par un contenu spécifique, c'est l'idée de la loi que respecte la bonne volonté, soit la forme même de la loi. Ce que le devoir commande alors c'est la soumission à l'universalité même requise par la loi. D'où les trois énoncés célèbres que formule Kant et qui déclinent en fait l'exigence morale d'universalité :

- « Agis uniquement d'après la maxime qui fait que tu peux vouloir en même temps qu'elle devienne une loi universelle. »
- « Agis comme si la maxime de ton action devait être érigée par ta volonté en loi universelle de la nature. »
- « Agis de telle sorte que tu traites l'humanité, aussi bien dans ta personne que dans la personne de tout autre, toujours en même temps comme une fin, et jamais simplement comme un moyen. »

Ces trois énoncés expriment le même impératif, ils contraignent en effet la volonté lorsque celle-ci recherche l'action bonne en elle-même et pour elle seule. Cet impératif est donc qualifié par Kant de **catégorique.**

Actualiser

La bioéthique en question

« Je ne veux pas faire certaines choses. Mon dernier exploit aura été la congélation l'embryons humains », déclarait le Pr Jacques Testard à l'occasion d'un entretien publié le 10 septembre 1986. Cette position, prise par l'un des plus grands spécialistes de la fécondation *in vitro*, s'intégrait dans un processus enclenché dès 1983 avec la création du Comité national d'Ethique des Sciences de la Vie, présidé jusqu'en 1993 par Jean Bernard. Une partie qualitativement impressionnante de la communauté scientifique affirmait la nécessité d'imposer un cadre éthique à la recherche portait sur le corps humain. Le débat s'est depuis centré sur la PMA (Procréation médicalement assistée) jusqu'à requérir du législateur une intervention visant en France, par exemple, à l'interdiction de la pratique des fécondations *in vitro* sur des femmes ménopausées. La bioéthique n'est donc pas un vain mot (même si le néologisme laisse perplexe : y aurait-il une éthique du non-vivant ?), elle témoigne non seulement de la part des scientifiques d'**un souci de ne plus s'en tenir simplement à cette éthique de conviction** (seuls les principes comptent. Il faut faire avancer la Science sans s'inquiéter des applications possibles de la recherche) **pour endosser des responsabilités,** mais aussi du côté des politiques d'une volonté de s'appuyer sur une autorité indépendante.

La Science, l'Ethique et la Politique nouent depuis dix ans un dialogue fructueux qu'il ne s'agit évidemment pas de remettre en cause. Toutefois certaines questions se posent inévitablement à propos de ces réflexions et des choix politiques qui semblent en avoir résulté.

Rappelons tout d'abord que l'abus de l'expression « bio-éthique » peut accréditer l'idée qu'il y aurait bien une éthique propre à une activité spécifique absolument distincte de la morale objective. Ce qui n'a évidemment pas grande signification. D'autre part, sur le texte de loi précisément adopté en 1994 qui réglemente la PMA, il est clair que l'avis du Comité ne saurait dispenser d'un examen critique de ses conséquences politiques et morales. Au nom de quel principe interdire à une sexagénaire de bénéficier des progrès de la science dans le domaine de la fécondation *in vitro*? Parce que cela contrarie la nature? Mais la médecine ne cesse de chercher à contrer la nature et personne ne saurait mettre en question les acquis de la chirurgie cardio-vasculaire. Parce qu'il s'agirait d'un « choix égoïste » de la part d'une femme condamnée à ne pas accompagner la vie de son enfant aussi longtemps que les autres? Pourtant des personnalités comme Chaplin ou Montand ont effectué un tel choix sans déclencher un tel scandale. Il faut donc, en homme logique, s'en prendre autant aux uns et aux autres. Quant à la notion de « choix égoïste », elle mérite d'être, pour le moins, appréciée avec rigueur : quel choix ne l'est pas? Bref, qu'y a-t-il de véritablement « éthique » dans cette mesure « politique »? Peut-être s'agit-il simplement d'une décision économique (songeons au coût d'une libéralisation des techniques de la PMA qu'un habillage « moral » peut rendre sans doute acceptable. Pour que les références à la bioéthique soient tout à fait crédibles, il manque peut-être tout simplement... une éthique.

Exclusion

Définir

Accès interdit

L'exclusion est dans le monde antique un châtiment. Auguste chasse Ovide de Rome et le condamne à un exil perpétuel sur les rives de la mer Noire ; les Athéniens bannissent, pour dix ans, l'un des plus illustres d'entre eux, le vainqueur de Salamine, Thémistocle, coupable d'être trop ambitieux et trop puissant. Cette mesure porte un nom : l'ostracisme. La porte de la Cité restera close pour ceux que les citoyens auront condamnés (*excludere,* en latin, fermer l'accès). Les ex-clus, conformément au sens du mot, se retrouvaient alors à l'extérieur de la Cité.

Aujourd'hui, et par un phénomène de glissement de sens, les exclus le sont entre nos murs. Ils n'ont fait l'objet d'aucune procédure, on ne leur reproche rien sinon leur dénuement, ils ne s'exposent ni à la vindicte populaire, ni au mépris des citoyens : au contraire, ils suscitent la compassion et régulièrement, quand vient l'hiver, les médias se rappellent à leur attention. L'exclusion, autrefois exceptionnelle et signe d'infamie civique, est devenue banale, indice pathétique d'une faillite. Elle résulte en effet désormais moins d'une volonté de la société que d'une impuissance de celle-ci à répondre aux besoins de tous. Car l'exclusion ressemble en cela au Démon, elle a mille noms, mille visages... On pourrait même croire qu'elle gagne du terrain à mesure qu'elle multiplie ses formes... Qui dira bientôt qu'il ne se sent exclu ?

Composer

L'exclusion est-elle nécessaire ?

▸ **Si intégrer, c'est associer...**

La politique n'est pas un simple combat pour l'exercice du pouvoir, elle suppose aussi de la part de ceux qui s'y livrent un « projet de société » qui justifie l'affrontement. De fait, **le politique prétend toujours réaliser une meilleure intégration de ceux auxquels il souhaite imposer son gouvernement.** De l'intégration, le *Vocabulaire philosophique* de Lalande donne la définition suivante :

> « Etablissement d'une interdépendance plus étroite entre les partis d'un être vivant ou entre les membres d'une société. »

L'intégration apparaît bien comme l'envers de l'exclusion et semble effectivement désigner la finalité du politique : intégrer c'est associer. Une société sera donc d'autant plus florissante que le nombre des associés *(socii)* qui la composent sera plus élevé. Or que signifie précisément « associer » ?

▸ **... l'association politique réclame aussi...**

La finalité de l'association politique réside dans l'exclusion de la violence naturelle dont les hommes sont porteurs. La fiction dont on use pour illustrer ce mécanisme importe finalement peu : que l'on transmette la légende de la fondation de Rome (le tracé de *poemerium* qui indique « la limite à ne pas franchir armé ») ou que l'on construise, à l'instar du philosophe Hobbes, un état de Nature effrayant où le règne de la force entraîne l'humanité à sa perte, c'est toujours le même discours que l'on tient. L'association demeure le meilleur moyen d'exclure, expulser le mal et réaliser la conservation de l'espèce.

De fait, l'association initiale mythique sert de modèle à l'action politique : on s'efforcera d'associer par la négociation les adversaires au moyen d'un contrat, d'une déclaration commune, on cherchera à réduire les hétérogénéités sociales par l'association des futurs citoyens dans une culture commune par le moyen de l'Ecole de la République, etc. Est-ce à dire, par conséquent, que la réalité de l'exclusion sociale marque l'échec de ceux qui ont en charge les affaires de la Cité ?

▸ **... l'exclusion comme une nécessité.**

L'exclusion sociale n'est-elle pas toujours répétition de cette expulsion de la violence, au principe même de l'institution politique ? De fait, on imagine mal une société aussi riche que la société occidentale subir ce mécanisme d'exclusion. Le rejet dont souffre une partie non négligeable de la population (en France, de récentes estimations font état de 1 400 000 victimes de l'exclusion sociale) est-il sinon provoqué du moins toléré... Ceux que la société maintient à sa porte ne sont-ils pas les re-présentants de la violence inacceptable de la nature des choses, celle qui précipite dans la pauvreté, sans que la volonté des hommes puisse rien y faire ? Le bouc chassé dans le désert, Œdipe banni de Thèbes, le *pharmakos,* esclave, promené dans Athènes pour se trouver lynché à la porte de la ville, endossent les angoisses de la communauté. C'est contre eux que celle-ci se reforme. De fait, si l'exclusion opère depuis si longtemps la *catharsis* nécessaire à la cohésion du groupe, comment ne pas voir aujourd'hui les exclus de la société de consommation sous les traits de victimes émissaires d'une crise sacrificielle qui puise aux origines du phénomène politique ?

Approfondir

La métamorphose

FRANZ KAFKA (1912)

« Un matin, au sortir d'un rêve agité, Gregor Samja s'éveilla transformé dans son lit en une véritable vermine. » C'est ainsi que débute ce conte de fées à rebours que le réveil fait basculer dans le cauchemar d'une réalité qui deviendra de plus en plus insoutenable. Non que Gregor souffre de sa transformation, mais parce que celle-ci va conduire sa famille à une exclusion brutale, définitive, qui ne laisse au malheureux que la mort pour issue.

Tout commence donc par une métamorphose. L'article défini

du titre du récit ne permet guère de douter du caractère métaphorique de la transformation. La métamorphose de Gregor est évidemment l'instance de tous ces bouleversements radicaux qui brutalisent parfois les familles dans le conformisme qu'elles n'ont de cesse d'instituer : à chacun son rôle, sa place... Gregor doit ainsi travailler pour faire vivre ses parents et sa sœur Grete qu'il aime tant. Il tient dans l'économie domestique la fonction première (en particulier, il rembourse une dette contractée par son père) et sa métamorphose c'est aussi un changement profond de cet ordre économique jusque-là bien défini. De fait, quelle famille ne doit pas faire face à la « métamorphose » de l'un de ses membres : passage de l'enfance à l'adolescence, maladie, chômage... La vie ne nous expose-t-elle pas à des modifications incessantes de nos habitudes? La transformation de Gregor apparaît bien comme un fait accompli, irréversible, une altération complète de son identité (même ses goûts ont changé : « Il ne pouvait plus souffrir le lait, qui était autrefois sa boisson préférée et que sa sœur lui avait servi sans doute avec une attention particulière. »).

A l'origine de l'exclusion — qui prend la forme pour Gregor d'une réclusion — il y a, selon Kafka, le constat d'un bouleversement intolérable pour la communauté. Il s'accompagne d'un sentiment mêlé de honte et de crainte, mais le rejet apparaît d'abord comme le dégoût du désordre. Il ne s'agit là cependant que d'une première étape. Car la transformation de Gregor va provoquer de nouvelles modifications. La métamorphose, c'est aussi celle de la famille Samja. Le père reprend le chemin du travail et redécouvre le plaisir de l'activité, il se sent bientôt « en grande forme, vêtu d'un bel uniforme bleu à boutons dorés ». Le récit de Kafka, dans sa seconde partie, relate en effet ce qu'on pourrait appeler la résurrection de la famille Samsa. **Au malheur de l'exclu répond bientôt le bonheur de ceux qui excluent.** De fait, Kafka suggère un bonheur d'exclure, une joie sauvage à expulser l'élément du désordre qu'accompagne une énergie de l'espoir d'être pleinement soi-même. Il ne faut donc pas lire légèrement la dernière phrase du court roman qui promet aux Sansa un avenir radieux :

> « Ils crurent voir une confirmation de leurs nouveaux rêves et de leurs beaux projets quand, au terme du voyage, la jeune fille se leva la première et étira son jeune corps. »

L'épanouissement de Grete semble s'être fait au prix de la mort de Gregor, comme si la sœur était sortie de sa chrysalide quand le frère se laissait enfermer dans sa carapace.

Actualiser

Le clochard et le SDF

L'exclusion s'affiche, elle se place à la une des journaux que des SDF éditent et distribuent eux-mêmes : *La Rue, Macadam, Réverbère.* Ces titres évoquent assez clairement que cette exclusion-là est d'abord une expulsion du domicile. Or, paradoxalement, elle n'est jamais aussi visible qu'en hiver, où précisément les expulsions sont interdites par la loi.

Les exclus sont donc à présent les « sans-logis » que le sigle SDF (Sans domicile fixe) banalise, voire transforme en institution (SNCF ? RATP ? RER ?). Mais sigler le « sans-logis » c'est évidemment surtout déréaliser ce rapport à l'exclusion que semble redouter la communauté de ceux qui sont toujours « inclus ». En effet, un sondage du mois d'octobre 1993 (CSA/*La Rue*) montre que 73 % des Français craignent l'exclusion pour eux-mêmes ou leurs proches. Le sigle permet donc d'effacer la réalité de ce qui semble vécu comme une menace effective. La déshumanisation par ces trois lettres, SDF, est une dédramatisation, un biais pour l'esquive du tragique que la fatalité de la rue ne manque pas de générer. Humain, trop humain l'exclu ressemble à son envers; trop proche il peut hanter comme un avenir ceux dont le présent paraît si incertain.

De fait, si le « sympathique » clochard de quartier a laissé la place au SDF anonyme (à qui l'on reprocherait parfois même sa « trop » bonne tenue), c'est bien que l'exclusion se développe et que l'on refuse plus obstinément de la nommer. Le vieux rebelle barbu qui s'intégrait dans un pittoresque urbain, relayé par le roman et le cinéma, et auquel on prêtait (à tort ou à raison) une volonté d'être dans la rue s'est démultiplié mais ses « doubles » ont perdu de cette identité et de cette « épaisseur » psychologique qui permettaient au clochard de n'être pas « si exclu que cela ». Aujourd'hui les 400 000 SDF « officiels » ne sont même plus des

« marginaux », ils se perdent dans la blancheur d'une page sans marge. C'est pourquoi la vente « à la criée » de ces journaux « sans-logis » ne relève pas seulement d'une stratégie de réintégration sociale de ceux qui n'ont institutionnellement aucune protection (parce qu'ils ne figurent sur aucun registre et ne marquent pas la mémoire des ordinateurs). Il s'agit de faire entendre à nouveau la voix de ceux que les euphémismes siglés cherchent à effacer.

Famille

Définir

Pourquoi tant de haine ?

« Familles, je vous hais ! ». Le cri d'André Gide est bien connu. Mais pourquoi tant de haine? La famille, plus petite communauté humaine, est pourtant le lieu où se tissent des liens que l'on veut croire indestructibles entre les êtres, parce qu'ils sont ceux qu'impose la Nature. Structure de réconfort, société nécessaire où chacun peut se replier quand les aléas de l'Histoire se laissent trop percevoir, la Famille est toujours valorisée en période de crise morale ou politique. C'est vers elle que reviennent ceux qui ont perdu leurs illusions, c'est vers elle que se tournent les fondateurs d'un ordre social destiné à protéger les peuples des cahots et du chaos de l'Histoire, c'est vers elle enfin que se fixe le choix de ceux qui réclament la promotion de « vraies valeurs » quand ils ont le sentiment d'avoir été le jouet des idéologies.

C'est paradoxalement la force du lien familial qui effraie autant qu'il sécurise. On ne peut échapper à sa famille, ni faire de n'être plus l'enfant de ses parents. La famille si elle réchauffe, en même temps détruit toute volonté. Elle apparaît, comme le montre Hegel dans *Les principes de la philosophie du droit,* à la fois telle un havre de sécurité et telle une prison — l'expression « cellule familiale » a de ce point de vue de quoi faire réfléchir.

Composer

La famille, une communauté à part ?

▸ **L'ordre familial est un ordre à part...**

L'ordre familial ne relève pas de l'ordre social, même si la tentation est grande de faire de la famille la métaphore de la société (voir les expressions du « paternalisme » politique : le monarque est un **père** pour ses sujets, le despote un authentique « petit père des peuples » qu'il a soumis). Les Grecs dissociaient ainsi la sphère de la vie privée de celle de la vie publique. Si dans l'espace de la Cité les citoyens sont des égaux (c'est la règle de l'isonomie), dans la maison, l'inégalité des situations s'impose (le Maître, les fils, l'épouse, les filles, les esclaves...). De fait, la famille ne dissimule pas des relations de domination ou de dépendance que la société démocratique refuse. Avec l'avènement de la Démocratie, ce qui caractérisait au ve siècle avant Jésus-Christ la Grèce s'est étendu à l'ensemble des Etats modernes. La famille apparaît bien comme un « ordre à part ».

▸ **... dont dépend le rapport de chacun à l'ordre social.**

Ce n'est pas dire cependant qu'elle n'a aucun rôle social. Hegel le rappelle dans *Les principes de la philosophie du droit.* La famille prépare à la vie sociale en ce qu'elle situe l'individu dans une communauté, c'est-à-dire là où s'éprouve la solidarité. Elle permet l'apprentissage de la vie de groupe et des rapports de force inhérents à toute collectivité humaine. La psychanalyse montre même que la famille est bien le lieu où se détermine le rapport de chacun à l'autorité et à l'ordre. Elle prépare donc moins qu'elle ne détermine.

En effet, le conflit œdipien auquel le jeune enfant est confronté, c'est-à-dire la découverte d'une volonté extérieure à la sienne, d'une volonté plus puissante que la sienne et qui contrarie la réalisation de ses désirs structure le rapport futur de l'adulte à la Loi.

De fait, le désordre de la vie familiale rend la vie sociale désordonnée. Le symbolisme de la pièce de Sophocle va également dans ce sens : ce que découvre aussi Œdipe, c'est qu'il ne peut plus rester dans la Cité. Son existence sera celle désormais d'un être errant qui demeure aux portes d'une ville interdite (Athènes, dans *Œdipe à*

Colonne), car ce sont bien ses « histoires de famille » *(sic)* qui ont apporté à Thèbes le désordre absolu que représente la peste. L'ordre social n'est rétabli qu'avec la vérité et le départ du criminel.

Ainsi la famille est un « ordre à part » parce qu'elle est l'ordre ou le désordre à venir dans la vie sociale de chacun.

Approfondir

Electre

EURIPIDE (413 av. J.-C.)

Quarante ans après l'*Orestie* (le triptyque d'Eschylle consacré à la tragédie des Atrides : *Agamemnon, Les Choéphones, Les Euménides*) Euripide « revisite » la célèbre « vendetta » familiale qui déchire le royaume de Mycènes. On connaît l'argument : Agamemnon, le roi des rois, a été contraint, par les Dieux et sa propre armée, à sacrifier sa fille Iphigénie, afin que les vents puissent porter les Achéens sous les remparts de Troie. Clytemnestre prépare pendant dix ans la vengeance d'une mère, armant le bras de son amant Egisthe, pour que celui-ci frappe le Roi à son retour triomphal. Electre, l'une des trois filles du couple royal, assiste au meurtre et n'a, dès lors, d'autre souci que celui de préparer, à son tour, le prince héritier, Oreste, à la vengeance. Revenu à Mycènes, le jeune homme, poussé par sa sœur, exécute Clytemnestre et Egisthe pour reprendre le trône de son père. La famille des Atrides devient alors le symbole du déchaînement de la haine familiale : ne dit-on pas encore aujourd'hui d'une famille dont les membres se détestent qu'elle ressemble à celle des Atrides ?

Euripide fait d'Electre le défenseur de la tradition et des valeurs masculines de la famille. Elle choisit de rester là où désormais sa mère et son amant règnent ensemble pour entretenir la mémoire du Roi assassiné :

> « Si la justice veut qu'on rende meurtre pour meurtre, c'est par ta mort (Electre s'adresse ici à sa mère, Clytemnestre) que ton fils Oreste et moi devons venger notre père. Si le premier meurtre est juste, celui-ci est juste aussi. »

Oreste viendra donc pour égorger Clytemnestre dans une pauvre maison paysanne, comme on abat sans émotion un animal. Ce sont biens les liens du sang qui unissent les Atrides !

La tragédie met en scène la violence des passions qui agitent une famille, comme si la famille était le lien tragique par excellence. De fait, la filiation est aussi une fatalité : si l'on n'échappe pas à sa propre famille comment pourrait-on fuir les désirs qui s'y manifestent comme on fuit dans la société ceux dont nous ne pouvons supporter l'étreinte ? La famille est un espace aussi clos que l'univers tragique, elle révèle alors à chacun de ses membres une fatalité dont Freud et la psychanalyse sauront exploiter la dimension symbolique.

Actualiser

La famille décomposée

Les chiffres les plus récents fournis par l'INSEE comptabilisent en 1986 2 millions d'enfants de moins de 19 ans vivant au sein d'une famille monoparentale. Ce qui était annoncé jadis par des « futurologues » comme Alain Toffler *(Le choc du futur)* semble aujourd'hui s'être partiellement réalisé : la famille — dans sa forme traditionnelle — en tant que cellule de formation et de repli pour l'individu se désagrège, elle s' « atomise » (n'évoque-t'on pas les « foyers mononucléaires » ?). Certes la cause principale du phénomène est aisément identifiable : la progression spectaculaire du nombre des divorces (40 000 par an vers 1960 pour 110 000 dans les années quatre-vingt-dix). Mais cette « cause » immédiate n'est que la manifestation d'une évolution plus profonde de la société française en particulier, comme de l'Occident dans son ensemble.

La **cellule familiale de type pré-industriel** se caractérisait par sa « superficie sociale », elle réunissait dans un lieu unique parents, grands-parents, cousins, oncles, etc. Structurée le plus souvent autour d'un « patriarche », vestige rural de l'antique *pater familias,* cette famille s'enracine dans un terrain et l'image qu'offre **l'arbre** généalogique la symbolise parfaitement. Avec l'industrialisation, les individus prennent de l'autonomie par rapport à ces racines. Il faut aller chercher le travail là où il se trouve, c'est-à-dire dans les villes. La mobilité sociale distend les liens familiaux. On « visite » désormais la « famille » pendant les vacances. On retourne « au pays » comme on rentre chez soi mais épisodiquement. Le discours de la nostalgie est de bon ton, toutefois l'individu gagne en liberté avec cette mise à distance.

Avec **le droit au divorce,** c'est une nouvelle « mobilité » qui est conquise, une nouvelle étape de la libération individuelle qui est réalisée. Si la famille en fait les frais c'est au même titre que la société dans son ensemble : à mesure que les aspirations individualistes s'affirment, les communautés, de la plus simple à la plus complexe, se désagrègent. Reste à atteindre désormais la phase ultime dans le processus d'allégement du poids que la famille fait peser sur l'individu : la séparation parents-enfants. L'anthropologue Margaret Mead imagine ainsi une société dans laquelle on distinguerait des « parents biologiques » des « parents professionnels ». Pour « libérer » les couples (déjà désunis) de leurs enfants pendant les périodes d'activité, on pourrait concevoir des familles spécialisées dans l'éducation et l' « élevage » des enfants et rémunérées en conséquence. Après les mères porteuses, les mères « éleveuses »? L'individualisme porté à son paroxysme a bien quelque chose de surréaliste.

Définir

La paix, un accident de l'histoire ?

L'étymologie oppose la guerre à la paix comme les anciens livres d'histoire distinguent les cruels envahisseurs francs des paisibles gallo-romains. Les barbares venus de Germanie n'ont en effet légué que de très rares expressions à la langue française : il faut toutefois leur créditer le mot « guerre », du gothique *Guerra* alors que la « paix » appartenait au lexique des peuples qu'ils avaient vaincus (*pax,* en latin). Cette *pax* romaine dérive elle-même du verbe *pango,* « fixer », « enfoncer ». **La paix, c'est donc une manière de « fixer les choses », de calmer le mouvement pour connaître enfin le repos.** Il existe une autre hypothèse concurrente mais qui ne remet pas en cause l'idée que révèle l'origine du mot lui-même. La « paix » serait la traduction latine d'une interjection grecque signifiant « Silence ! ». Là encore, c'est un chaos (sonore) que la paix s'efforce de dissiper.

L'une et l'autre interprétations philologiques évoquent l'idée selon laquelle la paix est toujours postérieure à la guerre, qu'elle en procède, qu'elle en dépend. La paix est-elle toujours seconde ? Ne peut-on la penser sans la subordonner à la guerre ?

Composer

La guerre n'est-elle qu'un haïssable accident de l'Histoire ?

▸ **La guerre est-elle un mal...**

Du *Candide* de Voltaire au roman de Barbusse, *Le feu,* **la guerre figure le Mal,** l'absurdité d'une horreur qui révèle la part sombre de la nature humaine. Thomas Hobbes dans *De cive* et *Léviathan* rappelle l'évidence de cette nature mauvaise que signale l'existence de la guerre. A l'état de Nature les hommes, explique-t-il, vivent dans la crainte :

> « La cause de la crainte mutuelle réside pour partir dans l'égalité naturelle entre les hommes, pour partir dans le désir réciproque de se nuire... »
>
> *De cive.*

Les hommes sont très égaux dans le désir de nuire. On connaît trop la formule célèbre « l'homme est un loup pour l'homme » qui dit la loi de la nature humaine ; la bestialité. Le philosophe britannique imagine l'idée d'un contrat passé entre tous les hommes pour les soustraire à l'angoisse insupportable de cette guerre permanente. La société est une alliance forcée pour combattre la guerre cachée au plus noir du désir de chacun.

Les hommes se donnèrent le droit, civil pour régler les conflits internes, international (au droit des gens) pour les relations entre les peuples. Mais si pour le premier l'Etat a bien les moyens d'imposer la loi (seul détenteur qu'il est de la violence légitime), dans le second cas, celui du droit international quelle instance a la possibilité d'imposer le respect des traités passés entre les nations ? Celles-ci demeurent, pour exploiter le schéma hobbien, à l'état de nature.

La guerre inscrite dans la nature humaine se révèle inévitable dès lors que l'on ne prend pas soin d'envisager l'obligation de créer une sorte de « Confédération planétaire », de « Sénat des nations », issus d'un nouveau pacte « suprasocial ».

▸ **... nécessaire ?**

L'échec de la SDN et les paralysies de l'ONU font de cet objectif cosmopolitique, cher à Kant, un idéal voué à n'enfanter que des utopies.

Pourquoi la paix résiste-t-elle si mal à la guerre ? Pourquoi les peuples ne trouvent-ils pas la force de mettre la guerre « hors la loi » ?

C'est peut-être, risquerons-nous avec Machiavel, que la guerre est nécessaire (étymologiquement, elle ne peut pas ne pas être). L'auteur du *Prince* enseigne à se méfier de la paix, toujours trompeuse : « (Le Prince) ne peut se fonder sur ce qu'il voit en temps paisible. » La paix se serait qu'une ruse de la guerre destinée à endormir la méfiance des princes et celle des peuples. La paix nous fait croire en effet que le monde est stable (*pangere :* fixer) alors qu'il n'est toujours que mouvement et chaos. La pensée politique de Machiavel fait du chaos de l'Histoire une nécessité que le véritable homme d'Etat sait accepter.

Or si la guerre est inévitable, c'est qu'elle exprime à l'échelle des nations la nature profondément insociable des hommes.

Kant dans l'*Idée d'une histoire universelle au point de vue cosmopolitique* ne dit pas autre chose. Si l'homme, par nature, témoigne d'un penchant à s'associer aux autres hommes « il manifeste (aussi) une grande propension à se détacher, car il trouve en lui le caractère d'insociabilité qui le pousse à vouloir tout diriger dans son sens... ». Or la guerre reproduit le schéma du conflit de deux singularités (« La guerre est un combat singulier agrandi, et la lutte entre deux hommes est l'image qui permet le mieux à la pensée de se représenter en un acte unique le nombre indéterminé de combats dont une guerre se compose », Clausewitz).

Approfondir

Projet de paix perpétuelle

EMMANUEL KANT (1795)

L'originalité du texte de Kant, paru pour la première fois en 1795 alors que l'Europe est dévastée par des guerres qui désormais ne concernent plus seulement les « professionnels » (cf. la levée en masse du côté français), tient déjà au titre retenu. Certes, il fait allusion à l'abbé de Saint-Pierre dont le *Projet pour rendre la paix perpétuelle en Europe* eut un réel retentissement en 1713, au lendemain des campagnes de Louis XIV. Mais Kant a, de façon significative, éliminé toute référence circonstancielle. Il s'agit désormais de penser la paix comme une exigence universelle, et d'autre part d'arracher celle-ci à la guerre. Rechercher la paix perpétuelle, c'est se donner les moyens d'éliminer de façon définitive la guerre.

Après avoir toutefois rappelé que la guerre est aussi un facteur de progrès (elle pousse les peuples à s'installer dans des régions inconnues, elle mobilise toutes les énergies techniciennes), Kant expose les conditions selon lui nécessaires à la disparition des conflits internationaux. Il plaide ainsi en faveur de la dissolution des armées de professionnels et des armées permanentes — « Les armées permanentes doivent entièrement disparaître avec le temps ». Lorsqu'on dispose d'une arme à portée de main on est toujours enclin à l'utiliser. Il faut en outre que le régime républicain progresse à travers l'Europe. Là, les sujets sont des citoyens et décident eux-mêmes de la guerre et de la paix, ils n'abandonnent pas le sort de la communauté au caprice d'un Prince et à la défense de ses intérêts particuliers. Enfin, Kant propose de soumettre les nations à une autorité commune, sur le modèle du pacte social, car la sécurité passe par la contrainte :

> « Il n'y a, aux yeux de la raison, pour les états considérés dans leurs relations réciproques, d'autre moyen de sortir de l'état de guerre où les retient l'absence de toute loi, que de renoncer, comme les individus, à leur liberté sauvage, pour se soumettre à la contrainte des lois publiques et former ainsi un Etat de nations qui croîtrait toujours et embrasserait à la fin tous les peuples de la terre. »

Le cosmopolitisme est le plan caché de la Nature et la paix perpétuelle en est l'un des agents. Or, ce cosmopolitisme apparaît d'abord comme une idée régulatrice destinée à nous permettre de penser le progrès de l'espèce. De même que la Paix perpétuelle est un pro-jet (jeter devant), un horizon. Le texte de Kant a inspiré la création de la SDN et de l'ONU, avec des résultats mitigés on le sait.

Actualiser

La guerre totale

Dans *De la guerre,* publié en 1834, Carl von Clausewitz inventait le concept de « guerre absolue », en tirant les leçons des lumières.

De la « guerre absolue » notre modernité a fait la « guerre totale », selon un mécanisme aisément repérable :

> « Tandis que plaçait tous les esprits, d'après les vues traditionnelles, en une force militaire très limitée, une force dont personne n'avait eu l'idée fit son apparition en 1793. La guerre était soudain redevenue l'affaire du peuple et d'un peuple de 30 millions d'habitants qui se considéraient tous comme citoyens de l'Etat (...). La participation du peuple à la guerre, à la place d'un Cabinet ou d'une armée, faisait entrer une nation entière dans le jeu avec son poids naturel. »

La guerre avec les armées françaises sorties de la conscription, cesse d'être une affaire de professionnels et devient l'affaire de tous. Elle engage les peuples et implique les nations, elle est totale. Le XXe siècle rend d'ailleurs ce concept de « guerre totale » parfaitement clair. Deux « guerres mondiales » suffisent à montrer ce que « totale » signifie : tous les moyens humains et mécaniques auront été mobilisés sur toute la surface du globe, au service d'une guerre qui ne distingue pas entre les civils et les militaires. A deux reprises, le cauchemar de Hobbes (voir *supra*) est devenu réalité. Depuis les hommes font attention, ils laissent à l'ONU le rôle de « super-Léviathan », et se flattent d'avoir su refroidir la guerre ou la circonscrire à des périmètres trop réduits pour être vraiment inquiétants.

En 1991, la crise du Golfe : énième guerre de Troie, elle n'eut certes pas vraiment lieu mais servit aux Européens de révélateur. Machiavel avait raison, la guerre ne cesse d'être aux aguets derrière la paix et la menace de la guerre totale n'en finit pas d'être perceptible.

Si la guerre du Golfe marque un tournant dans l'évolution des mœurs occidentales (modification du comportement des consommateurs, manque de confiance dans l'avenir, etc.), c'est peut-être parce qu'elle a montré la facilité de la paix (plutôt que sa fragilité). L'internationalisation de tous les échanges, la mondialisation de l'économie rendent les conflits locaux extrêmement sensibles et les intérêts particuliers de telle puissance régionale revêtent soudain une portée générale. **La guerre totale est à présent universelle.**

Héros

Définir

Mi-homme, mi-Dieu

Le héros est une créature composite, fils d'une divinité et d'un mortel, il n'appartient ni à la communauté des hommes — qu'il surplombe — ni à la cohorte pourtant fournie des dieux grecs et romains. Ce qui semble donc caractériser le héros, c'est d'une part sa solitude et d'autre part cette condition intermédiaire. Dans notre culture, le héros par excellence demeure Achille, fils de Thètys, et dont le corps même trahit sa nature double (puisqu'il est vulnérable seulement au talon). Nos mythologies modernes ont conservé cette duplicité essentielle : Superman est à la fois l'invincible défenseur de l'Amérique et le timide journaliste dont la gaucherie émeut. L'acception banalisée du mot « héros », employé pour « personnage principal » d'une fiction romanesque ou filmique, maintient également l'ambivalence. Ce héros de roman est suffisamment singulier pour justifier que le romancier s'intéresse à lui, même s'il apparaît aussi comme un personnage parmi d'autres. Julien Sorel est ainsi à la fois exceptionnel (par sa volonté et son ambition) et ordinaire (par ses passions).

On l'aura compris, le héros permet l'identification parfaite de la communauté à un modèle. Il est au-delà de la condition que nous partageons tous et c'est pourquoi nous pouvons souhaiter l'imiter, mais il reste accessible, nous pouvons donc nous identifier à lui. Le héros tragique ou épique cimente ainsi les nations, comme le héros romanesque rassemble les lecteurs en une confrérie plus ou moins large (on songera aux *happy few* auxquels Stendhal dédiait ses œuvres).

Composer

Les grands Hommes font-ils l'Histoire ?

▸ **Faut-il étudier les Hommes illustres...**

Longtemps l'Histoire événementielle a transformé les historiens en hagiographes. Même les plus grands n'ont pas su résister : on n'oublie pas les pages célèbres que Michelet consacre, dans son *Histoire de France,* à Jeanne d'Arc.

> « Le sauveur de la France devait être une femme. La France était femme elle-même. Elle en avait la mobilité, mais aussi l'aimable douceur, la pitié facile et charmante, l'excellence au moins du premier mouvement. »

Joinville n'évoquait pas Saint Louis avec une plus grande ferveur.

De fait une longue tradition alimente ce que l'on pourrait appeler une vision individualiste et volontariste de l'Histoire. C'est que le discours historique est resté longtemps sous influence de l'Epopée. Seules les actions exceptionnelles méritaient d'être relatées et celles-ci ne pouvaient être que le fait de personnalités extraordinaires. De même qu'il était aberrant de peindre des individus anonymes et obscurs, il semblait absurde de s'intéresser aux actes quotidiens et aux volontés impuissantes des inconnus de l'Histoire. Les Hommes illustres sont en revanche des modèles commodes et l'Histoire apparaît alors, grâce à eux, comme un recueil de leçons à donner aux générations futures (significativement, le *De viris illustribus* servit longtemps de « manuel » pour apprendre... le latin aux petits Français !)

▸ **... ou bien « les éléments homogènes, infinitésimaux, qui gouvernent les masses » ?**

Il faut attendre le XIXe siècle pour que l'Homme illustre perde de sa splendeur historique. L'analyse hégélienne du rôle du Héros est à cet égard une charnière. Le grand Homme historique comme

Napoléon tient certes une place déterminante dans le cours de l'Histoire, mais sans en être pleinement conscient. Il est agi par la Raison qui se sert de lui (cf. *infra*). Cette véritable dépossession annonce l'intérêt nouveau que vont susciter les « masses » et les « sans-grades ». Ce n'est ainsi pas un hasard si dans *La Chartreuse de Parme* la bataille de Waterloo est vécue par un inconnu, Fabrice, héros du roman mais non de l'Histoire, si Frédéric Moreau, dans l'*Education sentimentale,* passe à côté de la révolution de 1848, si Tolstoï enfin dans *Guerre et Paix* montre un Napoléon véritablement « dépassé par les événements » :

> « Dans les événements historiques, les prétendus grands hommes ne sont que des étiquettes qui donnent leur nom à l'événement et qui de même que les étiquettes ont le moins de rapport avec cet événement. »

▸ **Les romanciers préparent ainsi la voie des historiens du XXe siècle,** ceux qui vont précisément rompre avec l'événement et la personnification de l'Histoire pour étudier les coutumes, les lentes évolutions des sociétés et des mentalités, l'aménagement par les hommes de leurs espaces de vie.

Approfondir

La Raison dans l'Histoire

FRIEDRICH HEGEL (1822)

Le grand Homme, celui que dans *La Raison dans l'Histoire* Hegel nomme « l'individu historique », a connu l'expérience de la Révélation : l'Esprit du Temps s'est manifesté à lui. L'Histoire aussi a ses Mystiques.

C'est dire qu'il a compris la nécessité politique de son époque et les possibilités historiques ouvertes par le présent. Ses ambitions personnelles entrent alors en correspondance avec l'attente du moment :

> « Leur œuvre est donc ce que visait la véritable volonté des autres ; c'est pourquoi elle exerce sur eux un pouvoir qu'ils acceptent malgré les réticences de leur volonté consciente : s'ils suivent ces conducteurs d'âmes, c'est parce qu'ils y sentent la puissance irrésistible de leur propre esprit intérieur venant à leur rencontre. »

En suivant ses passions, **le grand Homme accomplit le travail de la Raison dans l'Histoire.** Il est agi plus qu'acteur et apparaît, dans l'analyse qu'en propose Hegel, comme un moyen dont se sert la Raison pour atteindre les buts qu'elle s'est fixés. Une fois, l'œuvre réalisée, les « individus historiques » quittent le mouvement de l'Histoire, ils tombent « comme des douilles vides ». César est assassiné, Napoléon déporté :

> « Le particulier a son propre intérêt dans l'histoire : c'est un être fini et en tant que tel il doit périr. C'est le particulier qui s'use dans le combat et est en partie détruit. »

De ce point de vue, **le héros hégélien est aussi un héros tragique** (« La politique est la tragédie moderne », affirmait avec lucidité Bonaparte), il affronte une fatalité et découvre que sa liberté ne cesse de se heurter sinon aux Dieux, du moins à l'Esprit. L'issue est sans surprise. Tout est joué avant même que ne se livre le rideau de l'Histoire, et l'*hybris* qui frappe les héros historiques, c'est de croire précisément qu'ils peuvent encore agir sur l'événement sitôt que la Raison s'est détournée de leur sort. Les Cent-Jours obéissent ainsi aux règles les plus strictes de la Tragédie, telles que les avait définies Aristote : unité de lieu — L'Europe —, unité d'action — la reconquête de l'Empire —, unité de temps — les Cent-Jours fatidiques.

Actualiser

Le top 50 de l'héroïsme

Quels sont les héros de notre temps? La Grèce antique avait Achille et Ulysse, le Moyen Age Roland et Olivier... Qui, aujourd'hui incarne nos valeurs?

Car s'interroger sur les héros du temps, c'est évidemment examiner les valeurs de ce temps-ci qu'endossent quelques personnages réels ou imaginaires, toujours mythiques. Pour les connaître, inutile de chercher à lire une sorte d'épopée moderne, il suffit d'écouter les médias et de s'en tenir aux sondages. Régulièrement un institut bien connu s'inquiète, pour le compte d'un hebdomadaire non moins connu du dimanche, de la popularité des « personnalités » *(sic)* dans lesquelles se retrouvent spontanément les Français. On découvre ainsi ce qui apparaît comme un véritable « top 50 », un classement, avec des « entrées », des « sorties », des « régressions », des « progressions », etc. Mais ce baromètre de la sympathie est moins variable que le véritable « top » qui évalue les meilleures ventes de disques. Deux constantes méritent en effet d'être soulignées : l'absence des politiques dans les dix premières places, et la présence de l'abbé Pierre et du commandant Cousteau, l'un et l'autre alternativement major depuis des années.

On le voit, nos héros sont vieux et aujourd'hui bien fatigués. L'un commande aux âmes et l'autre aux hommes, mais tous les deux se sont appropriés l'uniforme que leur origine « professionnelle » leur imposait. On les identifie par deux couvre-chefs, le béret et le bonnet de laine du marin, képis détournés qui signifient autant l'autorité que la singularité. L'un milite en faveur des exclus de la société, l'autre d'un environnement malmené par la technologie ; ils se retrouvent donc dans la critique d'un système de développement qui spolie les hommes comme les animaux. Ce sont les sages qui nous rappellent à la pureté généreuse de la Nature. Ils partagent enfin un art consommé de l'utilisation des médias, ce sont des hommes qui savent jouer avec l'image, avec leur image. Déjà, en 1957, Roland Barthes avait souligné ce talent de l'abbé Pierre à se couvrir d'une « forêt de signes »... Une coupe de cheveux et une barbe font un habile « déguisement » de saint François... La conclusion de cet article intitulé « Iconographie de l'abbé Pierre », extrait de *Mythologies,* mérite aujourd'hui d'être relue, à la lumière de cet effarant « top 50 de l'héroïsme » :

> « ...et je m'inquiète d'une société qui consomme si avidement l'affiche de la charité qu'elle en oublie de s'interroger sur ses conséquences, ses emplois et ses limites. J'en viens alors à me demander si la belle et touchante iconographie de l'abbé Pierre n'est pas l'alibi dont une bonne partie de la nation s'autorise, une fois de plus, pour substituer impunément les signes de la charité à la réalité de la justice. »

Quarante ans plus tard, l'abbé « tient le coup », et l'analyse de Barthes également.

Définir

Un seul mot pour deux idées

« L'histoire est le produit le plus dangereux que la chimie de l'intellect ait élaboré », écrit Paul Valéry dans *Regards sur le monde actuel.* Il poursuit : « (Elle) justifie ce que l'on veut. Elle n'enseigne rigoureusement rien, car elle contient tout, et donne des exemples de tout. »

Au-delà de la boutade, Valéry rappelle que l'Histoire est d'abord un artifice, c'est-à-dire une création humaine, précisément un discours. L'étymologie va évidemment dans ce sens qui renvoie au verbe grec *historein,* chercher à savoir, raconter.

Mais que nous raconte « celui qui sait » *(histor)* ? Le passé, le devenir des sociétés humaines. Il faut donc discerner, comme le fait l'allemand, ce devenir de l'humanité *(die Geschichte)* du discours sur ce devenir, constitutif de notre culture *(die Historie).*

> « L'Histoire que nous écrivons, explique P. Ricœur, l'histoire rétrospective *(die Historie),* est rendue possible par l'histoire qui s'est faite *(die Geschichte).* »
>
> *Histoire et vérité.*

Le danger ne consiste-t-il pas, dans ces conditions, à confondre les deux acceptions du mot « histoire » en français ?

Composer

Du passé devons-nous faire table rase ?

▸ **Effacer le passé semble vain...**

La commémoration rappelle à la communauté *(cum)* le souvenir *(memor)* d'un événement fondateur qui appartient au passé. Ce rappel souligne aussi la nature oublieuse de la nature humaine. Sans l'institution pour imposer la mémoire, sans le récit des historiens pour dire ce qui fut, aurions-nous encore le moindre souvenir commun ?

De fait, Clio, la muse de l'Histoire, est bien fille de Mnémosyne, la Mémoire, au sens où, bonne fille, elle s'occupe de sa mère. Attentive à celle-ci, elle lui assure ses « vieux jours » ! Le discours de l'historien, le rituel religieux et les fêtes de la République sont des artifices, c'est-à-dire des créations humaines, **pour résister à l'action de cette Nature oublieuse qui croit tout « naturel » de faire table rase du passé.**

Car c'est bien au premier chef la Nature qui accomplit la table rase, effaçant les signes de la présence des hommes si ceux-ci ne prennent garde de les entretenir. Le philosophe John Locke comparait ainsi la mémoire à une table de bronze :

> « La mémoire est une table de bronze remplie de caractères que le temps efface insensiblement si l'on n'y repasse quelquefois le burin. »

Le texte de nos souvenirs tend naturellement à disparaître, comme des ruines sous le lierre des tableaux de Robert ou Turner. Il faut le burin, c'est-à-dire une action volontaire et violente pour le conserver. La métaphore de la table de bronze évoque celle de ***la tabula rosa*, autre tablette (mais de cire) sur laquelle les Anciens prenaient les notes qu'ils comptaient ensuite effacer.**

▸ **... mais le digérer est une nécessité vitale.**

Or cet attachement au passé auquel semble tenir la société, de quelle nature est-il ? Est-ce le passé qui nous est rendu présent ? Le passé renvoie évidemment aux faits révolus mais surtout il exprime l'idée que nous nous en faisons. De fait, la société et plus généralement la Culture nous lient, par la mémoire, à ce qui n'est plus et dont il ne reste que l'idée. **L'entretien du souvenir attache le présent à l'idée du passé, il fait donc dépendre le présent vécu du passé pensé.**

Nous dépendons de ce qui a disparu, le souvenir inscrit la perte au quotidien d'une existence qui découvre son aliénation.

« Je ne puis vivre que selon mes morts ! », s'exclame Barrès. Le mot tient à la fois du sublime et de l'effrayant. Il révèle la dualité d'un homme lié par nécessité à la culture et désireux toutefois d'émancipation. Faire table rase du passé, c'est peut-être aussi rechercher la rupture pour trouver la liberté. Telle est l'entreprise des Modernes (cf. fiche Modernité) et celle des hommes de 1793 (cf. fiche Révolution). Mais la modernité n'est pas la nouveauté. **Car la rupture fait toujours référence.** Les Modernes ne sont pas sans les Anciens, parce qu'ils ne sont que par rapport à ceux-là, de même que les Révolutionnaires ne peuvent s'empêcher de rappeler la République de Rome ou les vertus de Sparte.

C'est pourquoi revendiquer la table rase — et plus précisément l'effectuer — relève du **sur-humain.** Nietzsche dans la seconde dissertation de *La généalogie de la morale* n'affirme pas autre chose. Il est pourtant nécessaire de libérer la vie de l'idée du passé qui prétend l'évaluer. Il faut « faire un peu de silence — écrit-il, de table rase dans notre conscience pour laisser place à du nouveau. » La dyspepsie est un mal — une maladie de l'ensemble de l'appareil digestif. Digérer le passé, c'est le dissoudre dans un élan vital. C'est faire de ce passé, non ce poids qui résiste à l'estomac et qui fait si mal, mais **l'aliment du présent dont la consommation est la source des forces qui donnent au vivant le pouvoir d'agir.**

Approfondir

Idée d'une histoire universelle au point de vue cosmopolitique

EMMANUEL KANT (1784)

A la fin de sa vie, Emmanuel Kant rédige, sous la forme de neuf propositions, un court essai qui suggère que l'Histoire pourrait avoir un point final. Il s'agit, pour le philosophe, de ranimer l'idée d'une Histoire universelle qu'il n'aura plus le temps ni la force d'écrire. L'évolution de l'Humanité, telle que la relatent les historiens, obéit-elle à une rationalité, a-t-elle un sens, une direction et une signification ? Quelle unité discerner dans le chaos des événements ? Ne peut-on distinguer un mouvement d'unification politique de l'espèce humaine ? Si les réponses paraissent évidemment difficiles à établir, les questions sont comme une nécessité de l'esprit humain pour penser l'histoire :

> « Une tentative philosophique pour traiter l'histoire universelle en fonction du plan de la nature, qui vise à une unification politique totale dans l'espèce humaine, doit être envisagée, comme possible et même comme avantageuse pour ce dessein de la nature. »

Kant rappelle ainsi que l'Histoire n'appartient pas qu'à l'historien. Le philosophe est sommé d'en dégager l'universalité (*unus vertere* : tourner dans une seule direction) comme naguère le théologien. Pour ce faire, Kant propose de substituer à la Providence de Bossuet, la Nature. Cette dernière se sert des passions humaines et des conflits qu'elles génèrent pour accomplir son dessein secret :

> « Le moyen dont se sert la nature pour mener à bien le développement de toutes ses dispositions est leur antagonisme au sein de la Société, pour autant que celui-ci est cependant en fin de compte la cause d'une ordonnance régulière de cette Société — j'entends ici par antagonisme l'*insociable sociabilité* des hommes, c'est-à-dire leur inclination à entrer en société, inclination qui est cependant doublée d'une répulsion générale à le faire... »

Kant découvre que c'est la vanité des hommes, leur désir de domination, cet esprit toujours inventif de compétition qui sont à l'origine de toute créativité sociale. Il perçoit, avant Hegel, que rien de grand ne se fait sans passion, c'est-à-dire sans l'attachement intéressé des hommes. Or les passions sont partie de la nature humaine, à travers elles la Nature agit. De conflit en conflit, l'espèce approche de la réalisation de la forme d'organisation politique qui autorisera le règne sans partage de la liberté. Cette forme de gouvernement, Kant l'appelle République, elle correspond à ce que nous désignons aujourd'hui par l'expression « démocratie libérale ». Cette *Idée d'une histoire universelle* ouvre la voie à l'interprétation hégélienne et annonce déjà le thème de la fin de l'Histoire.

Actualiser

La fin de l'Histoire ?

Les dernières dictatures européennes, celles de Franco en Espagne, de Salazar au Portugal et des colonels grecs, sont tombées au cours des années quatre-vingt. La décennie suivante a permis à l'Amérique du Sud (Pérou, Argentine, Uruguay et Brésil), à une partie de l'Asie du Sud-Est (Philippines, Corée du Sud) et à l'ensemble des peuples de l'Europe de l'Est d'accéder également à la démocratie. Comment ne pas s'interroger sur la signification de la poussée, depuis vingt-cinq ans, du gouvernement démocratique sous sa forme occidentale et libérale? L'histoire contemporaine donnerait-elle raison à l'Histoire universelle de Kant et de Hegel ?

Pour l'Américain F. Fukuyama, cela ne fait aucun doute : la diffusion de la démocratie libérale à travers le monde et l'uniformisation des modes de vie qui en résulte nécessairement laissent croire à ce qu'il appelle « la fin de l'Histoire ». L'expression retient évidemment l'attention par son caractère apparemment paradoxal. On imagine la critique faussement naïve de ceux qui s'étonneraient de lire encore dans leur quotidien la relation des événements du monde entier. Annoncer « la fin de l'Histoire » ce n'est évidemment pas nier l'actualité, ni les convulsions politiques qui agitent tel ou tel peuple, ce n'est pas croire que « rien d'important ne se passera jamais plus »... C'est dire seulement que l'Histoire a atteint son but, en menant les hommes à la constitution d'un modèle social qui garantit la pleine jouissance de la liberté et assure à chacun la reconnaissance qu'il est en droit d'attendre.

La fin de l'Histoire s'inscrit dans un cadre d'analyse hégélien : l'homme pour apaiser son désir de reconnaissance — à la différence de l'animal, il peut désirer quelque chose d'immatériel — entre en conflit avec ses semblables, prêt à risquer ou non sa vie pour obtenir cette reconnaissance de sa dignité, voire de sa supériorité. C'est dans ce risque qu'il manifeste alors sa liberté. La société se divise alors en maîtres, ceux qui ont choisi le risque, et en esclaves, ceux qui ont refusé le combat pour la reconnaissance. Le maître découvre pourtant la frustration de n'être reconnu que par des esclaves... Son appétit de reconnaissance le tenaille encore et le lance dans un nouveau conflit, avec un autre maître. Cette lutte pour la reconnaissance ressemble à la guerre de chacun contre tous... Elle est tout aussi peu supportable.

En inventant la démocratie libérale, le désir d'absolue reconnaissance est satisfait (chacun étant l'égal de l'autre, et reconnu comme tel) et la violence des conflits disparaît. Sécurité et liberté ne sont désormais plus incompatibles. L'Histoire, sous sa dimension universelle, a atteint son objectif, sa fin.

Mais ce modèle a-t-il véritablement su s'imposer? L'actualité récente semble montrer que l'Histoire est loin d'être achevée. L'émergence du phénomène religieux au Sud qui investit progressivement l'espace naturellement réservé aux politiques professionnels, les difficultés que rencontrent les peuples d'Europe de l'Est et la solution nationaliste qui ne cesse ne les tenter indiquent à présent que la démocratie libérale n'est pas la réponse-miracle attendue par tous. L'Occident paraît moins convaincant lorsqu'il exporte ses institutions...

Définir

L'humaine valeur

« Par humanisme — écrit J.-P. Sartre dans *L'existentialisme est un humanisme* — on peut entendre une théorie qui prend l'homme comme fin et comme valeur supérieure... ». Pour l'humanisme, en effet, c'est l'Homme qui donne sens à la vie des hommes. Cette idée relève peut-être aujourd'hui de l'évidence, mais il faut savoir qu'elle apparut, à partir du XVIe siècle, comme une véritable révolution intellectuelle. Dans l'Antiquité grecque, c'est par exemple la Nature qui assigne un sens aux choses en général et aux actions des hommes en particulier. C'est ensuite Dieu et sa Providence qui finalisent les existences humaines.

Bref, avec l'Humanisme le monde devient à l'échelle humaine. Le projet est enivrant, il ne doit pas cacher qu'il porte en lui la conscience de nouvelles limites. La nature humaine est en effet faillible et la signification que l'homme se donne désormais le droit de formuler et de distribuer autour de lui, cette signification ne saurait être que provisoire et fragile, prudente et contestable. L'homme en s'installant au cœur des choses impose du même coup le doute à l'origine de toute connaissance et toute reconnaissance.

Composer

La machine est-elle le pire ennemi de l'Homme ?

▸ Si le rapport de l'homme à la machine est ambigu...

Qu'est-ce qu'une machine? Le meilleur ou bien le pire des artifices? Les hommes fabriquent des machines mais ils les détruisent également (à l'instar de ces premiers ouvriers du textile qui brisèrent au XVIIIe siècle les métiers à tisser sur les conseils de Ludd. Le « luddisme » est au monde ouvrier ce que la jacquerie est aux paysans). Les machines retirent de la peine au travail mais elles rongent également le travail des hommes. Bref, les machines opèrent-elles un retour de la technique contre le technicien, instruments d'une version actuelle de l'apprenti-sorcier?

Car la menace ne semble plus relever aujourd'hui de la science-fiction. Bien-sûr les « robots » ou l'ordinateur central de *2001* ne sont pas en passe de dominer les hommes, au sens de les asservir. Mais peu à peu, discrètement systèmes automatisés et intelligences artificielles commencent à extraire l'homme du monde du travail, au risque de lui rendre la nature totalement inintelligible.

▸ ... le travail de l'imaginaire en dissipe l'équivoque...

Or la méfiance à l'égard des machines n'est pas neuve. La fascination qu'elles exercent s'accompagne depuis toujours d'une crainte, celle d'avoir façonné le pire ennemi de l'Humanité.

Ce sont d'abord les rouages de la machine qui effraient. Une machine, c'est un système, c'est-à-dire une articulation volontiers figurée comme une horlogerie de roues dentelées s'entraînant inexorablement les unes les autres, comme disposées afin d'emporter le « machiniste ». Articulation et répétition se retrouvent pour structurer notre angoisse d'une « fatalité artificielle » qui pourrait broyer l'individu. Le trait est encore plus net lorsque la machine se prête au jeu de la métaphore pour signifier l'organisation anonyme et aveugle : n'évoque-t-on pas de la sorte « la machine administrative » ou bien « l'appareil d'Etat »? Les rouages sont dès lors ceux de la bureaucratie. *Le procès* de Kafka illustre efficacement cette hantise : K... se laisse progressivement prendre par les « dents » de la machine judiciaire qui tourne absurdement.

▸ ... et permet d'identifier la machine comme un appareil à déshumaniser.

Si la machine apparaît bien comme le pire ennemi de l'homme (contrairement à l'outil qui se donne comme une sorte de prothèse naturelle du corps) c'est qu'elle est un système articulé, doté de l'unité mystérieuse d'un organisme. Elle est capable d'être produite et de reproduire à l'infini, susceptible d'acquérir une autonomie complète par rapport à son créateur, au point de transformer celui-ci à son tour en machine. Car si elle ne retire pas tout travail à son utilisateur, la machine parvient quand même à le déshumaniser. La machine est aussi capable de faire de celui qui l'actionne l'un de ses propres rouages. Ce n'est plus l'homme qui utilise la machine mais bien l'inverse. C'est ainsi que Ferdinand, le héros de Céline, comprend à Detroit comment le travail à la chaîne finit par enchaîner le travailleur à la machine et comment sous l'effet du bruit et des vibrations, l'homme devient à son tour machine : « On en devenait machine aussi soi-même à force » *(Voyage au bout de la nuit)*.

Approfondir

Pantagruel

FRANÇOIS RABELAIS (1532)

Pantagruel, son père, Gargantua, sa mère, Badebec, et son grand-père, Grandgousier partagent deux caractères essentiels : ils sont gigantesques et perpétuellement assoiffés. D'ailleurs le grand gosier de l'un et la bouche ouverte de l'autre (*bader :* ouvrir, en ancien français) disent assez au lecteur l'intention de l'auteur : célébrer la soif!

Le nom que Rabelais attribue à son jeune géant, Pantagruel, est emprunté aux Mystères du Moyen Age. Il était en effet porté par un diablotin facétieux qui versait du sel dans la bouche toujours quémandeuse des ivrognes. Par un juste retour des choses, la créature de Rabelais est perpétuellement assoiffée : il faut 4 600 vaches pour l'alimenter quotidiennement en lait ! Sa naissance marque en outre la fin d'une longue période d'aridité climatique.

Le symbolisme est transparent : après une longue période de sécheresse intellectuelle, l'époque médiévale, les hommes peuvent à nouveau étancher leur soif de connaissances et prendre, grâce à cette nouvelle alimentation, la taille des géants. L'Humanisme a donc le visage de Pantagruel, jeune prince démesuré, confiant et toujours avide de nouvelles nourritures.

L'appétit de Pantagruel est évidemment intellectuel. Son père, dans une lettre désormais célèbre définit pour lui un programme d'études encyclopédique. Les Sciences, les Arts et les Lettres sont convoqués, mais aussi l'éducation physique et la connaissance des techniques artisanales, pour façonner l'homme nouveau. Cette ouverture exceptionnellement large marque un progrès que Gargantua ne manque pas de noter à l'intention de son fils :

> « Le temps était encore ténébreux et sentait l'infélicité et la calamité des Goths, qui avaient mis à destruction toute bonne littérature, mais, par la bonté divine, la lumière et dignité a été de mon âge rendue ès lettres, et y vois tel amendement que de présent à difficulté serais-je reçu en la première classe des petits grimauds, qui en mon âge viril étais (non à tort) réputé le plus savant dudit siècle. »

Les doctes d'hier ne seraient aujourd'hui que des écoliers. L'Humanisme dégage ainsi une ligne de progression de l'esprit humain que les philosophes du XVIIIe siècle sauront exploiter. Parce que nous avons tout à apprendre, tout nous est donc possible. Corrélativement à ce qu'il faut bien identifier comme de l'optimisme, l'Humanisme refuse d'instituer une hiérarchie entre les savoirs. Rien ne se perd, tout est bon à prendre, tout est matière à apprendre et restitue à l'apprenti un égal plaisir de connaître :

> « Que nuit savoir toujours et toujours apprendre, fût-ce d'un sot, d'un pot, d'une guedoufle, d'une moufle, d'une pantoufle ? »

Actualiser

« La Culture mondiale »

L'idéal unificateur de l'Humanisme est-il en train de devenir réalité, une réalité qui tournerait au cauchemar, identifié par Jacques Lesourne sous l'expression de « culture mondiale » ? Celle-ci paraît être d'abord le produit d'une époque de communication. Elle s'exprime en anglais, dans les aéroports, les grands hôtels, les centres économiques des mégapoles, les séminaires des chercheurs. Bref, c'est la culture d'une certaine *jet set* qui ne concerne qu'une « élite » internationale, habituée aux voyages et aux échanges. Mais cette culture « aristocratique » a la propriété de disposer de medias puissants propres à une culture de masse.

De fait ces « acteurs de la culture mondiale » diffusent par l'intermédiaire des grandes agences d'information ou des feuilletons télévisés une culture standardisée. Peu à peu se dessine et s'impose ce *new way of life,* une accoutumance aux repas hamburgers-frites, façon Mac Donald, des téléfilms, façon *Dallas,* des chansons, façon Madonna... tout cela en même temps à Hong-kong, Miami, Dakar, Madrid et Paris. Ainsi, le tour du monde peut aujourd'hui s'effectuer sans le moindre dépaysement. Evidemment, cette pseudo-culture mondiale n'est mondiale que si le monde appartient bien aux Etats-Unis. Car il ne s'agit plus ni moins d'exporter des produits américains à travers l'exploitation d'un mode de vie que l'on présente comme un modèle. Il ne faut donc pas s'étonner que certains effets de cette promotion « culturelle » à l'échelle planétaire relèvent parfois du pathétique et du dérisoire. On a vu ainsi apparaître sur les registres d'état civil français des petites « Sue-Helen » et des petits « John Ross », victimes de la fascination que semblent exercer sur leurs parents les personnages particulièrement odieux du feuilleton *Dallas.* Quand tous les Sue-Helen et les John-Ross de France et de Singapour se donneront la main pour fredonner ensemble *Like a virgin...* Vision d'horreur !

Ainsi la « culture mondiale » s'oppose radicalement à la civilisation à laquelle sont attachés les humanistes. A l'universel de ceux-ci répond aujourd'hui la particularité d'intérêts économiques bien localisés. La standardisation du mode de vie contemporain ne laisse pas en effet de susciter au moins une question : est-il possible — comme le croyaient les humanistes du XVIe siècle et ceux du XVIIIe — d'unifier les hommes sans les dégrader ? Le sublime de l'entreprise saura-t-il se débarrasser du grotesque de notre réalité ?

Individu

Définir

Contre la Société

Seul devant la tombe de Goriot, le cœur encore ravagé par le sentiment de la déréliction, sur fond de crépuscule, Rastignac défie la Société :

> « Il lança sur cette ruche bourdonnante un regard qui semblait par avance en pomper le miel, et dit ces mots grandioses : “A nous deux maintenant !” »

Un homme rendu à la petitesse de sa dimension sociale prend conscience qu'il ne peut se constituer que s'il se met en scène **contre** la société dans laquelle il s'est découvert si solitaire. De fait, le roman de Balzac s'achève sur cette révélation : Rastignac est un individu, un atome social qui ne peut survivre que dans un combat à livrer à la société tout entière. Comme la plupart des textes romanesques du XIXe siècle, *La comédie humaine* relate, entre autres choses, **cette lutte de l'individu contre la société.** Balzac comme Stendhal ou Flaubert, saura ainsi faire de cet affrontement « de l'individu qui pense contre la société qui dort », pour reprendre la formule si frappante du philosophe Alain, la matière de son œuvre.

> « La société est toujours pressurante et toujours aveugle. Elle produit toujours la guerre, l'esclavage, la sujétion, par son mécanisme propre. Et c'est toujours dans l'individu que l'Humanité se retrouve. »

Propos, Alain.

Composer

Perdu dans la foule, l'individu cesse-t-il d'être un homme ?

► **Perdu dans la foule...**

Avec les Révolutions, commence l'ère des foules. Il est curieux de noter que la modernité met en scène quasiment de façon simultanée l'individu et la foule (cf. *Le peintre de la vie moderne,* C. Guys y épouse les foules). Or qu'est-ce qu'une foule? Dans un article célèbre paru dans *Le Gaulois* du 23 mars 1882, Maupassant définit la foule comme « un vaste individu collectif ». La foule a une individualité, **elle a une âme, elle est un corps.**

Si la foule a cette cohésion soudaine, c'est que les individus qui la composent communient, au sens religieux du terme, dans l'affirmation d'un idéal commun, d'une colère commune, d'une impatience ou d'une déception que chacun partage avec son voisin. Maupassant évoque ainsi le « mystère » que constitue une foule, insistant par là sur la dimension sacrée, eucharistique de tout phénomène de masse. De fait, les cérémonies organisées par Hitler à Nuremberg ou les premiers grands concerts en plein air de type Woodstock laissent percevoir une ferveur presque religieuse.

Que la foule soit l'effet d'une véritable communion sacrée, Rousseau le pressent dans la *Lettre à d'Alembert sur les spectacles* lorsqu'il évoque la fête. La foule y contemple sa cohésion. Elle est actrice et spectatrice de cette fusion des individus dans ce vaste moi collectif.

L'individu se perd mais s'y retrouve-t-il?

► **... l'individu moderne trouve son identité.**

Dans *Nadja,* Breton relate sa première rencontre avec cette femme étrange qui donne son nom au « roman » au milieu d'une foule avec laquelle l'un et l'autre « tranchent ». En effet, si Breton remarque Nadja, c'est qu'elle « va la tête haute », à la différence de cette foule de travailleurs éreintés qui avancent le dos voûté. La foule permet aussi aux individualités de marquer leurs différences, d'affirmer leur distinction. Se sentir seul dans la foule, quelle satisfaction narcissique! Le dandy peut jouir alors pleinement de son recul par rapport à l'agitation du monde. Ainsi Baudelaire observe-t-il dans *Le port,* depuis le môle, la foule des marins qui débarquent et embarquent sur les quais.

La foule permet donc aussi bien la distinction que la dissolution de l'individu. Mais elle agit toujours en véritable catalyseur. Ainsi faire corps avec la foule, c'est découvrir en soi la présence d'un fonds commun à tous les autres, c'est s'avouer participer à des angoisses et à des pulsions inconsciemment collectives. De la même façon, découvrir sa solitude au cœur de la foule, c'est aussi apprendre sa différence radicale.

Bref, la foule est un phénomène éclairant pour la nature des rapports de l'individu au groupe. Elle signifie à la fois ce collectif irrationnel logé dans la raison individuelle mais aussi, par le rejet qu'elle provoque, qu'il y a dans l'individu une forme de singularité irréductible.

Approfondir

Essais sur l'individualisme
Genèse 1

LOUIS DUMONT (1981)

Pour qui interroge le devenir des sociétés d'Occident, il est une énigme que L. Dumont s'efforce de résoudre : **comment ces sociétés sont-elles brusquement passées d'une structure holiste** (la communauté prévaut sur chacun de ses membres) **à une constitution individualiste?** De fait, l'Antiquité et le Moyen Age ne connaissent que des systèmes à l'intérieur desquels l'individu se voit assigner une place précise et fixe. Il n'a d'identité sociale que par rapport au groupe, c'est une petite partie soumise au tout.

On l'a noté, le mouvement de retrait de la sphère collective sur la sphère individuelle est amorcé par les sagesses hellénistiques, particulièrement le stoïcisme. Il se poursuit et s'affirme avec le christianisme qui soustrait l'individu de la société, en dévaluant cette dernière :

> « La valeur infinie de l'individu est en même temps l'abaissement, la dévaluation du monde tel qu'il est : un dualisme est posé, une tension est établie qui est constitutive du christianisme et traversera toute l'histoire. »

En ouvrant à l'individu les portes de la Cité de Dieu, le christianisme lui permet d'ignorer celle de César. Il invente un type humain spécifique que L. Dumont nomme « l'individu-hors-du-monde ». L'étape est décisive mais elle n'autorise pas à penser cette contradiction qu'est la « société individualiste »... Il convient pour la comprendre de déterminer comment s'est effectué le retour de l'individu dans le monde. Valorisé au ciel, l'individu doit aussi apparaître sur la terre comme une authentique valeur.

C'est à Calvin et aux continuateurs de la Réforme de Luther que revient la tâche de faire de l'individu un modèle de citoyen. Grâce au mécanisme de l'élection divine et par le refus de laisser subsister entre Dieu et les hommes des intermédiaires (les prêtres) l'opération est désormais possible. La volonté divine désigne en effet dans la société certains élus :

> « La tâche de l'élu est de travailler à la glorification de Dieu dans le monde, et la fidélité à cette tâche sera la marque et la seule preuve de l'élection. Ainsi l'élu exerce sans relâche sa volonté dans l'action. »

« L'individu-hors-du-monde » doit manifester dans le monde cette individualité que lui confère Dieu, en se saisissant de toutes les occasions de profit et de réussite matérielle qui s'offrent à lui selon la volonté divine. Le calvinisme réinstalle l'individu dans le monde et fait de sa réussite sociale le signe de son élection.

Actualiser

Un nouveau type humain : l'individu autiste

Les sociétés individualistes ont évidemment produit un nouveau type humain. Gilles Lipovetsky dans *L'ère du vide* en rappelle ainsi l'évidence :

> « C'est la révolution individualiste par laquelle, pour la première fois dans l'histoire, l'être individuel, égal à tout autre, est perçu et se perçoit comme fin dernière, se conçoit isolément et conquiert le droit de la disposition de soi... »

Ce nouvel homme, qu'on appelle **individu,** estime ainsi que la société lui doit, sans retour, un certain nombre d'avantages dont la liste croît avec sa confiance en soi, celle d'un sujet roi dans une cité objet. Des droits toujours plus nombreux, et plus aucun devoir : la participation électorale s'amenuise, la durée du service national et la quantité d'appelés du contingent diminuent. Paradoxalement plus l'individu se détache de la vie communautaire (repli sur la sphère des loisirs et du plaisir solitaires) plus il demande à la collectivité. C'est tout juste si la société ne lui doit pas les moyens d'une réussite matérielle dont il prétend jouir individuellement. Parallèlement à ce processus, la technique offre l'illusion de l'autosatisfaction. On croit qu'il est désormais possible de se former soi-même (voir les dispositifs « interactifs » que la diffusion du CD-Rom ne va pas manquer de favoriser), comme il est possible de vivre seul toutes les virtualités d'une existence librement programmée. Un casque sur le visage, des électrodes placés sur l'épiderme et toutes les aventures sont alors à vivre « à la carte ».

Il est remarquable de constater que l'individualisme progresse avec la technologie du virtuel, comme si le détachement de l'individu par rapport à la communauté sociale s'accompagnait — effet-retour ? — d'un détachement de la réalité. De fait, la seule réalité humaine est sociale (nous ne pouvons nous déprendre de cette interdépendance des besoins et des désirs) : s'émanciper de la société conduit nécessairement à s'émanciper de la réalité. De l'autonomie à l'autosuffisance on croit accomplir le pas libérateur qui mène à l'**autarcie.** Ne sombre-t-on pas plutôt dans l'**autisme ?**

Définir

Les affaires des autres

L'intellectuel ne se définit plus simplement par le travail de son « intellect », c'est-à-dire sa capacité à manier des concepts et à pratiquer l'abstraction. L'affaire Dreyfus est passée par là, elle a donné au mot une acception et des connotations qu'il n'a plus perdues par la suite. Lorsqu'ils décident en effet de peser de tout le poids de leur notoriété d'écrivain en faveur de Dreyfus, Zola, Gide, A. France et Péguy se disent « intellectuels ». Ils revendiquent ce devoir d'ingérence dans les grands débats de société et prétendent sortir de leur sphère de compétence.

Comme Sartre le rappellera fréquemment, par la suite, un intellectuel c'est « un type qui s'occupe de ce qui ne le regarde pas ».

Mais l'artiste, le scientifique ne sont des intellectuels que s'ils jouissent aussi d'une reconnaissance populaire. N'est pas Zola, n'est pas Sartre qui veut. En quelque sorte il faut avoir conquis ce *« droit de regard » sur ce qui ne regarde pas !* L'intellectuel n'est là que par la confiance qu'inspire l'écrivain ou le chercheur... Et peut-être, pour que le jugement de l'intellectuel garde toute son autorité, faut-il qu'il ne soit pas systématique — dans les deux sens du terme, c'est-à-dire trop fréquent et trop simplificateur.

Composer

Pourquoi tuer Socrate ?

▸ **Le cas Socrate, tel que le représente Platon...**

Athènes, 399 avant Jésus-Christ : un jeune poète nommé Mélétos porte plainte contre le vieux Socrate, âgé alors de 70 ans. La démarche est appuyée par l'orateur Lycon et le puissant Anytos, homme d'affaires et politicien avisé. Socrate, que chaque Athénien connaît, pour l'avoir au moins une fois croisé dans la Cité, entouré de ces jeunes gens qui suivent chacun des débats qu'il engage, est accusé de « corrompre les jeunes gens et de ne pas croire aux dieux auxquels croit la Cité et de leur substituer des divinités nouvelles » *(Apologie de Socrate)*.

Le Socrate que montre Platon dans l'*Apologie* (en grec la « Défense ») accueille cette accusation avec beaucoup de désinvolture : il n'a pas préparé son discours devant le tribunal et plaisante même avec Mélétos, comme si tout cela, au fond, n'était pas sérieux. Il a tort. Car s'il juge que l'accusation ne tient pas, celle-ci n'en demeure pas moins d'une extrême gravité. Ce n'est pas tant l'idée d'une « corruption » de la jeunesse qui paraît menaçante que celle relative à l'impiété. Si la religion grecque n'a pas en effet de dogmes ni un véritable clergé, elle est fondamentalement liée à la vie de la Cité. Les dieux protègent la ville, sont invoqués pour garantir la morale, les serments, les lois. Bref, remettre en cause les dieux, c'est contester l'ordre de la Cité. Socrate est accusé de propager parmi la jeunesse des idées qui mettent en danger la cohésion de la Cité. Son action est dite désagrégatrice, elle fait de lui *stricto sensu* un « danger public ». Ajoutons que Socrate est accusé d'avoir propagé des idées contraires à la démocratie athénienne et d'avoir sympathisé avec le système élitiste de Sparte.

▸ **... fait du philosophe athénien...**

Platon laisse Socrate improviser sa défense. Cette improvisation devient alors un véritable plaidoyer pour ceux que l'on nommerait aujourd'hui les « intellectuels », c'est-à-dire tous ceux qui irrésistiblement sont attirés par ces questions « qui ne les regardent pas » (mais dans lesquelles ils veulent voir pourtant en question l'intérêt général). Socrate s'est voulu un taon, cherchant à dénoncer le caractère illusoire des valeurs sur lesquelles la majorité des citoyens fonde sa conduite. Sa méthode? L'ironie, c'est-à-dire la feinte ignorance. Et de fait, Socrate passe ses jours à interroger ses contemporains sur leurs certitudes, leurs spécialités, sur ce dont ils supposent la bonne connaissance acquise : il interroge l'apparence de l'évidence. Pour savoir ce qu'est le courage on ira solliciter un soldat, pour le langage un spécialiste de la parole, etc. De réponses en questions nouvelles l'interlocuteur voit ses certitudes s'effriter et surgir la contradiction entre ce qu'il affirmait au début de l'entretien et ce qu'il défend à présent. En rhétorique cette figure qui fait saillir la réfutation d'une thèse du simple exposé détaillé de celle-ci porte le nom d'*elenchus*. Socrate a évidemment l'habileté du sophiste et le maniement expert des artifices du langage. Mais il retourne ces techniques contre leurs utilisateurs, dénonçant par exemple « ces gens de métier » qui savent si bien dissimuler leurs intérêts particuliers derrière le souci de l'intérêt général. Ce sont en effet tous les Meletos, tous les Angtos et les Lycon que la méthode socratique dérange. Ceux-là vivent de la croyance aux apparences. Tant que le paraître est identifié à l'être Meletos peut faire de son art une activité supérieure, Lycon vendre son talent à manier l'opinion et Anytos poursuivre ses affaires personnelles sous le couvert de la politique. Les uns comme les autres en accusant Socrate ne défendent pas la Cité menacée mais leur propre situation sociale.

▸ ... le modèle de l'intellectuel à venir.

Si Socrate meurt c'est d'avoir voulu détruire les apparences et toutes les certitudes que conforte l'habitude, c'est d'avoir donné au philosophe, au « manieur d'idées », un véritable rôle politique. Car la politique ne saurait être l'affaire de spécialistes, faute de faire alors de la Cité un univers de mensonges, de tromperies et partant d'injustices. A l'instar de ce taon qui darde et réveille le dormeur, l'intellectuel agit sur les consciences pour en stimuler l'action. Seul celui qui s'attaque à tous les conformismes mérite en ce sens le qualificatif d' « intellectuel ». Socrate préfigure bien, par le questionnement qui n'accouche que de la certitude d'une incertitude générale, cet écrivain qui jette dans le débat public le poids de sa notoriété pour que rien ne soit jamais tenu pour acquis. L'un et l'autre apportent un désordre salutaire à la Cité qui s'en défend pourtant, au prix quelquefois d'une injustice.

Approfondir

L'opium des intellectuels

RAYMOND ARON (1955)

Aron note avec intérêt la difficulté qui surgit à vouloir définir précisément ce que nous entendons par « intellectuel », ou plutôt qui nous qualifions de la sorte. On opposera d'abord l'intellectuel au travailleur manuel, mais il faut observer que l'exigence de qualification requise augmente avec le développement économique. Plus une société développe en effet le secteur d'activités tertiaire, plus les « intellectuels » se font rares ou plutôt prétendent s'éloigner du souci d'efficacité pratique. R. Aron explique ainsi que le professeur de droit aura l'avantage sur l'avocat, le chercheur sur l'ingénieur, etc. Comme si l'intellectuel se définissait désormais par son détachement à l'égard de la réalité sociale, par une sorte de repli idéaliste pour contester le matérialisme de l'existence. Par tradition cette attitude renvoie à celle de ceux qui composaient dans la Russie du XIXe siècle « l'intelligentsia » :

> « Détachés de l'ancienne société, ils se sentaient unis par les connaissances acquises et par l'attitude qu'ils adoptaient à l'égard de l'ordre établi. »

L'intellectuel semble donc être par nature celui qui condamne ou critique la société. **La critique peut, à cet égard, revêtir trois formes.** Critique **technique,** elle propose des ajustements pour résorber tel ou tel dysfonctionnement ; critique **morale,** elle évalue ce qui est en fonction de ce qui devrait être ; critique **idéologique,** elle condamne la société actuelle au nom d'une société à venir.

Les intellectuels français, explique en 1955 R. Aron, ont choisi la critique idéologique, l'idéologie retenue est le marxisme. Pourquoi ?

La thèse de l'ouvrage polémique de R. Aron, rédigé alors que J.-P. Sartre a su au lendemain de la guerre se constituer en modèle de l'intellectuel, tient en ce que les intellectuels ont choisi le marxisme pour les illusions qu'il leur permettait d'entretenir. L'idéologie, c'est l'opium des intellectuels. Elle leur ouvre les portes des paradis artificiels en même temps qu'elle soulage leur douleur, la douleur de n'être plus reconnus du Peuple. Par les mythes que diffuse l'idéologie marxiste (la Gauche, la Révolution, le Prolétariat que R. Aron commence par analyser dès les premiers chapitres), les intellectuels croient pouvoir adhérer encore à un Peuple qui les ignore :

> « Les Occidentaux, les intellectuels surtout, souffrent de la dispension de leur univers. L'éclatement et l'obscurité de la langue poétique, l'abstraction de la peinture, isolent poètes ou artistes du grand public qu'ils affectent de mépriser, du peuple pour lequel au fond d'eux-mêmes ils rêvent d'œuvrer. »

Pour masquer au Peuple et à eux-mêmes cet écart que la modernité sans cesse creuse, les intellectuels se réfugient dans la surenchère : idéologique destinée à leur faire oublier ce qu'ils ne sont plus, c'est-à-dire précisément des intellectuels, au sens de Zola, A. France ou M. Proust.

Actualiser

La pétition : de la quête de l'Absolu à la requête de l'absolution

L'image de l'intellectuel n'en finit donc plus de se brouiller, comme pour faire du texte de R. Aron, *L'opium des intellectuels,* une terrible prophétie. Aujourd'hui, certains n'hésitent même plus (faute d'idéologie pour « recoller » au Peuple) à se servir du débat public pour entretenir une notoriété déclinante, fragile et mal assise sur une œuvre mineure que chacun oublie sitôt qu'elle est produite. Je ne vais pas à Sarajevo pour attirer par mon attention celle d'un public qui me connaît et qui me suit, mais pour attirer sur moi l'attention du public qui m'ignore. Qu'on imagine Zola, profitant de l' « Affaire » pour promouvoir *Nana,* et on aura une petite idée de ce qui sépare deux fins de siècle. On croyait avoir tout vu, tout bu de cette honte qui ne fait pas rougir nos « intellectuels » si dépendants des médias... Pourtant non, avec la lettre réclamant grâce pour les condamnés du Procès dit du « sang contaminé », signée par une trentaine de Nobel et quelques « mandarins » de la recherche médicale, une page nouvelle est écrite du récit désolant de la déchéance d'une belle idée. C'est à présent la notion de pétition (grâce à laquelle s'est constitué précisément l'intellectuel, puisque ceux qui signaient en faveur de Dreyfuss se réclamèrent de ce nouvel épithète) qui se trouve dégradée par une démarche dégradante : naguère en quête de Justice et d'Absolu, désormais à la requête d'une absolution... André Glucksmann, au terme de *La fêlure du monde,* s'en indigne à bon droit : Sartre ou Beauvoir n'en croiraient pas leurs yeux, eux qui ont pourtant signé pour les causes les plus variées, et parfois les plus contradictoires.

Qu'est-ce qu'une pétition? L'étymologie nous dit **qu'il s'agit d'une demande,** la demande est publique et c'est par elle, principalement, que l'intellectuel agit, qu'il cherche à peser de tout son poids dans le débat social : **des « particuliers » en appellent à l'universel.** Avec ce nouveau sens de la pétition d'autres particuliers réclament une grâce d'exception... « Vous vous situez, écrit Glucksmann en s'adressant à ces signataires nouvelle manière, *de facto* hors d'atteinte et au-dessus des lois. Loin d'abolir les privilèges, vous en réclamez d'exorbitants qui consacreraient l'infaillibilité mandarinale et l'Immaculée Recherche et Développement. »

Qui sont ces hommes qui entendent à présent peser du poids de leur notoriété professionnelle sur le débat public afin de défendre, non l'innocent injustement condamné, mais le coupable sous le prétexte qu'il appartient à la même corporation ? Faudra-t-il inventer pour eux le mot « anti-intellectuel » comme on fit naguère pour l' « anti-héros » ?

Définir

Une contre-parole

La langue s'oppose à la parole comme la société à l'individu. L'une ne peut donc aller sans l'autre.

Barthes dans *Eléments de sémiologie* rappelle que la langue se définit comme la partie sociale du langage. Elle n'est rien d'autre qu'un système de valeurs contractuelles grâce auxquelles la communication est rendue possible. C'est en effet parce que je me suis entendu avec d'autres pour attribuer à des mots des significations (élaboration du lexique) et pour établir des règles d'utilisation de ces mots dans des phrases (constitution de la syntaxe) que je suis capable de les comprendre et de m'en faire entendre.

Toutefois la conscience de ma singularité et la certitude de détenir une voix unique m'incitent à rechercher un mode d'expression qui m'est propre. J'éprouve la nécessité de parvenir avec les mots de tous à dire ce qui ne saurait appartenir qu'à moi : j'ai besoin de me construire une parole. « La parole — explique R. Barthes — recouvre la partie purement individuelle du langage. »

On l'a compris, la parole se prélève évidemment sur la langue mais en retour, elle transforme aussi cette dernière. Certains faits de langue furent d'abord des faits de parole : ce sont les néologismes — toujours produits par une parole — qui font vivre la langue.

Composer

Quels pouvoirs nous donnent les mots ?

▸ **Les mots donnent le pouvoir...**

Prendre la parole, c'est aussi prendre le pouvoir. Dans les démocraties modernes la lutte pour le contrôle des médias comme le souci d'en occuper le fauteuil directorial, qu'on n'ose plus appeler le trône. Rien n'a donc changé depuis Athènes et les Sophistes.

Il faut d'abord savoir se faire entendre : Démosthène contraignait ses élèves à déclamer face à la mer, la bouche pleine de gravillons, afin d'acquérir puissance vocale et bonne articulation. L'art de la persuasion vient ensuite sous la forme des techniques d'agencement du discours et d'une science de l'écart qu'il faut préciser. Les mots donnent le pouvoir à celui qui sait creuser en eux un écart, celui du sens propre au sens figuré, celui de la figure de style. Il est ainsi un *trope* (figure de rhétorique, en grec) dont le maniement est indispensable au démagogue : la **synecdoque.** Avec la synecdoque, je prends la partie pour le tout ou plutôt je fais prendre à mon interlocuteur la partie pour le tout. L'image est bien innocente lorsque j'invite untel à dormir sous « mon toit ». La partie, le toit, que je mets en valeur indique mon désir de lui assurer protection... Toutefois la synecdocque peut aisément tourner à la manipulation politique lorsque je présente mon intérêt particulier comme l'intérêt général, lorsque je fais de la défense de mes droits, celle du droit, lorsque je feins de prendre mes qualités pour des droits naturels, inhérents à l'Homme...

▸ **... à celui qui détient le pouvoir de nommer.**

De ce pouvoir qu'on peut tirer des mots comme de tout signe, les sophistes de l'Antiquité et les conseillers en communication de la modernité savent bien jouer. Mais la fascination qu'exerce peut-être sur nous ce jeu ne doit pas nous conduire à ignorer que le mot manifeste un pouvoir plus qu'il n'en crée. Le pouvoir commence avec la nomination. Rousseau le rappelle dans le second discours lorsqu'il fait de l'acte d'appropriation un acte de nomination (voir Propriété). Les Grecs le manifestèrent en désignant de sobriquets ridicules les réalisations prestigieuses des Egyptiens dont ils occupaient le territoire (Pyramide, obélisque, etc.). Dans un ouvrage publié en 1974, intitulé *Linguistique et colonialisme,* Louis-Jean Calvet montre que le pouvoir du colonisateur s'exprime dans l'acte qui consiste à modifier le nom, à débaptiser pour dégrader ensuite par un autre mot, ridiculement concret le plus souvent. Le Cameroun qui rassemble les peuples Kotoko, Bamiléké, Fang, Fali, Douala est devenu ainsi le pays des crabes (du portugais : *cammeroes*) :

> « Ce mépris des appellations autochtones relève d'un mépris plus vaste pour les peuples ; les territoires et les habitants n'existaient pas avant l'arrivée du colonisateur... »

Ce pouvoir de nommer à nouveau s'avère être un pouvoir de nier.

Approfondir

Leçon

ROLAND BARTHES (1977)

La leçon inaugurale de la chaire de sémiologie littéraire du Collège de France traite de la relation de la langue au pouvoir. Depuis ce lieu « hors pouvoir » institué par François Ier au XVIe siècle, Barthes rappelle en effet que le pouvoir est tapi dans le discours, ce dernier fut-il prononcé en toute gratuité. Parler, c'est assujettir.

Le pouvoir se manifeste de façon plurielle. On ne lutte jamais vraiment contre le pouvoir mais contre les pouvoirs. Ce qui éparpille ainsi la notion et la rend parfois presque insaisissable, c'est qu'elle est, dit Barthes, « le parasite d'un organisme trans-social », la langue. Le pouvoir est logé en chacun de nous par le moyen de son discours, il revêt alors toutes les formes de celui-ci.

> « Nous ne voyons pas le pouvoir qui est dans la langue, parce que nous oublions que toute langue est un classement et que tout classement est oppressif... »

Non seulement la langue impose un ordre syntaxique mais elle oblige également à dire d'une certaine manière. Elle me force à ne pouvoir choisir qu'entre deux genres, féminin et masculin ; elle me contraint à marquer mon rapport à l'autre soit par le *tu,* soit par le *vous*... et s'il me plaisait de maintenir entre les deux une ambiguïté, ou simplement une hésitation ?

> « Ainsi par sa structure même, la langue implique une relation fatale d'aliénation. »

La langue m'attache à cette « autorité de l'assertion » mais elle me fait aussi passer sous les fourches caudines de la « grégarité de la répétition ». Non seulement je suis condamné à asséner, je suis aussi voué à répéter, répéter les mots des autres, les mots de tous... Extirper une parole de la langue réclame du sujet un effort exceptionnel.

Ne peut-on échapper à la tyrannie de la langue que par le silence ? Je ne puis fuir effectivement que dans la blancheur de la page ou bien dans le mutisme. Difficile de prétendre s'y résoudre lorsque l'on s'installe en chaire pour faire état publiquement de ses recherches... C'est pourquoi R. Barthes propose de mettre en œuvre un programme de résistance. On peut en effet résister par la littérature :

> « Cette tricherie salutaire, cette esquive, ce leurre magnifique, qui permet d'entendre la langue hors pouvoir, dans la splendeur d'une révolution permanente du langage, je l'appelle, pour ma part : **littérature.** »

La littérature « triche la langue » en ce qu'elle s'efforce de l'utiliser chaque fois de façon singulière et inattendue. Les figures et les images poétiques forcent à leur tour les mots à s'élancer vers un sens second, imprévu. La syntaxe est malmenée, son « efficacité » devient elle aussi « secondaire ».

Voilà donc l'objet d'étude du nouveau professeur : la littérature en tant qu'elle est résistance à la langue par la subversion des signes (il s'agit d'inaugurer la chaire de sémiologie **littéraire** !). Mais comment se défendre dans son propre discours d'enseignant de l'aliénation inhérente à l'usage de cette langue à laquelle il semble évidemment impossible d'échapper ? Comment se déprendre de cet exercice incontrôlable du pouvoir ? Quelle méthode de déprise proposer ?

> « Et je me persuade de plus en plus, soit en écrivant, soit en enseignant, que l'opération fondamentale de cette méthode de déprise, c'est, si l'on écrit, la fragmentation, et si l'on expose, la digression, ou pour le dire d'un mot délicieusement ambigu : l'excursion. »

Fracturer son propre texte et libérer son discours de toute préméditation, c'est effectivement ménager au lecteur comme à l'auditeur des interstices dans lesquels ils sauront glisser leur interprétation.

Actualiser

Protectionnisme linguistique ?

C'est la langue qui fait l'unité de la nation. On connaît la thèse célèbre de Fichte. Alors que les troupes françaises défilent dans Berlin, Johann Gottlieb Fichte invente en quatorze discours (*Discours à la nation allemande,* 1807-1808) le pangermanisme : l'Allemagne est faite par ceux qui parlent l'allemand, et qu'importe l'Histoire !

> « Je néglige absolument et je répudie les distinctions et les divisions que des événements néfastes ont introduites depuis des siècles dans notre nation. »

Cette affirmation des valeurs ethnico-linguistiques dont le disciple de Kant fait son cheval de bataille sonne évidemment, à l'époque, comme un aveu d'impuissance politique. Lorsque l'ennemi est devenu l'envahisseur que reste-t-il sinon la culture pour continuer le combat perdu par les armes ?

Aujourd'hui, le dispositif de « protection linguistique » que le Parlement français s'apprête à mettre en place n'est peut-être pas sans nous rappeler qu'un autre combat vient d'être perdu, celui de l'économie. Que signifient ces envolées lyriques d'un ministre qui prétend pénaliser l'usage des mots étrangers dans la vie quotidienne, sinon que les produits américains défilent à leur tour dans les linéaires des grandes surfaces ? La loi interdit désormais l'emploi de termes étrangers dans les publicités, elle oblige à faire du français la langue de tous les colloques et de tous les contrats. Plus radicalement, « toute inscription ou toute annonce apposée ou faite dans un lieu ouvert au public ou dans un moyen de transport en commun » sera rédigée en français sous peine de lourdes amendes. Fini le temps des « fast foods » et vive la « restauration rapide ». Le recours au « protectionnisme linguistique », on l'a vu avec l'exemple de Fichte, est le plus souvent un pauvre substitut. Quelques mois après la signature des accords du GATT, ces mesures annoncées de « purification linguistique » paraissent bien dérisoires. Que les xénismes impurs abreuvent alors les champs toujours bien labourés de notre orgueil national !

Mais au-delà de la raillerie qu'un tel train de mesures ne manque pas de susciter, la réflexion découvre une absurdité : une langue ne se développe que par les emprunts aux langues étrangères. L'intégration linguistique ne se décrète pas mais elle ne peut davantage être empêchée : quelle puissance publique aurait les moyens de raccompagner à la frontière « cocktail », « one man show », « spot » ou « jogging » désormais en situation irrégulière ? Verbaliser les annonceurs, cela suffira-t-il pour que les uns et les autres cessent d'utiliser un vocabulaire anglo-saxon qui pour beaucoup a la saveur du rêve et de la réussite. Que la France devienne un modèle de développement social et tout naturellement le français s'imposera non seulement en France mais dans le monde entier. On sait, depuis l'Antiquité gréco-latine, que les peuples parlent la langue des vainqueurs parce que celle-ci les associe à la victoire. Le français, l'espagnol, le portugais et le roumain se sont constitué sur les dépouilles des nations que les Romains avaient soumis... Commençons donc par gagner ou par figurer avec les Américains du moins *ex aequo*... pardon, « à égalité » !

Définir

Une doctrine du pouvoir limité

En 1812, les rédacteurs de la constitution d'Espagne prennent le nom de *liberales* parce qu'ils prétendent désormais borner l'absolutisme de la monarchie et défendre les libertés individuelles. Les premiers libéraux, au sens politique du mot, sont nés.

On l'aura noté, la liberté est alors définie par eux de manière négative, comme une absence de contrainte. Il s'agit donc d'imposer des limites au pouvoir de l'Etat. Le libéralisme réclame moins d'Etat tant dans la régulation du marché, c'est-à-dire de l'économie, que dans la vie privée et publique du citoyen. Moins d'Etat, cela ne signifie pas moins de lois. La loi au contraire garantit la liberté, comme le rappelle F. A. Hayek :

> « Quand nous obéissons aux lois, au sens de règles générales et abstraites, formulées sans référence à une application éventuelle à nous-mêmes, nous ne sommes pas soumis à la volonté d'un autre homme et par conséquent nous sommes libres. »
>
> *La constitution de la Liberté.*

Il s'agit bien, pour les libéraux, d'assurer le règne de la loi, en limitant l'intervention de l'Etat.

Composer

En quoi la liberté des Anciens diffère-t-elle de celle des Modernes ?

▸ **L'avènement du sujet-citoyen...**

John Stuart Mill, définissant en 1859, dans *De la liberté,* la liberté politique comme un ensemble de limites au pouvoir qu'exerce la société sur l'individu, précisait :

> « Elle (la liberté) se présente sous de nouvelles formes dans l'ère de Progrès où les groupes les plus civilisés de l'espèce humaine sont entrés maintenant. »

Cette liberté nouvelle rompt avec celle des Anciens, semble-t-il... En qui fondamentalement la liberté politique d'un Athénien du ve siècle diffère-t-elle de celle d'un bourgeois anglais du XIXe ?

L'homme n'est homme, dans l'Antiquité, que s'il est libre, c'est-à-dire au fond, détaché de toute obligation économique, de tout besoin naturel. La politique commence là où s'arrête la nature, repoussée au-delà de l'enceinte de la Cité, ou bien confinée dans l'espace privé de la maison *(oikia).* Dès lors les intérêts particuliers, au sens d'attachements sensibles, ne sauraient pénétrer l'agora. La liberté politique s'exprime dans la recherche commune du bien collectif et la volonté de se rallier la majorité des opinions. Il n'y a guère de conflits entre l'individu et la société puisque la notion même d'individu se trouve diluée dans la représentation organiciste de la Cité (un organisme composé d'organes), pas de heurts entre le civil et le politique puisque (conformément d'ailleurs à ces deux étymologies) ce sont des synonymes. La liberté politique s'éprouve donc en commun.

Avec la modernité, c'est-à-dire la révolution entamée par le « sujet », qui découvre grâce à la science (d'où l'allusion à l'idée de Progrès) la mesure de son empire sur les choses, **la liberté devient individuelle.** Si notre rapport à la liberté politique s'est modifié, c'est précisément que la société a découvert l'individualisme. (Voir **Individu**). Cet individualisme (qui succède à des siècles de représentation holiste) se développe avec la conviction désormais partagée par tous les citoyens que ceux-ci sont également libres.

▸ **... a radicalement modifié le sens de la liberté politique.**

La notion d'individu permet en effet de penser l'articulation de la liberté et de l'égalité, laquelle apparaît véritablement comme l'aboutissement de l'Humanisme des Lumières *(« Les hommes naissent et demeurent libres et égaux en droits... »).* La liberté politique dérive quasiment de la reconnaissance de l'égalité des hommes entre eux, elle est la réponse que doivent donner les Institutions à la question soulevée par la redéfinition de la nature humaine à laquelle s'est livrée au siècle précédant le jusnaturalisme.

C'est donc dans l'individu désormais que réside cette « énergie », cette liberté d'agir et de créer dans laquelle les sociétés modernes, libérales, vont confier leur espoir. Il importe donc de protéger cet individu désormais souverain contre une société avec laquelle il n'est plus nécessairement solidaire. On comprend mieux, dans ces conditions, **pourquoi l'équilibre des pouvoirs apparaît comme le trait d'union de tous les régimes « libéraux ».** L'exécutif séparé du législatif comme du judiciaire laisse aux individus-citoyens une marge de liberté politique nouvelle. Chacun des trois pouvoirs contrôlant, ou plutôt équilibrant les deux autres, le pouvoir ne se manifeste plus dans l'absolu d'une relation de servitude calquée sur le schéma gouvernants-gouvernés. Une nouvelle définition du citoyen a produit de nouvelles institutions pour la Cité.

Approfondir

De la liberté des Modernes

BENJAMIN CONSTANT (1797)

A la fin du siècle des Lumières, *Du contrat social* n'en finit pas de susciter polémiques et débats. C'est en particulier contre lui et son auteur, J.-J. Rousseau, que B. Constant entreprend de publier ce texte, *De la liberté des Modernes,* véritable manifeste du libéralisme politique. Constant s'insurge en effet contre l'idée même d'un « contrat social », idée dont Rousseau n'eut pas la paternité (elle parcourt le XVIIe siècle) mais qu'il sut vulgariser et que la Révolution reprit à son compte. Pour ce jeune politicien ambitieux, l'idée d'un contrat social, loin d'assurer la liberté politique, paraît être « le plus terrible auxiliaire de tous les genres de despotisme ».

En effet, l'argumentation de Rousseau semblait laisser croire que la soumission à la Volonté Générale offrait à chacun la chance de ne plus obéir jamais à quiconque. Constant veut dénoncer la supercherie :

> « Il arrive qu'en se donnant à tous, il n'est pas vrai qu'on ne se donne à personne ; on se donne au contraire à ceux qui agissent au nom de tous. »

En effet, Rousseau feint d'ignorer que la démocratie directe, seul gouvernement possible de la Volonté Générale, n'est pas viable en France. Le peuple sera toujours représenté et ses représentants sont des individus particuliers, sujets à des passions, attachés à des intérêts. Dès lors, comment penser encore que les lois formulées puis votées par ces individus sauraient garantir les libertés de tous les autres citoyens ? Constant explique ainsi que le règne de la Loi ne garantit jamais vraiment les libertés individuelles, que l'Etat ne peut réconcilier l'individu avec l'universel, bref qu'il y a entre la société, comprise comme la sphère des relations interpersonnelles, et l'Etat un fossé que les meilleures intentions ne parviendront pas à combler. Avec Constant s'ouvre une ère de méfiance à l'égard de la prise en charge par la puissance publique de la protection des libertés du citoyen. On exprime désormais les plus vifs soupçons à l'égard de ceux qui prétendent agir au nom de tous.

Benjamin Constant est aussi un écrivain romantique, il sait qu'un homme n'adopte jamais que son propre point de vue. Comment faire accepter en effet à l'auteur d'*Adolphe* qu'un individu puisse tenir un autre discours que celui de ses passions ?

Actualiser

Du libéralisme sauvage

Il est des expressions que la pratique journalistique lexicalise, c'est-à-dire fixe une fois pour toutes dans l'usage de la langue et que l'on utilise ensuite sans y penser davantage. Ainsi en va-t-il de ce **libéralisme sauvage** apparu avec R. Reagan et M. Thatcher au quotidien des articles qui se faisaient alors les observateurs d'une expérience quasiment inédite de dérégulation économique. Libéralisme au superlatif, le « libéralisme sauvage » dit pourtant beaucoup plus qu'on ne l'imagine.

L'expression relève à première lecture de la figure de l'oxymore (une contradiction dans les termes). Comment le libéralisme qui prétend sauver la liberté individuelle, et qui par conséquent, préserve dans la cité l'une des spécificités de la nature humaine pourrait-il apparaître « sauvage », c'est-à-dire du côté du retour de la nature (*silva,* la forêt ; voir : **Sauvage**) et partant d'une bête contre quoi l'humanité précisément se constitue ?

Pourtant cette liberté-là, la liberté rendue aux individus d'entreprendre sans que l'Etat régule l'entreprise, inquiète pour le désordre qu'elle implique. De fait, le « libéralisme sauvage » exprime de ce point de vue clairement son refus d'une société trop bien ordonnée sous l'autorité de l'Etat. Il y a de l'anarchie dans l'air... Effectivement, si l'on s'en tient précisément à ce que disent les mots, le libéralisme absolu et anarchiste par le refus de l'autorité qu'il signifie... « Quiconque nie l'autorité et la combat est anarchiste », écrit Sébastien Faure dans l'*Encyclopédie anarchiste.* Ainsi libéralisme et anarchisme se retrouvent dans une même « sauvagerie » à rejeter tout ce qui peut contraindre et assujettir l'individu. Il n'est donc plus surprenant de lire dans l'édition du journal *Le peuple,* daté du 3 décembre 1849, la déclaration suivante :

> « Le véritable révolutionnaire est essentiellement libéral. »

L'adverbe est à prendre au sérieux : par **essence** le révolutionnaire réagit contre l'ordre social qu'il prétend détruire.

Liberté

Définir

Libre, par nature

La liberté s'éprouve dans l'action. Elle désigne en effet la qualité de celui qui agit sans contraintes extérieures à sa nature (la chute libre d'un corps, par exemple), à sa fantaisie ou à sa volonté (le libre arbitre). On le comprend, le champ d'investigation qu'ouvre l'idée de liberté est large : liberté physique, liberté morale, liberté civile... Dans tous les cas, la liberté renvoie à ce pouvoir de détermination qui n'a d'autre source que lui-même. René Descartes, dans une lettre datée du 7 mai 1641, met ainsi en évidence la grandeur de cette liberté qui consiste « ou dans une grande facilité que l'on a à se déterminer, ou dans le grand usage de cette puissance positive que nous avons de suivre le pire, encore que nous connaissons le meilleur ». La force de la liberté se fait donc sentir quand nous agissons en suivant nos inclinations ou bien contre nos intérêts si nous en sommes pleinement conscients. Dieu a laissé sa créature **libre** de faire le Mal en toute connaissance de cause, comme si la liberté était le signe distinctif de l'humanité.

On ne sera pas surpris, par conséquent, de voir figurer au premier rang des droits naturels proclamés en 1789, une liberté constitutive de la nature humaine. Mais cette liberté grâce à quoi les hommes définissent leur humanité, que devient-elle contrainte dans l'enceinte de la Cité ? La politique a-t-elle pour fin de lui permettre de se développer ou bien ne lui impose-t-elle pour fin de lui permettre de se développer ou bien ne lui impose-t-elle pas des contraintes qui la font disparaître ?

Composer

La politique libère-t-elle les hommes ?

▸ **C'est dans la Cité...**

Les hommes ne sont libres qu'en tant qu'ils sont les membres d'une communauté politique, c'est du moins ce qu'affirmaient les Grecs. L'Ordre de la Cité s'avère être la condition nécessaire à la manifestation de la liberté. Le philosophe Alain reprend cette idée d'une interaction de la notion d'ordre sur le concept de liberté :

> « L'ordre et la liberté ne sont point séparables, car le jeu des forces, c'est-à-dire la guerre privée à toute minute n'enferme aucune liberté ; c'est une vie animale livrée à tous les hasards. »
>
> *Politique.*

L'expérience de la liberté semble n'être possible qu'à l'abri de l'ordre politique. Pourtant, cet ordre politique est aussi perçu comme une menace pour la liberté. H. Arendt rappelle ainsi :

> « N'est-il pas vrai que nous croyons tous d'une manière ou d'une autre que la politique n'est compatible avec la liberté que parce que et pour autant qu'elle garantit une possibilité de se libérer de la politique ? »
>
> *La crise de la culture.*

De fait, l'histoire des idées apprend à discerner ces mouvements de repli, voire de rejet, que peuvent susciter de trop vives déceptions politiques. Quand la Cité échoue à garantir la liberté des citoyens, ceux-ci s'en détournent, à la recherche d'une nouvelle aire où pouvoir l'exprimer. La faillite de la démocratie athénienne qui tourne à la tyrannie, pousse à la guerre avec Sparte et succombe aux Macédoniens, ne peut qu'inciter, à partir du IVe siècle, à la fuite. L'agora se vide et chacun découvre que le « for intérieur », la conscience, est un lieu moins décevant. Les sagesses héllénistiques, épicurisme et stoïcisme, principalement, se chargent de l'illustrer.

► **… que l'Homme découvre le plein usage de sa liberté.**

Pourtant, cette liberté de conscience n'est qu'un « pis aller ». Elle procède d'une déception qui ne remet pas en cause les fondements de l'épreuve de la liberté. Si la politique échoue quelquefois à nous en persuader, elle n'en reste pas moins le moyen le plus direct et premier grâce auquel reconnaître cette liberté.

En effet, **si la liberté ne va pas sans la politique, c'est que l'une et l'autre se manifestent dans l'action.** « Etre libre et agir ne font qu'un » écrit H. Arendt. C'est dire que la liberté ne s'éprouve **absolument** que dans l'action toujours libre de motif et de but visé comme effet prévisible. Quand sommes-nous pressés d'agir à l'instant sans autre cause ni conséquence que la nécessité ? Quand l'urgence d'une situation imprévisible nous précipite hors des chemins plus ou moins tortueux de nos calculs et de nos intérêts.

C'est pourquoi H. Arendt voit dans le concept machiavelien de *virtù* (qu'elle se propose de traduire par « virtuosité » alors que le terme vient du latin *virtus,* souvent traduit par force, courage) l'illustration la plus juste de cette liberté d'agir. En effet, la *virtù* est une aptitude innée du prince à tourner à son avantage les circonstances les moins prévisibles. Cette disposition est la caractéristique du véritable politique. On pourrait ainsi reprendre la formulation d'Aristote en la modifiant : la politique est bien la condition nécessaire à l'exercice de la liberté, mais le mot politique doit être entendu au sens restreint « d'activité princière » consistant à gouverner les hommes et à supporter les cabrements de l'Histoire comme les surprises de la Fortune.

Approfondir

Discours sur l'origine de l'inégalité parmi les hommes

JEAN-JACQUES ROUSSEAU (1755)

Comme il l'avait déjà fait en 1750 Rousseau choisit de répondre à la question que l'Académie de Dijon met au concours à propos des conséquences — bonnes ou mauvaises — du progrès des Sciences et des Arts. L'interrogation porte cette fois sur l'origine de l'inégalité parmi les hommes. L'intitulé exact du sujet, « Quelle est l'origine de l'inégalité parmi les hommes et si elle est autorisée par la loi naturelle », incite à dégager les caractères inhérents à la nature humaine. Les hommes sont-ils, par nature, inégaux ? De fait, Rousseau annonce d'emblée son projet : « C'est de l'homme que j'ai à parler... » Or ce discours ne peut être facilement tenu... En effet, pour *connaître* les hommes, encore faudrait-il les *reconnaître*... L'âme humaine s'est à ce point altérée avec le développement de la vie en société, qu'il est quasiment impossible d'en appréhender la nature. Toute véritable observation est donc rendue vaine, il faut « écarter les faits » et imaginer quel fut l'homme avant que l'état civil ne vienne à le corrompre.

La fiction normative qu'élabore alors Rousseau a pour fonction de montrer que l'homme a perdu sa liberté originelle :

> « De libre et indépendant qu'était auparavant l'homme, le voilà par une multitude de nouveaux besoins assujetti, pour ainsi dire, à toute la nature, et surtout à ses semblables dont il devient l'esclave en un sens en devenant leur maître ; riche, il a besoin de leurs services ; pauvre, il a besoin de leurs secours... »

A l'état de nature, l'homme est sous la seule dépendance de cette nature nourricière qui subvient à tous ses besoins. Il vit seul et silencieux, dans une solitude bienheureuse que vient parfois rompre une rencontre hasardeuse qui permet à l'espèce de survivre. Mais un cataclysme le contraint d'unir un jour ses forces avec celle d'un autre solitaire... Il découvre qu'il a besoin d'un semblable... La société est née dans la découverte d'un besoin que la nature ne peut satisfaire... Ce besoin enchaîne les individus les uns aux autres et les pousse à une constante comparaison, nourrissant orgueil et volonté de domination... La liberté naturelle qui est indépendance à l'égard des semblables est alors perdue à jamais.

L'originalité du propos de Rousseau ne tient pas seulement à la forme que prend sa réflexion, elle se manifeste également dans le désir de lier l'idée de liberté à celle d'égalité. La liberté procède en effet de l'égalité. Les hommes sont tous égaux devant la nature, ils sont libres. La société parce qu'elle repose sur l'inégalité que développe la concurrence que les individus se livrent condamne les sociétaires à la servitude :

> « L'homme est né libre et partout il vit dans les fers. »

Le projet politique dont *Du contrat social* est porteur vise à retrouver non l'état de nature, définitivement perdu, *mais cette liberté que l'égalité permettait de garantir.*

Actualiser

Liberté d'indifférence, indifférence sans liberté

Le Progrès n'apporte pas nécessairement la Liberté. Rousseau montre, par exemple, dans le *Discours sur les Sciences et les Arts,* qu'il sert même de « cache-misère », un moyen de rendre aux citoyens l'oppression supportable. Confort et liberté politique s'accordent mal.

En 1964, dans un essai intitulé *L'homme unidimensionnel,* Herbert Marcuse scrute cette idéologie de la « société industrielle avancée » qui fait du Progrès un absolu et semble se donner comme un espace privilégiant les libertés individuelles. Il affirme aux premières pages de son œuvre :

> « Le confort, l'efficacité, la raison, le manque de liberté dans un cadre démocratique, voilà ce qui caractérise la civilisation industrielle avancée et témoigne pour le progrès technique. »

Est-ce donc rendre raison à Rousseau ?

De fait, Marcuse ne manque pas de relever une apparente contradiction : les sociétés industrielles se sont pourvues de constitutions démocratiques, elles ont pris la forme d'états de droit et prétendent lire la marche du progrès technologique au développement de la liberté des individus. La technique « libère » ainsi les hommes de la peine, du travail, de la souffrance, rendant le quotidien matériellement plus « facile à vivre ». Mais cette libération permet-elle de nouvelles libertés ? Dans une société individualiste, l'idée de liberté joue le rôle de la prime de séduction. Les individus-citoyens ont le désir d'éprouver qu'ils sont, dans l'espace social, libres de leurs choix et de leurs mouvements. Ce désir il convient de le satisfaire ; l'adhésion de chacun à la structure sociale est évidemment à ce prix. Or présenter au désir son objet, ce n'est pas toujours le combler. Marcuse découvre en effet que les sociétés industrielles modernes ont inventé un leurre efficace : la liberté décevante. C'est la liberté de concurrence par des prix qui ont été préalablement arrangés, la liberté d'une presse qui sait se censurer elle-même, la liberté enfin de choisir entre des marques qui ne font que recouvrir un même produit. Ce simulacre de liberté passe toujours par une mise en scène du choix. Ce qu'il faut, c'est choisir mais choisir au fond dans l'indifférence. La prolifération des marques, la multiplication des combinaisons offertes à chacun (la consommation se fait désormais « à la carte ») flattent le narcisse individualiste mais l'étourdissent du même coup. Tout semble possible, alors tout devient indifférent. La liberté décevante est liberté d'indifférence, celle que Descartes définit dans la quatrième méditation métaphysique :

> « Cette indifférence que je sens lorsque je ne suis pas emporté vers un côté plutôt que vers un autre par le poids d'aucune raison, est le plus bas degré de la liberté, et fait paraître plutôt un défaut dans la connaissance, qu'une perfection dans la volonté... »

Le consommateur qui hésite devant les linéaires du supermarché, l'électeur sans opinion qui dans l'isoloir ne sait plus pour qui voter (« Ils se ressemblent tous »), **ceux-là vivent leur liberté de citoyen à son plus bas degré...**

Maîtres et valets

Définir

Pas de maître sans Jacques

> « Il est écrit là-haut, dit Jacques à son maître, que tant que Jacques vivra, que tant que son maître vivra, et même après qu'ils seront morts tous deux, on dira Jacques et son maître. »

Que le maître anonyme du roman de Diderot n'apprécie guère la prophétie de son valet, cela n'a rien de surprenant. Pourtant, il faudra qu'il s'y résigne, c'est bien Jacques qui fait son maître comme Figaro le comte... L'ordre que l'on croyait immuable s'est retourné contre les privilégiés... Le maître a trouvé son maître en la personne de son valet !

La comédie retrace à travers les siècles ce lent retournement de situation. Sous Molière, le valet a déjà conquis le premier rôle mais sa prééminence se cache dans la solidarité qu'il manifeste toujours à l'égard du noble qu'il sert. Avec le XVIIIe siècle, Marivaux et Beaumarchais montrent des valets qui s'opposent à leurs maîtres et leur donnent la leçon : le *dominus* (le maître de maison, en latin) découvre en son valet un *magister* (le maître d'école). Parce qu'il est au contact direct de la réalité ce dernier a développé en effet ce qui relève dans la comédie de la débrouillardise. Il a su tirer de la société un enseignement qui le place à présent en situation de supériorité par rapport à un maître trop détaché de la matière...

L'essentiel de la relation dialectique unissant le maître à son esclave, le patron à son ouvrier est déjà sensible dans la littérature des Lumières, avant même que le philosophe allemand Hegel ne lui donne sa rigoureuse formulation dans la *Phénoménologie de l'esprit.*

Composer

Qu'est-ce qu'un Maître ?

▸ **Le Maître...**

Le français n'emploie qu'un seul mot pour désigner ce que le latin distingue : le *magister* et le *dominus,* le maître d'école et le maître de l'esclave. S'agit-il d'entretenir la confusion d'un enseignant dominateur et d'un grand seigneur pédagogue à la commune sévérité ?

Evidemment l'étymologie semble opérer un choix : maître dérive de *magister.* **Tous** les maîtres d'école sont-ils pour cela des Maîtres? Ne suis-je pas en train de dire autre chose, lorsque je dis de mon professeur, de mon instituteur qu'il est **un** Maître? N'y a-t-il pas dans l'emploi de l'article indéfini, qui particularise ma relation à cet enregistrement, une reconnaissance supplémentaire qui l'arrache à l'univers des « profs », créatures rabougries comme le suggère le dimunitif (« Prof », c'est aussi l'un des sept nains)?

▸ **... se distingue du pédagogue comme du Seigneur...**

Un Maître c'est celui à qui j'accorde une importance exceptionnelle par l'Autorité que je lui reconnais. Or l'Autorité échappe précisément au *magister* comme au *dominus,* elle n'est fondée ni sur la rationalité de l'un, ni sur la force de l'autre. Un Maître c'est autre chose, une autorité, un don qui le lie à moi qui l'accepte comme tel. Cela ressemble au « parce que c'était lui, parce que c'était moi » de Montaigne à La Boétie, aussi mystérieux par conséquent que peut l'être l'amitié, à cette différence que je reconnais à ce Maître le prodige de me constituer. Un Maître, c'est un auteur, au sens du verbe *augeo,* en latin « augmenter ». Son autorité se révèle être ce qui me découvre à moi-même, instance de l'Altérité féconde dont la prise de conscience est une véritable épreuve de soi.

▸ **... par l'Autorité que je lui reconnais.**

De fait, la relation au Maître est bien une relation dialectique mais à la condition de ne retenir de celle-ci que le dépassement des oppositions et des conflits. Il ne s'agit plus de domination, ni de discipline ou de pédagogie mais du passage obligé par la présence de l'Autre pour se reconnaître soi-même. Par l'admiration presque sacrée qu'il suscite, le Maître étonne *(admirari)* et entraîne après lui celui qu'il ne subjugue ni ne séduit. Il oriente magiquement le regard dans la direction de son propre regard sur les choses et s'efface, tout aussi étrangement qu'il était apparu, lorsque je comprends que la reconnaissance qu'il m'offre vient de ce qu'il a su accepter la mienne. Je me sais à présent « digne » de la fascination que j'éprouve. Le Maître **s'extrait** alors de lui-même de mon univers : « La neige qui tombe sur les cloches fond quand elle les fait sonner », expliquait Heidegger à ceux qui voyaient en lui leur Maître.

Approfondir

La servitude volontaire

ÉTIENNE DE LA BOËTIE (1549)

La soumission de la multitude à l'autorité d'un seul est une véritable énigme que La Boëtie tente d'éclairer. Comment les hommes, alors que la liberté est inhérente à leur nature, supportent-ils la servitude ? C'est en effet la servitude volontaire qui distingue avant tout l'homme de l'animal :

> « Les bêtes, si les hommes ne font trop les sourds, leur crient : vive la liberté ! »

Le phénomène est d'autant plus étrange que cette soumission est nécessairement volontaire. Il serait effectivement aisé de l'abandonner, le nombre est toujours du côté des opprimés : que peuvent les autocrates contre la volonté de la foule ? Force est donc de constater un état contre nature :

> « La seule liberté les hommes ne la désirent point ; non point pour autre raison (ce me semble) sinon pour ce que s'ils la désiraient, ils l'auraient... »

Par nature l'homme est évidemment influençable mais il est aussi raisonnable et libre. Comment, dans ces conditions comprendre l'incompréhensible ?

La Boëtie voit dans cet état de fait la conséquence d'une double dénaturation. Les gouvernés, d'abord, par habitude, paresse et facilité abdiquent rapidement. Ils jugent plus confortable de laisser à un tiers le soin de prendre à leur place des décisions. Les gouvernants, quant à eux, se laissent aller à la spirale de la tyrannie. Le pouvoir semble appeler le pouvoir et se découvre être sans limite :

> « Le tyran ôte tout à tous. »

La Boëtie montre aussi — et ce point est probablement le plus intéressant — que le tyran pour maintenir sa domination sait lui associer ceux-là même qu'il domine. La ruse du gouvernant consiste à rendre complices ses propres sujets de leur servitude : « Ainsi le tyran asservit les sujets les uns par le moyen des autres. » L'idée est neuve et importante, elle suggère que le principe de la servitude volontaire est peut-être à chercher du côté de cette pyramide de servitudes que construit le tyran : remettre en question la tyrannie du Prince, c'est aussi vouloir remettre en cause celle dont chacun semble jouir à un titre ou à un autre dans la société. Chaque gouverné tient en effet à son tour le rôle du gouvernant. Tel qui obéit à son Maître se fait aussi obéir de ceux que le Maître a su lui subordonner. Ainsi la servitude est volontaire dans la mesure où elle paraît être la condition nécessaire aux desseins de la volonté de maîtrise. Quel « petit chef » n'est pas prêt à payer du prix de la servilité son pouvoir, aussi dérisoire soit-il ?

Actualiser

Les nouveaux affranchis

Entre le maître et son esclave, Rome laisse ouvert l'espace d'une liberté sous condition, celle de l'affranchi. Celui-ci ne sert plus son maître, il devient indépendant, libre d'agir à sa guise et de travailler pour son seul profit. Mais cette liberté reste partielle, l'affranchi n'est jamais citoyen de Rome, seuls ses descendants auront accès à cette humanité pleine et entière que les Romains ne reconnaissaient qu'à eux-mêmes. L'affranchi jouit d'une liberté civile, pas politique. Il peut être riche, voire très riche (Pétrone en brosse un portrait grinçant dans *Le Satiricon* à travers le personnage de Trimalcion), influent au point d'accéder à la tête de l'empire, jamais cependant il n'obtiendra par lui-même ce respect lié à la dignité de citoyen.

Si l'on transpose au monde moderne du travail la relation maître-esclave au point de voir dans la relation patron-employé un mode dégradé de l'économie servile de l'Antiquité (ce que font les marxistes lorsqu'ils réactivent, par exemple, le vieux mot de « prolétaire »), ne retrouve-t-on pas — aujourd'hui — cette tierce réalité sociale que représente l'affranchi ?

En effet, poussés par les conséquences économiques de la « crise », **de nombreux employés sont tentés de s'émanciper du lien patronal en « créant » leur propre entreprise.** Les aides que l'Etat apporte et les formes juridiques multiples que peut à présent prendre cette sorte d'affranchissement (du statut de « travailleur indépendant » à l'EURL) encouragent une démarche qui présente en période de chômage au moins deux avantages : un patron de plus, c'est un chômeur de moins, c'est aussi éventuellement, à terme, un nouveau créateur d'emplois. Les chambres de commerce et d'industrie proposent ainsi des stages de formation rapide qui dispensent les bases du droit commercial, de la comptabilité et de la gestion... Bref après la « lecture rapide », la méthode « Assimil », voici l'heure du « management sans peine ».

Ces aventures sont-elles des occasions d'une liberté reconquise ? La question mérite d'être posée, dans la mesure où ces encouragements à la création d'entreprise semblent bien audacieux à l'heure de la prudence, voire de la timidité face à une situation économique dont on attend qu'elle se clarifie. De fait, la plupart de ces « nouveaux affranchis » le sont en désespoir de cause. Derniers sursauts face à une inacceptable cessation d'activités, ces démarches apparaissent moins comme un souci d'accéder à une meilleure situation sociale que comme un ultime effort pour ne pas connaître le pire. Loin d'être une « promotion », la création d'entreprise est pour le nouveau patron un moyen pour échapper à ce qu'il perçoit comme une déchéance et dans laquelle il jette, avec ses derniers espoirs, parfois la totalité des indemnités de licenciement qu'il a perçues. S'affranchir donc pour ne pas régresser, la dernière chance avant une nouvelle forme de servitude.

Matérialisme

Définir

L'esprit de la matière

L'adjectif précède le substantif. L'Allemand Wolff invente en effet, à la fin du XVIIe siècle, le mot « matérialiste » pour désigner « les philosophes selon lesquels il n'existe que des êtres matériels ou corporels ». Il s'agit de qualifier l'inqualifiable avant même de le nommer.

Car en affirmant que l'esprit dépend de la matière — voire qu'il en est l'une des formes —, les « matérialistes » heurtent violemment les idées reçues et acceptées en leur temps. Diderot, d'Holbach, Helvétius vont ainsi emprunter aux atomistes de l'Antiquité, Démocrite, Epicure, pour montrer que tout est matière, y compris ce qui nous semble immatériel. Il s'agit d'éliminer le surnaturel, de prétendre pouvoir rendre raison de tous les phénomènes, bref de rogner peu à peu la part du divin : le matérialisme des origines est une arme forgée par les penseurs rationalistes et athées. L'entreprise culmine en 1758 avec la publication par Helvétius d'un ouvrage intitulé par provocation *De l'Esprit* et dans lequel l'ancien fermier général montre qu'il n'y a pas une idée, ni un esprit pour la formuler, qui ne soient dépendants des circonstances, du milieu dans lequel ils sont apparus. Marx doit ainsi beaucoup à ces philosophes des Lumières. Le « matérialisme historique » que son œuvre diffuse rappelle en effet que les hommes ne peuvent prétendre s'affranchir de leur « milieu social » (voilà pourquoi ce matérialisme est historique). On connaît le mot célèbre qui préface *La critique de l'économie politique* :

> « Ce n'est pas la conscience des hommes qui détermine leur être ; c'est inversement leur être social qui détermine leur conscience. »

Composer

Le climat est-il le premier de tous les empires ?

▸ **L'empire du climat...**

Au chapitre quatorze du livre XIX de *L'esprit des lois* Montesquieu énonce une formule destinée à nourrir le débat qu'ouvre le matérialisme au XVIIIe siècle : « L'empire du climat est le premier de tous les empires. »

Il s'agit d'abord de rappeler l'évidence : les conditions naturelles de leur vie influencent le caractère des hommes, comme elles agissent sur leur physiologie. On sait que Montesquieu s'inspira de nombreuses expériences effectuées par des médecins contemporains, en particulier celles de l'Anglais Glisson qui note :

> « Un certain degré de chaleur... allonge et relâche les fibres : de là l'abattement et la faiblesse qu'on sent dans les jours chauds... Le froid resserre les fibres et produit la force et l'activité très sensibles à certaines personnes dans un temps clair et gelé... »

Agissant sur les corps, le climat modifie les comportements et permet de comprendre — non d'excuser — des coutumes et des mœurs qui nous sembleraient « barbares ». Montesquieu explique ainsi la pratique de la réclusion des femmes dans les nations exposées aux ardeurs du soleil. Dans cet Orient brûlé par la chaleur, la précocité sexuelle pousse à une exaltation sensuelle qu'il faut réprimer en protégeant du regard des autres hommes les femmes de la famille... On sait que le harem figure au nombre des fantasmes occidentaux qui se développent à l'époque !

▸ **... rappelle l'emprise de la nature...**

Mais au-delà de ces explications anecdotiques qui ne laissent pas de faire sourire ou frémir aujourd'hui, il faut prendre soin de rappeler ce que disent les mots quand on les utilise. Dans la langue classique « climat » revêt une acception beaucoup plus large que celle que nous lui réservons à présent. Le terme désigne en effet une région caractérisée par son inclinaison — *klima,* en grec — par rapport au soleil. Le climat, c'est le lieu. Rappeler l'empire du climat, c'est donc dire l'influence de la Nature sur les sociétés humaines. Cet empire de la Nature permet d'ailleurs de penser l'exceptionnelle diversité des mœurs. Rien n'est plus mouvant et changeant que la Nature qui condamne ainsi les œuvres humaines au plus grand relativisme. Le motif parcourt *Les pensées* de Pascal :

> « On ne voit rien de juste ni d'injuste qui ne change de qualité en changeant de climat. Trois degrés d'élévation du pôle renversent toute la jurisprudence. »

L'idée n'est pas neuve, on la localise pour la première fois au livre VII de la *Politique* d'Aristote. Elle n'en réclame pas moins d'enraciner toute forme de réflexion politique dans une reconnaissance de l'importance de la Nature. L'Histoire dépend de la géographie.

► ... et permet de fonder une science politique.

L'affirmation de ce matérialisme — l'esprit des peuples et leurs réalisations historiques dépendent de la matière première qu'offre la Nature — a pour conséquence de fonder la prétention à construire une véritable *science* politique. Grâce au regard que le scientifique sait porter sur la Nature, le politologue saura désormais analyser l'efficacité ou l'inefficacité des constructions législatives. Une juste évolution du climat peut alors répondre à la question de la bonne constitution des constitutions. Montesquieu poursuit ainsi le dessein du juriste de la Renaissance Jehan Bodin :

> « L'un des plus grands et peut-être le principal fondement des Républiques est d'accommoder l'Etat au naturel des citoyens... On doit diversifier l'état de la République à la diversité des lieux, à l'exemple du bon architecte qui accommode son bâtiment à la nature qu'il trouve sur les lieux. »
>
> *Les six livres de la République,* 1580.

Approfondir

Le rêve d'Alembert

DENIS DIDEROT (1759)

Sous ce titre il est d'usage de désigner un triptyque composé de l'*Entretien entre d'Alembert et Diderot,* du *Rêve d'Alembert,* à proprement parler et de la *Suite de l'Entretien.* Ces trois textes publiés très tardivement (en 1830 !) exposent, sous la forme dialoguée familière à la philosophie, les idées matérialistes de Diderot. De fait, l'encyclopédiste pousse ces thèses matérialistes dans leurs conséquences ultimes : tout est matière, l'homme n'est qu'une combinaison parmi d'autres, il se trouve pris au même titre que n'importe quel vivant dans cette permanente ébullition de la matière que le médecin Bordeu (l'un des protagonistes du dialogue mais aussi l'ami de Diderot) appelle un « biochimisme universel ». Cette représentation d'une nature où rien ne se perd ni se crée, où se déroule selon un processus épigénétique (il y a épigenèse lorsque chez un être vivant apparaît une forme nouvelle qui n'est pas préexistante) une interminable chaîne du vivant, Diderot l'attribue, avec humour, à son ami le mathématicien d'Alembert qui rêve à voix haute. Sous la forme d'un délire le matérialisme de Diderot peut donc s'accorder tous les excès.

> « Cela est de la plus haute extravagance, écrit Diderot à Sophie Volland en septembre 1769, et tout à la fois de la philosophie la plus profonde ; il y a quelque adresse à avoir mis mes idées dans la bouche d'un homme qui rêve : il faut souvent donner à la sagesse l'air de la folie, afin de lui procurer ses entrées. »

Que confie donc d'Alembert à sa maîtresse effarée, Julie de Lespinasse, et au médecin Bordeu qui tente de le rassurer ? La vision du mathématicien est celle d'une totalité dont l'homme n'est qu'une partie parmi d'autres, une partie faite d'un agrégat de molécules susceptible de se désagréger, un être fait de matière et partant soumis à ses sensations :

> « Et la vie ?... La vie, une suite d'actions et de réactions... Vivant, j'agis et je réagis en masse... mort, j'agis et je réagis en molécules... Je ne meurs donc point ?... Non, sans doute, je ne meurs point en ce sens, ni moi, ni quoi que ce soit... Naître, vivre et passer, c'est changer de formes... Et qu'importe une forme ou une autre ? »

Plus de principe spirituel, plus de mort à redouter, une volonté de réduire l'importance accordée par l'homme à son humanité (une « forme » parmi d'autres), plus de croyance par conséquent, ni de divinité... Le matérialisme est loin d'être une « folie » innocente, c'est évidemment un accès de fièvre contre la Religion.

Actualiser

Un homme « dématérialisé » ?

La leçon d'un siècle de matérialisme dialectique est simple : c'est notre rapport à la matière qui façonne nos relations sociales. La matière fait naître des comportements et ceux-ci structurent les sociétés, en forment la nature. Fernand Braudel a ainsi montré dans *La Méditerranée* comment l'or, la découverte de ses gisements les plus riches en Amérique du Sud, son acheminement à travers l'Océan avaient été décisifs pour le développement de l'espace méditerranéen et de l'Espagne de Philippe II particulièrement. Des régions se sont appauvries ou enrichies selon leur éloignement ou leur proximité de la mer. En outre, ce brutal afflux monétaire va paradoxalement provoquer la décadence du monde méditérranéen et permettre la constitution d'un « pôle » anglo-saxon beaucoup plus attractif.

Parce qu'il s'inscrit dans la matière l'homme s'enfonce en elle, ce que Samuel Beckett représente symboliquement dans *Oh les beaux jours !* (le personnage principal s'enfonce peu à peu dans un mamelon de matière pour finir par être totalement absorbé) et que Jean-Paul Sartre analyse dans *La critique de la raison dialectique* :

> « Chacun de nous passe sa vie à graver son image maléfique sur les choses. »

A ce phénomène un autre « moderne » ne manque pas d'être sensible, R. Barthes, qui dans un article célèbre, publié en 1953, voit dans la peinture flamande du XVIIe siècle une tentative de représentation de cette incrustation de l'homme parmi les choses. La matière y est toujours « apprivoisée », la substance succombe sous le poids de ses qualités :

> « Qu'ai-je besoin de la forme principielle du citron ? Ce qu'il faut à mon humanité tout empirique, c'est un citron dressé pour l'usage, à demi pelé, à demi coupé, moitié citron, moitié fraîcheur... »

Voilà donc ce que nous montre la « nature morte ».

Que les modernes — historiens, philosophes ou critiques — soient à ce point sensible à la manière dont « l'homme dépassant sa condition matérielle s'objective dans les choses », comme le formule Sartre, cela ne manque pas d'intérêt à un moment où, précisément, notre rapport à la matière se modifie à nouveau. Si ces analyses « matérialistes » du comportement social sont exactes, que nous réserve un avenir qui dépend d'un présent où les hommes s'habituent à l'idée d'anéantir la matière pour extraire, non de la matière même mais du processus d'anéantissement, de l'énergie ?

A l'âge du nucléaire, la matière est tenue à distance, parce que dangereuse, puis fracturée, fracassée, alors seulement utilisable... Quelle image nous renvoie cette énergie destructrice ? Le peintre hollandais exprimait la tranquille prospérité du marchand, le dramaturge irlandais la lente disparition des hommes dans les choses, et l'artiste de l'éphémère, celui qui détruit l'œuvre en la créant, que montre-t-il ?

Définir

Rompre

La modernité apparaît bien après les modernes. Ceux-ci revendiquent cette qualification au XVIIe siècle pour se distinguer des « Anciens », fidèles à l'imitation des auteurs grecs et latins. *Les modernes se veulent donc en rupture de tradition.*

Rejet des modèles du passé, des interprétations et des théories héritées du monde antique, la modernité frappe alors à la porte de la Science comme de la Politique. Galilée est moderne, Saint-Just et Robespierre le sont également. Le concept n'est plus seulement réservé à l'Art même si Perrault au XVIIe siècle et Baudelaire deux cents ans plus tard lui ont donné sa substance. Un seul mot d'ordre désormais : rompre. *La modernité porte ainsi en elle le principe de sa disparition...* sitôt que l'attitude de rupture systématique avec la tradition devient à son tour référentielle... Octavio Paz résume ainsi la contradiction inhérente à la modernité :

> « La modernité est une sorte d'autodestruction créatrice...
>
> « L'art moderne n'est pas seulement le fils de l'âge critique, mais le critique de lui-même. »

Point de convergence.

Composer

Peut-on dire que tout est dit ?

▸ **L'autorité des modèles anciens...**

« Tout est dit et l'on vient trop tard », écrit La Bruyère dans le contexte querelleur du débat entre Anciens et Modernes. De fait, le goût classique se plaît à rappeler la perfection des modèles anciens : quelle tragédie prétend-on écrire encore après celles de Sophocle ? Quelles passions n'ont pas été dépeintes, quelle réalité n'a pas été vécue par les écrivains de l'Antiquité auxquels force s'impose de céder ? N'est-il pas vain et sot de prétendre après eux inventer ? La Bruyère persiste et signe : « Un auteur moderne prouve ordinairement que les Anciens nous sont inférieurs, en deux manières, par raison et par exemple : il tire la raison de son goût particulier et l'exemple de ses ouvrages. » Les modernes sont donc des vaniteux frappés d'une *hybris* (orgueil chez les Grecs) que les dieux de l'Antiquité savaient châtier (cf. l'*Ajax* de Sophocle) !

▸ **... condamne-t-elle à l'imitation...**

On ne saurait donc que se livrer à l'imitation des Anciens qui eux-mêmes cherchaient à imiter la Nature. La doctrine classique, éprise de naturel et de simplicité dans l'expression est une victoire de la *mimesis.* De fait, La Bruyère ne se cache pas d'imiter Théophraste en commençant par en traduire les *Caractères.* De la même façon Boileau trouve son inspiration chez Horace, Molière chez Plaute, La Fontaine chez Esope... Il n'y aura guère que Perrault puis plus tard Voltaire et Rousseau pour oser prétendre inventer.

Or l'argument des classiques ne saurait évidemment convaincre. Car si ceux-ci empruntent en effet aux Latins et aux Grecs, leur œuvre est bien davantage qu'une simple imitation. Il ne faut pas se méprendre : **traduire, ce n'est pas imiter, c'est toujours réinterpréter.**

▸ **... ou à la réinterprétation créative ?**

On peut certes prétendre que tous les « scénarii » ont été imaginés. Et cela bien avant Jésus-Christ. Lire la *Bible,* en effet, c'est lire une succession d'histoires d'amour et des aventures dont la richesse ne sera plus jamais égalée. Mais si le contenu des œuvres du passé semble impérissable la forme ne résiste pas de la même façon aux injures du temps. Les langues ne cessent de se transformer, les mots naissent et meurent, quant aux choses auxquelles ils renvoient elles apparaissent et disparaissent dans le mouvement de l'histoire. A titre d'exemple illustratif, Toffler dans *Le choc du futur* parvient à évaluer quelle serait l'étendue du lexique actif (l'ensemble des mots utiles et spontanément utilisés) de W. Shakespeare ressuscité dans l'Angleterre contemporaine : l'auteur de *Macbeth* pourrait à peine comprendre et manier quatre mots sur neuf !

Si tout est dit, tout n'en demeure pas moins à redire... La traduction est nécessaire parce que chaque âge réclame sa formalisation. C'est en ce sens qu'il faut comprendre la phrase provocatrice d'A. Artaud : « Les chefs-d'œuvre du passé sont bons pour le passé, ils ne sont pas bons pour nous. » *(Le théâtre et son double).*

Approfondir

Le peintre de la vie moderne

CHARLES BAUDELAIRE (1863)

Pour définir la modernité, Baudelaire commence par suivre, dans sa quête quotidienne de la Beauté, un artiste que désignent seulement au lecteur ses initiales M. C. G.

> « Ainsi il va, il court, il cherche. Que cherche-t-il ? A coup sûr, cet homme, tel que je l'ai dépeint, ce solitaire doué d'une imagination active, toujours voyageant à travers *le grand désert d'hommes,* a un but plus élevé que celui de pur flâneur, un but plus général, autre que le plaisir fugitif de la circonstance. Il cherche ce quelque chose qu'on nous permettra d'appeler la *modernité...* »

Sa recherche sera donc la nôtre. Mais qui est-il ? C'est un « homme-mouvement » qui parcourt le monde : c'est le correspondant de guerre d'un important quotidien britannique qu'il alimente en croquis « pris sur le vif ». Par goût autant que par profession, M. C. G. est donc un voyageur qui cherche à se fondre dans les

« paysages humains » qu'il traverse. De fait, l'anonymat que lui préserve Baudelaire (c'était la condition pour qu'il acceptât que Baudelaire lui consacrât cette monographie) est significatif de ce désir de disparaître dans les foules qu'il observe :

> « La foule est son domaine, comme l'air est celui de l'oiseau, comme l'eau celui du poisson. Sa passion et sa profession, c'est d'*épouser la foule.* »

Anonyme, il l'est alors dans la foule; anonyme, il devient plus facilement pour le lecteur un type humain assez neuf, l'homme moderne. Il faut pourtant lui rendre son nom. Ce peintre de la vie moderne, c'est Monsieur Constantin Guys, célèbre pour son trait de crayon qui capte la beauté fugace d'un geste ou d'une expression et qui fixe la magie de l'instant.

Seule la fugacité, le transitoire semble fasciner Guys et définit du même coup ce que Baudelaire appelle la modernité :

> « La modernité, c'est le transitoire, le fugitif, le contingent, la moitié de l'art dont l'autre moitié est l'éternel et l'immuable.
>
> (...)
>
> « Cet élément transitoire, fugitif, dont les métamorphoses sont si fréquentes vous n'avez pas le droit de le mépriser ou de vous en passer. En le supprimant, vous tombez forcément dans le vide d'une beauté abstraite et indéfinissable. »

De fait, chaque œuvre d'art est, selon Baudelaire, composite. Elle est faite en particulier d'un élément qui n'appartient qu'à une époque déterminée et renvoie autant aux goûts du moment qu'à « l'esprit du temps ». Le décorum médiéval des préraphaélites, par exemple, comme la naïveté feinte et mise en scène de leur style appartiennent bien à un romantisme qui cherche à alimenter la nostalgie d'une origine définitivement perdue. Cette modernité, on la saisit également volontiers à travers les variations de l'affirmation du goût masculin qui s'exprime à propos du corps féminin. La silhouette élancée, le teint blanc, le cou étiré et le ventre bombé de la « Dame à la licorne » restituent un idéal féminin que ne partagent ni Rubens, ni les photographes de « Vogue ». Il y a bien dans la Beauté un élément contingent qui permet d'en raconter l'Histoire.

Actualiser

Le postmoderne

Le concept de postmodernité est un héritage des arts décoratifs. Il renvoie à cette attitude esthétique qui fait de la juxtaposition des styles un principe de création. La postmodernité réalise ainsi des collages. Elle s'inscrit dans le désir surréaliste d'organiser des rencontres fortuites (« sur une table de dissection d'un parapluie et d'une machine à coudre », dit Lautrémont dans *Les chants de Maldoror*) d'où la Beauté occasionnellement peut surgir. Fille inattendue du baroque, source de décalages ironiques et ludiques, la postmodernité intègre à des décors classiques des objets modernes, triviaux, incongrus. C'est elle qui pose des pyramides translucides au milieu de la cour Napoléon du Louvre, c'est encore elle qui réinvente (sans succès, il est vrai) la jupe pour les hommes ; bref, elle mélange, confond, subvertit les codes. Au mieux, elle joue. Au pire, elle tourne à l'éclectisme le plus navrant, pâle reflet d'un relativisme culturel que stigmatisent aujourd'hui les défenseurs de l'Universel.

Mais, en deçà de cette attitude qu'elle désigne, que signifie cette expression ? Comment se situer après *(post)* une modernité que l'on définit comme la forme même de la rupture avec la tradition ? Le postmoderne exprimerait-il le retour aux Anciens, retour de balancier obligé après le discrédit ? Que distingue alors la postmodernité de la tradition ?

Le philosophe J.-F. Lyotard s'efforce aujourd'hui de donner un sens littéral à ce qui littéralement semble ne pas en être pourvu :

> « Un artiste, un écrivain postmoderne est dans la situation d'un philosophe : le texte qu'il écrit, l'œuvre qu'il accomplit ne sont pas en principe gouvernés par des règles déjà établies, et ils ne peuvent pas être jugés au moyen d'un jugement déterminant, pour l'application à ce texte, à cette œuvre de catégories connues. »
>
> *Le postmoderne expliqué aux enfants.*

L'artiste postmoderne prétend alors dépasser la modernité en ce qu'il refuse de créer **contre** les tenants de la tradition. Quand les modernes transgressent les règles des anciens, les postmodernes en inventent de nouvelles. La postmodernité est-elle l'autre nom de la nouveauté ?

Mythe

Définir

Vérités d'une parole trompeuse

« Le mythe est une parole », rappelle Barthes dans le dernier chapitre de *Mythologies,* intitulé « Le mythe aujourd'hui ». De fait, l'étymologie ne dit pas autre chose puisque jusqu'au ve siècle avant Jésus-Christ, *muthos* et *logos* dont en grec des synonymes.

Mais l'invention puis le développement de la Philosophie et de l'Histoire, leur prétention à se constituer en discours de ce qui fut comme de ce qui est spécialisent le *muthos* dans l'acception d'une parole infondée, expression de l'imaginaire, babil fantaisiste que récuse évidemment un *logos* que l'on traduit désormais par « raison ».

Au xxe siècle, les Sciences humaines redonnent son poids à un mot entendu généralement dans le sens de fable. Le mythe apparaît alors comme le moyen d'accès le plus efficace à la réalité des sociétés primitives dans lesquelles Sacré et profane sont si intimement liés :

> « Le mythe est censé exprimer la vérité absolue, parce qu'il raconte une histoire sacrée, c'est-à-dire une révolution trans-humaine qui a lieu à l'aube du grand temps, dans le temps sacré des commencements. »
>
> M. Eliade, *Mythe, rêve et mystère.*

Le mythe permettra également de penser comment s'est constituée la philosophie occidentale. Car le passage du *muthos* au *logos* — que n'ont pas effectué les primitifs — marque bien la volonté des Européens de proposer de la Nature une interprétation discursive et rationnelle.

Cette promotion du *Logos* suppose-t-elle que de notre vie sociale nous avons complètement expulsé le *Muthos*?

Composer

La politique peut-elle échapper au mythe ?

▸ **Le mythe...**

Comment parler au Peuple pour qu'il écoute? Comment s'adresser à tous pour recueillir les suffrages du plus grand nombre? Peut-on feindre encore de croire que les foules pensent comme un seul homme, même si parfois elles semblent agir de façon uniforme? Telles sont les questions que pose le régime démocratique aux démocrates et auxquelles répondent toujours les démagogues. Si le discours argumenté reste le moyen le plus précis, il apparaît dans le même temps le plus souvent inefficace. Les mots, parce qu'ils ne cessent de renvoyer à ce qu'ils ne sont pas, ne réalisent que rarement la concorde. Parler longuement en public, c'est prendre le risque d'être rapidement incompris. Exposer ses idées par un enchaînement d'arguments, c'est avoir l'assurance de perdre l'attention d'un auditoire d'autant plus volatil qu'il est plus nombreux.

Pour emporter la conviction rien ne vaut un message bref et simple, mieux qu'un slogan, une image. Le mythe offre au politique cette image, comme un publicitaire propose à l'annonceur un « spot » télévisé.

▸ **... est pour le politique...**

Platon présente les sophistes comme des « faiseurs de mythes ». Protagoras en particulier excelle à ces compositions (le mythe d'Epiméthée et Prométhée) mais tous les sophistes en sont friands, parce que les mythes rendent le discours plus agréable (« Alors m'est avis, dit Protagoras avant d'entreprendre le récit du mythe, qu'il sera plus agréable que je vous raconte une histoire. » *Protagoras*) et plus convaincant. En effet, **le mythe s'adresse à tous.** L'auditeur innocent l'entendra pour une aimable fable, le citoyen averti cherchera une interprétation, constituant parfois lui-même le sens qui lui convient... Bref le mythe rassemble quand le discours rationnel exclut (ceux qu'aucune éducation n'a préparé à l'entendre). La parole mythique enveloppe la politique et dévoile en même temps la nature irrationnelle de cette activité.

En diffusant des images — pas en donnant des raisons — le mythe parvient à mobiliser des énergies collectives qui ne sont pas seulement utiles au « démocrate ». Georges Sorel dans *Réflexions sur la violence* définit ainsi le mythe dans sa dimension politique : « (C'est un) ensemble lié d'images motrices. » Le mythe permet de faire agir les foules, les idéologues du totalitarisme s'en souviendront. Le mythe du Sauveur, le mythe de l'Age d'or, le mythe de la conspiration (cf. *infra*, R. Girardet) permettent de mobiliser les masses et font supporter aux plus malheureux les plus lourdes servitudes. Utile au despote comme à l'orateur grec sur l'agora, le mythe prend le citoyen par les sentiments et enfièvre une imagination qui n'attend jamais que cela. Tant il est vrai, pour reprendre la belle formule de Valéry, que « les mythes sont les âmes de nos actions et de nos amours ».

▸ ... un véritable instrument.

La politique n'échappera pas au mythe tant que celui-ci sera utile au politique.

L'utilité est d'autant plus grande que le mythe est aussi une formidable machine à dépolitiser les débats et par conséquent neutraliser la méfiance des citoyens. Car **le mythe transforme l'Histoire en Nature,** comme l'explique très rigoureusement Roland Barthes dans *Mythologies.* Faire d'un homme ou d'un événement un mythe, c'est l'extraire de l'évidence historique pour lui donner valeur de vérité éternelle. Le mythe favorise l'éternel retour du même. Voilà pourquoi il est fondamentalement anhistorique. De fait, les sociétés que structurent fortement les récits mythiques refusent d'avoir une histoire. Le mythe abolit le passé, il régénère et assure une sorte de purification. Par le mythe on fait communiquer les foules avec ce Grand Temps dont parle Eliade (cf. « définir »), où les Dieux vivaient avec les hommes. Passé, présent et avenir fusionnent par le mythe :

> « La mythologie comprend l'histoire archétypique du monde originel ; passé, présent et futur y sont embrassés. »
>
> Novalis, *Pollens.*

Approfondir

Mythes et mythologies politiques

RAOUL GIRARDET (1986)

L'étude de **quatre mythes cardinaux** (la Conspiration, le Sauveur, l'Age d'or, l'Unité) permet à Raoul Girardet de proposer une introduction à l'imaginaire politique.

C'est qu'il existe des mythes que l'Histoire contemporaine, longtemps enseignée par R. Girardet à l'Institut d'études politiques de Paris, identifie comme spécifiquement politiques. Ces « grandes poussées d'effervescence onirique » ont une action sur la vie publique et l'historien ne saurait les négliger. Pour le spécialiste de la IVe République comment ignorer, par exemple, le « phénomène Pinay », tout aussi important que les mesures prises par le nouveau président du Conseil en 1952 ? Une parole diffuse *(muthos)* a constitué en effet un portrait étonnant de cet homme qui prétend faire de la politique en s'en méfiant (« Je sais que la politique n'est pas mon fort. Je ressemble en cela à beaucoup de Français. La politique, c'est tout juste bon à alimenter la conversation dans le train ou au café. »). Fumant sa pipe ou pêchant à la ligne, le président du Conseil devient une sorte de « héros de la normalité » qui saura sauver la France des technocrates hautains et lointains. Le cas Pinay illustre clairement ce besoin du Sauveur et à travers lui cette aptitude à produire du mythe qui semble caractériser la vie politique (jusqu'à sacraliser ici l'insignifiance).

Girardet poursuit l'analyse et dégage une typologie du Sauveur qui organise le mythe à travers l'Histoire : Cincinnatus, le vieillard rappelé aux affaires pour « sauver la patrie », Alexandre, le héros inspiré et charismatique, Solon, le fondateur, Moïse, le prophète et le voyant, sont quatre archétypes que l'imaginaire cherche à retrouver, voire combiner. Hitler incarne à la fois Alexandre, Solon et... Moïse ! A la fois conquérant, fondateur d'un nouveau « Reich » et prophète (Girardet rappelle le propos étonnant d'un Heidegger fasciné lui aussi par le Fürher : « Le Führer en lui-même, et lui seul, est, pour le présent comme pour l'avenir, la réalité allemande et sa loi. »).

On découvre ainsi, par l'analyse du mythe particulier du Sauveur, que le mythe politique tient à la fois de la fable, du récit pédagogique (sa fonction est alors d'expliquer) et du « stimulateur d'énergie », pour reprendre la formule célèbre de Maurice Barrès.

Bien sûr, le mythe révèle les angoisses collectives du groupe mais R. Girardet remarque le décalage dans lequel son expression se manifeste par rapport à l'Histoire. En effet, le mythe n'apparaît jamais à l'instant où se produit la crise dont il sera le révélateur. Il se constitue « après coup », dans la frustration d'une aspiration qui n'a su s'actualiser :

> « C'est dans l'intensité secrète des angoisses ou des incertitudes, dans l'obscurité des élans insatisfaits et des attentes vaines qu'il (le mythe) trouve son origine. »

Plus profond qu'un simple imaginaire, un « inconscient politique » reste encore à explorer.

Actualiser

Marchands de mythes

Les « faiseurs de mythes », ce sont presque toujours les sophistes, l'œuvre de Platon ne cesse de le rappeler.

Aujourd'hui les sophistes modernes que sont les publicitaires, les maîtres de la rhétorique des images, produisent encore de la parole mythique afin de vendre aux politiques la séduction indispensable au jeu démocratique. Ainsi les deux slogans qui ont marqué l'élection puis la réélection du président Mitterrand sont deux exemples modernes d'une parole mythique qui n'en finit toujours pas d'enrober le discours politique.

« La force tranquille » qu'incarne ce personnage qui semble sortir, sur l'image, d'un paysage campagnard (on distingue à l'arrière-plan, de façon stylisée, un clocher) rappelle celle de la tradition et de la nature. L'homme est un Sauveur parce qu'il permet à la communauté de renouer avec ses racines (ici le *muthos* efface toutes les marques « révolutionnaires » qui porte le sigle « socialiste ») qui renvoient toujours à l'Age d'or, souvent représenté par une nature paisible. La « force » est donc celle de l'Histoire (le passé, les traditions du terroir) et de la Nature (le terrain, précisément), la tranquillité rassure quant à l'usage qui sera fait de cette force.

« Génération Mitterrand », le slogan efface sept ans plus tard un autre handicap du candidat. Il ne s'agit plus de « faire oublier » la portée révolutionnaire de l'idéologie socialiste, l'homme a été vu à l'œuvre, on ne saurait donc redouter la violence de ses actions. En revanche, le candidat est âgé. Il faut donc gommer les rides du personnage qui pourraient inquiéter (« Aura-t-il seulement les moyens physiques d'exercer le pouvoir ?). La parole du sophiste pratique alors un subtil « lifting » en associant au nom du président sortant le mot « génération », synonyme de vie et de jeunesse. L'homme, s'il n'est plus très jeune, est un fondateur, un semeur. On retrouve l'archétype du Sauveur identifié par R. Girardet. L'expérience de l'âge lui donne les moyens de préserver la jeunesse. A nouveau nature (la vie, les semailles) et histoire (Mitterrand, l'homme d'état qui sollicite un nouveau mandat) se trouvent unies dans le mythe politique que le publicitaire invente.

On l'aura noté, l'originalité de ce discours mythique tient à ce qu'il énonce en même temps qu'il escamote. On pourrait même dire qu'il n'énonce que pour mieux escamoter, effacer la dimension révolutionnaire d'une idéologie, gommer l'âge désormais avancé... Le mythe rappelle les séductions de l'origine et fait oublier les désagréments du présent.

Nation

Définir

J'y suis né, je veux y rester

Nasci — « naître » en latin — donne « naissance », « nature » et « nation ». Les trois termes sont liés non seulement par l'étymologie mais aussi par le sens. La nation apparaît comme cet ensemble composé de ceux qui, nés dans un même espace, parlent la même langue, partagent les mêmes mœurs et obéissent aux mêmes lois : l'idée du territoire est liée *naturellement* à celle de communauté. Le philologue Furetière, au XVIIe siècle, voit ainsi dans la nation « un grand peuple habitant une même étendue de terre renfermée en certaines limites ou même sous une certaine domination ». Un siècle plus tard, le mot a pris une connotation nettement politique. En effet, l'article 3 de la *Déclaration des droits de l'Homme et du Citoyen* fait de la nation le seul détenteur de la Souveraineté. A la même époque, on propose une approche nouvelle et radicalement opposée à celle que laissait envisager l'étymologie : la nation ne serait plus une réalité naturelle mais le résultat d'une multiplicité d'actes de volonté individuelle. L'abbé Sieyès définit alors la nation comme « un corps d'associés ». L'allusion au *Contrat social* est claire.

La Nation est-elle ainsi un artifice ou bien l'œuvre de la Nature ?

Composer

La nation : liberté ou déterminisme ?

▸ **Imposée et voulue à la fois, la Nation...**

Le nationalisme « objectif ».

L'étymologie (cf. *supra*) donne l'indication de critères nécessairement « objectifs » à la détermination nationale : on ne choisit pas de naître ici, ni d'entendre pour premières paroles celles que l'allemand ou le français nous font écouter.

« Ceux qui parlent la même langue, dit Fichte en 1807 dans l'un des *Discours à la Nation allemande,* forment un tout que la pure nature a lié par avance de mille liens invisibles. » Que l'on privilégie la langue ou bien l'histoire (« Je ne puis vivre que selon mes morts » dit Barrès), c'est toujours la culture que nous impose la Nation. Il est donc illusoire de croire pouvoir « changer de nationalité ».

Le nationalisme « subjectif ».

Pourtant, à cette définition déterministe s'oppose le volontarisme du nationalisme issu du XVIIIe siècle français.

La Nation résulte d'un contrat, c'est-à-dire d'un choix. C'est le sujet libre qui fait la Nation et non celle-ci qui produit des hommes liés entre eux par leur culture. Le nationalisme « subjectif » s'exprime sous la plume de Renan qui évoque « le consentement, le désir clairement exprimé de continuer la vie commune ». On connaît bien la formule : « L'existence d'une nation est un plébiscite de tous les jours. » *(Qu'est-ce qu'une nation ?)*

▸ **... révèle la situation de chacun au sein de la Société.**

L'un et l'autre.

Nationalisme « subjectif » et nationalisme « objectif » s'affrontent sitôt que l'Histoire découvre des rivalités territoriales ou économiques. Mais cet antagonisme si fréquemment perçu depuis un siècle en Europe (l'exemple de l'Alsace et de la Lorraine, au début du siècle) ne doit pas conduire à une simplification malheureuse du type « Qui a tort ? Qui a raison ? » De la même façon qu'on ne saurait imaginer un homme échapper à sa culture, celle-ci développe parfois en lui le goût de l'autonomie. Dès lors apparaît la situation particulière de l'Occident depuis deux cents ans écartelé entre une culture de la tradition et celle de la modernité, si intimement associée à l'idée de Progrès.

Une communauté de rêve.

A une conception de la nation tournée vers le passé comme à celle qui voudrait nous fixer dans l'éternel présent du « plébiscite » quotidien (et pourquoi pas de chaque instant?) ne pourrait-on opposer la perception d'une nation que définit d'abord l'idée d'un avenir commun? « L'esprit donne l'idée d'une nation, rappelle André Malraux, mais ce qui fait sa force sentimentale, c'est la communauté de rêve. »

Approfondir

Qu'est-ce qu'une nation ?

ERNEST RENAN (1882)

La conférence que prononce Ernest Renan à la Sorbonne, le 11 mars 1882, sous l'intitulé « Qu'est-ce qu'une nation? », nous apparaît aujourd'hui comme une sorte de manifeste de la conception élective de la Nation dont l'aspiration universaliste fait référence aux Lumières (du reste, Renan renvoie explicitement au *Qu'est-ce que le Tiers-Etat ?* de l'abbé Sieyès). Pourtant, il s'agit d'abord d'un texte de circonstance destiné à contrer la thèse allemande développée au début du siècle par Fichte *(Discours à la nation allemande)* et réactivée depuis pour justifier après 1870 l'annexion de l'Alsace et de la Lorraine. Le nationalisme allemand, parce qu'il s'appuie sur la notion de race et non pas sur un projet politique, est dangereux :

> « Si l'on se met à raisonner sur l'ethnographie de chaque canton — explique Renan à David-Frédéric Strauss dans sa correspondance —, on ouvre la porte à des guerres sans fin. »

Pour cesser, par conséquent, ce qu'il appelle ces « guerres zoologiques », Renan se propose de clarifier l'idée de Nation à l'esprit de ses auditeurs (une « idée claire en apparence, mais qui prête aux plus dangereux malentendus ».) Il va récuser un à un les critères sur lesquels se croit fondé le « nationalisme objectif ». La race? Le mot recouvre tant d'acceptions variées qu'il est presque impossible de s'entendre sur une définition opératoire. En outre, la question de savoir s'il existe encore en Europe des « races pures », c'est-à-dire sans aucun mélange, mérite d'être posée /

> « La vérité est qu'il n'y a pas de race pure et que faire reposer la politique sur l'analyse ethnographique, c'est la faire porter sur une chimère. »

Renvoyé à sa dimension idéologique, le critère de la race est alors écarté. La langue ? Fichte est plus directement visé (puisqu'il fait de la culture et partant de la littérature, donc de la langue, le ciment national). Or la langue, si elle invite à la réunion ne peut y forcer. Il y a quelque chose qui la transcende, quelque chose de supérieur et qu'on nommera **volonté** qui accomplit des prodiges que la communauté linguistique ne réalise pas. Un exemple ? La Suisse.

> « La volonté de la Suisse à être unie, malgré la variété de ses idiomes, est un fait bien plus important qu'une similitude souvent obtenue par des vexations. »

La religion ? L'histoire récente la confine aux limites de la vie privée. Le commerce ou la géographie ? Ils ne tiennent pas compte de la dimension spirituelle de la nation. **La matière ne suffit pas à rassembler les peuples.**

Bref, Renan prépare l'auditoire à recevoir la définition, désormais très célèbre, qu'il prépose :

> « Une nation est donc une grande solidarité, constituée par le sentiment des sacrifices qu'on a faits et de ceux qu'on est disposé à faire encore. Elle suppose un passé ; elle se résume pourtant dans le présent par un fait tangible : le consentement, le désir clairement exprimé de continuer la vie commune. L'existence d'une Nation est (pardonnez-moi cette métaphore) un plébiscite de tous les jours, comme l'existence de l'individu est une affirmation perpétuelle de vie. »

Actualiser

Vouloir être Français

La réforme du *Code de la nationalité,* proposée en France au printemps 1993, a suscité un débat souvent vif sur les principes qui doivent régler l'accès des étrangers à la nationalité française. Certains, en particulier, se sont émus de l'obligation faite à tout jeune étranger, né sur le territoire national mais de parents étrangers, d'opter pour la nationalité française entre 16 et 21 ans par une « manifestation de volonté ».

Il s'agit en clair d'exiger désormais une déclaration explicite de la volonté d'être Français qui pourrait revêtir un caractère plus ou moins solennel. Des avocats, à l'instar de maître Jean-Denis Bredin, ont alors déclaré que le principe d'égalité devant la loi ne pouvait manquer d'être bafoué puisqu'il n'est pas exigé de semblable engagement civique par les jeunes nés de parents français. Bref, le droit du sang l'emporterait d'une certaine manière sur le droit du sol, dans la mesure où celui-ci n'offrirait dans les faits qu'une voie plus lente et plus difficile à l'accès de la nationalité.

De fait, si la réforme renoue bien avec le volontarisme républicain qui est la source véritable du nationalisme subjectif français, on pourra souhaiter poursuivre plus loin la logique de la libre adhésion. Pourquoi ne pas réclamer ainsi de façon manifeste à l'ensemble des citoyens de renouveler sans équivoque le « contrat national » ? En liant par exemple la citoyenneté à l'obligation de voter. Comment croire en effet au « plébiscite de tous les jours » (qui, selon Renan, fonde la Nation) si les jours de « plébiscite » certains s'autorisent à négliger les urnes ? Vouloir être Français, c'est donc participer à la vie de la nation, c'est peut-être affirmer également qu'un droit ne vaut que par les devoirs qu'il implique nécessairement.

Définir

Toujours combatif

Débraillé, l'arme à la main et chevauchant les barricades à l'instar de l'enfant au second plan du tableau de Delacroix, *La Liberté guidant le peuple,* tel nous apparaît depuis le siècle des Révolutions ce Peuple, célébré ou méprisé, mais presque toujours en lutte. Le Peuple n'est-il jamais davantage lui-même que lorsqu'il revendique et défend ses droits?

Le mot vient évidemment du latin, mais dans cet univers antique où généraux et empereurs prétendent n'agir qu' « au nom du Sénat et du Peuple de Rome » — SPQR, lit-on sur les Aigles des légions : *Senatus populusque romanus* — l'idée de *populus* n'a que de lointains rapports avec celle d'un peuple, multitude désorganisée qui combat pour être reconnue. En effet, le *populus romanus* est bien structuré, ordonné en *gentes,* prêt à se glisser instantanément dans le strict cadre militaire. De fait, ce *populus*-là est composé, à l'origine, de ceux qui descendent des compagnons de Romulus, les fondateurs de Rome. Ces cent familles primitives, les patriciens, sont la souche du *populus* qui apparaît effectivement comme une aristocratie, ensemble de citoyens titulaires de droits et conscients de leurs devoirs (dont celui de combattre pour la République).

On l'aura noté, le *populus* diffère du Peuple par son caractère restreint et organisé (même si les nécessités militaires l'ont étendu au-delà de la seule population patricienne) mais il lui ressemble en ce qu'il revêt une dimension toujours nettement politique et se révèle à lui-même dans le combat.

Composer

Quand le Peuple se retrouve-t-il ?

▸ **De la diversité des intérêts qu'exprime la société civile...**

La société civile donne le spectacle de la diversité : diversité des besoins, diversités des échanges, diversité des conditions de vie de ceux qui y travaillent. La Cité montre des citoyens **divisés**. Ainsi, même dans la République idéale de Platon, apparaissent des différences de statut et des fonctions variées attribuées aux uns et aux autres de par leur nature. Laboureurs, Gardiens, Rois-philosophes dessinent par avance le schéma trifonctionnel de la société médiévale *(laboratores, bellatores, oratores)*. Bref, à travers la multiplicité des situations particulières, comment discerner cette unité qui fait **le** Peuple ? La modicité des conditions par rapport aux privilèges de la noblesse ne saurait établir ce trait d'union qui pourrait lier le riche commerçant à l'employé des manufactures. De fait, ce que l'Histoire présente comme **le** Peuple n'est jamais qu'une toute petite partie d'un tout le plus souvent indifférent. Quand on parle, par exemple, du peuple de Paris, n'est-ce pas simplement, au XIXe siècle, l'ensemble des artisans et des boutiquiers dont les intérêts diffèrent essentiellement de ceux qui cultivent encore la terre non loin des « barrières » de la ville.

Et si le Peuple n'était qu'un mythe ? Un ancien rêve de fusion et de communauté, voire de fraternité, que la réalité ne cesserait de contrarier.

▸ **... l'idée du Peuple se dresse pour défendre ces mêmes intérêts menacés.**

Qu'est-ce qui rassemble sinon la guerre, le conflit, le danger ? De fait, l'unité se fait dans la menace. Hérodote avait ainsi montré que le peuple grec ne s'était constitué qu'à travers le danger perse. Sitôt celui-ci écarté, les divisions étaient à nouveau apparues pour pousser les Cités les unes contre les autres, les intérêts particuliers contre les intérêts particuliers des autres.

De la sorte l'unité du Peuple ne se fait que si les intérêts particuliers de chacun se trouvent menacés. Le Peuple ne saurait être que **combatif,** dans la paix il se désagrège. L'exemple de la « manifestation » aujourd'hui paraît éclairant. Les grandes manifestations dites « populaires » sont à présent les seules occasions données au Peuple de se retrouver. Or, quand le Peuple descend-il dans la rue? Pour préserver des avantages acquis, pour imposer le statu quo. Les uns expriment ainsi leur souci de défendre l'Ecole libre, les autres quelques années plus tard leur désir de maintenir **en l'état** le rôle des collectivités locales dans l'attribution des aides financières aux établissements d'enseignement privé... Dans les deux cas, il s'agit bien de **conserver,** dans les deux cas on ne manquera pas d'identifier la manifestation à une expression de la volonté populaire. Pourtant ce n'est pas le « même peuple » qui s'exprime. Mais le message est cependant le même : protéger **ce qui est.**

Qu'est-ce que **le** Peuple? Sinon ce désir des sociétés à persévérer dans leur être, désir pour lequel elles sont disposées au combat, par quoi elles s'instituent en Peuple.

Approfondir

De la dictature démocratique populaire

MAO TSÉ TOUNG (1947)

Qu'est-ce qu'une démocratie populaire? L'expression a de quoi interloquer le candide, ignorant de la réalité politique que vivent ou vécurent les peuples auxquels cette forme apparemment redondante de gouvernement a été imposée. Quant à la formule qui donne au manifeste de Mao Tsé Toung son titre, il plonge le lecteur de Montesquieu ou d'Ariste dans un abîme de perplexité : comment une dictature peut-elle être démocratique? La signification des mots que la Science politique a l'habitude d'employer semble se dérober : un terme paraît renvoyer à son contraire, comme au plus sombre du délire linguistique orwélien (« La paix c'est la guerre, la guerre c'est la paix », proclame dans ce qu'il appelle la « novlangue » le plus célèbre des slogans du *Big Brother*).

L'ouvrage du « Grand Timonier » Mao Tsé Toung établit, par conséquent, une redéfinition du vocabulaire politique usuel. Les premières pages sont ainsi caractérisées par un souci de précision du sens des mots, comme si la Révolution était d'abord une révolution de lexique. « Qu'entend-on par peuple? », demande Mao. La réponse est évidemment chargée d'enjeux politiques :

> « En Chine, dans la phase actuelle, le peuple, c'est la classe ouvrière, la paysannerie, la petite bourgeoisie urbaine et la bourgeoisie nationale. »

En sont par conséquent exclus « la classe des propriétaires fonciers » et « la bourgeoisie bureaucratique ». Le Peuple se constitue donc **contre.** C'est bien l'idée d'une mise en ordre de bataille qui structure la nation (voir **Définir**). Le Peuple n'est le peuple qu'en tant qu'il combat un adversaire logé au cœur de la nation. Pour Mao, le concept de « Peuple » permet non pas d'intégrer conflits et résistances politiques mais de discriminer. Et si nous percevons une contradiction dans les termes lorsque nous évoquons l'idée d'une « dictature démocratique populaire », c'est que nous définissons le Peuple comme la totalité de la nation. Point n'est donc nécessaire de préciser que la démocratie est populaire lorsqu'elle n'exclut aucun citoyen de la citoyenneté. Or Mao complète le dispositif d'exclusion par une discrimination civile :

> « Le droit de vote n'appartient qu'au peuple, il n'est point accordé aux réactionnaires. D'un côté, démocratie pour le peuple, de l'autre dictature sur les réactionnaires : ces deux aspects réunis c'est la dictature démocratique populaire. »

La démocratie populaire est un régime de gouvernement qui intègre en même temps qu'il exclut. Si la démocratie est dite populaire, c'est bien qu'il se veut aussi « aristocratique », au sens grec (*aristoï*, les meilleurs). Elle distingue les meilleurs (le Peuple) des pires, c'est-à-dire ceux qui détiennent la terre et le savoir. On comprend dès lors ce que cette forme démocratique a de « révolutionnaire » : elle renverse en effet les valeurs qui sont celles de l'idéal démocratique défini par les Lumières (voir **Droits de l'Homme*).

Actualiser

Le prolétariat moderne, un peuple de non-travailleurs

« Centralisme démocratique », « dictature du prolétariat », « communisme » même..., la modernité semble dépouiller à plaisir de leurs oripeaux linguistiques les partis qui se réclament en Occident du marxisme, comme si des concepts hérités XIXe siècle se trouvaient aujourd'hui vidés de leur contenu. Que nous reste-t-il par exemple du « prolétariat », ce peuple dans le peuple auquel les textes fondateurs du communisme accordent un rôle salvateur ? Y a-t-il encore des prolétaires pour s'unir « dans tous les pays » ?

Rappelons-le, un prolétaire est à Rome un homme misérable mais juridiquement libre. Or le XIXe siècle, en réutilisant cet ancien terme, va en infléchir la signification pour le tirer vers l'idée d'esclavage. Lamartine résume ainsi le « sentiment linguistique » de son temps lorsqu'il affirme :

> « Le prolétariat moderne est une espèce d'esclavage tempéré par le salaire. »

Si le prolétaire est un esclave, c'est qu'il ne « gagne » pour seul salaire que le strict minimum pour vivre. Dès lors son rapport au travail est semblable à celui de cette « bête de somme » humaine, l'esclave de l'Antiquité, qui n'agit jamais que pour satisfaire ses besoins vitaux. L'un et l'autre sont alors liés à la Nature par une activité laborieuse qui ne leur laisse pas le loisir de découvrir leur humanité. **Le prolétaire est bien le double de l'esclave par sa relation dénaturée au travail.** Celui-ci devrait en effet offrir à chacun le moyen de découvrir la nature de sa liberté. Marx montrait ainsi dès les premiers textes de 1844, le rôle fondamental tenu par le travail dans l'histoire de l'Humanité :

> « Tout ce qu'on appelle l'histoire universelle n'est rien d'autre que l'engendrement de l'homme par le travail humain. »
>
> *Manuscrits de 44.*

La société communiste, telle que l'invente *L'idéologie allemande,* se propose donc de libérer le travail pour libérer le travailleur.

Or, par un retournement tragique du cours de l'histoire, les prolétaires d'aujourd'hui, ce ne sont plus les travailleurs. Qui reçoit juste ce qui est nécessaire à la satisfaction des besoins vitaux les plus élémentaires sinon les « sous-emplois » ? Le RMI ne ressemble-t-il pas à ces quelques centimes quotidiens « gagnés » par les ouvriers des filatures du XIXe siècle ? Le prolétaire moderne est toujours un esclave, mais il est l'esclave non d'un « travail » qui l'aliène mais d'une absence de travail tout aussi mutilante.

Définir

L'art de Janus

Divinité à double face, Janus regarde à la fois vers le passé et vers l'avenir. Maurice Duverger en a fait dans *Introduction à la politique* l'allégorie de la politique, caractérisée selon lui par des aspirations également opposées. L'activité politique — celle qui règle la vie de la Cité (*polis,* en grec) — conduit en effet les hommes à s'affronter pour le pouvoir mais à rechercher dans le même temps l'intégration de chacun au sein de la communauté :

> « Toute lutte porte en elle-même un rêve d'intégration et constitue un effort pour l'incarner. »

De fait, l'homme politique défend à la fois des intérêts particuliers mais il s'efforce aussi de résoudre les problèmes qui se posent à l'ensemble de ses concitoyens : c'est un seul visage qui regarde dans deux directions opposées. Le candidat heureux à la magistrature suprême cesse d'être un chef de parti pour devenir le président, le consul, le stratège de tous ses concitoyens.

Composer

La politique est-elle l'affaire de tous ?

▸ **La politique ne saurait être une activité professionnelle...**

Profession politique ? Par définition la question ne mérite pas d'être posée aux élus qui exercent tous un « métier » avant et après leur mandat (même si la vie politique française laisse croire depuis une vingtaine d'années qu'il existe, grâce à l'intervention des partis et à la diversité des modes de scrutin — la « proportionnelle » permet ainsi de « placer » les battus du scrutin majoritaire — des élus professionnels !). Elle renvoie plutôt à la permanence de techniciens de la gestion des affaires publiques à la tête des administrations.

On argumentera, avec justesse, que la complexité de la gestion publique est telle qu'elle réclame la formation de « spécialistes », des savants de l'Administration, des technocrates. De fait, **un Etat moderne semble développer de façon inévitable une véritable technocratie.**

▸ ... mais la complexité des affaires de la Cité...

Mais la formation de ces professionnels de la politique (au sens grec de Cité) n'est pas sans risques. Ne conduit-elle pas à séparer les citoyens (convoqués éventuellement à des élections toujours ponctuelles) de ceux qui sont là pour gérer les affaires de la communauté ? La complexité de la vie en société pousse au discours spécialisé qui devient rapidement inintelligible au plus grand nombre. Quand la politique devient une technique, elle cesse d'être l'affaire de tous. Cette séparation tragique est illustrée par le roman inachevé de F. Kafka, *Le château.* On y voit un village (la société civile) supposé dépendre des décisions des « gens du château » (l'Etat) mais ceux-ci restent invisibles ou simplement représentés par des intermédiaires. Le village et le château sont côte à côte, quasiment imperméables l'un à l'autre.

▸ ... menace de déposséder les citoyens.

Grande est alors la tentation d'opérer, pour le citoyen, un repli sur la sphère purement privée de son existence. C'est la désaffection à l'égard du politique que l'on enregistre, par exemple, aux Etats-Unis lors des consultations électorales. Une majorité de citoyens se sent exclue de la vie politique. Pourtant, le désengagement est aussi un engagement. Se taire, c'est encore parler. Et l'abstention est un acte politique qu'il faudrait prendre en compte plus largement au soir des grands scrutins. Ne pas voter, c'est encore voter contre l'organisation politique tout entière. Ce n'est pas seulement récuser les candidats en lice, c'est surtout récuser un système qui conduit à la formulation d'un tel refus.

Approfondir

Politique

ARISTOTE (IVe siècle av. J.-C.)

L'Homme est un *zoôn politikon* dit Aristote à plusieurs reprises : un animal destiné à vivre dans une *polis,* une Cité, une Société. C'est bien affirmer que la vie politique est naturelle à l'espèce humaine ; il est dans la nature de l'homme de vivre dans une société, seuls les bêtes et les Dieux vivent hors de l'enceinte de la Cité.

Cette réalité naturelle est alors définie comme « une communauté d'égaux en vue d'une vie qui soit potentiellement la meilleure ». Deux points importants se dégagent de cette définition :

— La finalité de la vie en société reste le bonheur, le bien-vivre. On parlera ainsi de l'eudémonisme politique d'Aristote.

— Ne sont citoyens que des concitoyens, c'est-à-dire des égaux.

Or la Cité n'apparaît-elle pas aussi comme le lieu de l'inégalité entre les hommes et partant, pour les plus démunis, le lieu même du malheur ? Comment donner une signification politique au sort des esclaves, par exemple ?

Aristote précise alors que par Cité il faut entendre « communauté d'hommes libres ». Les citoyens ne sont égaux que par la liberté identique dont ils jouissent dans l'espace social. Est-ce à dire, par conséquent, que les esclaves sont exclus de la vie civique à la prospérité de laquelle ils participent pourtant par leurs travaux ? Le philosophe distingue en effet deux ordres d'existence, celui de la *polis,* la communauté régie par le principe d'égalité, et celui de l'*oikia,* la maison privée qui obéit au principe monarchique (*monarkia,* le gouvernement d'un seul). L'esclave n'appartient pas à la première, il est intégré dans la seconde et soumis au maître. Il n'accède pas à cette seconde vie qu'est la *bios politikos.* Pour Aristote, la vie politique n'est pas concevable pour celui qui reste attaché aux nécessités élémentaires de la survie. Elle suppose un détachement, une disponibilité aux affaires publiques, une liberté qui apparaît d'abord comme une libération des contingences matérielles qui lient le vivant à la Nature pour sa simple survie. Ainsi, le gouvernement des hommes qui ne sont pas libres n'entre pas dans la sphère de compétence de la politique. L'esclavage reste une affaire privée qui rend toutefois possible au Maître l'accès aux affaires publiques.

Le bonheur commence donc par une « épuration sémantique », la politique ne saurait être l'affaire de tous si elle souhaite faire du bonheur son affaire !

Actualiser

Responsables mais pas coupables ?

Lors du scandale de la diffusion du sang contaminé par le virus du Sida à la population hémophile, l'ex-ministre de Tutelle du directeur du CNTS (Centre national de transfusion sanguine), alors incriminé, eut ce mot désormais célèbre : « Je suis responsable mais pas coupable », avouant ainsi peut-être l'irresponsabilité de toute une classe politique peu à peu discréditée.

Pourtant, l'affirmation a quelque chose de courageux : je suis solidaire, je me porte garant, je réponds *(respondere)* d'une faute *(culpa)* que je n'ai pas commise. Il s'agit précisément de l'expression de cette éthique propre au politique et que Max Weber nomme « éthique de responsabilité », par opposition à l' « éthique de conviction » qui, selon lui, caractérise le savant et le religieux :

> « Toutefois il y a une opposition abyssale entre l'attitude de celui qui agit selon les maximes de l'éthique de conviction — dans un langage religieux nous dirions : « Le chrétien fait son devoir et en ce qui concerne le résultat de l'action il s'en remet à Dieu » —, et l'attitude de celui qui agit selon l'éthique de responsabilité qui dit : « Nous devons répondre des conséquences prévisibles de nos actes. »
>
> *Le savant et le politique.*

Le politique ne peut se contenter des intentions bonnes ou mauvaises ; il est *responsable,* c'est dire qu'il doit rendre des comptes quant aux résultats de ses actions.

Pourtant, la formule « responsable mais pas coupable » parut résonner comme une excuse et devint rapidement la devise de la fuite politicienne devant la justice. Par un étrange phénomène d'altération du sens, on comprit exactement l'inverse de ce que signifiaient ces mots : Je n'ai rien fait, je n'ai rien à voir avec la justice mais évidemment moralement je me sens impliqué(e)... « Responsable mais pas coupable », est à présent **synonyme d'irresponsabilité politique,** celle qui conduit des députés à voter la loi les amnistiant des délits pour lesquels d'autres citoyens sont poursuivis en leur nom, qui pousse d'anciens ministres à enrayer le processus menant à leur comparution devant une cour, haute ou non, etc.

C'est que l'ordre des mots a son importance... De « Responsable mais pas coupable », on ne retient que le *mais* adversatif qui agit comme une défausse... Il eût été plus habile de dire : « Innocent mais responsable »... La permutation n'est pas indifférente, *l'infamie* serait devenue *courage :* l'erreur commise par l'ancien ministre des Affaires sociales fut donc d'oublier que la politique était d'abord une affaire de mots.

Progrès

Définir

La marche en avant

Le progrès (*pro,* « devant », *gressus,* « pas »), c'est littéralement la marche en avant. On distinguera toutefois le Progrès de la progression, en ce que le second s'entend concrètement quand le premier désigne une avancée d'ordre intellectuel ou bien considérée de façon abstraite.

L'idée de Progrès renvoie toutefois le plus souvent au développement de l'espèce humaine à travers l'Histoire. L'acception moderne est fixée en effet par Condorcet dans un texte de 1793 intitulé *Esquisse d'un tableau historique des progrès de l'esprit humain.* Le philosophe y affirme que l'espèce humaine « marche d'un pas ferme et sûr dans la route de la vérité, de la vertu et du bonheur ».

Le progrès est bien une notion caractéristique de l'Esprit des Lumières qui implique autant l'idée d'une perfectibilité de l'Homme que celle du sens de l'Histoire. Elle témoigne de l'optimisme absolu de ceux que la Raison désormais éclaire...

Composer

L'idée de Progrès donne-t-elle un sens à l'Histoire ?

▸ **L'idée de progrès...**

De l'idée de Progrès on retient avant tout qu'il s'agit de celui de l'espèce humaine. Le XVIIIe siècle, rendu confiant par les découvertes scientifiques et leurs applications techniques imagine que l'Humanité est sortie de son enfance et qu'elle atteint désormais « l'âge de raison » qui est l'âge de **la** Raison. La métaphore est celle du développement d'un individu pour représenter celui de son Espèce. L'Histoire raconte alors cette crise de croissance à l'échelle de l'Humanité. Dès lors on peut penser que **cette idée de Progrès donne à l'Histoire un sens,** c'est-à-dire une signification et une orientation. Parce qu'elle est une idée directrice, une idée de la Raison, elle permet de penser l'Histoire et partant donne aux hommes les moyens de prétendre dominer leur nature :

> « Vouloir que l'histoire ait un sens, c'est inviter l'homme à maîtriser sa nature et à rendre conforme à la raison l'ordre de la vie en commun. »
>
> R. Aron, *Les dimensions de la conscience historique.*

▸ ... manifeste la bonne volonté des hommes...

Mais l'Homme peut-il vraiment maîtriser sa nature? De fait si l'idée de Progrès témoigne d'une intention des hommes à prendre en main leur destinée commune, il faut se rendre à l'évidence que cette bonne intention ne cesse d'être contrariée par une nature passionnée, égoïste qui ne sait exploiter le travail de la raison qu'à des fins bien particulières. J.-J. Rousseau incrimine plus précisément la nature dévoyée de l'homme. La bonne volonté n'est plus naturelle dès lors que les hommes ont rompu avec la Nature pour vivre en société, là où l'amour du paraître éteint les aspirations authentiques de l'Etre. **Le Progrès est donc illusoire** et se satisfaire de la seule idée qu'on peut en avoir semble un aveu d'impuissance.

▸ ... mais aussi leur impuissance à maîtriser leur Histoire.

Ce triste constat ne tient pourtant qu'à la condition que l'on admette que le Progrès est volontaire. Sur ce point, Kant rompt avec Rousseau et les penseurs des Lumières. Selon lui, le Progrès est naturel, c'est la nature qui agit les hommes et se sert de leurs passions pour mobiliser leur Raison :

> « Le problème essentiel pour l'espèce humaine, celui que la nature **contraint** l'homme à résoudre, c'est la réalisation d'une société civile administrant le Droit de façon universelle. »

Or de la Nature nous n'avons qu'une idée, au sens de Kant, voilà pourquoi c'est également de l'idée de Progrès que nous avons à parler. De fait, **si l'idée de Progrès donne un sens à l'Histoire c'est**

parce qu'elle est subordonnée à l'idée de Nature. Il faut penser que la Nature pousse l'Humanité à son insu, qu'elle la fait progresser et que cette progression, nous l'appelons Histoire.

Approfondir

Système de politique positive

AUGUSTE COMTE (1854)

Grâce à la Science, pense A. Comte, une société unique pourra voir le jour, une République dont la devise sera :

> « L'amour pour principe ; l'ordre pour base et le progrès pour but. »

Cette certitude procède de ce que l'inventeur du positivisme nomme la « théorie des trois âges ». Comte façonne en effet un système qui distingue trois états successifs de l'Humanité. Dans **l'état théologique,** la vie politique est dominée par le surnaturel. Le principe du « droit divin » s'impose et Comte l'appelle « la doctrine des rois ». Cet état finit par céder la place à un **âge métaphysique :** les principes surnaturels sont remplacés par des entités comme le Droit, l'Egalité, la Liberté. Mais ces entités, ces abstractions que les Lumières ont sacralisées ne permettent pas de construire une société bien ordonnée :

> « Il n'y a point de liberté de conscience en astronomie, en physique, en chimie, en physiologie même (...). S'il en est autrement en politique, c'est uniquement parce que les anciens principes étant tombés, les nouveaux n'étant pas encore formés, il n'y a point à proprement parler, dans cet intervalle, de principes établis. »

L'état métaphysique apparaît bien comme un état transitoire, il comble un vide, d'où son instabilité. Pour Comte, les révolutions ont détruit un ordre ancien, fondé sur la reconnaissance du surnaturel, elles n'ont pas su en édifier un nouveau. C'est bien ce dernier que le philosophe appelle de ses vœux et nomme **l'état scientifique.**

La politique sera alors réglée par la science, ordonnée par la Raison et partant destinée à atteindre l'universel. Lorsque cet état sera réalisé en France, puis en Europe, il ne fait pas de doute qu'il se propagera dans le monde entier :

> « Les lois fondamentales de l'évolution humaine, qui posent la base philosophique du régime final, conviennent nécessairement à tous les climats et à toutes les races, sauf de simples inégalités de vitesse. »

Le progrès est donc double. Il se manifeste en effet dans le passage de l'état métaphysique à l'état scientifique et dans la diffusion de ce dernier à l'échelle de toute la planète. Ainsi l'ordre scientifique résulte d'un progrès et déclanche une autre « marche en avant », celle qui mène à cette harmonie totale qui n'est pas sans rappeler celle du Kosmos ordonné par le Logos stoïcien.

Actualiser

Voltaire contre Rousseau

Parmi les nombreuses controverses qui opposèrent au XVIIIe siècle Voltaire contre Rousseau, celle qui fit du premier le défenseur du luxe comme facteur déterminant de progrès et du second son détracteur mérite d'être particulièrement examinée au prisme de notre modernité. On se souvient de l'argumentation de Voltaire : le luxe est toujours l'avant-garde du progrès matériel. Tel objet, coûteux aujourd'hui, demain sera à la portée de tous. Encourager le luxe, c'est bien militer en faveur du progrès social. Et Voltaire de railler dans son *Dictionnaire portatif* :

> « Lorsqu'on inventa les ciseaux, qui ne sont certainement pas de l'Antiquité la plus haute, que ne dit-on pas contre les premiers qui se rognèrent les ongles et qui coupèrent une partie des cheveux qui leur tombaient sur le nez ? »

Les chiffres que publie l'INSEE en 1993 sur l'évolution de l'équipement des ménages semblent avoir donné raison à Voltaire contre Rousseau. Ce qui était en 1965 un luxe est devenu en 1991 l'ordinaire. Si, il y a vingt-cinq ans, 8 % seulement des ménages étaient équipés d'un téléphone, ils sont à présent 94 %. Les 46 % qui possédaient un poste de télévision sont aujourd'hui 95 %. L'automobile en 1965 ne semblait pas accessible à la moitié des Français (47 % des couples en étaient détenteurs), les deux tiers (77 %) des familles en sont pourvus en 1991... Dans le même temps l'équipement sanitaire des logements a progressé de façon extrêmement spectaculaire : les w.-c. intérieurs équipent non plus 40 % des habitations mais 94 % ; les baignoires et les douches sont aussi désormais la règle (93 % contre 28 % vingt-cinq ans plus tôt)... Bref, aimons le luxe, il promet la mollesse... Soyons également confiants : « On n'arrête pas le Progrès... » Ces chiffres de l'INSEE viennent le confirmer. La position d'un Rousseau est non seulement « d'arrière-garde », elle reste surtout de principe car le Progrès est une nécessité, au sens où il paraît impossible d'envisager qu'il n'apporte plus son lot de confort et de « mieux-être » matériels. Toutefois le Progrès n'est jamais qu'une « idée », une simple représentation optimiste héritée du XVIIIe siècle. Qui nous assure que la Science et la Technique sauront toujours donner une réponse aux questions que nous posent la difficulté de vivre ensemble et la souffrance constitutive de la nature humaine ? Les chiffres de l'INSEE et les découvertes de la médecine sont évidemment rassurants, suffisent-ils pourtant à faire d'un mythe une réalité ?

Définir

Avoir ou n'être plus ?

Si la propriété est bien, comme l'indique Emile Littré dans son dictionnaire, « le droit par lequel une chose appartient en propre à quelqu'un », c'est d'abord du côté des textes juridiques qu'il convient de rechercher une définition rigoureuse.

Le *Code civil,* en 1804, précise ainsi :

> « La propriété est le droit de jouir et disposer des choses de la manière la plus absolue, pourvu qu'on n'en fasse pas un usage prohibé par les lois ou par les règlements » (art. 544).

La propriété participe donc de notre mode d'organisation du rapport aux choses. Mais quelles sont ces choses? Pour quels propriétaires?

On distingue, par exemple, des propriétés « propres », liées aux personnes, les *res communes,* propriétés collectives appartenant au seul Etat, et les *res nullius,* les « choses » qui n'appartiennent à personne. Concrètement une pareille distinction ne laisse pas de susciter des difficultés : en quoi le sol (propriété propre ou commune) diffère-t-il fondamentalement par nature de l'air *(res nullius)*? Pourquoi un particulier peut-il être propriétaire de la terre qu'il cultive quand il est clair qu'il ne saurait l'être de l'air qu'il respire?

Le droit tranche, il est même devenu depuis le XVIIe siècle l'instrument grâce auquel la société politique assure la conservation d'une propriété reconnue désormais comme naturelle. L'avoir est-il donc essentiel?

Composer

La propriété, est-ce le vol ?

▸ **Si la propriété est un vol...**
« Je n'appartiens à personne et j'appartiens à tout le monde. Vous y étiez avant que d'y entrer et vous y serez encore quand vous en sortirez. » Telle est l'énigmatique inscription que découvrent Jacques et son Maître au frontispice d'un château où un orage les contraint de se réfugier. La devise fait évidemment du lieu une allégorie que le lecteur de Diderot est invité à déchiffrer. Au-delà du jeu qui lie l'auteur à son public, il est intéressant de noter que Diderot, dans cet extrait de *Jacques le Fataliste,* participe de ce vaste mouvement de pensée qui remet en question la propriété. Car ce château est évidemment une allégorie de la Nature (la seconde partie de l'inscription le fait savoir). Et la visite à laquelle nous sommes conviés à la suite des personnages ne laisse pas, sur ce point, d'être édifiante :

> « Ce qui choqua le plus Jacques et son maître, ce fut d'y trouver une vingtaine d'audacieux, qui s'étaient emparés des plus superbes appartements, où ils se trouvaient presque toujours à l'étroit ; qui prétendaient contre le droit commun et le vrai sens de l'inscription, que le château leur avait été légué **en toute propriété...** »

La Nature n'appartient à personne, la propriété n'est donc jamais qu'un abus de pouvoir... **Elle n'est pas naturelle,** voilà la leçon qu'il convient de tirer de la lecture de l'inscription du château.

▸ **... c'est un « vol légal », le vol pour lequel sont faites les lois.**
De fait, Rousseau propose de dépasser l'allégorie et montre dans *le Discours sur l'origine de l'inégalité parmi les hommes* que la création de la société civile ne fut pas autre chose qu'un pur acte d'appropriation :

> « Le premier qui ayant enclos un terrain s'avisa de dire : ceci est à moi et trouva des gens assez simples pour le croire fut le vrai fondateur de la société civile. »

La société civile est donc une association de propriétaires qui établit entre les hommes une inégalité qui ne saurait être naturelle.

La propriété est un artifice. Elle est l'artifice par excellence. De ce point de vue, la propriété est bien un vol, je m'approprie ce qui n'est à personne parce qu'il est à tous. Mais c'est un « vol légal », c'est même le vol de la légalité. Le droit positif apparaît alors au service de cette entreprise que le droit naturel (avec l'article 2 de la Déclaration qui fait de la propriété un droit inaliénable et sacré) viendra par la suite conforter. Avec l'établissement de la propriété privée l'humanité a commis, selon Rousseau, son « péché originel ». S'en suivra en effet une succession de dégradations et de dépravations. Les hommes se perdent, ils ne se retrouveront qu'en renonçant à leurs appétits égoïstes. En 1516, Thomas More en est déjà persuadé :

> « ... l'unique moyen de distribuer les biens avec égalité, avec justice et de constituer le bonheur du genre humain, c'est l'abolition de la propriété. »

Soit, mais ce discours n'est tenu que depuis les rivages d'une île perdue au large de son imaginaire et qu'il nomme *Utopia.*

Approfondir

Qu'est-ce que la propriété ?

JOSEPH PROUDHON (1840)

Un ouvrage et une formule — « La propriété, c'est le vol ! » —, rendirent Joseph Proudhon célèbre mais pour de mauvaises raisons qui sont celles d'un véritable contresens sur le texte lui-même. Cette volonté toutefois de faire de la question de la propriété le centre de sa réflexion et les embarras qui suivirent restent significatifs d'une prise de conscience des difficultés que ne pouvait manquer de susciter l'article 2 de la Déclaration des Droits de l'Homme et du Citoyen (cf. *supra*). Dans *La justice dans la Révolution et dans l'Eglise,* Proudhon s'empresse de corriger les interprétations fautives de sa pensée et se défend des accusations portées contre lui : « J'ai écrit quelque part “La propriété c'est le vol...”. Ce que je cherchais, en 1840, en définissant la propriété, ce que je veux aujourd'hui, ce n'est pas une destruction, je l'ai dit à satiété, c'eût été tomber avec Rousseau, Platon, Louis Blanc lui-même et tous les adversaires de la propriété, dans le communisme contre lequel je proteste de toutes mes forces. »

Ce n'est donc pas, selon Proudhon, la propriété individuelle en privé qui semble un vol. On aurait tout à fait pu comprendre que celle-ci fût considérée comme un détournement injustifiable de ce qui ne saurait appartenir qu'à la communauté. L'individu lorsqu'il devient propriétaire d'une chose retire celle-ci à la collectivité. C'est, en quelque sorte, le groupe qui se trouve lésé, volé. Il ne pourrait ainsi y avoir de propriété légitime que collective. Or, ce n'est pas ce que laisse penser l'ensemble de l'œuvre de Proudhon. Dans *Qu'est-ce que la propriété ?*, ce n'est pas la propriété privée en tant que telle que l'auteur dénonce mais plutôt ce qu'il nomme le « droit d'aubaine ». Il s'agit du revenu que tire le propriétaire de sa propriété lorsqu'il renonce à en être le possesseur. Il faut rappeler que les mots propriétaire et possesseur ne sont pas des synonymes, même si certains abus de langue semblent le laisser croire. L'étymologie latine (*proprius :* sien et *sedere :* accepter) permet de rappeler que le possesseur ne fait que considérer comme sienne la chose dont il n'est pas nécessairement le propriétaire. Le possesseur exerce effectivement un droit dont il n'est pas toujours titulaire. Ce que Proudhon condamne, c'est le prix (fermage, loyer, commission, etc.) que fait payer le propriétaire au possesseur pour l'exercice de ce droit sur la chose qui lui appartient. Car le philosophe ne considère pas que la terre ou les capitaux soient productifs en eux-mêmes, c'est le travail effectif du possesseur qui l'est. Ainsi les propriétaires sont des voleurs lorsqu'ils réclament leurs fermages, ils prélèvent sur les produits d'un travail qu'ils n'ont pas réalisé. La propriété n'est donc un vol que si elle permet de percevoir un revenu sans travailler. La condamnation de Proudhon repose sur une valorisation de l'effort et prétend conduire à la fusion des notions de propriété et de possession.

Actualiser

De qui sommes-nous vraiment les propriétaires ?

Nous sommes attachés aux choses, pas simplement par le droit, mais aussi par la langue (le français fait toujours du possesseur le sujet) et le recours systématique au possessif (l'adjectif possessif ne décline-t-il pas quelquefois ce désir pathétique d'appropriation : **mon** boucher, **mon** pédiatre, etc., alors qu'on pourrait plus logiquement penser le contraire). Cet attachement est naturel, et sacré, inscrit dans la nature humaine. Bref, **être, c'est être propriétaire...** Mais de quoi? Quels sont les biens qui nous appartiennent en propre?

Il y a des confusions que la vie moderne nous habitue pourtant à ne pas commettre : je sais que mon chéquier, ma carte bleue (par lesquels j'acquiers) ne sont pas à moi mais que ma Banque les « met à ma disposition ». Simples « moyens de paiement », ils peuvent m'être retirés... Autant ne pas trop s'y attacher... Quant au passeport, symbole de **ma** nationalité, il est préférable de ne pas en faire la métonymie de ma citoyenneté. A l'article Ier des « Recommandations importantes » qui sont imprimées en dernière page, je peux lire en effet :

> « Le passeport demeure la propriété de l'Etat français. »

Pas de chéquier, pas de papiers dont je puisse me satisfaire d'être le propriétaire... La blessure narcissique est profonde, elle touche au portefeuille et au sentiment national... Ne puis-je me replier sur la sphère privée et familiale où la libre jouissance de **mes** revenus et de **mon** patrimoine semble bien n'être laissée... Hélas! Mes revenus ne me reviennent pas entièrement... Je ne peux m'approprier mon salaire, dont un pourcentage parfois non négligeable échoit à l'Etat... Cela s'appelle l'Impôt sur le Revenu et je ne puis m'y soustraire... Quant à cette antique demeure que me lèguent mes Pères, je n'en suis pas davantage pleinement propriétaire. L'Etat en hérite avec moi et réclame sa part, ce sont les « droits de succession »... Bref, sur le thème de la « propriété, c'est le vol », on comprend qu'on peut aussi jouer l' « arroseur arrosé », le « voleur volé »... Rien de ce qui m'appartient n'échappe pour partie à la collectivité... **La propriété n'est jamais absolument privée.**

Racisme

Définir

Un instrument politique

La biologie définit à partir de la fréquence statistique de certains facteurs génétiques chez l'Homme cinq groupes distincts, appelés races : l'européenne ou caucasienne, la race négroïde, l'asiatique, l'amérindienne et l'australoïde. Mais à aucun titre la Science ne prétend fonder la supériorité de l'un des groupes sur tous les autres.

Les théories racistes visent au contraire à établir la suprématie incontestable d'une race sur les autres, jugées alors inférieures.

C'est au XIXe siècle et par le détour de la linguistique que les premières théories de ce type ont été formulées. En 1788, le philologue Jones avait remarqué des similitudes dans la morphologie et la syntaxe du sanscrit avec de nombreuses langues d'Europe... De là à déduire l'existence d'un peuple unique, s'exprimant dans cet indo-européen nouvellement reconstitué... La race aryenne, née de l'imagination de quelques linguistes et historiens, devient alors l'alibi nécessaire à certains pour justifier la supériorité d'un groupe sur le reste de l'humanité. Pour Arthur et Gobineau, ce sont les aristocrates français qui héritent des caractères des aryens (*Essai sur l'inégalité des races humaines,* 1855), pour Houston Stewart Chamberlain le peuple allemand fut le seul à recueillir l'héritage et à mériter de dominer le monde (*Fondements du XXe siècle,* 1899), etc. Quels qu'aient été ses avatars, le racisme apparaît bien comme une idéologie, un instrument au service du politique (colonialisme, pangermanisme...).

Composer

« Si je diffère de toi, loin de te léser je t'augmente. »

ANTOINE DE SAINT-EXUPÉRY

▸ La différence est parfois blessante...

Une blessure narcissique.

Comment la différence peut-elle ne pas être d'abord ressentie comme une blessure, une lésion (*lardere* : blesser)?

Si tu diffères de moi, c'est donc que je ne suis pas un modèle, je ne suis pas la norme obligée à partir de quoi les autres seraient invités à se mesurer! La différence n'est-elle pas alors comme un désaveu?

Plus redoutable encore, nos différences nous découvrent l'Altérité. Si tu diffères de moi, c'est que tu n'es pas moi. L'Autre surgit inconnu et partant menaçant.

Une menace.

La menace est double. A la peur de l'inconnu il faut ajouter celle de la rivalité et du conflit. Si les autres m'apparaissent, apparaît aussi le risque qu'ils tentent de me déposséder. Or la menace du conflit porte dans son principe les éléments nécessaires à son dépassement. Car si les autres convoitent ce qui m'appartient, ne me ressemblent-ils pas au moins par leurs désirs? La peur du combat découvre que la lutte n'est possible que si la différence s'estompe. Hobbes ne néglige pas de rappeler que la guerre de tous contre tous est provoquée par l'égalité des adversaires devant leurs désirs!

▸ ... mais permet d'affirmer mon identité.

Le travail du négatif.

L'Autre ne menace d'entrer en conflit avec moi que s'il me ressemble. Mais moi, ne suis-je pas tenté de le combattre parce qu'il est différent?

« *Omnis determinatio,* écrit Spinoza, *est negation.* » Toute détermination est négation. C'est dire que j'ai besoin d'affronter ce qui n'est pas moi pour me connaître. La résistance que je rencontre fixe mes limites, l'étrangeté que j'observe définit ma singularité. Je dois laisser agir sur moi-même l'observation des différences de l'autre pour savoir qui je suis. L'Autre me découvre mon identité.

Mon auteur ?

L'Autre est donc mon auteur, celui qui est à l'origine de mon développement. C'est en ce sens qu'il faut aussi entendre le verbe « augmenter » qu'emploie Saint-Exupéry. *Augeo,* augmenter, c'est se développer, croître. Celui qui me permet cette croissance devient alors mon *auctor,* mon auteur.

La confrontation permet bien le développement, mais encore faut-il qu'elle ait lieu. « Si je diffère de toi... », Saint-Exupéry émet une hypothèse... Au fond la différence n'est qu'une hypothèse que pourrait bien démentir l'humanisme. Derrière l'apparence de la diversité humaine ne découvre-t-on pas ce fonds commun que constituent les passions humaines. Cet « hypocrite lecteur » est bien « mon semblable » et « mon frère », comme le suggère Baudelaire. « Insensé qui croit que je ne suis pas toi », s'écrit Hugo : nos peines et nos joies n'effacent-elles pas toutes les différences qui les ont occasionnées? De fait, le romantisme humaniste découvre que le particulier recèle le général : en chacun, c'est bien l'Humanité de l'homme qui repose. La différence n'est alors formatrice qu'en tant qu'elle conduit à la prise de conscience de la similitude.

Approfondir

Race et Histoire

CLAUDE LÉVI-STRAUSS (1952)

L'originalité de l'approche que propose Claude Lévi-Strauss tient pour l'essentiel au lien qu'elle établit d'emblée entre discrimination raciale et affirmation de l'inégalité culturelle. Le racisme en effet prétend argumenter sur le terrain de la culture, c'est donc sur ce terrain-là qu'il convient de lui répondre. On ne pourra se défaire totalement du préjugé raciste si on ne revient pas sur la notion du supériorité culturelle que notre ethnocentrisme ne cesse d'alimenter.

L'ethnocentrisme, qui, paradoxalement, caractérise surtout les peuples primitifs (« On va souvent jusqu'à priver l'étranger de ce dernier degré de réalité en en faisant un « fantôme » ou une « apparition »), feint toujours de considérer qu'il n'y a qu'un seul type de développement humain. Il calque l'évolution culturelle sur le schéma biologique. Lévi-Strauss dénonce alors ce qu'il appelle un « faux évolutionnisme ».

L'évolution culturelle en effet n'obéit pas à la linéarité à laquelle nous habitue notre représentation de l'Histoire :

> « Le développement des connaissances préhistoriques et archéologiques tend à *étaler dans l'espace* des formes de civilisation que nous étions portés à imaginer comme *échelonnées dans le temps.* »

Lévi-Strauss distingue alors deux types de cultures, celles dites cumulatives dont le développement, analogue à celui de la nôtre, nous est intelligible. Les autres cultures, dont le développement ne saurait être évalué à l'aide de nos références, le philosophe les qualifie de « stationnaire ». La culture cumulative des Occidentaux se caractérise par le désir « d'accroître continuellement la quantité d'énergie disponible par tête d'habitant » et de prolonger dans le même temps la vie humaine. Pour ce faire, elle s'est ouverte plus largement aux autres cultures, recherchant systématiquement la coopération et la coalition. Ce qui fit la force — et de ce point de vue la supériorité de la culture occidentale —, ce fut cette capacité d'ouverture.

> « L'exclusive fatalité, l'unique tare qui puissent affliger un groupe humain et l'empêcher de réaliser pleinement sa nature, c'est d'être seul. »

Contrairement à ce que proclamait au XIXe siècle Gobineau, c'est le métissage qui permit aux Occidentaux d'imposer aux autres leur modèle de développement. Toute culture, tout peuple, toute race repliés sur eux-mêmes sont condamnés à stagner, voire disparaître pour Lévi-Strauss.

Actualiser

Le sexisme

Exception faite de quelques écarts de langage relevés ici ou là par la presse dans le discours politique, l'expression du racisme est en France — sinon absente — du moins délictueuse. « L'incitation à la haine raciale », dûment sanctionnée, passe en effet pour rarissime. Le dispositif pénal veille à ce que le refoulé le demeure. Qui prétendrait ainsi que certaines « races » portent les stigmates d'une infériorité intellectuelle ou morale? La discrimination biologique ne saurait évidemment avoir « droit de Cité » quand la Cité vit sous l'empire des principes démocratiques. Mais si le racisme heurte à présent notre bienséance (au sens que l'on donne au mot au XVIIe siècle, c'est-à-dire la conformité aux mœurs du temps), il est un discours tout aussi discriminant et infondé, celui du sexisme, véritable retour des préjugés inégalitaires, qui pourtant ne cesse guère de se laisser entendre.

Si par racisme on entend la dévalorisation d'un individu « fondée » sur l'appartenance à un groupe biologiquement ou génétiquement déterminé, il est clair que le sexisme qui disqualifie systématiquement la femme dans le monde du travail comme dans la vie publique participe de ce racisme intolérable. A travail égal, salaire inégal (une femme-cadre se voit ainsi proposer un salaire de 40 % inférieur en moyenne à celui que perçoit son collègue masculin)... Il est étrange que l'absence des femmes sur les bancs de l'Assemblée nationale ne soit perçue comme scandaleuse qu'une fois par an, précisément, à l'occasion de « **La** journée des femmes » (dont l'existence même a quelque chose d'inquiétant...). Il est étrange enfin que l'on fasse du cinquantième anniversaire de l'obtention du vote par les femmes en France une journée de réjouissance, alors qu'il vaudrait mieux oublier à quel point nous fûmes rétrogrades en ne l'accordant pas auparavant. Bref, il est étrange de noter qu'il est une forme de racisme que l'on hésite à désigner comme tel : le sexisme.

Définir

La chose publique

Quelle est cette « chose » que l'on dit « publique »? Pour les romains la *Res publica* n'est autre que l'Etat. L'expression se spécialise en français pour désigner un gouvernement particulier pour lequel la souveraineté ne peut être détenue que par le peuple ou une partie du peuple. Montesquieu rappelle ainsi que le régime républicain prend la forme d'une démocratie ou d'une aristocratie, le pouvoir appartient au peuple *(demos)* ou à quelques-uns reconnus pour être les meilleurs *(aristoï)* :

> « Le gouvernement républicain est celui où le peuple en corps, ou seulement une partie du peuple, a la souveraine puissance. »
>
> *L'esprit des lois.*

Dans la typologie qu'il propose, Montesquieu oppose donc monarchie, despotisme et république comme s'oppose le gouvernement d'un seul et celui de plusieurs ou de tous. On notera, avec intérêt, que le triptyque tel qu'il est présenté suggère de distinguer la République de la démocratie, rappelant que cette dernière n'est que l'une des deux manifestations de la première. La République n'est pas nécessairement démocratique, même si elle se définit contre l'autocratie.

Composer

Une forme sans contenu ?

▸ **Si la République paraît n'être qu'une forme sans contenu...**
Que relever de commun entre la République que rêvent Socrate et ses interlocuteurs, celle à laquelle Bodin consacre six livres. De fait, le mot semble valoir pour désigner des régimes aussi différents que l'aristocratie (Platon), la monarchie (Bodin) ou la démocratie (République française). Certaines curiosités administratives ajoutent d'ailleurs à la confusion : ne trouve-t-on pas en tête des actes officiels datés de 1804 la formule étrange « République française, Napoléon empereur »... Une telle diversité laisse ainsi l'historien Pierre Nora perplexe et le pousse à s'interroger sur le contenu de l'institution républicaine :

> « C'est une culture politique pleine mais une forme politique vide. »
> *Dictionnaire critique de la révolution française.*

Dans la plupart des cas, cependant, la République n'est pas dissociable de l'avènement de la souveraineté nationale contre la souveraineté monarchique. C'est aussi clair au XVIIIe siècle qu'à l'instant fondateur de la République romaine : il y a République sitôt que sont chassés les Rois. La fuite de Tarquin le superbe comme la chute de Louis XVI sont les actes de naissance d'un nouvel ordre politique, celui du peuple. Cicéron rappelle ainsi : « La chose publique donc, dit Scipion, est la chose du peuple. » Mais le peuple, ce n'est pas le troupeau, les hommes y sont « associés les uns aux autres par leur adhésion à une même loi et par une certaine communauté d'intérêts » *(La République)*.

▸ **... elle ne manque pas de principe.**
La définition de Cicéron doit évidemment être complétée. Car la République ne peut se dire par la seule communauté d'intérêts (qu'il conviendrait par ailleurs de définir plus précisément). Le monde antique identifie en effet la République à un sentiment, ce que Montesquieu appelle dans *L'esprit des lois* une passion : la vertu. De fait, c'est elle qui fait de la construction platonicienne un modèle original (les gardiens vivent d'ailleurs en parfaite commu-

nauté pour préserver cette vertu), c'est elle encore que la jeune République romaine met en valeur pour désigner la corruption de la monarchie déchue, c'est par elle enfin que s'opère la référence à laquelle la Révolution s'attache :

> « Quel est le principe fondamental du gouvernement démocratique et populaire, c'est-à-dire le ressort essentiel qui le soutient et le fait se mouvoir ? C'est la vertu. Je parle de la vertu publique qui opéra tant de prodiges dans la Grèce et dans Rome, et qui doit en produire de bien plus étonnants dans la France républicaine. »
>
> Robespierre, discours du 5 février 1794.

L'idéal républicain apparaît bien comme un élément constitutif et déterminant dans la promotion du modèle antique au XVIIIe siècle. Mais comment définir cette vertu qu'évoquent Robespierre et Montesquieu à propos de la République ? N'est-elle pas la reconnaissance du caractère public de cette « chose » qu'il faut clairement identifier à la société. Ainsi la République se définit par la conscience qu'on en a. La forme fait contenu, tel est le principe. La République se donne alors comme l'impératif catégorique de la vie politique.

Approfondir

La République

PLATON (IVe siècle av. J.-C.)

Chaque dialogue platonicien est une véritable « pièce de théâtre » pour laquelle le décor n'est jamais indifférent. L'action se déroule ici au Pirée, c'est-à-dire hors de l'enceinte de la cité réelle, dans ce lieu intermédiaire où l'esprit peut aisément « prendre le large », un port. Là, mieux qu'ailleurs, Socrate se laisse aller à imaginer l'organisation d'un Etat idéal, **la** République, véritable utopie qui surgit de cette longue discussion nocturne (Socrate et ses hôtes en oublient de dîner). Détaché de tout repère spatial (la mer) et temporel (la nuit), le philosophe construit contre la réalité politique corrompue une *Polis* réglée par la vertu.

Socrate rappelle que la Cité tire son origine de la nécessité de répondre aux besoins des hommes. Dans un état sain, chacun travaille à la satisfaction des autres. La décadence s'installe sitôt que se développe le besoin des choses qui ne sont pas nécessaires. Il faut alors en appeler à des « régulateurs », ces gardiens de la vertu qui font de l'irascibilité le moyen d'imposer leur passion de la justice. La Cité idéale doit se garder de la prolifération des appétits particuliers et d'un attachement sans mesure au sensible. La caste des guerriers paraît ainsi indispensable à la République. Elle fera l'objet d'un soin tout particulier : il faut éviter de donner à ces gardiens de la vertu civique l'occasion de l'injustice. C'est pourquoi le mode de vie qui leur est réservé tient du communisme. Tout doit être commun, pas de secrets, pas de biens personnels, chacun se trouve sous le regard de tous les autres. Cette « transparence » est le meilleur gage de vertu. Impossible d'y manquer sans que toute la communauté n'en soit avertie. Platon n'hésite pas, en effet, à faire de l'injustice une tendance naturelle (c'est l'intérêt particulier auquel chacun est lié) que favorise la vie privée. Pour être injustes, vivons cachés. La République, parce qu'elle est la cité vertueuse, ne saurait être autre chose qu'une construction de verre.

La classe des gardiens se porte garant de la juste conduite des affaires privées et publiques. Elle n'assume pas le gouvernement de la Cité. Seul le philosophe, parce qu'il a connaissance du Bien, semble apte à prendre la direction de la Chose Publique. Mais son amour de la sagesse suffit-il ? Platon ne dissimule pas la difficulté, celle, au fond, qui renvoie sans appel la République à l'Utopie. Le philosophe est animé d'un amour de type « érotique » à l'égard de la Sagesse et de la vertu. Cet *éros* philosophique (désir d'union avec ce qui manque) est incompatible avec l'amour calculateur dont le politique doit faire preuve (il faut être prêt à assumer le discours du « noble mensonge », voir *Raison d'Etat*). De façon très symbolique, il est ainsi rappelé dans le *Timée* que les meilleurs gouvernants sont ceux qui ressemblent à la déesse vierge Athéna, celle qui n'est pas née des entrailles d'une femme. Athéna n'appartient pas au monde de l'Eros, sa naissance même l'en exclut. Elle est l'incarnation de la Raison mise au service de la Guerre, elle ignore la dimension amoureuse de la relation qui unit le philosophe à la vérité.

Bref, comme le souligne Léo Strauss dans la lecture qu'il propose du texte de Platon *(L'homme et la Cité)*, la difficulté n'est pas de convaincre les peuples d'installer à leur tête des philosophes (la rhétorique pourrait s'en charger — après tout le philosophe connaît bien les techniques de la sophistique). Elle tient plutôt à la puissance de conviction qu'il faudrait développer pour persuader le philosophe de prendre le trône du roi. Comment concilier en effet la nécessité de maintenir les citoyens dans l'illusion que leur Cité est tout, un absolu, alors qu'elle ne peut être qu'une partie infime d'une totalité dont le philosophe sait appréhender la cohérence.

La République est un lieu de vertu impossible parce qu'il paraît impossible aux hommes vertueux d'en prendre la direction. Avec *La République* de Platon, et contrairement à une idée reçue, la philosophie se sépare de la politique.

Actualiser

Marianne, les visages de la République

L'Allégorie est une figure de rhétorique bien connue qui donne d'une abstraction une représentation « concrète », une image aux vertus didactiques. La Justice devient une femme assise aux yeux bandés qui tient une balance, la Paix une colombe qui emporte dans son vol un rameau d'olivier, etc. La République n'échappe pas à cette volonté d'illustrer ce qui réclame avant tout d'être conçu. De fait, on lui donna vite un corps, même un prénom, Marianne et son buste trône aujourd'hui dans toutes les municipalités comme la statue d'Athéna, au ve siècle, semblait protéger tous les actes civiques auxquels les Athéniens étaient conviés.

La République nous apparaît donc sous les traits d'une femme, comme la Nature, la Patrie, voire la Liberté qui guide chaque jour le peuple quand il utilise le billet de 100 F sur lequel on a partiellement reproduit le tableau d'Eugène Delacroix. En cela, rien de très original, si ce n'est que la figure féminine tranche sur les autres, en ce qu'elle efface les signes extérieurs de la maternité auxquels nous étions habitués. En effet, la Nature et la Patrie, tout comme la liberté mamelue du peintre romantique, sont des mères avant même d'être des femmes... Mère nature, Gaïa prolifique des anciens Grecs ou bien tendre « maman » rousseauiste, mère patrie, elles sont toutes des nourricières. Nous en sommes les enfants plus ou moins reconnaissants, fils indignes qui leur devons le jour... L'allégorie est là pour le rappeler et nous rappeler à nos devoirs écologiques ou civiques.

Les bustes de Marianne ne leur ressemblent pas et cela d'autant moins qu'un certain nombre de « versions » sont aujourd'hui proposées à des élus locaux soucieux d'actualiser le visage de cette République que leurs concitoyens peinent parfois à reconnaître. On sait bien sûr que Brigitte Bardot, Catherine Deneuve, Béatrice Dalle ou Inès de la Fressange ont prêté leurs traits à Marianne, soudainement promue, par le miracle du moulage, à la distinction de symbole sexuel. L'allégorie glisse alors hors du champ maternel pour la *terra incognita* d'un **éros civique** pour le moins surprenant. Le choix de ces incarnations du désir masculin ne laisse évidemment pas d'étonner. S'il ne peut manquer de signifier le besoin de rendre à tout prix désirable une idée dont nos contemporains se détournent peut-être, il témoigne à la fois d'une évolution et d'une permanence. Une évolution : celle d'une société qui ne saurait se dispenser de la prime de séduction et qui a désormais choisi l'hédonisme comme seul principe de réalité. Une permanence : la vie publique persiste à s'animer sous le seul regard masculin. La politique reste en effet, dans le domaine de l'imaginaire, une « affaire d'hommes ».

Définir

« Et pourtant, elle tourne ! »

La Révolution par excellence demeure pour nous celle de la Terre.

D'une part, la notion même est à son origine astronomique. Elle renvoie à cette trajectoire particulière d'un astre qui revient à son point de départ, après avoir effectué dans l'espace un mouvement circulaire complet.

D'autre part, la Révolution de la Terre autour du Soleil a fait l'objet d'un affrontement retentissant entre scientifiques et religieux (lesquels défendaient la théorie de l'immobilité de la Terre et de la position centrale de celle-ci parmi les planètes). Elle s'est imposée à la fois comme une découverte sans précédent (l'homme n'est donc pas au centre de l'Univers!) et comme une victoire de la Science, annonciatrice de triomphes à venir pour l'Esprit humain. Le mot Révolution devient alors aisément **synonyme de bouleversement mais aussi de Progrès.**

Pourtant l'acception positive du terme ne va pas de soi, y compris au XVIIIe siècle. Car dans le domaine politique, la Révolution suppose un changement brusque, radical et violent des institutions d'un Etat. Montesquieu écrit par exemple dans *L'esprit des lois :*

> « Toutes nos histoires sont pleines de guerres civiles sans révolutions ; celles des Etats despotiques pleines de révolutions sans guerres civiles. »

A ses yeux, la Révolution semble convenir aux despotismes. Au gouvernement de la brutalité, des changements brutaux. Aux gouvernements modérés que caractérisent les climats tempérés, des conflits certes mais qui ne sauraient conduire à des extrémités.

Pourtant Montesquieu s'est trompé, la France, dont le milieu harmonieux devait susciter l'équilibre et la mesure, entre bientôt dans le chaos. La prophétie juste est sous la plume de Rousseau :

> « Nous approchons de l'état de crise et des Révolutions ; qui peut vous répondre de ce que vous deviendrez alors ? »
>
> *Emile.*

Composer

Les Révolutions font-elles l'Histoire ?

▸ Si la Révolution diffère de la Révolte...

« Non, sire, ce n'est pas une Révolte, c'est une Révolution » explique-t-on à Louis XVI étonné lors de la prise de la Bastille. Le Roi aurait dû savoir alors que les institutions allaient changer. Car la Révolution se distingue de la Révolte en ce qu'elle aspire à un bouleversement radical de l'organisation de la société. La révolte, rappelle Camus dans *L'homme révolté,* est un acte de refus individuel qui passe par la prise de conscience d'une nécessaire affirmation des valeurs humanistes. Derrière le « non ! » du révolté se fait toujours entendre le « oui ! » de l'humaniste. Les manifestations de rébellion des esclaves de l'Antiquité ne furent jamais que des révoltes. Spartacus n'avait d'autre projet que celui de rendre ses hommes, d'anciens guerriers devenus esclaves et gladiateurs, à leur patrie et à leur liberté d'origine. Au lieu de marcher sur Rome, il adossa désespérément son armée à la mer. Les révoltes sont à peine des convulsions de l'Histoire :

> « Alors que l'histoire, même collective, d'un mouvement de révolte est toujours celle d'un engagement sans issue dans les faits, d'une protestation obscure qui n'engage ni systèmes, ni raisons, une révolution est une tentative pour modeler l'acte sur une idée, pour façonner le monde dans un cadre théorique. »
>
> A. Camus, *L'homme révolté.*

▸ ... elle n'apparaît jamais comme aboutie dans l'Histoire.

Est-ce à dire pour autant que les Révolutions sont autre chose que des accidents de l'Histoire ?

La simple définition des mots suffit à nous convaincre qu'il n'y eut, en réalité, jamais de Révolution accomplie. Car la Révolution contredit l'Histoire en ce qu'elle prétend imposer à la mouvance permanente des phénomènes qui font l'Histoire, la stabilité et la fermeté de l'Idée. Le projet révolutionnaire, pour être mené à terme, doit être conduit par des hommes qui acceptent de gouverner. Or gouverner et faire la Révolution sont des activités incompatibles. « Il implique contradiction, explique Proudhon cité par Camus, que le gouvernement puisse être jamais révolutionnaire et cela par la raison toute simple qu'il est gouvernement. »

De fait, la virtuosité princière est inconnue des idéalistes qui entraînent les peuples aux révolutions. Gouverner, c'est effectivement naviguer, savoir changer de cap lorsque la mer et les vents l'exigent, c'est aussi abandonner les principes révolutionnaires, quand les circonstances, la « fortune » — comme dit Machiavel — l'imposent. C'est pourquoi, écrit Camus, « il n'y a pas encore eu de révolution dans l'histoire ». Jamais l'idée n'est parvenue à dompter le cours des choses, cette nature finalement toujours imprévisible. La Révolution est donc une aspiration, elle donne des principes, trace des lignes d'horizon pour permettre ensuite aux politiques **d'orienter** leurs actions.

Approfondir

Institutions républicaines (Fragments)

LOUIS DE SAINT-JUST (1793)

La notion de révolution est au cœur de la pensée politique de Louis de Saint-Just. Elle est la solution au problème que soulève la nécessité de changer de constitution et de société. La révolution est donc fondation d'un ordre nouveau qui cherche à instituer le bien commun. La révolution, c'est donc le mouvement initial, le commencement de toute politique.

Sur ce point, **Saint-Just distingue Révolution et Insurrection.** La première renverse la constitution pour en établir une nouvelle, la seconde est un droit de résistance à l'oppression qui figure au nombre des droits naturels que reconnaît la déclaration de 1789. Dans ces *Institutions Républicaines,* Saint-Just rappelle en effet la subordination nécessaire du droit positif au droit naturel. Obéir aux lois, cela n'a pas de signification en soi, tout dépend à l'évidence de la nature de ces lois :

> « Obéir aux lois, cela n'est pas clair ; car la loi n'est autre chose que la volonté de celui qui impose. On a le droit de résister aux lois oppressives. »

Cette méfiance à l'égard de la loi, on la retrouve de façon récurrente à travers les textes fragmentaires qui nous sont parvenus :

> « Il faut peu de lois. Là où il y en a tant, le peuple est esclave (...) Celui qui donne à un peuple trop de lois est un Tyran. »

Les lois positives doivent procéder de cette entreprise de refondation qu'on appelle Révolution. La Révolution doit commencer par dénoncer puis réduire une supercherie. Elle doit faire éclater la vérité d'un grand crime, l'usurpation de la Souveraineté par le Roi. Ensuite elle pourra établir des Institutions nécessairement républicaines : « L'esprit avec lequel on jugera le Roi sera le même que celui avec lequel on établira la République. »

Albert Camus dans *L'homme révolté* analyse ainsi les enjeux qui furent ceux du procès du Roi :

> « Si un contrat naturel ou civil pouvait encore lier le Roi et son peuple, il y aurait obligation mutuelle ; la volonté du peuple ne pourrait s'ériger en juge absolu pour prononcer le jugement absolu. Il s'agit donc de démontrer qu'aucun rapport ne lie le peuple au Roi. »

De fait Saint-Just reprend à son compte la théorie rousseauiste de la Volonté générale, seule Souveraine et montre que l'alternative est simple : ou l'on reconnaît au Roi la Souveraineté et en ce cas la Révolution est vaine, sans objet, ou le Peuple est Souverain et Louis, « l'étranger », a commis le plus grand des crimes : il est coupable pour avoir cru être davantage qu'un homme. Un Montagnard expliquera d'ailleurs après la mort du Roi : « Nous voilà lancés. » La Révolution est maintenant irréversible.

Actualiser

Un spectacle interactif

Les différentes manifestations qui ont fêté, depuis 1989, le bicentenaire de la Révolution française ont révélé un phénomène inattendu de participation active et affective des Français à la représentation d'un événement dont les conséquences furent si déterminantes pour les Occidentaux. La Révolution française est toujours vivante, non comme « révolution permanente » mais comme « spectacle interactif », à la manière de ceux qu'anime Robert Hossein avec la complicité de MM. Decaux et Castelot.

L'anniversaire de l'exécution de la reine Marie-Antoinette, le 16 octobre 1793, a fait ainsi l'objet d'un traitement tout à fait significatif.

L'automne 1993 a vu en effet se montrer à Paris un spectacle intitulé *Je m'appelais Marie-Antoinette* et dont le principe figure de manière symbolique notre rapport à l'ensemble de la Révolution. Il s'agissait de re-présenter chaque soir à un public de plus de 4 000 personnes le déroulement du Procès de la Reine puis de soumettre à cet immense jury populaire le sort de l'accusée. On rejugeait l'affaire et l'Histoire du même coup, appelant le public à une participation active. La mort, l'exil, la prison ou l'acquittement, une fois par jour — deux fois samedi, dimanche et fête ! — étaient prononcés dans l'enthousiasme. Jamais le jury moderne n'a souhaité confirmer la réalité historique : si la Reine avait été jugée aujourd'hui, elle ne serait pas morte sur l'échafaud... La belle affaire ! Tout cela paraît effectivement absurde si l'on se place du point de vue de ceux qui voudraient juger l'Histoire deux cents ans après... En revanche ces votes prennent tout leur sens lorsqu'on les interprète comme autant de manifestations de participation. L'important n'est pas de remarquer que tel soir le public a choisi la Prison, tel autre l'exil... Ce qui paraît fascinant c'est qu'il y ait 4 000 personnes pour « jouer le jeu » (R. Hossein se désigne lui-même sur le programme vendu lors du spectacle comme « le meneur de jeu »), qu'à l'appel de leurs votes les spectateurs se lèvent de leurs fauteuils comme pour signifier « ces événements qui ont eu lieu il y a deux cents ans me concernent encore aujourd'hui ».

On découvre alors que cette Révolution reste pour nous le véritable mythe fondateur de la République, que le désir de participer à sa représentation est un désir de Sacré, que 1789 loin de s'opposer à 1793 dans l'imaginaire républicain forme avec lui ce qu'il convient **non de commémorer mais bien de célébrer.**

Sacré

Définir

Tabou !

Le Sacré, c'est l'Absolu, ce qui existe indépendamment de tout lien, ce qui se trouve **au-dessus** de toute réalité. De fait, **ce qui est sacré ne peut être touché sans être souillé ni souiller à son tour.**

Par nature, le sacré est ambivalent, il est même l'ambivalence. Comme le note R. Caillois dans *L'homme et le sacré,* le sacré éveille en chacun « la crainte de s'y brûler et le désir de l'allumer ».

Or, d'où vient cette disposition que semblent partager toutes les sociétés humaines à signifier la présence du sacré ? D'une expérience logée en chaque homme, celle qui le conduisit à un moment défini de l'enfance à redouter la figure du Père tant aimé et si souvent haï ?

Quelle que puisse être la réponse que nous donnons à la question posée de l'origine du sacré, il faut remarquer que c'est la religion qui se charge de canaliser cette disposition naturelle à produire du surnaturel. C'est bien elle qui prétend rétablir le lien (*re-ligare* : relier) avec le sacré si lointain.

Composer

Les dieux sont-ils morts ?

▸ **La mort des dieux...**

Comment meurent les Dieux ? Ils meurent de façon **équivoque** écrit Nietzsche dans *Ainsi parlait Zarathoustra* :

« Lorsque les dieux meurent, ils meurent de plusieurs sortes de morts. »

Ce n'est évidemment pas du côté de l'observation sociologique (le recul de la pratique religieuse en Occident à la fin du XIXe siècle) qu'il convient de fixer la signification, fût-elle plurielle, de cette paradoxale exclamation : « Dieu est mort ! » On doit, par contre, envisager cette extinction du divin tout d'abord dans le contexte d'une rationalisation progressive de la Nature... **Si les Dieux sont morts, n'est-ce pas d'asphyxie?** De fait la Science ne semble avoir eu de cesse de chasser les dieux du lieu qu'ils occupaient.

Ainsi l'Antiquité les laisse, dans un premier temps, habiter la Nature... Les arbres et les rivières abritent les nymphes et les divinités les plus variées, la nature trouve son âme dans le surnaturel, les phénomènes que l'homme y observent n'ont donc pas besoin d'être expliqués... Avec Epicure, même le ciel n'est plus un refuge... En quelques siècles la physique et l'atomisme ont repoussé le divin hors du sensible, c'est-à-dire d'une Nature dont la raison se rend progressivement le « maître et possesseur »... La mort des Dieux paraît coïncider avec la naissance de l'Humanisme. L'homme s'installe au cœur du monde et au centre de la Cité.

▸ ... n'annonce-t-elle pas celle des hommes?

C'est ainsi que l'on peut aussi interpréter la représentation que le Christianisme offre d'un Dieu fait homme, étape nécessaire à la découverte de la puissance d'un homme fait Dieu (voir Humanisme). Le portrait de l'artiste par lui-même peint par Dürer en 1500 est à ce propos chargé d'ambiguïtés : Est-ce le divin ou bien l'humain que figure le peintre qui pose en *salvador mundi*? Est-ce Dürer qui prête au Christ ses traits ou bien celui-ci qui se manifeste encore sous un visage humain (qui se trouve être, **par hasard et pourquoi pas,** celui de l'artiste? On est déjà pas loin de penser alors que si les triangles avaient un Dieu, il aurait trois côtés...

La mort de Dieu, c'est donc le refus qu'il y ait un sens donné « d'en haut », ou plus exactement d'ailleurs... La déréliction, c'est-à-dire le sentiment que les dieux se cachent ou qu'ils nous abandonnent, n'apparaît guère que comme une « mise en scène » destinée à feindre d'ignorer que le chaos qui guette relève de notre propre responsabilité. Car l'existence des dieux ne garantissait-elle pas celle des hommes? Retournement du symbolisme chrétien : en crucifiant le fils de Dieu fait homme, n'est-ce pas du même coup l'homme lui-même que l'on cloue ? Désormais seuls à distribuer du sens, que de risques les hommes n'ont-ils pas pris ? C'est significativement à ce personnage qu'il appelle « l'insensé » que Nietzsche confie la tâche d'annoncer la nouvelle :

> « Où est Dieu ? Je vais vous le dire ! Nous l'avons tué — vous et moi ! Nous sommes tous ses meurtriers. »
>
> *Le gai savoir.*

Approfondir

Totem et tabou

SIGMUND FREUD (1913)

Particulièrement attentif aux travaux de Frazer dont le *Rameau d'or* a marqué l'histoire de l'ethnologie, Freud interroge les pratiques totémiques des sociétés primitives et croit y discerner des indices précieux pour la compréhension du mécanisme de sacralisation, à l'origine peut-être de toute forme de socialisation.

Il rappelle ainsi le statut de l'animal-totem, protégé par la communauté qui en fait un symbole protecteur, puis rituellement mis à mort et dévoré par chacun des membres de la tribu au cours d'un repas collectif. Tuer puis manger ce que l'on a vénéré, mais surtout faire de cette action le moyen par lequel la solidarité communautaire se trouve représentée, voilà qui intrigue l'inventeur de la psychanalyse :

> « Le repas totémique, qui est peut-être la première fête de l'humanité, serait la reproduction et comme la fête commémorative de cet acte mémorable et criminel qui a servi de point de départ à tant de choses : organisations sociales, restrictions morales, religion... »

De fait, la fonction du totem est bien re-présentative. Il figure l'ancêtre du groupe. On conçoit par conséquent qu'il soit considéré comme un esprit protecteur et bienfaiteur auquel on rend un culte :

> « Ceux qui ont le même totem sont soumis à l'obligation sacrée, dont la violation entraîne un châtiment automatique... »

Quelle est, dans ces conditions, la signification de ce repas totémique qui est une véritable constante des sociétés primitives ?

Pourquoi soudain la communauté s'autorise-t-elle à accomplir ce qu'elle proscrit à chacun de ses membres ?

Le repas totémique célèbre le meurtre du Père de la horde primitive, c'est du moins ce que Freud imagine pour comprendre cette pratique surprenante. Frustrés dans leur désir de s'approprier les femmes gardées jalousement par le vieux mâle, las d'obéir à la violence d'un seul, les jeunes hommes de la horde se liguent pour assassiner celui qu'ils redoutent autant qu'ils le vénèrent. Mais ce meurtre, loin de les libérer, les enchaîne à un sentiment de culpabilité qu'ils parviennent à supporter grâce à la totémisation et à la défense de tabou.

> « Ils désavouaient leur acte, en interdisant la mise à mort du totem substitut du père, et ils renonçaient à recueillir les fruits de ces actes, en refusant d'avoir des rapports sexuels avec les femmes qu'ils avaient libérées. »

Les fils s'appliquent à eux-mêmes et avec la plus extrême rigueur la loi du Père qu'ils ont tué et inventent l'**interdit de l'inceste, que Cl. Lévi-Strauss identifie comme une structure constante des sociétés humaines.**

Ce meurtre primitif est célébré par le repas totémique qui rappelle aux conjurés leur complicité, représente et expulse également le sentiment de la faute. Ce scénario a le mérite de penser le processus de sacralisation qui utilise évidemment les mêmes ressorts que la pratique du totem et du tabou. L'ambivalence du sacré trouverait donc son origine dans l'ambivalence du sentiment du fils à l'égard du Père. Impossible dans ces conditions de penser le Sacré sans cette violence fondatrice, l'un et l'autre étant des principes explicatifs du phénomène de socialisation. Les « associés » sont en effet à l'origine des complices dans le crime, et la religion sublime cette complicité.

On imagine aisément que l'accueil réservé à cet ouvrage de Freud est extrêmement tiède. De fait, il faut attendre 1972 et *La violence et le sacré* de R. Girard pour que ces thèses soient sinon réhabilitées du moins examinées avec bienveillance. Freud aurait effectivement anticipé sur la réflexion contemporaine qui fait du sacré l'élément constitutif originel de toute société humaine.

Ajoutons enfin que le mérite de la fiction freudienne du meurtre du Père tient à ce qu'il s'efforce de faire correspondre la vie du groupe avec celle de l'individu. Chaque Œdipe trouve logé dans son inconscient le mécanisme de formation de la société.

Actualiser

Du sacré dans notre profane ?

La perte du sentiment du Sacré et le recul des pratiques religieuses paraissent être les conséquences les plus manifestes de l'emprise de la Science sur les sociétés occidentales développées. De fait, à l'échelle des deux siècles derniers le phénomène est indiscutable, même si de temps à autre, ici ou là, on observe tel accès de ferveur à l'occasion de tel ou tel événement. Il faut en effet distinguer l'attrait qu'exercent aujourd'hui des figures comme celles du pape Jean-Paul II ou de l'abbé Pierre de l'influence réelle de leurs discours sur les comportements (le décalage est évidemment très sensible dans le domaine de la sexualité).

Ainsi la science nous aurait débarrassé du Sacré, laissant découvert un monde entièrement profane où la Raison se sent chez elle. Triomphe du positivisme ?

Or très précisément qu'annonçait Auguste Comte en 1822 dans ses *Prospectus des travaux scientifiques nécessaires pour réorganiser la société ?* Qu'il convenait de remplacer le prêtre par le savant... Etait-ce alors vouloir éliminer le sacré en expulsant ses « administrateurs » ? Ou chercher à sacraliser la Science ? **Le savant chasse-t-il le prêtre ou bien le remplace-t-il ?** Le culte voué à la Raison n'est-il pas aussi irrationnel que ceux rendus aux dieux du ciel ?

Il est évident que nous n'en avons pas fini avec le Sacré... Et l'attitude ambiguë que nous entretenons à l'égard de la Science rappelle cette ambivalence du *sacer* (voir : **Définir**). Effectivement si la Science est perçue comme redoutable — les savants eux-mêmes se méfient désormais de ce que dissimulent ses applications techniciennes et politiques (voir : **Ethique**) et se défendent de figurer sous la descendance du « Dr Frankenstein » —, elle fait aussi l'objet d'une croyance profondément ancrée dans l'esprit, celle que le champ de ses possibles demeure illimité. Edmond Husserl au début du siècle avait montré dans *La crise des sciences européennes* que la Science assumait le désir d'infini logé dans l'âme européenne : ses intentions ne sont pas indifférentes. Elle permet de tenir sur la nature le discours d'un pouvoir sans limites, le Progrès ne saurait être que continuel. Partant, ne cessent d'être formulées ces déclarations d'intention qui affirment que telle maladie, tel virus trouvera son remède : la recherche trouve toujours. Voilà ce qui relève de la foi et fixe la science en lieu et fonction de la religion, l'une et l'autre expression d'une sacralité qui trouve peut-être son origine en Occident dans l'effroi délicieux que suscite en nous l'idée de l'infini.

Sauvage

Définir

Est-il bon, est-il mauvais ?

Le sauvage, c'est au sens propre l' « homme des bois », celui qui vit dans la forêt (*silva,* en latin). Le mot n'a été véritablement utilisé qu'au XVIe siècle, à l'âge des Grandes Découvertes, quand les Européens ont cru rencontrer des hommes vivant dans un rapport de proximité avec la Nature. Aucune connotation particulière n'est donc attachée au mot « sauvage ». Tout va dépendre de la représentation que l'on offre de la Nature. En aura-t-on la nostalgie ? Alors le sauvage, tout naturellement sera bon. La tiendra-t-on en horreur ? La sauvagerie pourra dès lors renvoyer à un état animal dégradant pour l'humanité.

Au XIXe siècle, le mot cesse d'être employé. On lui préfère celui de « primitif ». Cette évolution témoigne-t-elle du sentiment que la pure et vierge Nature a désormais disparu ? Evidemment on a trouvé un antonyme commode pour « civilisé ». A présent l'évocation des peuples « primitifs » placera ceux-ci au plus bas niveau sur l'échelle du Progrès. Le primitif sera perçu comme vivant dans un état d'enfance de l'humanité, victime d'un « retard » qui justifiera toutes les entreprises de colonisation à venir.

Composer

Entre Nature et Culture

▸ L'homme de la Nature...

Le sauvage fait avant toute chose l'objet d'une véritable découverte. Bougainville en 1771 découvre ainsi simultanément Tahiti et les Tahitiens :

> « Un peuple nombreux jouit des trésors que la Nature verse à pleines mains sur lui (...) Partout, nous voyons régner l'hospitalité, le repos, une joie douce et toutes les apparences du bonheur. »
>
> *Voyage autour du monde.*

On découvre l'homme tel qu'on l'imaginait au commencement des temps. Connaître le sauvage, c'est aussi connaître la nature humaine, vierge de toute « impureté culturelle ». De fait, l'essor de l'anthropologie au XVIIIe siècle doit tout à cette nouvelle **invention** qu'est le sauvage.

Bougainville avait ramené avec lui un Tahitien, Aotouron, qui suscita la curiosité de Tout-Paris et incita Diderot à rédiger, dès 1772, un *Supplément au voyage de Bougainville.* Dans ce texte polémique Diderot esquisse un premier portrait du « bon sauvage » qui contraste avec la représentation dépravée de l'homme occidental. Le premier vit en harmonie avec la Nature alors que le second ne songe qu'à s'approprier cette même Nature :

> « Et toi, chef des brigands — s'exclame un vieillard à l'intention de Bougainville, écarte promptement ton vaisseau de notre rive : nous sommes innocents, nous sommes heureux ; et tu ne peux que nuire à notre bonheur. Nous suivons le pur instinct de la nature : et tu as tenté d'effacer de nos âmes son caractère. »

On comprend comment le **bon sauvage** devient un mythe qui prolonge celui de l'âge d'or :

> « L'état d'innocence, de béatitude spirituelle de l'homme avant la chute, du mythe paradisiaque, devient dans le mythe du bon sauvage l'état de pureté, de liberté et de béatitude de l'homme exemplaire au milieu d'une Nature maternelle et généreuse. »
>
> M. Eliade, *Mythes, rêves et mystères.*

▸ **... est aussi l'homme d'une culture.**

Mais le sauvage n'est pas qu'un mythe. Voilà ce que montre l'anthropologie. Les Indiens du Brésil que rencontre Cl. Lévi-Strauss dans *Tristes tropiques* existent bel et bien. Ce que leur connaissance nous apporte, c'est avant tout la confrontation à une culture qui refuse l'Histoire. En effet, les peuples primitifs diffèrent des peuples civilisés en ce qu'ils refusent le temps linéaire, indispensable à l'idée de Progrès. Ils vivent dans un temps cyclique, se servant du mythe pour abolir l'Histoire.

Cette différence est essentielle. Mais au fond, rien d'autre ne permet d'opposer le primitif aux civilisés.

« Aucune société n'est foncièrement bonne — rappelle Cl. Lévi-Strauss dans *Tristes tropiques* —, mais aucune n'est foncièrement mauvaise. » De fait, aucune société n'est meilleure, supérieure ou inférieure. Chacune des communautés humaines a donné une réponse singulière à la même question que posait la nécessité de vivre collectivement. Claude Lévi-Strauss voit même dans l'interdit de l'inceste, la première des règles sociales selon lui, une structure commune à toutes les sociétés.

Approfondir

Essais, livre I

MICHEL DE MONTAIGNE (1580)

Avec la découverte de l'Amérique, le mythe devient réalité. La figure du sauvage commence alors à renvoyer à l'homme civilisé une image sur laquelle il n'a pas fini de réfléchir. En effet, le sauvage c'est à la fois le même (un homme) et l'autre (ses mœurs qui semblent si radicalement étrangères). Son apparition va susciter de nombreuses interrogations et conduire à une révélation : tout ce qui touche à l'humain est soumis simultanément à la loi de l'universel et à celle du particulier.

Le premier à mesurer les conséquences de l'apparition des premiers sauvages dans la conscience européenne est sans doute Montaigne. Annotant l'*Histoire d'un voyage fait en la terre de Brésil autrement dite Amérique* publié en 1568 par Jean de Léry, l'auteur des *Essais* comprend qu'il dispose avec ces descriptions ethnographiques d'un outil efficace pour achever la réflexion entreprise de longue date sur le relativisme. Car ce que nous apprennent les cannibales du Brésil, c'est qu'il existe des comportements sociaux qui sont encouragés ailleurs lorsqu'ici on les encourage. Bref, les mœurs sont bien relatives à la société dans laquelle on les observe. Ce qui paraît bon et juste ici, ne l'est guère nécessairement là-bas. Pas de norme qui soit universelle, il est sot de juger à la mesure de nos propres habitudes celles de celui qui nous est étranger :

> « Je trouve (...) qu'il n'y a rien de barbare et de sauvage en cette nation (cannibale) sinon que chacun appelle barbarie ce qui n'est pas de son usage. »

Cinq siècles plus tard, ces mots trouveront leur écho chez Claude Lévi-Strauss :

> « En refusant l'humanité à ceux qui apparaissent comme les plus "sauvages" ou "barbares" de ses représentants, on ne fait que leur emprunter une de leurs attitudes typiques. Le barbare, c'est d'abord l'homme qui croit à la barbarie. »

Actualiser

Comme un sauvage dans les villes

Où sont à présent les sauvages, sinon peut-être dans nos villes ? Lorsque Rousseau prétendait faire de son élève-modèle, Emile, un homme capable de vivre en sauvage dans la ville, il ne cherchait rien d'autre sinon rappeler la vanité d'un quelconque projet de « retour à la Nature ». Car la Pure Nature a bien disparu, impossible d'échapper à la société et à la culture, illusoire de croire pouvoir encore trouver des territoires qui ne soient pas aménagés ! Pour le « citoyen de Genève » toutefois, l'éducation permettait de préserver en chacun cet état d'innocence qui caractérisait l'homme à l'état de Nature.

Or les sauvages urbains de nos jours ne veulent plus aller à l'Ecole, instrument d'un monde qui les rejette et auquel, malgré tout, ils ne sauraient échapper. Livrés à eux-mêmes, ils retrouvent le sens de la sauvagerie, ne serait-ce que parce qu'ils sont « lâchés dans la nature ». La France aurait ainsi sur son territoire plus de 400 000 individus « sans domicile fixe », au nombre desquels il faudrait compter 70 000 jeunes de moins de vingt-cinq ans. Plus préoccupante encore que cette réalité de l'exclusion, l'idée que les adolescents se font de la société dans laquelle ils vivent : selon un sondage de juillet 1992, publié dans un quotidien parisien, 58 % des jeunes interrogés considèrent qu'ils ne sont pas « intégrés », étrangers à des valeurs motrices d'une société en laquelle ils ne croient plus.

Cette population jeune et nombreuse ne se disperse pas. Au contraire, elle se rassemble par le moyen d'une culture que caractérise un réel primitivisme de l'expression : simplicité des rythmes musicaux, naïveté des tags, indifférence de cette mode grunge (de *grotty,* « crade », et *gunge,* voyou) qui fait du recyclage des déchets un moyen de vivre. Evidemment cette attitude culturelle n'a rien d'un jeu.

Au « bon sauvage » que singent les nantis de la société de consommation avec la création en 1954 du « Club Med. » (abandon des vêtements, nourriture à profusion, amour et soleil en toute liberté) répondent aujourd'hui les « vilains primitifs », méchants petits canards à qui la crise ne permet pas de grandir.

Définir

Non à l'inégalité

Le socialisme ressemble à une révolte dans l'Histoire des idées politiques : **c'est à la fois un refus et une affirmation.** Ce double postulat est très clairement formulé par Proudhon en 1848 :

> « Je proteste contre la société actuelle et je cherche la Science. A ce double titre, je suis socialiste. »

La protestation naît du constat des inégalités qui caractérisent la vie des hommes en société. Elle passe par une remise en cause de la propriété privée, seule véritable manifestation de cet état de déséquilibre des conditions de vie des individus. Les réponses que donnent les socialistes sont variées à la question que pose alors la suppression de la propriété privée. Que l'on fasse des travailleurs les seuls propriétaires légitimes de leurs outils de travail et l'on aura un socialisme corporatif. Que la solution retenue soit celle de la détention par l'Etat des moyens de production et ce sera le socialisme d'Etat.

Quant à la Science que recherche le socialiste Proudhon, c'est elle qui doit permettre d'accéder à l'ensemble des citoyens au Progrès, au confort matériel, à cette victoire des hommes sur la Nature qui vise à faire disparaître la peine attachée au travail. Le socialisme rejette la société réelle pour les inégalités qu'elle pérennise et rêve de demain, heureuse et sans conflit. De ce fait, le socialisme participe toujours de ce goût pour la science-fiction que développe les utopistes de tous les âges, en ce qu'il « nie les misères du présent pour se réfugier dans des lendemains enchanteurs » (J. Servier, *Histoire de l'utopie,* 1967).

De fait, le mot « socialisme » est un néologisme utopiste. Il aurait en effet été forgé en 1832 par un saint-simonien du nom de Pierre Leroux, en opposition au mot individualisme.

Composer

Le socialisme s'oppose-t-il au libéralisme ?

▸ Refuser l'inégalité...

L'idéal socialiste naît du constat de l'injustice sociale liée à l'inégalité des hommes dans la société. Il observe que rares sont ceux qui jouissent pleinement de cette liberté dont l'article 2 de la Déclaration des Droits de l'Homme et du Citoyen de 1789 avait fait un droit inaliénable et absolu, c'est-à-dire un droit naturel. Jean Jaurès le rappelle dans *Socialisme et liberté* :

> « Il faut donner à tous une égale part de droit politique, de puissance politique, afin que dans la Cité aucun homme ne soit l'ombre d'un autre homme... »

Le projet est donc de rendre aux hommes leur liberté perdue. Des accents rousseauistes sont évidemment perceptibles : la liberté naturelle a disparu dans les sociétés humaines, il importe par conséquent de la rétablir. Comment ?

▸ ... s'en remettre à la science...

Le XIXe siècle a cru au progrès des Sciences et des Techniques. L'inégalité des conditions allaient être réduite grâce à un confort et une richesse matériels tels qu'il serait désormais inutile aux hommes d'asservir d'autres hommes. Devenus réellement les « maîtres et possesseurs de la Nature » (Descartes), parce qu'ils vivraient dans la profusion, ils échapperaient à l'exploitation du travail d'un grand nombre par une minorité. L'abondance finirait par abolir véritablement tous les privilèges. Voilà la signification du projet de Comte : remplacer le gouvernement des hommes par celui des choses. **Tous unis, en quelque sorte, contre la Nature.** Les hommes du XIXe siècle espèrent en la vertu de la Science, ils lui accordent une dimension morale et politique :

« La Science possède désormais la seule force morale sur laquelle on puisse fonder la dignité de la personnalité humaine et constituer les sociétés futures. »

M. Berthelot, *Science et morale.*

▸ ... pour établir une égalité préalable à l'instauration de la liberté.

On le comprend, le socialisme n'est pas hostile à la liberté individuelle ; au contraire, elle apparaît comme la finalité même de son projet de réorganisation sociale. Mais il dénonce, au nom du principe d'égalité, le décalage entre les « libertés formelles », reconnues par la Déclaration de 1789 et les « libertés réelles » vécues par les citoyens. Le socialisme a pour ambition de supprimer ce décalage. Pour lui l'établissement de l'égalité va garantir la liberté réelle de chacun. A l'inverse les libéraux, ceux du XVIIIe siècle, s'ils défendent évidemment la liberté individuelle font de celle-ci un préalable. L'écart entre liberté réelle et liberté formelle va se réduire de lui-même. Inutile de « forcer la nature ». L'inégalité est un passage obligé mais un simple passage. L'égalité s'imposera naturellement sitôt que la prospérité collective le permettra. Les socialistes rétorquent que celle-ci suppose un encouragement des égoïsmes particuliers, lesquels demeurent la « cause première » de cette inégalité sociale dénoncée depuis Rousseau.

Socialisme et libéralisme s'accordent sur les principes : la liberté et l'égalité. Ils postulent également que l'une ne peut aller sans l'autre mais divergent fondamentalement quant à la priorité qu'il faut accorder à l'un ou à l'autre de ces droits absolus.

Approfondir

Le manifeste du Parti communiste

KARL MARX, FRIEDRICH ENGELS (1848)

Que manifestent Marx et Engels en prenant le parti du communisme ? Avant toute chose leur désir d'exprimer ouvertement leur projet d'instaurer un nouvel ordre social :

« Les communistes dédaignent de dissimuler leurs idées et leurs projets. Ils déclarent ouvertement qu'ils ne peuvent atteindre leurs objectifs qu'en détruisant par la violence l'ancien ordre social. »

Il faut donc commencer par formuler la critique de l'ordre social actuel, constitué par la bourgeoisie. Le *Manifeste* repose ainsi sur l'idée que **l'Histoire des sociétés est faite de l'Histoire de l'affrontement des différentes classes sociales.** Cette hypothèse de travail ne va pas de soi pour les lecteurs contemporains. La culture dans laquelle ils baignent rend la conception d'une telle théorie de l'Histoire difficile : cette culture est elle-même produite par la classe dominante dont l'intérêt semble être d'occulter les fondements et la réalité de la domination qu'elle exerce sur l'ensemble de la société.

> « Vos idées, déclarent Marx et Engels à leurs détracteurs, ont elles-mêmes leur origine dans les conditions bourgeoises de la production et de la propriété, de même que votre droit n'est que la volonté de votre classe érigée en loi. »

Les idées ne sont jamais détachées des conditions historiques, c'est-à-dire matérielles, dans lesquelles elles sont apparues. Marx et Engels s'efforcent de penser l'idéalisme avec réalisme, en retirant aux idées leur innocence. On connaît la célèbre formule de Marx dans la préface à la *Critique de l'économie politique* :

> « Ce n'est pas la conscience de l'homme qui détermine sa manière d'être, mais c'est au contraire sa manière d'être sociale qui détermine sa conscience. »

La bourgeoisie n'a donc pas renversé l'ordre féodal au nom de « principes » égalitaires, elle a cherché à détruire les chaînes de vassalité qui unissaient — pour le meilleur et pour le pire ! —, les individus. Son action sur la société fut désagrégatrice, elle « n'a laissé subsister, d'homme à homme, d'autre lien que l'intérêt tout nu, que l'impassible paiement au comptant ». Sous couvert d'humanisme, la bourgeoisie a déshumanisé la vie communautaire pour mieux défendre la propriété privée.

De fait, ce que réclament les communistes, c'est l'avènement d'une authentique vie de la communauté des hommes et non le maintien d'une société fondée sur la défense des égoïsmes individuels. Cela passe évidemment par l'abolition de la propriété privée :

> « Vous nous reprochez donc de vouloir abolir une propriété qui suppose comme condition nécessaire que l'immense majorité de la société n'est pas propriétaire. En un mot vous nous reprochez de vouloir abolir votre propriété à vous. Certes, c'est bien ce que nous voulons. »

Le *Manifeste* déclare donc ouvertement la guerre à la société bourgeoise au nom de la défense des plus démunis des hommes, ceux que les latins désignaient de l'expression « prolétaires » (*proletarii,* ceux qui n'ont rien d'autre que leurs enfants, *proles*). Cette lutte qui commence dépasse le cadre des frontières — les prolétaires n'appartiennent à aucune nation, « ils respirent le même air des usines » —, et la dialectique qui fait nécessairement, presque mécaniquement, de l'esclave le maître du maître la promet victorieuse.

Actualiser

Les forces de Progrès

Socialisme est un mot qui n'est plus toujours assumé pleinement par ceux-là mêmes qui s'en réclamaient pourtant naguère, comme s'il avait un arrière-goût de défaite électorale qu'il faudrait à tout prix dissimuler. Toutefois — et c'est une pauvre consolation —, l'Histoire des idées politiques enseigne que la recherche de l'épithète bienséant, celui qui rassure, ne date pas d'aujourd'hui : « socialisme scientifique », « socialisme utopique », « socialisme libéral », « social-démocratie », « radical-socialiste »... Tant d'expressions plus ou moins lexicalisées qui cherchent à envelopper ce néologisme inventé en 1833 par Pierre Leroux, un disciple de Saint-Simon.

Il est vrai que l'actualité électorale récente montre qu'en Europe les socialistes s'efforcent d'escamoter leur spécificité en la diluant dans des alliances qui font surgir ici une « Majorité présidentielle », là un « Pôle progressiste », euphémismes pour ne pas dire qui l'on est ou avancer masqué. Mais pourquoi craindre à ce point le mot « socialisme » ? N'est-il pas au fond dérisoire de chercher dans l'appellation « forces de Progrès » à faire « table rase du passé » ?

De fait, quelle force politique ne prétend pas incarner le Progrès, c'est-à-dire la marche en avant ? Qui propose le retour en arrière ? La régression ? Qui milite en faveur de la disparition des acquis politiques et sociaux ? De la même façon qui n'est pas « socialiste », au sens strict du terme ? Le *socius,* c'est l'allié, celui avec lequel je m'allie dans le cadre d'une *société...* Quel grand parti politique ne met en avant aujourd'hui la notion de solidarité ? Que redouter par conséquent de ces mots autour desquels pivote notre vie politique depuis cinquante ans? A quoi bon rechercher des euphémismes pour neutraliser ce qui, du point de vue sémantique, est totalement transparent? D'ailleurs, pour continuer à prendre les mots pour ce néant qu'ils disent à la lettre, qui, d'un autre côté, n'est pas prêt à se rassembler pour la République? Qui ne voudrait s'unir pour la démocratie française?

Paradoxalement, les contorsions linguistiques auxquelles se livrent depuis peu les différents partis socialistes (ne serait-ce qu'en France et en Italie) font saillir le caractère indéterminé de leur dénomination. Socialistes, républicains, démocrates nous le sommes presque tous, et nous sommes presque tous disposés à fusionner dans ces « forces de Progrès » qui ne sauraient être que celles de tous! Comme si le vague terminologique était le triste reflet d'un flou idéologique à l'intérieur duquel baignent depuis vingt ans les différents partis de gouvernement. Au fond, pourquoi se donner une identité quand on est voué à gérer uniformément les affaires publiques?

Définir

L'Alliance

L'expression est, selon l'étymologie, une authentique redondance. La *societas* est composée de *socii,* c'est-à-dire d'alliés qui ne sont autres que des *cives,* des citoyens. Chez Cicéron, par exemple, on peut noter que *societas* et *civitas* sont des synonymes parfaits.

En fait, le concept de « société civile » a été forgé au XVIIe siècle pour donner à l'état de Nature un antonyme.

Aujourd'hui, si l'expression retrouve une fortune nouvelle, c'est pour désigner ceux que l'on exhibe au titre de ses représentants, pour les opposer aux politiciens professionnels. Désormais, le gouvernement de la République s'ouvre régulièrement à des ministres issus de la société civile, c'est-à-dire du monde de la seule compétence professionnelle et de la réussite économique et sociale.

Composer

La société est-elle toujours civile ?

▸ **La société civile protège les besoins...**

L'association des hommes au sein d'une société, d'une Cité (*socius,* l'allié) est une alliance contre la violence d'un état de nature que le philosophe britannique Hobbes décrit avec effroi (cf. *Contrat**). Elle protège les individus d'une violence naturelle et permet naturellement de répondre aux besoins de chacun en toute sécurité.

La sécurité de l'échange, voilà ce que garantit la société. Platon le rappelle dans *La République* (livre II) : « Il y a, selon moi — c'est Socrate qui parle — naissance de société du fait que chacun de nous, loin de se suffire à lui-même, a au contraire besoin d'un grand nombre de gens. » La diversité des besoins élémentaires conduit à expliquer la naissance de la société comme la nécessité de la division du travail. Ainsi naturellement chacun travaille pour les autres, les échanges se font harmonieusement. Chacun, par la recherche de son intérêt particulier à répondre à ses besoins, contribue au bonheur de tous. C'est la cité saine, au sens où l'entend Adimante, l'un des interlocuteurs de Socrate, sans conflits, autorégulée, « civile » c'est-à-dire bien policée.

► ... mais elle n'empêche pas les excès...

Toutefois cette première définition de la Cité ne paraît pas entièrement acceptable au frère d'Adimante, Glaucon. Celui-ci nomme cette cité, la « cité des pourceaux », car elle porte en elle le principe de sa prochaine décadence. En effet, la cité des besoins demeure harmonieuse tant qu'elle ne répond pas au besoin du luxe, tant qu'elle se limite à la satisfaction des besoins élémentaires du corps et qu'elle résiste à l'accumulation des richesses. Mais la nature de l'homme pousse ce dernier à désirer toujours davantage, à rechercher une rétribution supérieure aux services rendus. De ce déséquilibre naîtront alors les conflits, liés au spectacle de l'inégalité sociale. La société devient alors « incivile », c'est-à-dire un nouveau champ d'affrontements des désirs.

► ... et dénature les hommes qui la composent.

La règle de la société civile se révèle être celle du « toujours plus ». Le luxe appelle le luxe et les démonstrations de supériorité qui flattent l'amour-propre éloignent les hommes de leur véritable nature. Pour employer un vocabulaire rousseauiste, l'être est alors séparé du paraître :

> « Il fallut pour son avantage se montrer autre que ce qu'on était en effet. Etre et paraître devinrent deux choses tout à fait différentes ; et de cette distinction sortirent le faste imposant, la muse trompeuse, et tous les vices qui en sont le cortège. »
>
> Rousseau, *Discours sur l'origine de l'inégalité.*

Approfondir

Principes de la philosophie du Droit

FRIEDRICH HEGEL (1821)

La société civile naît de ce que la famille, lieu de l'harmonie entre l'individu et la tradition, ne peut satisfaire tous les besoins individuels. Il faut quitter la famille pour partir à la recherche de ce qui peut répondre aux intérêts et aux inclinations particuliers. L'individu éprouve alors la nécessité de manifester son égoïsme. **De fait, la Société civile apparaît à Hegel comme une communauté à part, la réunion d'intérêts privés qui se heurtent.** Le philosophe voit cette Société civile comme un ensemble d'atomes qui se repoussent et font du principe même de leur répulsion leur raison commune : « Dans la société civile, chacun est son propre but et les autres sont ignorés. » C'est donc une « communauté sans but positif », chaotique et brutale.

Mais cet espace où éclatent sans cesse des conflits d'intérêts, c'est aussi le lieu du travail. L'individu quitte la sphère protégée de sa famille pour travailler dans la Société civile et acquérir par son travail les moyens de satisfaire ses appétits. Or par le travail, l'homme transforme la Nature, il l'informe et partant donne à la Société civile un rôle déterminant dans le développement de l'humanité. Poussé par ses besoins égoïstes l'individu travaille, mais il ne travaille pas directement pour lui. La multiplicité des besoins a rendu la spécialisation de la production et la division du travail nécessaires. Celles-ci placent les individus dans des relations d'interdépendance et finalement chacun se trouve contribuer au bien commun.

La division du travail a eu également pour conséquence la répartition des membres de la société civile en classes. Hegel distingue trois classes sociales : la classe « substantielle » des agriculteurs, la classe réflexive des travailleurs des manufactures et des industries et la classe « universelle » de ceux qui ont pour intérêt particulier la gestion des intérêts collectifs. Ces trois classes entrent régulièrement dans des conflits qui sont le moteur même de l'histoire. (« L'histoire de la politique intérieure se réduit à l'histoire de la formation des classes, des conflits juridiques qui opposent les individus à ces classes, des antagonismes des classes avec le pouvoir central. ») Pour réguler ces conflits, et de façon mécanique et libre (sans intervention extérieure) la société civile produit des lois, des codes, institue une police... On perçoit se dégager inéluctablement la nécessité de l'Etat.

La société civile se situe en effet entre la famille et l'Etat dans le développement des communautés humaines. Elle correspond au second moment dialectique, celui du négatif, c'est-à-dire du conflit, lequel est double. Le conflit des égoïsmes entre eux et celui que découvre l'individu « lâché » dans la Nature qu'il doit transformer par le travail.

Actualiser

Une ruse de politiciens ?

L'arrivée des représentants de la société civile au gouvernement n'apparaît-elle pas toujours comme une ruse de politiciens discrédités dans les médias ? On remarquera ainsi que cette société civile retrouve régulièrement le chemin des ministères lorsqu'éclatent des « affaires » qui impliquent alors une classe politique accusée d'abuser d'un pouvoir qui lui délèguent les citoyens. Dans le même temps le poids des « élites », c'est-à-dire des Grandes Ecoles, devient plus sensible à l'opinion publique.

Récemment, la séparation gouvernés-gouvernants n'est-elle pas devenue si manifeste qu'elle a été sentie comme une mesure au bon fonctionnement de la démocratie (l'abstention massive au Référendum de 1981 portant sur le statut de la Nouvelle-Calédonie) ? La classe politique n'est-elle pas perçue désormais comme une caste jalouse de ses privilèges, accaparant au seul bénéfice de ce qu'il faut bien appeler une nouvelle aristocratie, des pouvoirs et des honneurs sans qu'aucune véritable compétence à gouverner ne lui soit en retour reconnue. On s'étonnera, par exemple, de voir le même homme occuper successivement le ministère du Plan puis celui de l'Agriculture. Dans ces conditions, quoi de plus rassurant que de voir à la Santé un médecin ou à l'Education nationale un enseignant ?

Historiquement, l'ouverture du monde politique à la société

civile est devenue médiatique avec l'arrivée de M. Rocard à Matignon. Elle fut symbolisée par la présence au gouvernement d'hommes dont la notoriété était assise depuis longtemps dans leur profusion (A. Decaux, par exemple). On eut même recours ensuite à de véritables « héros » populaires de la Société civile qui n'avaient jusqu'alors rendu public aucun engagement politique. Ce furent B. Kouchner, fondateur de « Médecin sans frontières » et B. Tapie, l'homme d'affaires emblématique des années quatre-vingt, qui apportèrent à la société politique la caution de leur réussite sociale. L'un et l'autre glissèrent toutefois rapidement vers la « politique politicienne ». Le premier, dont la popularité dans les sondages fut liée à des actions spectaculaires sur les champs de bataille internationaux, se prit à rêver un temps d'un avenir de présidentiable. Quant au second, il adhéra avec publicité au Mouvement des Radicaux de gauche, héritier de l'historique Parti radical socialiste.

Faut-il en conclure que la société civile est vouée à disparaître dans le sein de la société politique sitôt qu'elle touche de trop près au pouvoir ?

Spectacle

Définir

Le plaisir des yeux

Il n'y a de spectacle que pour le regard qui l'embrasse. *Spectre,* regarder, dit clairement que tout spectacle est fait pour des spectateurs : il n'y a de représentation, en somme, que pour ceux qui se la représentent ! Le spectacle suppose donc à la fois la présence d'un sujet-spectateur et la distance qui le maintient à l'écart de la scène qu'il observe. Le regard qui distingue, évalue, apprécie renvoie le sujet à sa toute-puissance en même temps qu'il le fixe dans une passivité inattendue. De fait, au spectacle — celui du Monde comme celui des théâtres —, je suis satisfait (tout me semble avoir été agencé à mon intention) mais je suis aussi « hors jeu », à l'écart. Que fait alors le spectateur sinon jouir de cette situation équivoque et du rôle de « voyeur » ?

Composer

Le théâtre est-il encore populaire ?

▸ **Le théâtre...**

Naguère encore, « aller au spectacle » signifiait se rendre dans un théâtre. Mais aujourd'hui que le spectacle vient au spectateur, à domicile, par l'intermédiaire du poste de télévision, l'expression paraît désuète. La télévision parce qu'elle est intarissable, parce qu'elle ne demande à son public qu'un modeste investissement, parce qu'enfin elle retire au spectateur le moindre effort, a dévoré toutes les autres formes de spectacle. Son extrême popularité rend-elle par comparaison le théâtre élitiste ? Le théâtre aurait-il perdu aujourd'hui le caractère populaire qui fut le sien au temps des Mystères et des tréteaux de foire ? Cet élitisme culturel qui semble animer certaines démarches contemporaines est-il la conséquence d'une exigence artistique ambitieuse ou le prix à payer pour un art qui n'aurait pas su préserver sa dimension politique et sacrée ?

▸ ... est devenu élitiste...

Le théâtre n'est pas un spectacle populaire parce qu'il est ressenti comme un spectacle élitiste, d'un strict point de vue économique. La salle renvoie même le plus souvent dans son architecture comme dans la disposition des sièges, l'image cruelle d'une société inégalitaire. En effet, la hiérarchie qu'imposent l'orchestre, le premier puis le second balcon, voire le « poulailler », est fondée sur l'argent. Mais le théâtre n'est pas seulement onéreux, il reste aussi d'un accès difficile dans la mesure où les salles sont peu nombreuses et concentrées dans les grandes villes.

Contre une exploitation qui fait du théâtre un spectacle élitiste (voire le spectacle même de l'élitisme social), des administrateurs, créateurs, comédiens ont réagi très tôt, à l'instar de Firmin Gémier qui au début du siècle créa le « Théâtre national ambulant » afin d'aller au devant du public le plus large. Vilar dirigeant le « Théâtre national populaire », Gérard Philippe jouant *Le Cid* ou *Caligula* pour ce même théâtre ont évidemment recherché un théâtre ouvert au plus grand nombre, subventionné par l'Etat, égalitaire jusque dans la disposition des gradins dans la salle. Pourtant ces efforts, entrepris depuis plus de cinquante ans, n'ont pas suffi, si l'on considère que 10 % à peine des habitués du théâtre appartiennent au monde ouvrier.

▸ ... pour avoir perdu une dimension sacrée...

C'est qu'au fond notre modernité a perdu la signification du spectacle théâtral. Artaud le rappelait dans *Le théâtre et son double* :

> « Une vraie pièce de théâtre bouscule le repos des sens, libère l'inconscient comprimé, pousse à une sorte de révolte virtuelle... »

Seule la dimension sacrée et politique du théâtre peut en faire à nouveau un spectacle populaire.

Ainsi, au moment des fêtes consacrées à Dionysos, toute la Cité d'Athènes participait effectivement à l'organisation et à la représentation des trois tragédies rituellement en compétition. Jouées, vues et jugées par les citoyens, ces pièces donnaient à chacun les moyens d'exorciser ses hantises, de purger ses passions, de libérer selon la formule d'Artaud l' « inconscient comprimé ». En projetant sur la scène la violence de la fatalité, et toutes les cruautés du destin qui guettent les hommes, ceux-ci apprenaient à vivre avec elles. Plus proches de nous, mais assurant toujours cette fonction « cathartique », il y a les Mystères du Moyen Age. Le spectacle durait plusieurs jours et les acteurs étaient le plus souvent 200. Ces manifestations considérables se tenaient sur le parvis des cathédrales et mobilisaient toute la population. Le *Mystère de la passion* d'Arnoul Gréban fait ainsi jouer à 280 acteurs amateurs un texte de 35 000 vers !

Cette vocation mystique du théâtre qui donne au peuple tout entier la possibilité de célébrer lui-même ses croyances, ses peurs, son passé, on la retrouve aujourd'hui occasionnellement lors des fêtes locales. Le spectacle, c'est alors celui de la fête, celle dont Rousseau rappelle la nécessité dans la *Lettre à d'Alembert* (voir « Approfondir »).

▸ ... que la modernité ne sait restaurer.

De fait, le théâtre s'est toujours développé dans deux directions opposées : d'un côté la scène privée des pensionnaires de l'Institution de Saint-Cyr où Racine fait jouer *Athalie,* de l'autre les représentations « à ciel ouvert » ! Elitiste dans un cas, populaire dans l'autre le théâtre pourrait profiter de ces deux visages. La modernité veut parfois les confondre dans des mises en scène plus prétentieuses qu'ambitieuses. La réussite de *1789* d'Ariane Mnouchkine ne doit pas cacher que la réalisation du compromis est délicate, et que certaines exégèses intellectuellement stimulantes donnent souvent le spectacle de l'exclusion quand elles réclamaient celui de la communion.

Approfondir

Lettre à d'Alembert sur son article de Genève

JEAN-JACQUES ROUSSEAU (1758)

Rédigée en trois semaines, cette lettre est une réponse à l'article « Genève » de l'*Encyclopédie* qui « avait pour but, rappelle Rousseau dans les *Confessions,* l'établissement de la comédie à Genève ». Or pour celui qui se désigne alors comme le « citoyen de Genève », le théâtre est un fléau.

C'est d'abord un mal qui atteint l'âme humaine et corrompt le caractère comme les mœurs. La critique n'est pas très neuve, de ce point de vue. Elle reprend en effet les vieux poncifs hérités des moralistes et des religieux des siècles précédents : le théâtre n'est qu'un divertissement qui détourne non seulement de soi-même mais aussi des autres. Loin d'encourager la convivialité, il a une action désagrégatrice :

> « L'on croit s'assembler au spectacle, et c'est là que chacun s'isole ; c'est là qu'on va oublier ses amis, ses voisins, ses proches pour s'intéresser à des fables, pour pleurer les malheurs des morts, ou rire aux dépens des vivants... »

Rousseau récuse en outre la dimension cathartique du spectacle que les Grecs avaient formulée à propos de la Tragédie : « Ainsi le théâtre purge les passions qu'on n'a pas, et fomente celles qu'on a. » Enfin, la comédie ne vaut guère mieux dans la mesure où, si elle se plaît à fustiger les vices, elle célèbre rarement les vertus... Parfois même elle les tourne en ridicule, à l'instar du *Misanthrope* de Molière, auquel Rousseau accorde d'ailleurs trop d'attention pour n'avoir pas cédé à l'identification !

Rousseau innove toutefois en dégageant la fonction sociale du théâtre. Car si l'établissement d'une salle de spectacle doit être combattue à Genève c'est qu'elle aurait une action corruptrice non seulement sur les individus mais surtout sur la Cité. Certes un théâtre saurait attirer, rendre attrayante la ville et partant activer le commerce. Mais à quel prix ! Pour convaincre, Rousseau imagine quelles pourraient être les conséquences de l'ouverture d'une salle sur d'innocents et de simples montagnards : relâchement du travail, augmentation des impôts, introduction du luxe dans une existence jusqu'alors frappée du sceau de la simplicité, et par conséquent nouvelles dépenses...

Plus fondamentalement le théâtre encouragerait ceux-ci, qu'il appelle « Montagnons », à céder au *Paraître,* permettant ainsi à l'amour-propre de se développer, lequel joue un rôle moteur dans l'accroissement des inégalités. Rousseau n'oublie pas, en effet, qu'on se rend au XVIIIe siècle au théâtre moins pour voir que pour être vu :

> « Les femmes des Montagnons allant, d'abord pour voir, et ensuite pour être vues, voudront être parées ; elles voudront l'être avec distinction. »

Le théâtre enclenche donc un processus de décomposition sociale qu'accomplissent le progrès du luxe et la religion du Paraître.

Le spectacle éloigne donc le citoyen de ce qu'il est, il fait même du spectateur un comédien, coupable alors de jouer un rôle social et de se livrer à son tour à cet odieux « trafic de soi-même » qui caractérise, selon Rousseau, la profession d'acteur.

La lettre s'achève à la fois sur cette ultime indignation portée sur le statut du comédien mais aussi sur la vibrante défense d'une authentique réjouissance civique, la fête publique :

> « Plantez au milieu d'une place un piquet couronné de fleurs, rassemblez-y le peuple, et vous aurez une fête. Faites mieux encore : donnez les spectateurs en spectacle ; rendez-les acteurs eux-mêmes ; faites que chacun se voie et s'aime dans les autres, afin que tous en soient mieux unis. »

Actualiser

Tout n'est-il que spectacle ?

Dans une page célèbre de *L'Etre et le Néant* Jean-Paul Sartre analyse le « jeu » d'un garçon de café qui « stylise » ses gestes, transformant son lieu de travail en une véritable scène. Ainsi la vie professionnelle impose des rôles, c'est-à-dire des attitudes, des comportements, des répliques plus ou moins implicitement fixés à l'avance. A l'instar du garçon de café de Sartre, nous « jouons » le rôle pour préserver notre liberté, signifiant par ce **jeu** que nous n'adhérons pas à ces attitudes réglées par la fonction que nous occupons. Le jeu est subtil, c'est un geste un peu trop mécanique, une phrase trop appuyée, un sourire ostensiblement « commercial ».

Mais la famille n'échappe pas davantage à la distribution des rôles. Il est convenu que le père assurera les signes extérieurs de l'autorité, que la mère sera plus compréhensive à l'égard des enfants, etc. Cette distribution des rôles est liée à une sorte d'inertie sociale, mais elle n'en demeure pas moins ancrée profondément dans les esprits au point que d'une femme qui prend le rôle dévolu à son compagnon on dira qu'elle « porte la culotte » (comme on revêt un costume de théâtre).

Plus généralement, on a observé qu'**au sein d'un groupe une répartition des rôles se fait spontanément.** Les chercheurs de Palo Alto, dans le cadre d'études portant sur la « dynamique des groupes », ont ainsi montré qu'il se trouvait toujours au sein de tout groupe humain quelqu'un pour assumer le rôle du chef, celui du pitre, celui du souffre-douleur, etc.

Il semble donc que ce soit la vie en société qui impose à chacun des rôles. Est-ce que la solitude ne permet pas d'échapper à cette comédie ? De fait, les enfants se passent très bien de public ou de la présence d'un tiers pour s'inventer consciemment ou non des rôles. Qu'ils jouent pour leur plaisir, ou que par insatisfaction ils s'inventent une nouvelle famille, réécrivant leur « roman familial », selon l'expression consacrée, ils peuplent leur solitude de rôles qu'ils endossent naturellement.

La psychanalyse a montré que cette façon de vivre à côté de la réalité n'était pas le propre des enfants. De la simple mauvaise foi de celui qui ne s'avoue pas à lui-même ses échecs à la psychose, l'éventail est large.

Travail

Définir

Torturer à loisir

Le travail n'a rien d'humain, c'est du moins ce que pensaient les Grecs du monde antique qui le réservaient aux bêtes et aux esclaves, c'est-à-dire à ces créatures que leur nature enchaînait à la nécessité, celle d'user de leur corps pour subsister. De fait, Hésiode dans *Les travaux et les jours* distingue ce que nous appelons le travail *(ponos)*, un mal surgi de la boîte de Pandore pour châtier les hommes, de l'œuvre *(ergon)*, encouragée par Eris, déesse de la compétition et de la rivalité. Par le travail l'homme signale sa servitude, dans l'œuvre il manifeste sa liberté.

L'étymologie du mot rappelle cette dévaluation ancienne du travail. En effet, lorsqu'un latin utilisait le mot *tripalium*, dont dérive notre *travail*, il désignait un instrument de torture. Composé de trois pointes *(tri)*, l'engin servait à empaler *(paliare)* les condamnés. *Tripaliare* se traduit donc par *torturer, supplicier*. Ce sens est maintenu dans des expressions spécialisées du type « travailler un métal ».

Il faudra attendre le renversement des valeurs accompli par la modernité pour que le travail perde toute trace de cette fâcheuse connotation.

Composer

Faut-il travailler pour être humain ?

▸ **Le travail n'humanise pas seulement la Nature indifférente aux besoins des hommes...**

Le travail dans l'Antiquité marque un **asservissement de l'homme à la nécessité,** c'est une servitude qui l'enchaîne à la nature par le besoin et qui, par conséquent, ne peut convenir à l'homme libre. Aux yeux d'un Grec « homme libre » est un pléonasme, partant on comprend qu'il ne faut surtout pas travailler pour être humain ! Le travail est un châtiment des dieux destiné à punir *l'hybris* (l'excès de confiance) des hommes pour qui Prométhée avait dérobé la foudre et la technique. Les Grecs trouvent alors la parade : l'esclavage.

Que fait donc l'esclave qui travaille? Qu'est-ce que ce travail, tout simplement, auquel le soumet son maître? Le travail apparaît comme cette action de l'homme sur la Nature grâce à laquelle des objets naturels sont transformés en vue d'un usage humain ou bien en vue de leur consommation. Par le travail l'homme « humanise » la Nature au sens où il l'aménage, il en fait son « milieu », c'est-à-dire qu'il la dispose à répondre à ses besoins. La nature, grâce au travail des hommes, devient le moyen du développement de l'espèce et du confort nécessaire à ce développement.

C'est que **la Nature ne répond pas spontanément aux besoins des hommes.** L'image de la mère nourricière que chérit Rousseau ne convient guère. Car si la mère **donne** à l'enfant le lait dont il a besoin, l'homme dans la nature doit **puiser** son eau. « Sa peine a tiré cette eau — argumente J. Locke dans le *Traité du gouvernement civil* —, pour ainsi dire, des mains de la Nature, entre lesquelles elle était commune et appartenait également à tous ses enfants et l'a appropriée à la personne qui l'a puisée. » Le travail est bien un acte d'appropriation. Mais cette action n'est-elle pas si pénible qu'elle finit par déposséder, en retour, l'homme de son humanité?

▸ **... il permet à l'homme de se créer.**

On est conduit à **distinguer alors le savoir-faire de la pure force de travail.** Si le travail est cette confrontation de l'homme avec la Nature, qui réclame du premier à la fois réflexion et habileté pour résoudre les difficultés que la présence inerte de la seconde suscite, alors l'homme se crée par le travail. En modifiant son milieu, il se modifie lui-même en ce qu'il est conduit à découvrir en lui des ressources physiques et intellectuelles qu'il ne soupçonnait pas. Ce travail fait de science et de technique autant que de force et de peine humanise l'homme. Il faut travailler pour être humain parce que le travail est le moyen par lequel l'homme réalise sa nature perfectible. L'homme est davantage un *animal laborans* qu'un *animal rationale.*

Mais **encore faut-il que ce travail-là soit celui de l'artisan** qui conçoit le geste et l'outil de son action sur la nature. La division du travail qu'impose la société industrielle — et qui l'a également rendu possible — permet de vendre et d'acheter désormais non plus un savoir-faire, une « technique » de transformation de la Nature, mais une simple force de travail.

Le travail réduit à la force ramène alors l'homme au rang de l'animal. Ceux dont le travail se limite à l'exercice d'une force physique toujours appliquée de manière identique, Marx les appelle « prolétaires ». La fatigue qui résulte de cette répétition de l'effort et le caractère absurde d'une tâche dont on ne perçoit pas la signification font du travailleur une bête de somme, attachée à son travail par le simple besoin d'assurer sa subsistance. Le travail devient alors l'instrument de la négation de l'humanité de l'homme.

S'il faut travailler pour être humain, c'est seulement quand ce travail libère, or :

> « Le domaine de la liberté ne commence que lorsque cesse le travail déterminé par le besoin et l'utilité extérieure. »
>
> K. Marx, *Le capital.*

Approfondir

La Genèse

« Le sol sera maudit à cause de toi.
C'est à force de peine que tu en tireras
Ta nourriture tous les jours de ta vie,
Il te produira des épines et des ronces,
Et du mangeras l'herbe des champs.
C'est à la sueur de ton visage que tu mangeras ton pain
Jusqu'à ce que tu retournes à la terre, d'où tu as été pris
Car tu es poussière et tu retourneras à la poussière. »

Genèse, III, 19.

Le travail est la conséquence du péché originel, c'est la punition qu'inflige le Créateur à sa créature pour lui avoir désobéi. Le texte biblique est bien connu, il mérite toutefois une lecture précise car on y décèlera des indications essentielles à la compréhension de la condition humaine.

La *Genèse* rappelle d'abord que l'activité laborieuse est un châtiment, une peine et qu'il n'y a pas de travail qui ne fasse souffrir : « à force de peine », « des épines et des ronces », « à la sueur de ton visage ». C'est dire qu'il n'y a guère de travail digne de nom qui ne soit douloureux ; qu'est-ce qu'un « travail plaisant » sinon un divertissement ? Un « travail facile » sinon une occupation ?

Mais ce travail nécessairement pénible est aussi un acte de résistance et particulièrement un acte de résistance à l'anéantissement. Le créateur qui s'adresse à Adam (la terre glaise en hébreu, *adhama*) lui apprend son origine « matérielle » et le condamne à subir le retour à cette origine — la poussière — qui lui retire toute dimension spirituelle. Il lui donne cependant le moyen de retarder l'échéance, c'est bien le travail, action par laquelle Adam pourra combattre contre son anéantissement dans la matière, tenter de se maintenir à distance de la poussière dont il est originaire. Ainsi, le travail apparaît comme la seule défense dont l'Homme dispose pour entretenir et préserver ce qui en lui est esprit. Dans cette lutte contre la matière, l'Homme va découvrir sa dimension spirituelle... Hegel n'a rien inventé.

Enfin, le travail, châtiment ou acte de résistance, est un commandement divin. Cela il ne faut évidemment par l'oublier ou le négliger. Sous une forme extrêmement dégradée la créature continue de ressembler à son créateur en ce qu'il informe la matière dans laquelle la chute du Paradis l'a jeté. Par conséquent, chercher à se soustraire au travail, refuser de travailler, c'est désobéir à nouveau à la Divinité, risquer encore de l'offenser. On comprend comment les puritains anglo-saxons ont su faire de la lecture de cet extrait de la *Genèse* le principe d'une valorisation du travail, essentielle à l'essor du capitalisme en Occident et dont Max Weber analyse le mécanisme dans *L'Ethique protestante et l'esprit du capitalisme.*

Actualiser

Le travail de la modernité

Dans un pamphlet brillant intitulé *Le Droit à la paresse. Réfutation du droit au travail de 1848,* Paul Lafargue que son mariage avec Laura Marx rendit peut-être plus célèbre que son engagement politique au côté du Parti ouvrier guesdiste, s'insurgeait déjà contre cette aberration qui poussait la classe ouvrière à lutter pour défendre le travail et non pour réclamer son extinction progressive.

> « Une étrange folie possède les classes ouvrières des nations où règne la civilisation capitaliste. Cette folie traîne à sa suite des misères individuelles et sociales qui, depuis deux siècles, torturent la triste humanité. Cette folie est l'amour du travail, la passion moribonde du travail, poussée jusqu'à l'épuisement des forces vitales de l'individu et de sa progéniture. »

Ces lignes, publiées en 1880, trouvent aujourd'hui une sombre résonance. D'une fatalité, le travail est bien devenu un privilège et fait l'objet de luttes âpres de la part des travailleurs, des syndicats mais aussi des gouvernements occidentaux. La France, avec 11,8 % de sa population active au chômage, semble être entrée dans une crise profonde et durable. Et cela d'autant plus que la rareté relative du travail contribue à le sacraliser davantage et par conséquent à attiser le sentiment d'exclusion qu'éprouvent ceux qui en sont privés.

Quelle puissance malfaisante provoque le chômage? La mauvaise gestion du patronat et du gouvernement qui conduit le premier à des licenciements sur lesquels le second ferme pudiquement les yeux? En réalité, c'est à une trop bonne gestion et une trop grande rationalisation du travail que l'on se trouve confronté. Par souci d'accroître leur productivité les Occidentaux ont engagé un processus de modernisation de leurs outils de production, avec une efficacité inespérée. Conséquence : les emplois deviennent de moins en moins nécessaires au fonctionnement de l'entreprise. Le travail de la modernité a pour effet de perturber la répartition traditionnelle des emplois du « secteur productif » vers le secteur de la consommation de masse et les industries culturelles. Le sociologue Alain Touraine dresse ainsi le bilan de l'économie française : celle-ci est structurée en trois secteurs principaux. Le domaine de la technologie de pointe qui dynamise l'économie en la rendant compétitive. Mais ce secteur emploie un nombre de plus en plus restreint de travailleurs dont le niveau de qualification augmente chaque année. Ce premier secteur génère de la richesse mais peu d'emplois. Le second domaine est celui de la consommation de masse, c'est un secteur qui réclame peu de qualifications mais dont la bonne ou la mauvaise santé dépend de l'efficacité et des profits du premier secteur technologique. Le troisième secteur est en véritable expansion et crée des emplois à la fois nombreux et qualifiés, il s'agit de ce que l'on appelle désormais les industries culturelles (éducation, santé, etc.). Notre société doit prendre conscience de cette nouvelle tripartition et de ses véritables caractères. C'est vers le second et le troisième secteur qu'il faut à présent massivement orienter l'emploi, peu qualifié pour la consommation, plus exigeant pour les industries culturelles, et remettre en question les typologies héritées du passé (agriculture, industrie, services).

Vieux

Définir

Vieux étudiants, jeunes retraités

Avec le Temps... tout s'estompe, y compris le sens de l'opposition vieux-jeunes, appelée naguère « conflit des générations » et constituée sur le schéma simpliste : vieux conformistes contre jeunes rebelles.

Qui se sent encore vieux aujourd'hui ? Il semble en effet qu'il faille atteindre désormais le grabat, symbole d'un vieillissement à son stade ultime, pour qu'on accepte son âge, dit alors du quatrième type !

Bien sûr avec l'existence que les conditions de vie modernes prolongent, les manifestations physiques de la sénilité reculent... Belle évidence que celle qui nous rappelle qu'à 45 ans Louis VII était considéré comme un vieillard, que l'absence d'héritier mâle désespérait le Royaume et que la naissance de Philippe-Auguste fut ressentie comme un miracle. Nul quadragénaire nouveau père ne se voit aujourd'hui comme une exception biologique. Les vieux d'hier sont les jeunes d'aujourd'hui.

Mais les repères de naguère sont également perturbés du fait d'une évolution des mœurs qui place les individus en décalage par rapport à ce que l'on appelle « la vie active ». Les « jeunes » sont de plus en plus « vieux » : les études qui sont plus longues, la peur du chômage et par conséquent le désir de retarder le plus longtemps possible l'entrée dans le « monde du travail » maintiennent chez leurs parents des jeunes qui ne sont plus « en âge » d'être ainsi protégés. Quant « aux vieux », ils sont de plus en plus jeunes : les départs à la retraite anticipés font des « inactifs » très actifs. Entre un vieil étudiant de 30 ans et un jeune retraité de 55 ans, c'est à peine vingt-cinq années qui se sont écoulées. Par un renversement peut-être inquiétant le premier aura parfois le sentiment d'avoir perdu une jeunesse retrouvée par le second !

Composer

Les Anciens ont-ils encore quelque chose à nous apprendre ?

▸ **Si aujourd'hui...**

Que valent pour nous les conseils des générations précédentes ? Les Vieux sont-ils encore nos Sages ? Le processus de « dégérontocratisation » que le sociologue E. Morin voyait à l'œuvre dans la société française des années soixante *(L'esprit du temps)* s'est-il accusé ?

De fait, la perturbation des catégories jeune/vieux caractéristique de notre époque (voir « Définir ») dissout l'autorité du vieillard et tend à éliminer le modèle du vieux sage que l'on vient régulièrement consulter. Très significativement, le débat sur « l'âge du capitaine » se trouve réactivé sitôt qu'un septuagénaire accède au pouvoir suprême. On se méfie désormais d'une trop longue expérience qui paradoxalement viendrait à couper des réalités. Les momies effraient, elles évoquent un état archaïque du Pouvoir : à présent les systèmes politiques semblent porter l'âge de leurs inspirateurs. La Chine, l'Empire soviétique, l'Europe des totalitarismes... Hindenburg, Pétain et Brejnev peuplent les cauchemars de l'Histoire. Le gâtisme se laisse voir à travers la sagesse. Les vieux ne sont plus de notre temps : « L'adolescence surgit en tant que classe d'âge dans la civilisation du XXe siècle », écrivait Morin en 1962.

▸ **... les Anciens n'ont plus rien à apprendre aux Modernes...**

La question mérite toutefois une réponse plus précise que le simple constat d'une évolution des mentalités. Pourquoi, brusquement, le vieil homme a-t-il perdu de sa sagesse ? Sur quoi fonder cette certitude qu'il n'a plus rien à nous apprendre ? C'est Corneille qui le premier, dans le contexte de la querelle des Anciens et des Modernes, osa aventurer un début d'explication.

En effet, *Le Cid* pose cruellement la question de l'aptitude des Anciens à former les plus jeunes. Le drame éclate à la suite de la nomination du vieux Don Diègue au poste de « gouverneur du Prince de Castille ». A l'acte premier, scène trois, le Comte, d'une génération plus jeune, conteste sa capacité à enseigner le métier des armes et de la politique au Dauphin. Les Anciens n'ont rien à nous apprendre, dit-il. La réplique de Don Diègue est conventionnelle :

> « Pour s'instruire d'exemple, en dépit de l'envie,
> Il lira seulement l'histoire de ma vie. »

C'est la vertu de l'exemple qui semble à nouveau convoquée. Lis ma vie comme tu lirais les textes de Sophocle ou de Pindare... L'Ancien se donne en modèle, c'est dire qu'il s'offre à l'imitation, laquelle trouve sa justification dans l'éclat des réussites passées. Ce droit à enseigner aux générations futures, Don Diègue l'a gagné par ses victimes de jadis. Il le dit :

> « Qui l'a gagné sur vous l'avait mieux mérité. »

On appréciera l'accompli du présent, ce passé composé qui exprime un état révolu de l'action : le mérite est acquis une fois pour toutes. Mais l'Histoire souffre-t-elle le définitif ? La réponse du Comte ne se fait guère attendre :

> « Qui peut mieux l'exercer en est bien le plus digne. »

Le pouvoir s'exerce, il se vit au présent, il est nécessairement manifeste... Telle est la leçon de modernité politique donnée au siècle précédent par Machiavel. Don Diègue s'en rendra compte au cours de la scène suivante : en politique, le souvenir ne saurait être que « cruel » (« O cruel souvenir de ma gloire passée »). Rodrigue sera investi de la mission d'infliger au Comte les principes dont il se réclame :

> « Je suis jeune, il est vrai ; mais aux âmes bien nées
> La *valeur* n'attend point le nombre des années. »

Et c'est bien de valeur dont il est question !

▸ **... c'est que le présent paraît être le seul moyen d'accéder au vrai.**

Anciens et Modernes n'ont effectivement pas les mêmes valeurs.

Pour les premiers l'accès à la vérité ne peut être trouvé que dans l'étude du passé parce qu'elle immobilise les connaissances. Pour les seconds la vérité de l'instant conduit à cet absolu de l'adéquation entre une conscience et le monde où elle surgit. Tout change, tout coule désormais... Le mouvement semble être la seule et unique certitude qu'il convient d'établir. Rodrigue se caractérise en effet par sa soumission au présent, aux accidents de sa vie privée (il faut combattre le père de celle qu'il aime) comme à ceux de l'Histoire. (L'heure de la reconquête du Royaume sur les Maures a sonné.) Il n'a rien à apprendre de ses Pères ; c'est dans l'opportunité de l'instant qu'il se trouve lui-même comme il découvre le sens présent de l'Histoire. Les dernières paroles que lui adresse le monarque sont à cet égard éclairantes :

> « Laisse faire le temps, ta vaillance et ton Roi. »

C'est dire « trouve dans l'affirmation de ta propre temporalité la nature de ta singularité et celle du monde auquel tu appartiens. »

Approfondir

Fin de partie

SAMUEL BECKETT (1957)

L'œuvre dramatique de Beckett a ceci de commun avec celle de Ionesco, par exemple, qu'elle s'efforce de rendre sensible (grâce à la clôture de l'espace scénique et aux limites qu'impose la durée de la représentation) l'action corrosive du temps sur les corps. **Qu'est-ce que vieillir ?** Se laisser peu à peu enfoncer dans la matière *(Oh les beaux jours)*... Constater une dégradation de ses facultés motrices et de ses pouvoirs *(Fin de partie)*... Vieillir c'est diminuer, glisser dans les choses (réification) ou se défaire dans le néant qu'ouvre dans le corps qui vieillit chacune des petites amputations quotidiennes que le temps inflige.

Fin de partie, parce qu'elle met en scène trois générations, illustre cruellement cette fatalité (à l'instar des tragédies grecques, tout est joué d'avance lorsque le spectacle débute. Les premiers mots prononcés par Clov, *le regard fixe et d'une voix blanche* sont significatifs : « Fini, c'est fini, ça va finir... »). Il y a donc le fils adoptif, Clov, qui commence à ressentir des faiblesses articulatoires dans les jambes ; Hamm, le père, paralysé et aveugle dans son fauteuil roulant ; Nel et Nagg enfin, les grands-parents amputés des deux jambes et qui vivent dans deux poubelles, ensablées comme des litières pour animaux. La violence de la représentation est accusée encore par la dégradation du discours des uns et des autres : Nagg ne cesse de geindre pour obtenir sa bouillie, Hamm de manière obsessionnelle réclame de son fils qu'il le place bien au centre de la pièce, quant à Clov il n'hésite pas à formuler ses désirs parricides. (« Si je pouvais le tuer, je mourrais content. »)

Ainsi enfermés dans la cellule de leur famille, ces personnages découvrent non seulement le vieillissement et la décrépitude, mais ils apprennent aussi l'angoisse de la déprise que le temps nous inflige. Hamm (la mutilation onomastique d'*hammer,* le marteau, signifie cette dépossession), naguère le centre de l'autorité, détenteur du véritable pouvoir, se trouve à présent impotent mais aussi impuissant. Le délire apparaît alors dans cet univers crépusculaire comme l'issue unique à ce huis-clos infernal où les relations de domination familiale, fondées sur l'habitude et la tradition, se délitent et ouvrent béantes toutes les frustrations et les mensonges d'un passé vécu tragiquement en commun.

Actualiser

Vieille France...

La population française vieillit. Quelques chiffres suffisent à mesurer l'ampleur et la continuité du phénomène : en 1985, les plus de 60 ans représentaient 18,1 % de la population, en 2000 on estime que le pourcentage sera de 20,4 %, pour atteindre les 26 % en 2020. L'évolution pourrait être rassurante, une France assagie où désormais le poids de l'expérience pèse de façon sensible... or, elle fait peur, voire elle terrifie.

Qui a peur des « personnes âgées » et pourquoi ?

Dans un monde guidé avant tout par des préoccupations économiques, c'est le retraité qui évidemment inquiète ! Car au-delà de l'an 2000 le déséquilibre entre actifs et inactifs ne laissera guère de soulever de vrais problèmes. On le sait, le système de paiement des retraites fonctionne sur le mode de la solidarité. Ce sont les cotisations prélevées sur les salaires des actifs qui sont immédiatement versées aux retraités. Le système a l'avantage d'échapper à l'érosion liée à l'inflation mais il ne tient que si les actifs sont nombreux et confiants (certains, par exemple, de bénéficier à leur tour d'un régime identique). Or le nombre et la confiance des cotisants s'amenuisent. Les solutions sont bien connues : allonger la durée minimum de la cotisation, augmenter les cotisations ou accepter une baisse significative du montant des retraites. La première hypothèse recueille le plus grand nombre de suffrages. Parallèlement, la méfiance progresse puisque plus de 40 % des Français aujourd'hui prévoient d'autres revenus pour compléter leur future retraite.

On le remarque l'effet de la crise démographique conjugué avec celui de la récession économique fait découvrir aux Français qu'ils seront inégaux devant la retraite. Cette inégalité des générations menace de raviver le sentiment qu'il existe un « fossé » entre les différentes tranches d'âge... Ce que les progrès sociaux récents étaient parvenu à estomper, la réalité de la vie économique le creusera-t-elle à nouveau ?

Or, il serait particulièrement maladroit de considérer les retraités comme un « poids mort » dans la vie économique du pays : les revenus moyens par unité de consommation des ménages de retraités dépassent désormais ceux des actifs. De fait, ces retraites qui sont versées aux « inactifs » par les « actifs » sont rapidement remises en circulation. Le poids économique, en termes cette fois-ci dynamiques, des plus de 60 ans est devenu essentiel. Parce qu'ils ont les moyens de consommer davantage, les retraités participent grandement à la vie économique et contribuent évidemment à maintenir l'emploi... des actifs !

Lexique des termes utiles
qui ne font pas l'objet d'une définition particulière au cours de l'ouvrage

Absolutisme. Régime dans lequel le souverain a un pouvoir absolu, c'est-à-dire un pouvoir totalement indépendant, détaché *(ab-solutus).* Voir *Despotisme.*

Agressivité. Caractère de celui qui recherche le combat. Freud y voit la manifestation d'un instinct de mort. Les Modernes tendent au contraire à la valoriser sous l'aspect du vouloir-vivre. (Du latin *agredior :* avancer.) Voir *Sauvage.*

Aliénation. Renonciation d'un droit de propriété en faveur d'un tiers. Chez Hegel l'aliénation *(Entfremdung),* c'est tout simplement l'action de devenir un autre. Pour Marx, il s'agit de l'état de celui que ses conditions d'existence matérielle dépossèdent de lui-même. Voir *Travail.*

Altruisme. Le mot est créé par A. Comte, il désigne l'attitude de celui qui s'intéresse aux autres. Antonymie : égoïsme. Voir *Individu.*

Anarchie. Absence d'ordre ou de commandement. Voir *Etat.*

Anarchisme. Doctrine qui refuse toute forme d'autorité sur l'individu. C'est particulièrement l'Etat qui est visé. Voir *Etat.*

Anomie. Absence de lois (*nomos,* en grec). Désigne un état de complète désorganisation. Voir *Droit.*

Apologie. Défense, en grec. L'apologie de Socrate rapporte la défense apportée par Socrate lors de son procès en 399 av. J.-C. Voir *Châtiment.*

Aristocratie. Régime dans lequel ceux qui détiennent le pouvoir se disent être les meilleurs. Voir *République.*

Assimiler. Rendre semblable (*similis,* en latin). Voir *Individu.*

Autarcie. Du grec *autarkeia* qui désigne l'état de celui qui se suffit *(arkei)* à lui-même *(autos).* Voir *Société civile*

Autocrate. Qui commande *(Kratei)* lui-même *(autos).* Voir *Despotisme.*

Autonome. Celui qui se donne lui-même *(autos)* ses propres lois *(nomos).* Voir *Démocratie.*

Charisme. Don exceptionnel, d'ordre surnaturel. On retrouve la même racine dans le mot « eucharistie », action de grâce. La *charis* en grec signifie la faveur. Voir *Autorité.*

Clan. Du gaélique *clann,* famille. Le mot est utilisé par les sociologues pour désigner la forme la plus primitive d'organisation de la société. Voir *Famille.*

Communauté. S'oppose à la société en ce qu'elle suppose de s'imposer à l'individu indépendamment de sa volonté. La société procède, par contre, d'un contrat. Voir *Société civile.*

Convention. *Con-venire,* « venir avec », fait de la convention l'acte par lequel on s'accorde, on s'assemble. L'Assemblée nationale prend d'ailleurs de 1792 à 1795 le nom de *Convention nationale.* Voir *Nation.*

Dogme. Doctrine. Dogmatique se dit avec une nuance péjorative pour désigner l'attitude de celui qui admet et impose l'autorité d'une doctrine. Voir *Education.*

Economie. L'*oikunomia,* c'est l'administration (*nomos,* la loi) de la maison *(oikos).* L'économie est par définition d'abord *domestique.* Voir *Société civile.*

Election. Action de choisir *(eligere).* Voir *Démocratie.*

Equité. La notion renvoie à la conformité non à la justice mais à l'idéal de justice. Voir *Châtiment.*

Etatisme. Philosophie politique consistant à remettre en état toutes les fonctions de régulation sociale. Voir *Etat.*

Ethnie. Peuple. Voir *Racisme*

Ethologie. Science des coutumes et mœurs qu'étudient les ethnologues. Voir *Ethique.*

Eudémonisme. Doctrine qui affirme que la moralité consiste dans la recherche du bonheur *(eudaimonia).* Voir *Bonheur.*

Génocide. Extermination (*caedere,* tailler en pièces) d'une race *(genos).* Voir *Racisme.*

Harmonie. Du grec *armos* qui signifie « rangée », « ligne de bataille ». Accord des parties qui forment ainsi un tout. Voir *Etat.*

Hédonisme. Doctrine selon laquelle la recherche du plaisir est un absolu. Voir *Matérialisme.*

Instinct. L'*instinctus,* c'est l'impulsion (du grec *stizein,* piquer). L'étymologie latine, elle-même dérivée du grec, permet de faire de l'instinct « la piqûre de la nature ». Voir *Sauvage. Education.*

Jugement. A proprement parler, il s'agit d'un acte de justice. Le mot appartient bien au vocabulaire juridique. Toutefois la philosophie use également du verbe *juger* dans l'acception particulière de l'action qui consiste à évaluer l'existence d'une chose ou bien la réalité d'un rapport entre deux objets de pensée. Voir *Droit.*

Laïc. *Laïkos* qualifie en grec ce qui appartient en propre au peuple *(laos)* et qui n'est donc pas sous la dépendance du clergé *(klêros).* Voir *Sacré.*

Licéïté. Caractère de ce qui est permis par la loi (*licet :* il est permis). Il s'agit bien sûr du substantif qui correspond à l'adjectif *licite.* Voir *Droit.*

Loisir. Construit également sur la forme verbale *licet,* ce verbe de l'ancien français devenu substantif, désigne donc le *temps* qu'il est permis d'utiliser librement. Voir *Travail.*

Monarchie. Gouvernement d'un seul. Voir *Démocratie.*

Motif. Du verbe latin *movere* (mouvoir). Ce qui explique un mouvement, c'est-à-dire une décision. Voir *Engagement.*

Oligarchie. Gouvernement de quelques-uns *(oligoi).* Le terme concurrence l'aristocratie, à cela près que les connotation sont pour l'oligarchie péjoratives. Voir *République.*

Optimisme. Doctrine selon laquelle le monde est le meilleur des mondes possibles. Elle refuse toute réalité au mal. Voir *Bonheur.*

Outil. Du verbe latin *uti,* se servir d'un outil, c'est ce dont l'homme peut se servir. Voir *Travail.*

Passion. Action de supporter, voire de souffrir. Du grec *pathos,* la souffrance. Voir *Histoire.*

Patrie. Le substantif dérive d'un qualificatif, *patrius,* qui appartient aux pères. La patrie, c'est elliptiquement la *terra patria,* la terre des pères. Voir *Nation.*

Profane. *Pro-fanum,* ce qui est devant le temple. Le profane se définit donc par référence au sacré. C'est ce qui est en dehors du sacré. Voir *Sacré.*

Règle. A nouveau l'étymologie qui éclaire le sens exact du mot. *Regere,* diriger en droite ligne, donne *regula,* nom attribué à l'instrument qui aide au tracé des droites. La règle est donc, *stricto sensu,* un instrument du Droit. Voir *Droit.*

Revendication. Le *vindex* latin, c'est le défenseur, le vengeur. Le préfixe *re-* renforce la valeur de l'acte par lequel justice et punition sont réclamées. Le mot appartient évidemment au vocabulaire juridique. Voir *Châtiment. Droit.*

Synarchie. Régime dans lequel le pouvoir *(arché)* est exercé simultanément par plusieurs individus (*sun,* avec). Voir *République.*

Tolérance. Du verbe latin *tolerare,* supporter. Tolérer ce n'est donc pas accepter avec facilité. La notion d'effort n'est effectivement pas absente de la charge sémantique du mot. Voir *Exclusion.*

Totalitarisme. Le pouvoir politique y monopolise l'ensemble des activités de l'Etat. Voir *Etat.*

Utopie. Mot forgé par Thomas More pour désigner une société idéale qui, par conséquent n'existe nulle part. Voir *Propriété.*

Imprimé en France
par Vendôme Impressions
Groupe Landais
73, avenue Ronsard, 41100 Vendôme
Septembre 2004 — N° 51 604